Annette Landgraf

Glück wie Glas

Roman

KNAUR

Besuchen Sie uns im Internet:
www.knaur.de

Aus Verantwortung für die Umwelt hat sich die Verlagsgruppe Droemer Knaur zu einer nachhaltigen Buchproduktion verpflichtet. Der bewusste Umgang mit unseren Ressourcen, der Schutz unseres Klimas und der Natur gehören zu unseren obersten Unternehmenszielen. Gemeinsam mit unseren Partnern und Lieferanten setzen wir uns für eine klimaneutrale Buchproduktion ein, die den Erwerb von Klimazertifikaten zur Kompensation des CO_2-Ausstoßes einschließt. Weitere Informationen finden Sie unter: www.klimaneutralerverlag.de

FSC www.fsc.org
MIX
Papier aus verantwortungsvollen Quellen
FSC® C014496

Originalausgabe Juli 2020
Knaur Taschenbuch
Ein Imprint der Verlagsgruppe
Droemer Knaur GmbH & Co. KG, München

Covergestaltung: ZERO Werbeagentur, München
Coverabbildung: Collage unter Verwendung von Motiven von Marta Syrko / Trevillion Images und nadezhda F / shutterstock.com
Illustration im Innenteil: aleksa_ch / Shutterstock.com
Satz: Adobe InDesign im Verlag
Druck und Bindung: GGP Media GmbH, Pößneck
ISBN 978-3-426-52570-8

2 4 5 3 1

Erster Teil

Wie eine Puppe

1.

Michaela Varenthin blickte in den Spiegel und sah das in Schönheit erstarrte Gesicht einer Puppe vor sich. Dabei war es nicht anders als am Tag zuvor, in der letzten Woche oder vor einem Jahr. Alles war genauso perfekt, wie Peer es von ihr forderte. Der Lidstrich war präzise gezogen, die Lippen von jenem dunklen Rot, das ihrem Mann so gut gefiel, und die Wangenknochen konturiert durch die geschickte Verwendung von Rouge und Puder. Im Zusammenspiel mit den großen blauen Augen und dem aufwendig frisierten blonden Haar würde sie auch an diesem Tag wieder Aufsehen erregen, wenn sie an Peers Arm den Saal betrat.

Doch reicht mir das?, fragte der rebellische Teil in ihr. Seit ihrer Heirat vor zehn Jahren war es ihr Bestreben gewesen, dem Bild zu entsprechen, welches Peer von ihr erwartete. Lange war ihr dies leichtgefallen, doch vor einigen Wochen war sie krank geworden und hatte ihren schlechten Zustand mit Tabletten und Stärkungsspritzen überspielen müssen, um Peer zur Premiere der Oper *Carmen* und den anschließenden Empfängen begleiten zu können.

»Er hätte ein wenig Rücksicht auf mich nehmen können!«, entfuhr es ihr, während ihr eine Träne langsam die Wange herablief.

Energisch rief Michaela sich zur Ordnung. Wenn sie jetzt zu heulen begann, war die ganze Schminkerei vergebens gewesen, und sie durfte von vorne anfangen. Dabei würde der Wagen in weniger als einer halben Stunde vor der Tür stehen. Sie beseitigte rasch den leichten Schaden, den die Träne hinterlassen hatte, stand auf und ging zum Kleiderschrank.

Peer hatte gewünscht, dass sie ihr nachtblaues Abendkleid und die Goldkette mit dem Diamantanhänger trug. Dazu die blauen Schuhe und die beige Stola. Sie folgte seinem Wunsch und schaffte es im Zusammenspiel mit zwei Spiegeln und einem an einer Stange befestigten Haken, den Reißverschluss ihres Kleides zu schließen. Bei anderen Frauen übernehmen das ihre Männer, dachte sie. Doch Peer vor einem Auftritt zu stören, kam einem Sakrileg gleich. Nachdem Michaela auch die Goldkette umgelegt hatte, nahm sie die Stola und drapierte sie um die Schultern. Als sie noch einmal in den Spiegel schaute, rebellierte es erneut in ihr.

»Ich sehe wirklich aus wie eine Puppe, die man aus ihrer Schachtel herausnimmt, wenn man sie braucht, und sie danach wieder hineinstopft.«

Erneut kämpfte Michaela gegen die Tränen an. Sollte es der Sinn ihrer Ehe sein, die meiste Zeit perfekt angezogen, frisiert und geschminkt an der Seite ihres Ehemanns zu stehen? Sie wusste, dass einige ihrer Bekannten, oder besser gesagt der Bekannten ihres Mannes, ihr aufgrund ihrer Haarfarbe nur die Intelligenz einer Blondine aus den Blondinenwitzen zubilligten. Bislang hatte sie darüber lachen können. Immerhin führte sie ein Leben, um das viele Frauen sie glühend beneideten. Sie war mit dem Startenor Peer Varenthin verheiratet, wohnte bei dessen Engagements in den besten Hotels und war mit ihrem Mann zusammen Gast bei allen möglichen Größen aus Politik, Wirtschaft und Kunst.

Doch irgendwie genügte ihr dieses Leben nicht mehr.

»Michaela, bist du so weit?«, hörte sie ihren Mann fragen.

»Ja, Peer, natürlich!« Die Gewohnheit zwang Michaela, mit künstlich süßer Stimme zu antworten. Sie kehrte dem Spiegel den Rücken zu und verließ das Zimmer.

Auf dem Flur war ihr Mann dabei, den Sitz seiner purpurfarbenen Krawatte um einen Millimeter zu korrigieren. Er gab auch noch einer Haarlocke einen kühnen Schwung und wandte sich anschließend Michaela zu. »Du siehst wie immer hinreißend aus!«

Obwohl ich mich alles andere als das fühle, dachte sie. Die Krankheit schien immer noch in ihr zu stecken. Vielleicht hätte sie ein paar Tabletten nehmen sollen, um den Abend zu überstehen. Doch dafür war es nun zu spät. Sie musterte ihren Mann und zwang sich ein Lächeln auf. »Das Kompliment kann ich zurückgeben. Ich kenne niemanden, der dir auch nur annähernd das Wasser reichen könnte!«

Der zufriedene Ausdruck auf Peer Varenthins Gesicht verstärkte sich. An diesem Tag hatte er sich ganz in Purpur gekleidet. Sein Anzug stammte von Mailands bestem Schneider und seine Schuhe aus Turin. Er war überdurchschnittlich hochgewachsen und hatte eine schlanke, sportliche Figur, mit der er trotz seiner neununddreißig Jahre immer noch als jugendlicher Liebhaber überzeugen konnte.

Das Zimmertelefon klingelte.

»Der Wagen ist da!«, erklärte Peer und reichte Michaela den Arm.

Sie verließen die Suite, fuhren mit dem Lift nach unten und wurden an der Eingangstür des Hotels von einem Chauffeur in einem akkurat sitzenden dunklen Anzug in Empfang genommen.

»Guten Abend, Herr Varenthin, Frau Varenthin!« Der Mann führte sie nach draußen zu einer luxuriösen Limousine. So geht es an mindestens hundertfünfzig Tagen im Jahr, dachte Michaela.

Der Rest waren Reisetage von einem Engagement zum anderen und Vorbereitung auf die neuen Auftritte. Mit einem Mal spürte sie den sehnlichsten Wunsch, ein echtes Heim zu besitzen, zu dem sie nach den anstrengenden Tourneen zurückkehren konnte, um sich auszuruhen. Zwar hatten sie eine kleine Wohnung in Frankfurt gemietet und in den ersten Jahren ihrer Ehe immer wieder einige Wochen dort verbracht. Doch Peer lehnte es mittlerweile vehement ab, sich in dieser Wohnung aufzuhalten. Sie war ihm zu eng geworden und schien ihm seinem wachsenden Erfolg nicht mehr angemessen. Auch Michaela zog es nicht mehr dorthin. Dabei war es weniger die Wohnung selbst, die sie störte, als ihr Vermieter. Bei diesem handelte es sich um Peers Agenten Rainer Pahnke, und den Mann mochte sie immer weniger.

Michaela unterdrückte ein Seufzen. Weshalb zweifelte sie plötzlich das Leben an, das sie fast zehn Jahre ohne Probleme geführt hatte? Ein Anfall von Übelkeit überkam sie, und für einen Augenblick stellte sie sich vor, was Peer wohl sagen würde, wenn sie während seines Auftritts die Loge verließ, weil sie erbrechen musste.

Der Chauffeur steuerte den Wagen geschickt durch den Feierabendverkehr. Kurz darauf hielt er am Haupteingang, vor dem bereits ein Rudel Fotografen auf sie wartete. Die ersten Fotos wurden gemacht, als Michaela und Peer ausstiegen. Einigen Fotografen war anzusehen, dass sie auf Sensationsfotos wie Busen- oder Höschenblitzer hofften. Doch damit hatten sie bei Michaela kein Glück. Das Erste, was sie gelernt hatte, war, so etwas unmöglich zu machen. Sie lächelte, als Peer ihr den Arm reichte, und schritt an seiner Seite den roten Teppich entlang.

Ein Blitzlichtgewitter ging auf sie nieder, und an einer strategisch günstigen Stelle blieb Peer stehen und winkte den Fotografen zu.

»Können Sie sich zu mir drehen?«, rief einer.

»Ein bisschen nach links bitte!«, rief ein Zweiter, und ein Dritter forderte ungeduldig: »Und jetzt zu mir!«

Das Geschrei der Fotografen nervte Michaela. Aber da Peer es genoss, hier zu stehen und von mindestens zwei Dutzend Kameras abgelichtet zu werden, wollte sie keine Spielverderberin sein.

Endlich hatte auch der letzte Fotograf seine Bilder im Kasten, und sie konnten weitergehen. In der Vorhalle kam ihnen ein Mann entgegen, der seinen untersetzten Körper in einen engen, senfgelben Anzug gepresst hatte.

»Hi, Peer! Gut angekommen?«, fragte er.

Peer nickte. »Klar! Ich möchte jetzt in meine Garderobe gehen. Kümmerst du dich inzwischen um meine Frau, Rainer?«

»Mit dem größten Vergnügen!« Als merkte er erst jetzt, dass Michaela mitgekommen war, wandte Rainer Pahnke sich ihr zu. »Für uns wurde die Loge vier reserviert. Würdest du bitte vorgehen, Michaela? Ich werde Peer in seine Garderobe begleiten und ihm dort noch jemanden vorstellen!«

»Ich werde sicher nicht verloren gehen!«, antwortete Michaela leicht gereizt.

Ihr passte Rainer Pahnkes schleimige Art immer weniger, doch er war nun einmal der Agent ihres Mannes und die einzige Person, die Einfluss auf ihn hatte. Bin ich etwa auf den kleinen, dicken Kerl eifersüchtig?, fragte sie sich, nachdem sie sich von ihrem Mann verabschiedet hatte und auf die Logen zuging. Zumindest kränkte es sie, dass Pahnkes Meinung Peer wichtiger war als die ihre. Wenn sie sich etwas wünschte, was der Agent für überflüssig hielt, folgte Peer stets seinem Rat. Für eine Ehe war das nicht gut, beschloss Michaela, als sie den Eingang zur Loge vier erreichte.

Ein Securitymitarbeiter kam auf sie zu. »Halt, der Zuschauerraum ist noch nicht geöffnet. Sie müssen in der Vorhalle warten!«

»Ich glaube nicht, dass ich das tun werde!« Michaelas Stimme klang scharf, denn so unverschämt war sie bisher noch nie behandelt worden.

»Wenn Sie nicht freiwillig hinausgehen, muss ich Sie dazu zwingen«, antwortete der Beamte nicht weniger heftig.

Michaelas Wut auf Pahnke wuchs. Wie konnte er sie hierherschicken, ohne dafür gesorgt zu haben, dass sie die Loge auch betreten konnte! Einen Augenblick überlegte sie, ob sie es darauf ankommen lassen sollte. Die bullige Gestalt des Sicherheitsbeamten und seine unmissverständliche Abneigung brachten sie jedoch davon ab. Sie wandte dem Mann schroff den Rücken zu und ging zurück.

»He, das ist der verkehrte Weg! Der führt zu den Garderoben«, plärrte es hinter ihr her.

»Ich will zu meinem Mann, um mich über Sie zu beschweren!«

»Wer ist Ihr Mann?«, fragte der andere verblüfft.

»Peer Varenthin, der Star des heutigen Abends!« Pahnke war aufgetaucht und hatte den letzten Teil des Wortgefechts gehört.

Der Securitybeamte entdeckte jetzt an einer Wand das große Plakat, auf dem Peer Varenthins Auftritt angekündigt wurde, und begriff, dass er sich die falsche Person für seine Machtdemonstration ausgesucht hatte.

»Wusste ich nicht«, brummte er und war in null Komma nichts verschwunden.

»Was für ein Plebejer!«, stöhnte Pahnke und bot Michaela den Arm, um sie in die Loge zu führen.

Michaela nahm auf dem rechten der drei vorderen Sitze Platz und wunderte sich, dass Pahnke sich nicht wie sonst neben sie setzte, sondern den Sitz auf der anderen Seite wählte. Als er ihren fragenden Blick bemerkte, lächelte er verschmitzt. »Ich erwarte noch jemanden.«

Michaela konnte nur hoffen, dass die Person nicht allzu unsympathisch sein würde. Lange musste sie nicht warten, nach kurzer Zeit betrat eine Frau in einem tiefroten Kleid mit sehr weit ausgeschnittenem Dekolleté die Loge und setzte sich neben sie.

»Ich hatte eben das Vergnügen, mit Ihrem Mann zu sprechen, Frau Varenthin! Ich verehre ihn als Künstler und sehe ihn als großes Idol an, dem ich nacheifern will.«

»Antonella ist eine sehr begabte Sängerin und hat bereits einige Triumphe gefeiert«, erklärte Pahnke beflissen.

Michaela schüttelte verärgert den Kopf. »Sie wissen, dass Peer vor einem Auftritt keine Störung wünscht. Sie hätten ihm Frau …« Sie sah Antonella fragend an.

»Sebaldi!«, half diese ihr freundlich aus.

»Sie hätten Peer Frau Sebaldi auch nach seinem Auftritt vorstellen können.«

»Jetzt sei doch nicht so streng, Michaela!«

Im Gegensatz zu Michaela, die ihn siezte, duzte Pahnke sie ebenso wie ihren Mann. Er hatte Peer aufgefordert, auf Michaela einzuwirken, es ebenfalls zu tun, doch diesem gefiel die Distanz, die Michaela zwischen sich und andere Männer legte.

»Als Peers Agent sollten Sie dafür Sorge tragen, dass er seine Vorbereitungen auf den Auftritt störungsfrei treffen kann«, fuhr Michaela unversöhnlich fort.

»Peer hat das überhaupt nicht als Störung empfunden«, warf Antonella ein. »Er war im Gegenteil sehr freundlich. Ich hoffe, ich kann ihn zu einem gemeinsamen Auftritt bewegen.«

»Vielleicht werden Sie einmal für eine Oper engagiert, in der mein Mann die Hauptrolle singt.« Michaela lächelte, obwohl sie Antonella Sebaldi als aufdringlich empfand. Es störte sie auch, wie reißerisch diese ihre weiblichen Reize zur Schau stellte. Als sich die Sängerin vorbeugte, um zu sehen, wie sich die Zuschauerreihen füllten, sprengte ihr Busen beinahe das Dekolleté. Auch Antonellas Hinterteil trug auf, und die Taille war etwas zu kräftig, um schlank genannt werden zu können. Dieses Schicksal teilte sie mit vielen Sängerinnen. Nach Peers Ansicht verfügten magere Frauen über keine besondere Singstimme, da ihnen ein Resonanzkörper fehle. Damit war jedoch ein großer Brustkorb gemeint und kein gewaltiger Busen. Antonella verfügte über beides. Dazu hatte sie ein hübsches Gesicht, volles brünettes Haar sowie gelb und grün gefleckte Augen, die auf Michaela allerdings kalt und berechnend wirkten.

2.

Peer Varenthin sang an diesem Abend keine Opernrolle, sondern trug mit wundervoll schmelzender Tenorstimme ein Potpourri aus Liedern und Arien vor, mit dem er beim Publikum wahre Begeisterungsstürme hervorrief. Er wurde dreimal zu einer Zugabe genötigt und konnte sich erst nach einem vollen Dutzend Vorhängen zurückziehen.

Den Abgang erlebte Michaela nicht mehr, da sie zu dem Zeitpunkt bereits seiner Garderobe entgegenstrebte. Als ihr Mann eintrat, fasste sie nach seinen Händen und lächelte ihn an. »Du hast heute wieder grandios gesungen! Dabei hatte ich bereits Angst, du könntest wegen der Störung vor dem Auftritt ein wenig indisponiert sein.«

»Das war nicht so schlimm!« Peer tat das Gespräch mit Antonella Sebaldi mit einer Handbewegung ab.

»Wie es aussieht, wünscht deine Besucherin einen gemeinsamen Auftritt mit dir«, fuhr Michaela fort.

»Das wünscht sich nicht nur Antonella. Er ist auch mein Herzenswunsch!« Rainer Pahnke war hinter ihnen eingetreten. Nun packte er Peers Arm. »Ich weiß, du lehnst solche Auftritte ab, aber es wäre ein Schub für Antonellas Karriere. Als sie hörte, dass du von meiner Agentur vertreten wirst, hat sie mich gebeten, auch ihr Agent zu werden.«

Michaela fand den Ausdruck Agentur arg hochgegriffen, denn außer Peer vertrat Pahnke nur noch ein paar nachrangige Solisten, und mit diesen aufzutreten, weigerte Peer sich strikt. Daher rechnete sie mit einem klaren Nein. Doch ihr Mann schaute nur in den Spiegel, um den Sitz seiner Frisur zu überprüfen.

»So, jetzt können wir zur Party des Theaterdirektors gehen«, meinte er.

»Es ist nur über die Straße. Das Hotel dort verfügt über einen grandiosen Festsaal«, erklärte Pahnke.

Peer sah ihn empört an. »Und warum sind wir dann am anderen Ende der Stadt untergebracht, wenn dieses Hotel direkt beim Konzertsaal so gut sein soll?«

»Ich sprach vom Festsaal, nicht von den Suiten. Die sind in dem Hotel, in dem ihr wohnt, um Klassen besser.«

»Um wie viele Sterne?« Ein kleines Teufelchen zwang Michaela, dies zu fragen.

»Es sind beides Fünfsternehotels. Nur verfügt das eure über Suiten mit mehreren Räumen und dieses hier nicht.«

»Die Suite ist wirklich gut! Es ist mit die beste, die wir je hatten.« In Peers Stimme schwangen Stolz und Genugtuung mit, bei seinen Auftritten so luxuriös wohnen zu können.

Michaela musste an die ersten zwei, drei Jahre ihrer Ehe denken, als Peer noch als großes Nachwuchstalent gehandelt worden war. In jener Zeit hatten sie sich mit Hotelzimmern geringerer Kategorie oder kleinen Ferienwohnungen zufriedengeben müssen. War es damals nur der Reiz des Neuen gewesen, der ihr geholfen hatte, sich glücklich zu fühlen?

»Wir sollten jetzt gehen! Die Fotografen warten«, erklärte Pahnke.

Das wirkte wie ein Magnet auf Peer. Er reichte Michaela den Arm und schritt mit ihr dem Ausgang zu. Pahnke folgte ihnen mit Antonella. Diese hielt ihn ein wenig zurück und beugte sich zu ihm hin. »Glaubst du, du bringst Varenthin dazu, einem gemeinsamen Auftritt mit mir zuzustimmen?« Es klang drängend, denn in einem Atemzug mit dem berühmten Tenor genannt zu werden, würde ihrer Karriere einen enormen Schub verleihen.

Das war Rainer Pahnke natürlich klar. Doch er kannte Peer genau und wusste, dass dieser sofort ablehnen würde, wenn er das Gefühl bekam, ausgenutzt zu werden.

»Wir müssen vorsichtig sein!«, raunte Pahnke Antonella zu. »Varenthin ist nur bei seiner Eitelkeit zu fassen. Wir brauchen einen triftigen Grund, und den habe ich bis jetzt nicht gefunden.«

»Ich dachte, du wolltest meine Karriere fördern!« Der Vorwurf in Antonellas Stimme war nicht zu überhören. Um nach oben zu kommen, würde sie jahrelang durch nachrangige Theater und Konzerthallen tingeln und kleine Rollen spielen müssen. Ein gemeinsamer Auftritt mit Peer Varenthin hingegen würde die Aufmerksamkeit so manchen Theaterdirektors und Intendanten erregen und es ihr ermöglichen, erstklassige Rollen in ebensolchen Häusern zu spielen.

»Es kommt jetzt wirklich nicht auf einen Monat oder zwei an!«, wehrte Pahnke ab. »Außerdem habe ich ein interessantes Engagement für dich abgeschlossen. Du wirst auf der Jungfernfahrt des neuesten Kreuzfahrtschiffes einer Hamburger Reederei drei Konzerte geben. Da sind hochrangige Gäste an Bord und ein Haufen Presseleute. Du wirst Fotos und Artikel über deinen Auftritt in etlichen wichtigen Zeitungen finden.«

»In einer Zeile unter jener, die besagt, dass ein halb vergessener Literat an Bord aus einem Buch von anno dunnemals gelesen hat?«, fragte Antonella giftig. Ihr ging das alles viel zu langsam. Sie wollte Rollen singen wie die Carmen oder die Aida, und das nicht im Gemeindesaal von Hinterharsewinkel, sondern in der Deutschen Oper in Berlin, im Festspielhaus Baden-Baden, der Wiener Staatsoper und auf ähnlich großen Opernbühnen.

»Wenn du Varenthin zu sehr drängst und ihm damit auf die Nerven gehst, wirst du die Ochsentour durch die Provinz noch sehr lange machen müssen«, warnte Pahnke sie. »Und jetzt komm! Die beiden sind schon am Hoteleingang. Wenn du trödelst, sind die Fotografen weg.«

Dies ließ Antonella sich nicht zweimal sagen. Sie beschleunigte ihren Schritt, zupfte unterwegs an ihrem Dekolleté, damit ihre Oberweite zum Tragen kam, und trat mit einem eingeübten Lächeln auf die vor dem Hoteleingang wartenden Fotografen zu.

»Das ist Varenthins Agent!«, rief einer und richtete seine Kamera auf diesen. Auch wenn Pahnke für die meisten Fotografen lange nicht so interessant war wie sein berühmter Klient, so flammten doch die Blitzlichter auf.

Antonella drängte sich an Pahnke heran, damit sie mit auf die Fotos kam. Noch musste sie sich mit der Rolle als Pahnkes Begleiterin zufriedengeben. Doch schon bald, so schwor sie sich, würde sie für die Fotografen im Mittelpunkt stehen.

3.

Michaela nahm das Glas Sekt entgegen, das ihr ein schwarz befrackter Kellner reichte, und trank einen Schluck. Sie war durstig und hatte trotz des nicht weichen wollenden Übelkeitsgefühls Hunger. Ihr Mann lehnte den Sekt ab, denn er trank weder Alkohol noch andere Getränke, die seiner Stimme schaden konnten. Stattdessen forderte er ein Glas stilles Mineralwasser.

Wenig später brachte ihm eine Kellnerin ein Glas mit dem Wasser jener walisischen Quelle, der er den besten Einfluss auf seine Stimme zumaß, und er stieß mit Michaela an.

»Cheers!«

»Zum Wohl!« Obwohl Michaela es gewohnt war, bei solchen Empfängen Sekt zu trinken, schmeckte er ihr an diesem Abend nicht, und sie hätte sich ebenfalls ein Glas Wasser gewünscht. Peer hielt es jedoch nicht für sexy, wenn sie statt eines eleganten Sektkelchs ein Wasserglas in der Hand hielt. Daher trank sie tapfer aus und ging ein paar Schritte zur Seite. Dort bat sie einen Kellner um ein Glas Wasser und füllte dessen Inhalt zum Teil in ihren Sektkelch um.

»Danke!«, sagte sie lächelnd und beschloss, dies in Zukunft öfter zu tun. Sie trank zwar nie viel, aber heute war ihr der Alkohol förmlich zuwider.

Der Saal füllte sich, und mehr und mehr Leute drängten sich um Peer Varenthin, um ihm für seine furiose Vorstellung zu danken und ihn zu beglückwünschen. Michaela gesellte sich zu ihm und legte ihm die linke Hand auf die Schulter, während sie in der rechten das mit Wasser gefüllte Sektglas hielt. Dabei lächelte sie, wie es ihre Aufgabe war. Sie las den Neid in den Augen einiger Frauen, von denen etliche schon auf die fünfzig zugingen. Nach ihren Mienen zu urteilen, hätten diese wohl ein Vermögen dafür gegeben, ihre Stelle neben dem berühmten Tenor einnehmen zu können. Zu anderen Zeiten hatte sie sich über die Eifersucht der Frauen amüsiert, die ihren Mann schwärmerisch verehrten. Im Augenblick aber war es ihr regelrecht peinlich, so im Mittelpunkt zu stehen. Nein, im Mittelpunkt stand unzweifelhaft ihr Mann. Er war die Sonne, um die sie als erster Planet kreiste.

Oder besser gesagt, sie war der perfekte Rahmen für ihn, eine schöne Frau ohne eigene Ansprüche, die jede seiner Launen klaglos hinnahm und dafür sorgte, dass es ihm an nichts mangelte.

Die Frauen, die herandrängten und sich von ihren Freundinnen oder Ehemännern mit Peer fotografieren ließen, hatten keine Ahnung, wie schwer es oft war, Peers Wünsche zu erfüllen. Wer glaubte, sie würde nur auf den Sofas ihrer Suiten liegen und Cocktails schlürfen, war auf dem Holzweg. Sie hielt Peers Garderobe in Ordnung, erledigte die Buchführung für den Steuerberater, sammelte alle Pressemeldungen über seine Auftritte und betreute zudem ihren Mann wie ein kleines Kind.

Bei dem Gedanken an ein Kind kämpfte sie erneut mit den Tränen. Peer wollte keinen Nachwuchs und damit basta. Kinder würden verhindern, dass sie sich weiterhin so um seine Bedürfnisse kümmern konnte, wie er es verlangte.

Während Michaela düstere Gedanken plagten, begrüßte sie lächelnd die Gäste, die auf Peer zukamen. Einige bewundernde männliche Blicke galten auch ihr.

Da bemerkte Michaela, wie Antonella Sebaldi sich durch die Umstehenden drängte und nach Peers rechter Hand griff. »Sie waren einfach wunderbar, Herr Varenthin!«, flötete sie und sah mit anbetendem Blick zu ihm auf.

»Die Akustik war ausgezeichnet!«, sagte Michaela, ohne nachzudenken.

Auf Peers Miene trat ein unwirscher Ausdruck. Er war ausgezeichnet gewesen und die Akustik nur ein Beiwerk. Sein Vortrag hätte die Leute auch bei schlechteren Verhältnissen zu Beifallsstürmen hingerissen.

»Die Akustik war brauchbar!«, schränkte er ein und wandte sich Antonella zu. »Sie sagten, Sie singen ebenfalls?«

Es hörte sich an, als glaube er, sie würde ein wenig in der Badewanne trällern. Antonella ärgerte sich über den herablassenden Tonfall, hielt sich aber im Zaum.

»Ich habe in Korschenbroich die Marie in der *Regimentstochter* gespielt. Die Kritiker waren davon sehr angetan!«

»Korschenbroich? Das liegt doch …« Peer brach ab, so als wäre die Stadt zu unwichtig, um sich daran erinnern zu können.

Ein kleines Teufelchen auf Michaelas Schulter stupste sie mit seinem Dreizack an. »In Korschenbroich war dein erstes Engagement nach unserer Hochzeit, mein Lieber.«

Peers Gesicht verzog sich erneut. »Das mag sein, aber das liegt schon viele Jahre zurück.«

An diese Zeit erinnerte er sich nicht gerne, denn damals hatte er noch um jedes Engagement kämpfen und sich mit winzigen Gagen begnügen müssen.

Ein landesweit bekannter Kritiker trat hinzu und beglückwünschte ihn zu seinem Auftritt. »Es war ein Genuss sondergleichen, Herr Varenthin! Bei Ihnen merkt man erst, wie gut die Akustik in diesem Konzertsaal ist. Davon könnten sich etliche Theater und Opernhäuser in Deutschland und darüber hinaus eine Scheibe abschneiden.«

Da die Akustik nur zur Verherrlichung seiner Stimme erwähnt wurde, lächelte Peer geschmeichelt. »Jeder Sänger ist glücklich, in einem solchen Konzertsaal singen zu können.«

Zufrieden nahm er wahr, dass die Reporter, die für die regionalen Zeitungen arbeiteten, seine Bemerkung mitschrieben. Man würde sich daran erinnern und ihn erneut zu einem Konzertabend einladen, der weniger anstrengend war als eine Opernaufführung.

Auch auf weitere Fragen antwortete er mit viel Esprit, während Michaela stumm lächelte wie eine Puppe. Als sich schließlich ein Journalist auch an sie wandte, wollte dieser lediglich wissen, wie ihr der Auftritt ihres Mannes gefallen habe. Verschiedene Antwortvarianten dafür hatte sie sich schon lange zurechtgelegt, in denen sie Peers Können über den grünen Klee lobte. Ein weniger blumiger Kommentar oder gar ein Hauch von Kritik würde dem Ehefrieden nicht dienlich sein.

Wenig später wurde das Büfett eröffnet. Es gab erlesene Spezialitäten, und natürlich ließen alle dem großen Künstler den Vortritt. Peer wählte sehr genau und beschränkte sich auf ein oder zwei Gerichte. Es war, wie er sagte, das Opfer, das er der Kunst bringen musste.

Anders als er lud Michaela sich an diesem Abend den Teller voll und erschrak zuletzt selbst über den Anblick der Speisen, die sich darauf türmten.

Ihr Mann musterte sie missbilligend. »Wenn du so weiterisst, werden dir deine Kleider schon bald nicht mehr passen.«

»Ich habe heute Mittag kaum etwas zu mir genommen«, redete Michaela sich heraus und aß, kaum dass sie an dem für sie reservierten Tisch angekommen waren, sofort einen Teil der Speisen, so dass ihr Teller wenigstens nicht mehr überquoll, als Pahnke und Antonella sich zu ihnen gesellten.

Nach dem Essen verwickelte Antonella Peer in ein Gespräch über Gesangstechniken, in dem sie ihn wissen ließ, wie sehr sie seine Art zu singen bewunderte. Pahnke beteiligte sich lebhaft daran und betonte mehrmals, wie begabt Antonella sei. »Ich würde um jeden Betrag wetten, dass sie in fünf Jahren auf denselben Bühnen spielt wie du, und das nicht in einer Nebenrolle, sondern als weiblicher Star!«

In Michaelas Ohren klang es, als wolle er den Erfolg der Sopranistin regelrecht herbeireden. Dabei wusste sie, wie schwer es selbst für einen so begabten Sänger wie Peer gewesen war, die vielen Stufen zum Gipfel zu erklimmen. Korschenbroich war nur eines von vielen Engagements in der Provinz gewesen, bis er endlich einmal als Vertreter für einen erkrankten Tenor in einem der großen Opernhäuser hatte auftreten können. Von da an war sein Aufstieg kometenhaft verlaufen. Wie es aussah, hoffte Pahnke, bei Antonella Sebaldi werde es ähnlich sein.

4.

Es war bereits spät, als Michaela und Peer in ihre Hotelsuite zurückkehrten. Sie war todmüde und wollte nur noch ins Bett. Doch ihr Mann war viel zu aufgekratzt, um an Nachtruhe denken zu können.

Daher sah er sie auffordernd an. »Schaust du in den sozialen Netzwerken nach, ob es bereits Kommentare zu meinem Auftritt gibt?«

»Gerne!«, antwortete Michaela nicht ganz wahrheitsgemäß. Innerlich seufzte sie, sagte sich aber, dass sie Peer diesen Gefallen tun musste. Sie schaltete ihren Laptop ein und machte sich bei Facebook, Twitter und anderen Plattformen auf die Suche.

Wie erwartet, gab es etliche Einträge. Die meisten waren voller Bewunderung, nur ein User schrieb, wie es sein könne, dass man einem Sänger wie Peer Varenthin für einen einzigen Auftritt eine solche Summe in den Rachen steckte, während es in der Stadt an Geld für Kindergärten, Schulen und soziale Einrichtungen fehlte.

»Was für ein Banause! Der weiß anscheinend nicht, dass die sogenannten Juroren bei der Nichttalentshow seines Lieblingssenders für eine Sendung weitaus mehr Geld erhalten als ich während einer ganzen Opernsaison«, schimpfte Peer, der ihr über die Schulter schaute.

Ganz so war es nicht, denn seine Gagen waren hoch. Doch auch Michaela wusste, dass bei den Fernsehsendern viel Geld für prominente Showteilnehmer bezahlt wurden. Sie sagte jedoch nichts, sondern las ihm den Facebook-Eintrag einer Industriellengattin vor, die Peers Auftritt als Höhepunkt der diesjährigen Saison bezeichnete.

Dies versöhnte Peer wieder, und er lachte. »War das die kleine Dicke in der lila Wurstpelle?«

»Hier ist ein Selfie, das sie mit dir gemacht hat!« Michaela zeigte ihm das Foto und brachte ihn noch mehr zum Lachen. »Sie ist es! Was für eine eitle Person! Dich hat sie ganz weggeschnitten.«

Michaela war es gewohnt, dass Frauen, die sich mit Peer fotografieren ließen, darauf achteten, seine Ehefrau nicht mit aufs Bild zu bekommen. Gelegentlich sah man bei einem Bild noch ihre Hand auf Peers Schulter, doch oft wurde auch diese wegretuschiert.

»Sie hat sich gefreut, sich mit ihrem Idol fotografieren zu lassen. Es gibt auch schon etliche Kommentare dazu. Einige davon triefen vor Neid«, sagte sie und las sie ihm vor.

»Köstlich!«, rief er nach etlichen Einträgen.

Er freute sich wie ein Kind, so im Zentrum der Bewunderung zu stehen. Hatte er das wirklich nötig?, fragte Michaela sich. Er war doch auch ohne die ganzen Facebook- und Twitter-Einträge ein Star.

»Kannst du mir noch einen Salbeitee machen?«, fragte Peer.

»Gerne!«, antwortete Michaela wie gewohnt.

Sie ging zum Heißwasserbereiter, der zum Inventar der Suite gehörte, füllte ihn mit dem von Peer bevorzugten Mineralwasser und schaltete ihn ein. Sie hätte Tee auch bei der Rezeption bestellen können, doch Peer fürchtete, die Hotelangestellten könnten das falsche Wasser oder den falschen Tee verwenden. Während sie darauf wartete, dass das Wasser warm wurde, fragte sie sich, ob ihr gesamtes Leben auch in Zukunft nur daraus bestehen sollte, Peer zu bedienen und bei Veranstaltungen die Vorzeigepuppe an seiner Seite zu sein.

5.

Etliche Tausend Kilometer entfernt atmete Ralf Ginter in New York auf, als die Tür geöffnet wurde. Bis zuletzt war er unsicher gewesen, ob Alexander Marquart bereit wäre, ihn zu empfangen.

»Guten Tag, Herr Marquart«, grüßte er und dachte daran, dass er den jungen Mann in früheren Jahren mit dem Vornamen angesprochen hatte.

Alexander kniff bei dem ungewohnten Gruß in deutscher Sprache die Augen zusammen und brauchte einen Augenblick, um antworten zu können.

»Guten Tag!« Seine Stimme klang abweisend.

»Darf ich hereinkommen?«, fragte Ginter.

»Bitte.«

Ginter sah sich interessiert um. Die Einrichtung des Appartements bestand aus einem Bett, einem Schrank, einem Regal voller Bücher und Ordner sowie einem Schreibtisch mit einer aufwendigen Computeranlage, deren Bildschirm vermutlich auch als Fernsehgerät verwendet wurde. Eine Tür führte ins Badezimmer, eine zweite in eine Küche, die gerade groß genug war, sodass ein Mensch sich darin umdrehen konnte. Für den Sohn eines Mannes, der eine Villa mit über dreißig Zimmern sein Eigen genannt hatte, war dies ein bescheidenes Heim. Ginter wandte sich Alexander zu.

»Darf ich Sie meiner tiefsten Anteilnahme zum Tode Ihres Herrn Vaters versichern, Herr Marquart?«

Alexander ging nicht auf die Worte ein, sondern deutete auf den Schreibtischstuhl. »Nehmen Sie Platz, Herr Dr. Ginter. Was kann ich Ihnen anbieten? Cola, Orangensaft oder lieber einen Bourbon?«

»Gerne einen Whisky«, antwortete Ginter und setzte sich.

Alexander holte zwei Gläser aus der Küche und füllte diese mit einer bernsteinfarbenen Flüssigkeit. Als Ginter daran nippte, wunderte er sich. Auch wenn Alexander in einer Art Studentenbude wohnte, konnte er sich einen ausgezeichneten Bourbon leisten.

»Ich freue mich, dass Sie meiner Bitte nach einem persönlichen Gespräch entsprochen haben«, begann Ginter.

»Es gab einige Gründe dagegen, aber auch welche dafür«, erklärte Alexander kühl.

Ginter nickte verstehend. »Ich weiß, Sie hatten in letzter Zeit gewisse Differenzen mit Ihrem Vater. Aber …«

»Gewisse Differenzen ist gut!«, unterbrach ihn Alexander, der sich an den letzten großen Krach mit seinem Vater nur zu gut erinnern konnte. Es war fast genau sechs Jahre her, und seitdem hatten sie sich weder gesehen noch Briefe oder E-Mails gewechselt.

»Nachdem Ihr Vater verstorben ist, sind Sie der neue Besitzer der Marquart-Werke«, erklärte Ginter, ohne auf die Bemerkung einzugehen.

Alexander zuckte mit den Schultern. »Mein Leben spielt sich hier in den Vereinigten Staaten ab. Weshalb sollte ich nach Deutschland zurückkehren?«

»Das Werk hat einen hohen dreistelligen Millionenwert!«

»Dann könnte ich es ja verkaufen«, antwortete Alexander trocken.

Ginter blickte ihn entsetzt an. »Das können Sie nicht im Ernst meinen! Die Marquart-Werke blicken auf eine über siebzigjährige Tradition als Lebensmittelhersteller zurück. Auch vor der Gründung der Marquart-Werke waren Ihre Ahnen in Manfredsthal bereits geachtete Bäcker. Sie würden mit einem solchen Schritt nur dem Fiskus eine Freude machen, denn der würde bei einer Umwandlung von Betriebsvermögen in Privatvermögen gewaltig zulangen.«

Dieses Argument leuchtete Alexander ein. Dennoch schüttelte er den Kopf. »Es geht nicht! Ich habe hier den Auftrag übernommen, eine komplexe Produktionssteuerung zu schaffen, und für die benötigen meine Mitarbeiter und ich mindestens noch ein Jahr. Zudem hängt das Kernstück ganz von mir ab.«

»Können Sie diesen Job nicht jemand anders überlassen?«

»Den kann niemand anderer übernehmen! Es handelt sich um die Steuerung einer komplexen Industrieanlage, die nur mit zwei Patenten möglich ist, die ich habe schützen lassen.«

Nun wunderte Ginter sich noch mehr. Wenn Patente so wichtig waren, wie es den Anschein hatte, wurden sie gut bezahlt. Am liebsten hätte er gefragt, weshalb Alexander dann noch in einem so schlichten Appartement wohnte, verkniff es sich aber.

»Wenn ich mich jetzt zurückziehe, müsste ich eine saftige Konventionalstrafe zahlen. Das will ich nicht riskieren«, erklärte Alexander.

»Das ist natürlich ärgerlich! Aber deshalb müssen Sie die Marquart-Werke nicht verkaufen. Martin Reimers ist ein guter Geschäftsführer und kann den Betrieb leiten, bis Sie in die Heimat zurückkehren. Die Firma hat einen ausgezeichneten Ruf in der Branche, Ihr Vater hat sie zu einem der führenden Erzeuger von Biolebensmitteln ausgebaut.« Ginter kam sich vor wie ein Händler auf dem Markt, der unbedingt seine Bananen loswerden wollte, bevor sie faulten. Andererseits kannte er den tiefen Riss, der zwischen Vater und Sohn entstanden war, und konnte nur hoffen, dass Alexander seine Abneigung gegen dessen Werk überwinden würde.

Es hatte Zeiten gegeben, in denen Alexander höchstens als Besucher nach Deutschland zurückgekehrt wäre. Ihm widerstrebte schon die Vorstellung, in dieses Land umzusiedeln und das Werk seines Vaters weiterzuführen. Nur ein Gedanke hinderte ihn daran, seinem Besucher zu sagen, dass er umsonst gekommen sei – vielmehr eine Erinnerung, die so fern war, dass er sie kaum mehr greifen konnte. Er sah seine Mutter vor sich, die verzweifelt die

Arme nach ihm ausstreckte. Doch man hatte ihn gepackt und von ihr fortgezerrt, sodass ihm nur Tränen geblieben waren.

»Ich werde das Erbe meines Vaters antreten«, begann er mit schleppender Stimme. »Allerdings stelle ich mehrere Bedingungen.«

»Und die wären?«, fragte Ginter mit erwachender Hoffnung.

»Ich will mich vorerst auf meinen Job in den Staaten konzentrieren und nicht mit E-Mails von einem Dutzend Leuten behelligt werden, die mich in ihre betrieblichen Eifersüchteleien hineinziehen wollen. Daher wird der Kontakt von mir zu Reimers und den anderen führenden Angestellten der Marquart-Werke allein über Sie laufen. Sie – und nur Sie! – werden mich über alles informieren, was dort geschieht.«

»Das lässt sich einrichten«, erwiderte er. »Sie werden mir die entsprechenden Vollmachten erteilen müssen, um Martin Reimers und dessen Stellvertreter Holsten zu überzeugen.«

»Sie werden alle notwendigen Vollmachten erhalten! Wenn ich nach Manfredsthal zurückkehre, will ich über alles, was dort geschehen ist, informiert sein.« Alexander fiel diese Entscheidung nicht leicht. Immerhin hatte er sich vor vier Jahren als Softwarespezialist selbstständig gemacht und sich sein Leben in den USA eingerichtet. Auch wenn Ginter ihn wegen des kleinen Appartements für einen nicht gerade üppig bezahlten Angestellten zu halten schien, hätte ein Blick auf seine Kontoauszüge ausgereicht, um den Anwalt eines Besseren zu belehren. »Dann sind wir uns einig!«, setzte er lächelnd hinzu und reichte Ginter die Hand. »Sie sind mein verlängerter Arm in Manfredsthal.«

»Hoffentlich nicht zu lange«, antwortete Ginter. »Auch wenn Sie mir wahrscheinlich nicht glauben, so hat Ihr Vater doch sehr viel von Ihnen gehalten.«

6.

Michaela träumte schlecht in dieser Nacht und erwachte am nächsten Morgen wie zerschlagen. Der Kopf tat ihr weh, und ihr erster Griff ging zu den Tabletten. Sie drückte eine aus dem Blister und spülte sie mit Mineralwasser hinunter. Ihr Blick glitt zu Peers Bett, das etwa einen Meter von dem ihren entfernt stand. Ihr Mann mochte es nicht, wenn jemand direkt neben ihm lag. In einem französischen Hotel war es zu einem heftigen Krach gekommen, weil es dort keine trennbaren Betten gegeben hatte. Seitdem bestand er darauf, dies vertraglich absichern zu lassen.

Ihr Wecker verriet Michaela, dass sie kaum mehr als fünf Stunden geschlafen hatte. Sie wollte sich gerade wieder hinlegen, als ihr fürchterlich übel wurde. So rasch sie konnte, sprang sie aus dem Bett und eilte in dasjenige der beiden Badezimmer, das Peer für sie bestimmt hatte. Sie schaffte es gerade noch, die Tür hinter sich zu schließen und den Deckel der Toilette hochzureißen, dann erbrach sie in heftigen Schüben.

Es dauerte eine Weile, bis ihr Magen endlich Ruhe gab. Danach war es schlagartig vorbei, und sie fühlte sich besser. An Schlaf war jedoch nicht mehr zu denken. Michaela putzte sich die Zähne, trat unter die Dusche und erledigte ihre Morgentoilette.

Da sie ihren Schlafanzug beim Erbrechen beschmutzt hatte, steckte sie ihn zu der Wäsche, die in der hoteleigenen Wäscherei gewaschen werden sollte, und zog sich an. Um ihren schlafenden Ehemann nicht zu stören, setzte sie sich in den Wohnraum. Das Fernsehgerät einzuschalten wagte sie nicht, weil der Ton Peer wecken würde. Um nicht einfach nur dazusitzen, fuhr sie ihren Laptop hoch und vervollständigte ihre Abrechnung. Die Einnahmen überstiegen die Ausgaben bei Weitem, und sie würde bald wieder einmal mit Peer besprechen müssen, wie sie das überschüssige Geld anlegen sollte.

Dabei wusste sie bereits, dass er ihren Herzenswunsch, ein Haus als gemeinsamen Rückzugsort zu kaufen, nicht erfüllen würde.

Plötzlich überfiel sie ein Heißhunger, der kaum zu ertragen war. Sie sicherte ihre Daten und ging zur Minibar. Neben Peers walisischem Mineralwasser fand sie dort ein paar Snacks für den kleinen Hunger. Während sie einen Schokoriegel verschlang, fragte sie sich, was mit ihr los war. Morgendliche Übelkeit und darauffolgender Heißhunger waren mögliche Anzeichen einer Schwangerschaft.

»Ich bin nicht schwanger! Immerhin habe ich die Pille regelmäßig genommen, sogar, als ich während meiner Krankheit Antibiotika nehmen musste«, sagte sie leise und legte den zweiten Schokoriegel in die Minibar zurück.

Sie kam gerade einmal drei Meter weit, dann machte sie kehrt und holte den Schokoriegel und eine Tüte Erdnüsse heraus. So versorgt, setzte sie sich wieder an ihren Laptop und arbeitete weiter. Während sie die einzelnen Summen überprüfte und eintrug, überlegte sie nicht zum ersten Mal, dass sie eigentlich auch Rainer Pahnkes Job übernehmen und als Peers Agentin auftreten könnte. Sie schob diesen Gedanken jedoch sogleich beiseite, denn Peer wollte keinesfalls von ihr abhängig sein.

»Was ist das für eine Ehe, in der ich immer zurückstecken muss?« Sie erschrak über den giftigen Tonfall in ihrer Stimme. Dabei war es wirklich nicht so schlimm. Sie führte ein angenehmes Leben, das sie sich selbst niemals hätte leisten können, logierte in den besten Hotels und zählte zur High Society. Für jemanden, der mit siebzehn Jahren die Eltern durch einen Unfall verloren hatte und danach ohne jeden finanziellen Rückhalt hatte durchkommen müssen, war dies ein kometenhafter Aufstieg.

Warum also war sie so unzufrieden?

Michaela ärgerte sich über sich selbst und war froh, als dezent an die Tür geklopft wurde. Sie ließ den Hotelpagen ein, der nicht nur die Minibar aufstockte, sondern auch die aktuellen Tageszeitungen mitbrachte.

»Danke!«, sagte sie und reichte dem jungen Mann einen Geldschein.

»Oh, das ist aber freundlich von Ihnen!« Gewohnt, dass die Gäste einen zählbaren Dank für geleistete Dienste vergaßen, deutete der Bursche eine Verbeugung an und verließ das Zimmer.

Michaela vervollständigte ihre Berechnungen, speicherte sie ab und durchforstete erneut die sozialen Medien nach Informationen über Peers Auftritt. Sie fand mehrere Artikel, die es wert waren, ausgedruckt zu werden. Das Echo auf den gestrigen Abend war überwältigend. Peer hatte wieder einmal Zuhörer wie Kritiker überzeugt.

Mit einem gewissen Stolz holte Michaela die Ausdrucke aus dem kleinen Nebenraum, der auch als Umkleidezimmer diente, und legte sie auf den Tisch. Dann nahm sie sich die Zeitungen vor. In diesen war natürlich noch nicht viel zu finden, dennoch hatten zwei der Blätter kurze Kommentare eingestellt, die ebenfalls des Lobes voll waren.

Peer wird es freuen, dachte sie. Wie die meisten Künstler war er eitel und konnte sich über abfällige Berichte fürchterlich aufregen. Diesmal war so etwas nicht zu befürchten. Sie warf einen Blick ins Schlafzimmer. Ihr Mann schlief noch immer. Daher setzte sie sich erneut in den Wohnraum und blätterte eine Zeitung durch.

Plötzlich stutzte sie, denn ihr war die Anzeige einer Kreuzfahrt im Mittelmeer aufgefallen. Um die Zeit muss es dort herrlich sein, dachte sie.

»In einem Monat wird dies auch noch so sein«, sagte sie leise. Dann hatte Peer seine Tournee beendet, und der Terminkalender war für zwei Wochen ohne jeden Eintrag.

»Ich werde ihn fragen, ob wir in der Zeit ans Mittelmeer fahren können«, überlegte sie, schüttelte dann aber den Kopf. Es war nicht Peers Art, sich unter Hunderten Touristen auf einem Liegestuhl zu sonnen. Es musste schon etwas Exklusiveres sein.

Erneut las sie die Anzeige mit der Kreuzfahrt durch. Diese dauerte eine Woche, und das Schiff ging von Genua ab. Sie hatte bisher noch nie den Wunsch nach solch einer Reise verspürt, konnte sich aber im Augenblick nichts Schöneres vorstellen, als an Deck eines Schiffes zu stehen und den Seewind auf dem Gesicht zu spüren.

»Diesen Gefallen wird Peer mir wohl tun können«, meldete sich der rebellische Teil ihrer selbst.

Ihr Verstand sagte ihr jedoch, dass Peer auch so etwas als zu poplig ansehen würde. Etwas anderes wäre es, wenn ihn einer der wirklich Reichen auf seine Privatjacht einladen würde. Trotz einer gewissen Berühmtheit aber war er in deren Kreise noch nicht vorgedrungen. Michaela gab seufzend den Gedanken an eine Kreuzfahrt oder einen Strandurlaub auf und legte sich auf die Couch. Sie war müde, doch ins Schlafzimmer wollte sie nicht zurückkehren, um Peer nicht zu stören. Noch während sie damit haderte, dass sie ihre eigenen Wünsche wieder einmal hinter denen ihres Mannes zurückstellen musste, schlief sie ein.

7.

Michaela wachte auf, als sie Peer in seinem Badezimmer rumoren hörte. Ein Blick auf die Uhr verriet ihr, dass es bereits früher Nachmittag war, und ihr Magen meldete Hunger an. Dabei hatte sie um acht Uhr mehrere Schokoriegel und eine ganze Packung Erdnüsse gegessen. Kopfschüttelnd stand sie auf und ging in ihr Badezimmer, um nachzusehen, ob sie präsentabel war. Das war sie natürlich nicht, und so griff sie seufzend nach ihrem Schminktäschchen. Prompt hatte sie wieder das Gefühl, eine Puppe zu sein, die nach Peers Geschmack gestylt worden war.

Nimm dich zusammen!, ermahnte sie sich, als sie wieder den Wohnbereich der Suite betrat. Ihr Mann kam in einen purpurfarbenen Morgenmantel gehüllt ebenfalls herein.

»Wollen wir noch frühstücken oder lieber gleich zu Mittag essen?«, fragte sie.

Peer überlegte kurz und entschied sich für das Frühstück. »Rainer wollte später noch kommen, um über neue Engagements mit mir zu sprechen. Dabei können wir essen.«

»Ist gut«, antwortete Michaela, obwohl sie nicht glaubte, dass das eine Brötchen, welches sie sonst zum Frühstück aß, für ihren momentanen Appetit ausreichen würde. Doch Peer hatte recht. Wenn sie zunahm, würde sie auf den Fotos bald ebenso wie eine Stopfwurst aussehen wie die Industriellengattin, über die Peer so herzhaft gelacht hatte.

Sie wählte die Servicenummer und orderte das Frühstück. Es dauerte keine zehn Minuten, da klopfte es, und ein Page und eine Serviererin kamen herein und tischten auf. Den Tee für Peer kochte Michaela wieder selbst.

»Ist noch genügend Mineralwasser da? Nicht, dass es ausgeht«, sagte ihr Mann.

Michaela zählte die Flaschen. »Ich glaube, die reichen bis morgen.« Dann würden sie abreisen und den nächsten Ort aufsuchen, an dem Peer ein Konzert geben würde.

»Kannst du mir eine bringen?«

»Gerne!« Michaela nahm die Flasche aus dem Kühlschrank und goss ein Glas voll. Peer würde erst trinken, wenn das Wasser Zimmertemperatur erreicht hatte. Ihrer Meinung nach hätte das Wasser daher nicht im Kühlschrank stehen sollen, doch Peer bestand darauf, weil es angeblich frischer schmeckte. Es sind halt die kleinen Eigenheiten eines Künstlers, dachte sie mit leichtem Spott. Damit kam sie zurecht.

Als der Tee fertig war, konnte sie ebenfalls frühstücken. Der Page hatte zwei Gemüsesandwiches für Peer und zwei Brötchen für sie gebracht. Meistens aß sie nur eines davon, doch diesmal verschwanden beide so schnell, dass sie kaum glauben konnte, sie gegessen zu haben.

Peer hob die Augenbraue. »In letzter Zeit lässt du dich beim Essen gehen. Du solltest vorsichtiger sein! Ich will bei meinen Auftritten kein Hippopotamus an meiner Seite haben.«

Sie mit einem Nilpferd zu vergleichen fand Michaela gemein, und ihr kamen die Tränen. Gleichzeitig fühlte sie sich schuldig.

»Es hängt wahrscheinlich damit zusammen, dass ich krank war und mich nicht richtig auskurieren konnte.« Es schwang Kritik mit, da sie die Krankheit wegen der Reisen nur mit Tabletten hatte bekämpfen können, anstatt sich Bettruhe zu gönnen, wie der Arzt es ihr geraten hatte.

Peer ging nicht darauf ein, sondern fragte, ob es schon Berichte über seinen Auftritt gäbe.

»Ich habe alles drüben auf dem Couchtisch zusammengestellt. Die Zuhörer wie auch die Kritiker berichten enthusiastisch. Einer schreibt sogar, dass du auf dem Weg seist, der beste Tenor dieser Zeit zu werden, und hofft, dich bald in noch weitaus anspruchsvolleren Rollen zu sehen.«

Peer verzog das Gesicht. »Diese Knilche haben immer etwas zu meckern, sonst würden sie nicht leben. Ich spiele anspruchsvolle Rollen!«

»Der Mann meint Bayreuth und Wagner.«

Peer tat diesen Einwand mit einer Handbewegung ab. »Dort können sie sich doch nur zweitrangige Sänger leisten.« Ihn kränkte es noch immer, dass er vor einigen Jahren in die Auswahl als Zweitbesetzung für die Rolle des Lohengrin gekommen und dann zugunsten eines anderen aussortiert worden war.

Michaela war klar, dass Peer nur dann in Bayreuth singen würde, wenn Regisseur und Intendant ihn kniefällig mit dem Hinweis auf eine exorbitante Gage darum bitten würden. Allerdings hielt sie diese Haltung für kindisch, denn eine Saison auf dem grünen Hügel würde Peers Ansehen steigern. In der Hinsicht war mit ihm jedoch nicht zu reden.

Nach dem Frühstück rief Michaela den Zimmerservice, damit jemand zum Abräumen kam. Peer studierte unterdessen die Zeitungsberichte und die ausgedruckten Meldungen und lächelte zufrieden.

»Ich war wieder einmal überwältigend!«, lobte er sich selbst. »Noch heute muss ich mit Rainer sprechen, denn ich will für die nächste Saison die Hauptrolle an einem der ganz großen Opernhäuser erhalten.«

»Mich würde es freuen!«, antwortete Michaela. Der Ausruf kam von Herzen, denn dies hieß, mindestens ein Vierteljahr am selben Ort bleiben zu können, anstatt die Koffer nach ein paar Tagen oder nach ein, zwei Wochen wieder packen zu müssen.

»Ich werde mit Rainer ein ernstes Wort sprechen«, fuhr Peer fort. »Er sollte sich weniger um eine nachrangige Sopranistin kümmern, sondern sich für meine Belange einsetzen. Immerhin bin ich sein Star!«

Michaela wandte das Gesicht ab, damit er ihren amüsierten Ausdruck nicht sah und auf sich bezog. Wie es aussah, hatte Pahnke sich gestern keinen Gefallen damit getan, Peer diese Antonella aufzudrängen. Vielleicht, so sagte sie sich, löste er sich doch demnächst von seinem Agenten und überließ es ihr, seine Auftritte zu vereinbaren. Sie war sich sicher, diese Aufgabe nicht weniger gut bewältigen zu können als Pahnke.

Andererseits hatte dieser vor über einem Jahrzehnt den jungen Sänger unter seine Fittiche genommen und gefördert. Ob sein damaliger Star sich deswegen auch beschwert hatte?, fragte sie sich. Jedenfalls wäre es in ihrem Sinne, wenn Pahnkes Einfluss auf ihren Mann geringer wurde. Sie hatte ihn seit geraumer Zeit im Verdacht, nicht unschuldig daran zu sein, dass Peer sie in die Puppe verwandelt hatte, die ihn ständig begleiten und in jede Kamera lächeln musste, die auf sie gerichtet wurde.

»Ich kann mit dem gestrigen Erfolg wohl zufrieden sein«, konstatierte Peer zufrieden und legte die Ausdrucke zurück.

»Wann wollte Pahnke kommen?«, fragte Michaela.

»Um vier. Er bittet, dass für vier Leute gedeckt wird.«

»Wen bringt er mit?«, fragte Michaela weiter, obwohl sie die Antwort ahnte.

»Die junge Sängerin, die gestern bei ihm war.«

»Sie ist seine neueste Entdeckung. Da ist es kein Wunder, dass er sie pushen will«, meinte Michaela und griff nach der Speisekarte, um sich etwas für das späte Mittagessen auszusuchen.

Seit mehreren Jahren aß sie fleischlos, doch mit einem Mal war sie der vegetarischen Gerichte überdrüssig. Zu deftig wollte sie dann aber auch nicht zuschlagen und entschied sich daher für ein Hühnerbrüstchen in Weißweinsoße auf Safranreis. Mit der Bestellung musste sie jedoch warten, bis Pahnke und Antonella erschienen. Also beschäftigte sie sich in der Zwischenzeit damit, erneut im Netz nach Jubeleinträgen für Peer zu suchen.

8.

Pahnke kam wie üblich eine halbe Stunde zu spät und hatte Antonella im Schlepptau. Mit einem leutseligen Gruß rückte er der Sopranistin den Stuhl zurecht und nahm dann selbst Platz.

»Ich habe unterwegs einen bedeutenden Intendanten getroffen und bin dadurch aufgehalten worden«, erklärte er. »Noch ist nichts in trockenen Tüchern«, fuhr er fort, »aber es könnte sein, dass wir bald in die Vereinigten Staaten fliegen.«

»Die Metropolitan?«, fragte Peer sofort.

Pahnke schüttelte leicht verkniffen den Kopf. »Salt Lake City! Die Gage ist enorm.«

Immer nur die Gage!, fuhr es Michaela durch den Kopf. In ihren Augen starrte Pahnke viel zu sehr auf das Geld, das für Peers Auftritte geboten wurde, und weniger darauf, ihm zu jenen großen Rollen zu verhelfen, die ihn tatsächlich weiterbrachten und bei denen sie länger an einem Ort verweilen konnten. Auch wenn Peer in Deutschland und den Nachbarländern bereits ein Star war, so hatte er die höchste Stufe als Tenor noch lange nicht erreicht. Gastrollen in Bayreuth, bei den Salzburger Festspielen, an der Scala in Mailand oder der Metropolitan Opera in New York würden ihn entscheidend fördern, Salt Lake City hingegen weniger.

Pahnke berichtete nun von seinem Gespräch mit dem Amerikaner, der, wie er sagte, extra hierhergekommen sei, um Peer singen zu hören.

»Er wird mir Prospekte über die guten Hotels in Salt Lake City zukommen lassen. Wir suchen uns natürlich das feinste aus«, sagte er und zwinkerte Peer verschwörerisch zu.

Pahnke wusste, wie er seinen Schützling ködern konnte. Einem Hotel wie diesem hier mit einem Superservice und einer riesigen Präsidentensuite konnte Peer nicht widerstehen.

Ihr Mann hatte Michaela wenig über die erste Zeit seiner Karriere nach dem Gesangsstudium erzählt, doch die kindliche Freude über Luxushotels ließ sie vermuten, dass er damals froh gewesen sein musste, in einfachsten Hotelzimmern oder Pensionen unterzukommen. Michaela gönnte ihm diese Freude, doch sie wünschte sich, einmal länger in einer Stadt verweilen zu können.

»Wie lange dauert dieses Engagement in Salt Lake City?«, fragte sie.

»Zwei Konzerte, bei entsprechender Kartennachfrage auch drei«, antwortete Pahnke.

»Ist der Aufwand nicht ein wenig hoch, um dafür extra in die USA zu fliegen?« Michaelas Stimme verriet, wie wenig ihr das gefiel. Da sie sich sonst nie etwas hatte anmerken lassen, sahen ihr Mann und Pahnke sie erstaunt an.

»Peer muss in den USA singen, um den Leuten dort aufzufallen. Ich wette, unsere nächste Reise dorthin führt uns direkt an die Met oder in die Carnegie Hall.«

»Das hoffe ich doch«, sagte Peer, der ein längeres Engagement an der Metropolitan Opera als den endgültigen Ritterschlag zum Superstar der Opernszene ansah.

»Das kommt ganz sicher!«, versprach Pahnke und brachte ihn mit diesen Worten wieder ganz auf seine Seite.

Michaela begriff, dass es keine gute Zeit war, ihrem Mann die Trennung von seinem Agenten vorzuschlagen. Daher fragte sie, wann dieses Engagement eingeplant war, und atmete auf, als Pahnke berichtete, dass dies erst in zwei Monaten der Fall sein würde.

»Dann bleiben uns also doch die zwei freien Wochen, um uns zu erholen«, sagte sie erleichtert.

»Nach der anstrengenden Konzerttournee braucht Peer seinen Urlaub. Hast du dir schon etwas vorgenommen?«, fragte Pahnke in einem Tonfall, als hätte er bereits einen Vorschlag dafür.

»Ich würde gerne eine Kreuzfahrt machen«, warf Michaela ohne große Hoffnung ein.

»Eine ausgezeichnete Idee!«, rief Pahnke zu ihrer Überraschung. »Eine Kreuzfahrt ist genau das, was du jetzt brauchst, Peer. Die salzhaltige Seeluft kräftigt die Lungen und desinfiziert die Stimmbänder. Ich kenne den Kreuzfahrtdirektor einer großen

Hamburger Reederei. Wenn du nichts dagegen hast, spreche ich mit ihm.«

»Ich …« Peer sah kurz Michaela an, wandte sich dann aber wieder Pahnke zu. »Wenn du das für richtig hältst, habe ich nichts dagegen.«

»Das ist ausgezeichnet! Vielleicht kriege ich es sogar hin, dass du eine der großen Suiten erhältst – und zwar kostenlos!« Pahnke klang so begeistert, dass Michaela etliche Pferdefüße vermutete.

»Wieso sollte die Reederei uns eine Suite umsonst überlassen?«

»Das lass mal getrost meine Sorge sein«, antwortete Pahnke, während Peer sich verärgert räusperte.

»Ich bin ja schließlich wer!«

Das mochte stimmen, war aber Michaelas Meinung nach kein Grund für ein solches Angebot. Sie musste nur Pahnke ansehen, der sich gerade unbewusst die Hände rieb. Auch Antonella, die sich bislang zurückgehalten hatte, wirkte auf einmal hochzufrieden.

Michaela wagte nur zaghaft, Widerstand zu leisten. »Ich würde mir die Reise lieber selbst aussuchen.«

Gegen Pahnkes Beredsamkeit kam sie jedoch nicht an. Dieser versprach ihrem Mann schier das Blaue vom Himmel herunter. Erst ganz zuletzt rückte er mit einer möglichen Bedingung heraus.

»Es könnte sein, dass die Reederei dich bittet, an einem der Abende ein kleines Konzert vor ausgesuchtem Publikum zu geben. Es wäre auf jeden Fall eine werbeträchtige Sache. ›Peer Varenthin singt auf der Jungfernfahrt der *Alsterqueen.*‹ Die Zeitungen würden sich darauf stürzen!«

Wenn es neben Luxushotels noch etwas gab, mit dem man Peer reizen konnte, so war es gute Publicity. Michaela begriff, dass sie in dieser Angelegenheit nichts mehr zu sagen hatte. Nun würde alles der Agent ihres Mannes arrangieren. Einen Augenblick lang hoffte sie noch, Peer werde die Forderung nach einem Schiffskonzert als Zumutung ansehen, doch da legte dieser Pahnke die Hand auf die Schulter.

»Ein Konzert? Gut! Aber dafür bestehe ich auf der besten Suite und Vollservice auf dem Schiff.«

»Ich sorge dafür, dass alles klappt. Du wirst zufrieden sein. Doch jetzt sollten wir endlich bestellen. Ich habe Hunger.« Pahnke lachte leise und reichte Antonella die Speisekarte. Diese wählte dieselbe Speise wie Peer, während Pahnke sich für Gnocchi in Rahmsoße entschied.

»Und was isst du?«, fragte der Agent Michaela. Diese zwang ihren Lippen ein Lächeln auf.

»Ich nehme das Hühnerbrüstchen in Weißweinsoße auf Safranreis.«

»Du willst Fleisch essen?«, fragte ihr Mann verwirrt.

Michaelas Lächeln verstärkte sich. »Da ich keine Sängerin bin, kann ich mir auch einmal etwas Fleisch leisten. Groß wird die Portion sowieso nicht sein.«

Dabei hatte sie Hunger bis unter die Arme, aber sie wagte nicht, sich noch eine Suppe zu dem Hühnchen zu bestellen.

9.

Selma Endreß betrachtete das Foto ihrer verstorbenen Lebensgefährtin und spürte, wie ihr die Tränen in die Augen schossen. Drei Monate war Libusa nun schon tot, doch ihr Verlust schmerzte immer noch wie am ersten Tag. Später würde sie wieder an ihr Grab gehen und Blumen ablegen. Selmas Gedanken wanderten zurück zu der Zeit, in der sie ihre Lesbenkneipe in Frankfurt geführt hatte. Vor vielen Jahren hatte dort eine junge, verzweifelte

Frau nach einem heftigen Streit mit ihrem Ehemann Zuflucht gesucht. Die Fremde war in Tränen aufgelöst gewesen und hatte nicht mehr aus noch ein gewusst. Mitleidig hatte Selma ihr angeboten, bei ihr auf der Couch zu schlafen.

Es war nicht bei dieser einen Nacht geblieben, und irgendwann waren sie ein Liebespaar geworden. Siebenundzwanzig Jahre war das jetzt her, und sie hatten viel zusammen erlebt. Jetzt war sie allein.

»Warum musste Libusa diesen verdammten Krebs bekommen und nicht ich? Sie war doch zehn Jahre jünger als ich und hatte immer gehofft, ihren Sohn noch einmal wiedersehen zu können.«

Ihre Worte waren eine Anklage gegen das Schicksal, auch wenn Selma wusste, dass dies sinnlos war. Das Leben nahm nun einmal seinen eigenen Lauf und kümmerte sich nicht um die Sehnsüchte eines Einzelnen. Nun würde ein junger Mann seine Mutter nicht mehr sehen können, und sie hatte ihre Freundin und Geliebte für immer verloren.

»Für immer nicht! Irgendwann werde auch ich sterben. Sollte es ein Leben nach dem Tod geben, werde ich Libusa wiedersehen.«

Allerdings glaubte Selma nicht an das, was in den Kirchen verkündet wurde. Ein wahrhaft gerechter und liebender Gott würde den Menschen niemals so viel Not und Elend zumuten. Vielleicht waren die Menschen auch nur die Laborratten eines gottähnlichen Wesens, das ihnen etwa so viel Aufmerksamkeit zollte wie ein Laborassistent dem Versuchskaninchen, dem er eine ungetestete Substanz spritzte.

Selma musste an die vielen Streitgespräche mit Libusa denken. Diese war eine gläubige Christin gewesen und hatte regelmäßig Gottesdienste besucht. Ihre eingetragene Lebenspartnerschaft mit einer anderen Frau hatte jedoch den Vorstellungen der Kirchengemeinde nicht entsprochen, und daher war Libusa von etlichen Leuten angefeindet worden.

»Libusa, du fehlst mir so!« Selma wischte sich die Augen trocken und starrte dann auf das Mäppchen, das der Briefträger gebracht hatte. Es waren die Unterlagen für die Jungfernfahrt der *Alsterqueen*, des neuen Flaggschiffs einer Hamburger Reederei. Libusa und sie hatten diese Reise im letzten Jahr gebucht und sich darauf gefreut, sie zusammen antreten zu können.

Nachdem bei Libusa Krebs diagnostiziert worden war, hatten sie die Kreuzfahrt ganz vergessen, anstatt daran zu denken, sie zu stornieren. Erst das Mäppchen hatte Selma daran erinnert. Den Anblick empfand Selma direkt als Unverschämtheit. Dabei konnte die Reederei wirklich nichts dafür, dass Libusa die Fahrt nicht mehr antreten konnte.

»Ich werde es auch nicht tun, sondern die Reise stornieren«, murmelte Selma und warf das Mäppchen in den Papierkorb. Sie holte es aber sofort wieder heraus, weil in den Unterlagen die Telefonnummer der Reederei stand, und rief dort an.

»Guten Tag! Mein Name ist Selma Endreß. Ich habe mit einer Freundin zusammen eine Kreuzfahrt auf der *Alsterqueen* gebucht. Nun ist meine Freundin vor Kurzem verstorben. Daher will ich die Fahrt stornieren«, sagte sie, als sich nach längerer Warteschleife endlich jemand meldete.

»Die Kreuzfahrt beginnt übermorgen. Zu diesem späten Zeitpunkt ist eine Stornierung nicht mehr möglich«, antwortete eine flötende Stimme.

»Das heißt, ich muss die gesamte Fahrt bezahlen, auch wenn ich sie nicht antrete?«, fragte Selma verärgert.

»Bedauerlicherweise ist das so.«

»Dann ist dieser Anruf sinnlos!« Selma legte ohne ein Abschiedswort auf und sah das Foto ihrer Freundin an. »Was sagst du dazu, Libusa? Ich soll zahlen, obwohl wir beide nicht fahren können.«

»Aber du kannst es!« Selma zuckte zusammen, denn ihr war, als hätte die Freundin ihr geantwortet.

Sie wollte den Kopf schütteln, hielt dann jedoch inne. Libusa und sie waren in ihrem Leben nie wohlhabend gewesen, hatten sich aber die eine oder andere Annehmlichkeit leisten können. Diese Kreuzfahrt wäre die Krönung gewesen. Zwar widerstrebte es ihr, die Reise alleine anzutreten, aber sie sagte sich, dass sie den Pfeffersäcken der Hamburger Reederei das Geld nicht für nichts und wieder nichts in den Rachen stopfen sollte.

»Ich fahre, Libusa! Und du fährst mit, sowohl in meinem Herzen wie auch als Bild.«

Sie nahm die gerahmte Fotografie wie etwas sehr Kostbares in die Hand und küsste sie. Dann machte sie sich ans Packen. Die Fahrt sollte schon am übernächsten Tag beginnen, und daher würde sie mit dem Zug nach Hamburg fahren und für eine Nacht in jenem Hotel bei den Landungsbrücken einchecken, das Libusa und sie bereits mehrfach frequentiert hatten. Sie würde in Libusas Lieblingslokal essen und eine Rose in die Elbe werfen, als Gruß an das Meer, das ihre Freundin nun nie mehr sehen würde.

Zweiter Teil

Vom Regen in die Traufe

1.

Michaela ärgerte sich, als sie die Liste durchsah, die Rainer Pahnke ihrem Mann als Abrechnung für den letzten Monat überreicht hatte. Diese war noch schlampiger erstellt worden als die vorangegangenen, obwohl eine Steigerung kaum noch möglich gewesen schien. Das Ding strotzte vor Fehlern zu Peers Ungunsten. Auch fehlten zahlreiche Belege, insbesondere die, die den Verwendungszweck einiger höherer Forderungen hätten erklären können. Doch am meisten ärgerte sie sich über eine ganz grundlegende Änderung.

»Wie kommt Pahnke dazu, dir plötzlich ein Drittel deiner Gagen und sonstigen Einkünfte als Agentenhonorar abzuziehen? Wir hatten uns doch auf fünfundzwanzig Prozent geeinigt!«

»Ich habe vergessen, es dir mitzuteilen«, antwortete Peer mit einem beschwichtigenden Lächeln. »Rainer sagt zu Recht, dass er sich jetzt, da ich ein Star bin, mehr um mich kümmern müsse. Deswegen hat er einigen Sängern abgesagt, die ihn als Agenten engagieren wollten. Er begleitet uns auf den meisten unserer Reisen und muss selbst viel unterwegs sein, um neue Engagements für mich zu vereinbaren. Daher hat er dieses Geld wahrlich verdient.«

»Er kassiert nicht nur ein Drittel, sondern hat weitere Summen in Rechnung gestellt, für die Belege fehlen. Alles in allem kommt er damit auf mehr als die Hälfte deiner Gagen. Meines Erachtens tut er dafür zu wenig!«

Michaela war höchst verärgert über diese Wegelagerei, wie sie es insgeheim nannte, und wollte es sogar auf einen Streit ankommen lassen. Warum begriff ihr Mann nicht endlich, dass Rainer Pahnke wie ein dicker, fetter Blutegel an ihm hing und ihn finanziell aussaugte?

Tatsächlich reizte ihr Appell Peers Eitelkeit. Er war der große Künstler und verdiente das Geld. Daher durfte sein Agent nicht mehr erhalten als er. »Ich werde mit Rainer reden«, versprach er.

»Dann kannst du ihn auch fragen, warum er die Miete für die Wohnung, die er uns in seinem Haus zur Verfügung gestellt hat, erneut um einhundert Euro erhöht hat, obwohl wir sie schon seit Jahren nicht mehr nutzen.«

»Er wird sicher einen Grund haben. Es wird doch alles teurer.« Peer war Streit zuwider, und er hielt Michaela überdies für kleinlich. Schließlich hatte er Pahnke seinen Erfolg zu verdanken. Zu Beginn seiner Karriere vor anderthalb Jahrzehnten hatte er versucht, sich selbst zu vermarkten, war damit aber gescheitert. In jenen Tagen hatte er Pahnke kennengelernt, und dieser hatte ihm sein erstes ernsthaftes Engagement verschafft.

»Pahnke stellt übrigens zehntausend Euro für Frau Fabian in Rechnung. Dabei hat sie im letzten Vierteljahr nichts für dich getan.« Michaelas Zorn stieg mit jedem Eintrag, den sie vorlas. »Du solltest dich von diesem Agenten trennen. Er ist viel zu windig! Auch bringt er deine Karriere nicht mehr voran. Du hast nun das Alter erreicht, in dem du anspruchsvollere Rollen singen könntest, als er dir anbietet. Wenn du jetzt nicht den letzten Schritt machst, wirst du nie den Siegfried in Bayreuth oder den Tamino in Salzburg singen.«

Peer war schon halb bereit, nachzugeben, als Michaela weitersprach. »Um deine Finanzen verwalten zu können, habe ich in den letzten Jahren etliche Online-Kurse in Buchführung, Finanzbuchhaltung und noch einiges mehr belegt. Diese habe ich ausnahmslos mit der höchsten Punktzahl abgeschlossen! Mittlerweile fühle ich mich dazu in der Lage, erfolgreich als deine Agentin tätig werden zu können. Ich kenne die meisten wichtigen Leute, um nicht nur finanziell lukrative, sondern auch künstlerisch anspruchsvolle Rollen für dich vereinbaren zu können.«

Seine Frau als Agentin war in Peers Augen ein Ding der Unmöglichkeit, denn die entscheidenden Männer würden dann auf sie zukommen und nicht mehr auf ihn. Das ging ganz und gar nicht.

»Ich sagte, ich werde mit Rainer sprechen, dass er bei seinen Abrechnungen besser achtgeben soll. Als Agenten aber will ich ihn behalten. Es wäre undankbar, ihn jetzt zu feuern, nachdem er so viel für mich getan hat.«

Michaela spürte, dass sie erneut gegen Mauern anrannte, und seufzte. »Dann bestehe wenigstens darauf, dass er dir für die Wintersaison ein brauchbares Engagement besorgt. Wenn du in einem kleineren Opernhaus überzeugst, kommen die großen Angebote von selbst.«

Mehr, so sagte sie sich, konnte sie nicht tun. Sie würde Pahnkes Abrechnung in Zukunft noch gründlicher kontrollieren und ihn auf jeden Fehler zu seinen Gunsten hinweisen. Ihr Verhältnis zum Agenten würde sich dadurch weiter verschlechtern, doch das störte sie weitaus weniger als dessen Beutelschneiderei.

»Morgen geht es aufs Schiff! Hast du alles gepackt? Auch meine Partituren?«, fragte Peer, um das Thema zu wechseln.

»Die Koffer sind fertig, und das Taxi ist bestellt«, antwortete Michaela und wünschte sich, ihr Mann würde wenigstens einen Teil der Energie, die er für das Singen aufbrachte, auch im richtigen Leben zeigen. Er hatte sich jedoch in seinen Elfenbeinturm zurückgezogen und überließ es ihr, sich um all das zu kümmern, wofür sein Agent nicht zuständig war.

2.

Der nächste Tag begann mit hellem Sonnenschein und war damit wie gemalt für ein Schiff, das die Jungfernfahrt antreten sollte. Mit ihren sechzehn Decks und einem Fassungsvermögen von fast viertausend Passagieren lag die *Alsterqueen* wie ein gewaltiges Gebäude am Pier und erinnerte mehr an ein Hochhaus als an ein Schiff.

Selma Endreß war von dem Anblick dennoch enttäuscht, hätte jedoch nicht zu sagen gewusst, ob es am Schiff selbst lag oder an ihr und ihrer Trauer um Libusa. Als sie aus dem Taxi stieg und Koffer und Reisetasche entgegennahm, überkam sie heftiger Zweifel an der Entscheidung, diese Reise anzutreten. Ihre Freundin und sie hatten sich bei der Buchung von der Möglichkeit einer Jungfernfahrt anlocken lassen und dabei nicht auf die Details des Schiffes geachtet.

Zögernd ging sie auf das Tor des Kreuzfahrtterminals zu und war kurz davor, wieder umzudrehen, als ein Angestellter der Reederei sie entdeckte und auf sie zukam.

»Sie sind auch ein glücklicher Passagier der *Alsterqueen*«, meinte er und deutete auf die Anhänger an Koffer und Reisetasche, auf denen das Logo der Reederei und die Kabinennummer aufgedruckt waren.

Bevor Selma antworten konnte, nahm er ihr Gepäck an sich und schob es durch den Eingang des Terminals. Ihr blieb daher nichts anderes übrig, als ihm zu folgen. Vor den Check-in-Schaltern im Innern des Terminals wimmelte es von Menschen, die an Bord wollten. An der Seite war ein Streifen abgesperrt worden, um das Gepäck der Reisenden auf das Schiff zu bringen.

Während Selma langsam mit der Schlange vorrückte, beobachtete sie die anderen Passagiere. Die meisten verrieten freudige Erwartung, einige aber waren vom Warten genervt. Direkt neben ihr schimpfte ein kleiner, dicklicher Mann sogar auf die jämmerliche Organisation der Reederei.

Selma drehte sich mit hochgezogenen Augenbrauen zu ihm um. »Der Kahn wird schon nicht ohne uns in See stechen!«

Ihr Kommentar brachte den Mann dazu, tief durchzuatmen. Trotzdem schimpfte er weiter. »Ich bin schon mit den Schiffen mehrerer Reedereien gefahren, aber so einen Zirkus habe ich noch nicht erlebt. Sehen Sie sich die dort an! Was erlauben die sich? Die gehen an allen anderen vorbei zum Check-in-Schalter.«

Selma folgte seinem Blick und entdeckte einen gut aussehenden Mann, den sie auf Mitte dreißig schätzte, sowie eine wunderschöne Frau mit einem etwas starren Gesichtsausdruck. Hinter ihnen ging ein etwas kleinerer Mann, dem eine junge, gut gebaute Frau und eine um etliche Jahre ältere folgten. Ein Mann in Schiffsuniform begrüßte die fünf und sorgte dafür, dass sie umgehend einchecken konnten.

»Das sind wahrscheinlich Suitengäste. Soviel ich gelesen habe, werden die beim Check-in bevorzugt.« Selma winkte ab und trat die beiden Schritte vor, die die Schlange weitergerückt war.

»Sind diese Leute etwa Besseres als wir?«, brummte der kleine Dicke neben ihr.

»Sie bezahlen für diese Reise gewiss um einiges mehr als Sie oder ich«, beschied ihn Selma und war froh, als er auf einen anderen Schalter zuhielt als sie.

Endlich kam sie an die Reihe, gab ihren Voucher ab und erhielt ihre Bordkarte mit dem Hinweis, dass sie damit an Bord bezahlen könne.

»Geben Sie also gut darauf acht!«, riet ihr der Schalterbeamte, der seiner Kleidung nach zu schließen auch Kellner in einem der Bordrestaurants war.

Der dicke Choleriker trat wieder an Selmas Seite. »Haben Sie das gesehen? Anstatt von ausgebildetem Personal werden wir von

Köchen und den Verkäuferinnen der Bord-Shopping-Meile eingecheckt. Kein Wunder, dass da nichts richtig läuft!«

»Beim Einchecken müssen eben alle mithelfen, damit es rasch geht. Immerhin soll das Schiff heute noch in See stechen«, erklärte ein anderer Passagier.

Wenig später waren sie an Bord und strebten den Aufzügen zu. Der Miesepeter versuchte, erneut ein Gespräch mit Selma anzufangen, doch sie antwortete nur einsilbig. Bis zu den Aufzügen hatten sie denselben Weg, zu ihrer Erleichterung stieg er auf Deck drei aus dem Lift. Wie Selma den Prospekten entnommen hatte, gab es dort einige günstige Kabinen mit kleinen Bullaugen. Libusa und sie hingegen hatten eine Kabine mit Balkon gebucht.

Der Aufzug hielt auf Deck zwölf, und wieder stieg jemand aus. Ein Deck dreizehn gab es nicht, und so blieb die Aufzugkabine das nächste Mal auf Deck vierzehn stehen. Nun musste auch Selma den Lift verlassen, denn weiter oben gab es lediglich noch das Sonnendeck und die großen Suiten, die sich nur jemand leisten konnte, der mit lockerer Hand zehntausend Euro ausgeben konnte. Eine solche Extravaganz wäre nichts für Libusa und sie gewesen. Selma vermutete, dass die fünf Passagiere, die den Neid ihres Mitreisenden erregt hatten, dort oben untergebracht waren.

Selma zuckte mit den Schultern und öffnete die Kabinentür mit ihrer Bordkarte. Der Raum war sechzehn Quadratmeter groß und für zwei Leute gedacht. Dazu gab es einen kleinen Balkon mit zwei Stühlen.

»Libusa hätte es gefallen«, sagte Selma traurig und begann, sich einzurichten.

Sie brachte den Inhalt ihres Gepäcks problemlos im Schrank unter. Für zwei Passagiere in der Kabine wäre es jedoch knapp geworden, dachte sie und öffnete den kleinen Kühlschrank der Minibar. Er steckte voller Coladosen und Bierflaschen und enthielt damit nur Getränke, die sie nicht mochte. Mit Mühe entdeckte sie ganz hinten eine Flasche Mineralwasser. Das Wasser war kalt, und sie brachte nur einen Schluck hinunter, fühlte sich danach aber etwas besser.

Als Letztes nahm sie das gut eingepackte Foto von Libusa aus ihrem Koffer und stellte es auf das Nachtkästchen des zweiten Bettes. Während sie es betrachtete, seufzte sie und spürte, wie ihr die Tränen kamen.

»Libusa, ich vermisse dich so sehr!«, flüsterte sie und wurde von der Lautsprecheransage unterbrochen, die die Passagiere zu der obligatorischen Sicherheitsübung rief.

3.

Michaela ärgerte sich über sich selbst, weil sie in letzter Zeit so empfindlich reagierte. Es war für sie jedoch eine Enttäuschung gewesen, Rainer Pahnke und Antonella Sebaldi vor dem Schiff zu treffen. Auch fragte sie sich, weshalb Dietlind Fabian mit von der Partie war. Sie hatte die Rechnung über zehntausend Euro nicht vergessen, die Pahnke in deren Namen gestellt hatte und die sie für unberechtigt hielt.

»Hast du Pahnke aufgefordert, mitzukommen?«, fragte sie, kaum dass sie die Tür ihrer Suite hinter sich geschlossen hatte.

»Rainer ist schließlich mein Agent!«

»Aber nicht dein Kindermädchen! Ich hatte mich so darauf gefreut, einmal mit dir alleine zu sein.«

Michaela kamen beinahe die Tränen, denn sie hatte mit ihrem Mann endlich einmal in Ruhe über ihre Ehe sprechen wollen. So konnte es einfach nicht weitergehen. Doch solange Pahnke um ihren Mann herumscharwenzelte, würde sie keine Möglichkeit dazu finden.

»Übrigens ist Pahnke nicht nur dein Agent«, fuhr sie fort und reichte ihm die Schiffsbroschüre. »Hier steht, dass Frau Sebaldi an drei Abenden ein Konzert geben wird. Damit hat Pahnke uns mit Absicht auf dieses Schiff gelockt.«

»Mit welcher Absicht denn?«, versuchte Peer zu spotten.

»So wie ich ihn kenne, wird er dich spätestens morgen fragen, ob du nicht doch mit der Sebaldi zusammen singen willst«, erklärte Michaela. »Sonst hätte er Frau Fabian nicht mitgebracht. Sie soll dich und Frau Sebaldi für einen gemeinsamen Auftritt vorbereiten.«

Peer hob beschwichtigend die Hände. »Rainer sagt, die Reederei würde es gerne sehen, wenn ich mit Antonella ein kurzes Duett singe. Es wäre etwas Besonderes für ihre Passagiere!«

»Nur ein kurzes Duett?« Das glaubte Michaela niemals, hatte die Sopranistin doch einen hochzufriedenen Eindruck auf sie gemacht.

»Rainer hat versprochen, dass von meinem Konzert hier an Bord Tonaufnahmen gemacht und als CDs verkauft werden. Als Titel schwebt ihm ›Peer Varenthin auf großer Fahrt‹ vor. Ich werde eine Arie aus dem *Fliegenden Holländer* singen sowie *Rolling Home* und dazu das Duett mit Antonella. Diese drei Lieder werde ich unter Dietlind Fabians Anleitung einstudieren. Laut Rainer gibt es unter dem Theater auf Deck drei einen schalldichten Proberaum, sodass dies ohne Probleme möglich ist. Dietlind wird mit mir auch die Partitur durchnehmen, die ich bei einem eventuellen Engagement in Wuppertal singen werde.«

»Wuppertal ist ja auch das Zentrum der Opernwelt!«, fauchte Michaela aufgebracht.

Wieder einmal hatte Rainer Pahnke Auftritte ohne ihr Wissen vereinbart. Wenn es so weiterging, blieb ihr wirklich nichts anderes mehr übrig, als wie eine Anziehpuppe neben ihrem Mann herzulaufen und diesen in den Hotelzimmern zu bemuttern.

»Teufel noch mal, was soll das?«, rief Peer mit einem Mal empört.

»Was ist los?«

»Die Minibar! Da sind Bier und Cola drin sowie irgendein unsägliches deutsches Mineralwasser. Dabei weiß Rainer ganz genau, dass ich nur ein spezielles Wasser aus Wales trinke. Alles andere tut meiner Stimme nicht gut. Ruf den Butlerservice an, damit ich das richtige Mineralwasser bekomme.«

Schicksalsergeben suchte Michaela in den Schiffsunterlagen nach der Nummer des Butlerservices, fand aber keine. Daher wählte sie die Rezeption an.

»Guten Tag! Hier ist Varenthin, King Suite 15001. Mein Mann wünscht, dass die Minibar mit Mineralwasser einer speziellen Quelle aus Wales gefüllt wird. Laut der Getränkekarte gibt es dieses Wasser auf dem Schiff.«

»Einen Augenblick, ich verbinde Sie mit unserer Restaurantleiterin«, antwortete die Rezeptionistin kurz angebunden.

Die nächsten Minuten hing Michaela in der Warteschleife und hörte Musik vom Band. Als sie kurz davor war, aufzugeben, meldete sich jemand mit genervter Stimme. »Was ist los? Ich habe überhaupt keine Zeit!«

»Es geht um das Mineralwasser für meinen Ehemann. Er trinkt nur diese spezielle walisische Sorte«, erklärte Michaela geduldig.

»Und da stören Sie mich jetzt, wo alles drunter und drüber geht? Rufen Sie mich nach der Sicherheitsübung noch einmal an.« Damit beendete die Frau die Verbindung.

»Was ist los? Bekomme ich jetzt mein Mineralwasser?«, drängte Peer.

»Im Augenblick nicht, da laut der Aussage dieser Frau auf dem Schiff alles drunter und drüber geht!«

»Ich will aber mein Wasser haben!«, rief Peer zornig.

Benimm dich nicht wie ein kleiner, verzogener Junge, hätte Michaela am liebsten gesagt. Mittlerweile hatte sie sich eingestanden, dass sie eine beträchtliche Mitschuld daran trug, dass Peer so geworden war. Bei ihrer Heirat vor zehn Jahren war er noch ganz anders gewesen. Sie hatte sich jedoch immer mehr angewöhnt, bei seinen Engagements für sein Wohl zu sorgen, und nun ließ er sich von vorne bis hinten bedienen. Dazu kam Rainer Pahnkes dummes Gerede, dass Peer als großer Künstler dies auch verlangen dürfe.

Michaela fragte sich, wieso ihr diese Entwicklung erst jetzt so sauer aufstieß. Die Anzeichen waren doch schon lange zu erkennen gewesen. Sie war es leid, sich allen Launen ihres Mannes beugen und ihre eigenen Wünsche und Vorstellungen bis zur Selbstverleugnung zurückstellen zu müssen. Sie spürte, dass sie sich nicht mehr lange beherrschen konnte, und war froh, als eine Lautsprecherstimme alle Passagiere zu den Sammelstationen rief, damit sie an der Sicherheitsübung teilnahmen.

»Kann man das Ding nicht ausschalten?«, quengelte Peer.

»Diese Durchsage nicht. Sie gilt für das ganze Schiff. Wir sollen zur Musterstation gehen.«

»Warum?«

»Weil die Sicherheitsübung eine Veranstaltung ist, an der alle Passagiere teilnehmen müssen. Die Besatzung kontrolliert die Kabinen, ob deren Bewohner auch dorthin gegangen sind.«

Mehr denn je fand Michaela, dass Peer sich ändern musste, wenn ihre Ehe Bestand haben sollte. Sie hatte gehofft, hier auf dem Schiff mit ihm über alles reden zu können. Dass das unter den gegebenen Umständen möglich war, bezweifelte sie.

4.

Murrend begleitete Peer seine Frau zu der Sicherheitsübung und ließ die Belehrungen durch ein Mitglied der Besatzung geduldig über sich ergehen. Michaela bekam dessen Erklärungen jedoch kaum mit, denn sie starrte erschrocken zu einem Mann hinüber, der mit einer Sicherheitsweste bekleidet war und einen kurzen Stab mit einer Tafel in der Hand hielt, auf der eine Eins stand. Es war der Verantwortliche für das Rettungsboot, das mit dieser Nummer gekennzeichnet war. Als der vortragende Schiffsoffizier auf ihn deutete, trat er ein Stück nach vorne, und Michaela konnte ihn genauer anschauen.

Sie hatte sich nicht getäuscht. Es war Ferdinand Jander, der seit ihrem sechzehnten Geburtstag zwei Jahre lang versucht hatte, bei ihr zu landen, und sie dabei massiv gestalkt hatte. Ihn auf diesem Schiff wiederzusehen, setzte zusammen mit Pahnkes Selbstherrlichkeit ihrem Unmut die Krone auf.

Noch hatte Jander sie in der Masse der anwesenden Passagiere nicht entdeckt. Er hielt zwar seine Tafel so hoch, dass alle sie sehen konnten, aber seine Miene verriet die Erwartung, niemals gezwungen zu sein, Passagiere zu dem entsprechenden Rettungsboot zu führen. Für ihn wie auch für einige andere Mitglieder der Besatzung war diese Veranstaltung eine lästige Pflichtübung, die ihnen die Zeit stahl, die sie in ihren Abteilungen für die Vorbereitung des ersten Abends dieser Kreuzfahrt benötigten. Nach dieser Zwangsveranstaltung musste alles schnell gehen, und es würde wegen der Eile zu Fehlern kommen.

Endlich erklang die Lautsprecherdurchsage des Kapitäns, dass die Sicherheitsübung beendet wäre. Jander zog die Sicherheitsweste aus und übergab sie zusammen mit der Tafel einer jungen Helferin. »Ich bin schon mal auf der Station«, sagte er noch und verließ mit langen Schritten den Konferenzsaal, der für diesen

Teil der Passagiere als Musterstation diente. Auf dem Gang ballten sich bereits die Leute und versuchten, in die überfüllten Aufzüge zu gelangen. Er aber bog ab, öffnete eine nur für die Crew bestimmte Tür und wollte mit dem dortigen Aufzug hochfahren, als er sah, wie von der anderen Seite der Erste Offizier mit einem Mann und einer Frau herankam und auf den Aufzug wies.

»Ich will Ihnen und Ihrer Gattin nicht zumuten, mit den anderen Passagieren zusammen auf einen freien Aufzug zu warten, Herr Varenthin!«

Jander starrte Varenthins Begleiterin an. Es handelte sich tatsächlich um Michaela Müller, wie sie damals geheißen hatte. Jander spürte, wie zehn Jahre zu einem Nichts zusammenfielen und der Neid und die Eifersucht, die ihn damals in den Klauen gehalten hatten, zurückkehrten. Michaela war jetzt achtundzwanzig Jahre alt und noch schöner als damals.

»Sie müsste mir gehören! Mir! Nicht diesem lächerlichen Fatzke«, flüsterte Jander und trat einen Schritt zurück, damit er nicht gesehen wurde. Erst als der Aufzug mit Michaela losgefahren war, ging er weiter. In seinem Kopf wirbelten die Gedanken wild umher. Während der letzten Jahre hatte er Michaela so gut es ging verdrängt. Jetzt aber war der Wunsch, sie zu besitzen, ebenso groß wie damals. Nein, noch größer!, sagte er sich, als er kurz darauf zu dem ihm zugeteilten Restaurant ging.

Seine Chefin stand telefonierend an der Empfangstheke. »Es tut mir leid, aber ich habe derzeit niemanden, der Ihnen etwas auf die Kabine bringen könnte«, sagte sie. »Außerdem schenken wir dieses spezielle Mineralwasser nur in unseren gehobenen Restaurants aus. Gehen Sie ins *Dolphin*. Dort kann man Ihnen sicher weiterhelfen. Auf Wiedersehen!«

»Was gibt es?«, fragte Jander.

»Ich wünschte, wir könnten einmal losfahren, ohne dass Chaos ausbricht«, antwortete die Frau ärgerlich. »Ich muss zusehen, wie ich das Abendessen in allen Restaurants planen kann, ohne dass es zu Verzögerungen kommt, und dann will dieser Tenor unbedingt dieses spezielle walisische Wasser. Ich habe seiner Frau gesagt, sie solle es sich aus dem *Dolphin* holen.«

»Tenor? Meinen Sie etwa Peer Varenthin? Es hieß doch heute bei der Einweisung, er und seine Begleitung sollen bevorzugt behandelt werden!« Jander zog einen Ausdruck hervor. »Sehen Sie: Hier steht es schwarz auf weiß. Herr Varenthin, seine Ehefrau und sein Agent sollen auch in den gehobenen Restaurants außerhalb des All-inclusive-Bereichs frei essen und trinken können«, erklärte Jander mit Nachdruck. »Wenn er oder seine Frau ins *Dolphin* kommen, und der Kellner verlangt für das Wasser Geld, könnte es Ärger geben. Wenn Sie nichts dagegen haben, kümmere ich mich darum!«

»Tun Sie das!«, antwortete seine Vorgesetzte und griff zum Telefon, da eine Meldung auf ihrem Bildschirm Ärger versprach.

5.

Als Michaela das *Dolphin* erreicht hatte, sah sich einem Kellner gegenüber, der abwehrend die Hand hob. »Wir öffnen erst in einer Stunde.«

»Ich will noch nicht essen«, antwortete Michaela freundlich. »Die Restaurationsoffizierin schickt mich. Es geht um das walisische Mineralwasser für meinen Mann. Er verträgt kein anderes.«

Der Hinweis auf seine Vorgesetzte brachte den Mann dazu, das, was ihm gerade über die Lippen wollte, wieder zu schlucken. Verärgert holte er zwei Flaschen des Wassers aus einem Kühlschrank und stellte sie Michaela hin.

»Dieses Mineralwasser ist allerdings nicht inklusive«, erklärte er. »Sie müssen für jede Flasche fünf Euro bezahlen. Kann ich Ihre Bordkarte haben, um sie abzurechnen?«

Zwar hatte Pahnke ihnen das blumige Versprechen gegeben, dass sie auf der Reise nichts würden bezahlen müssen, doch im Augenblick war dies Michaela gleichgültig. Sie reichte dem Mann ihre Bordkarte.

In dem Augenblick trat Jander dazwischen und nahm die Karte an sich.

»Du kannst weiterarbeiten, Manuel. Ich kümmere mich um die Sache«, sagte er zu dem Kellner und wandte sich Michaela zu. »So sieht man sich wieder!«

Michaela zuckte mit den Schultern. »Irgendwann läuft man sich eben wieder über den Weg, ob man das will oder nicht. Jetzt würde ich Sie bitten, das Wasser zu berechnen und mir meine Bordkarte wiederzugeben!«

»Sie …« Die Anrede ärgerte Jander, denn in seiner Erinnerung war seine Beziehung zu Michaela weitaus enger gewesen, als es den Tatsachen entsprach.

»Was ist jetzt?« Michaelas Stimme war schärfer geworden, und das verärgerte Jander noch mehr. Er starrte die Frau an, die er bereits als Jugendliche mehr als alles andere begehrt hatte, und spürte, wie der Wille, sie für sich zu haben, mit aller Macht Besitz von ihm ergriff. Die Richtlinien der Reederei, die jeden über das Berufliche hinausgehenden Kontakt mit den Passagieren untersagten, waren vergessen, und er fasste nach Michaelas Arm.

»Du bist noch schöner geworden!«, stieß er hervor und wollte sie an sich ziehen.

Michaela befreite sich mit einer geschickten Drehung und griff nach einer Wasserflasche. »Wenn Sie aufdringlich werden, schlage ich zu!«

Die Drohung klang echt und ernüchterte Jander. Immerhin befanden sich mehrere Kellner in der Nähe und schauten bereits neugierig zu ihnen herüber. Er ließ Michaela los, reichte ihr den Bordausweis und trat einen Schritt zurück.

»Wir sehen uns noch!« Es klang wie eine Drohung.

Michaela fragte sich, was sie tun sollte. Wenn sie sich beschwerte, stand Aussage gegen Aussage, außerdem hasste sie Ärger. Sich an ihren Mann zu wenden, hatte keinen Sinn, denn ein Held war er nur in den entsprechenden Rollen. Im richtigen Leben ging er einem Streit lieber aus dem Weg.

Was kann Jander schon tun?, fragte sie sich. Solange sie sich in den für die Passagiere vorgesehenen Teilen des Schiffes aufhielt, musste er sie in Ruhe lassen. Mit diesem Gedanken nahm sie die beiden Flaschen und kehrte in ihre Kabine zurück.

Dort maulte Peer, weil das Wasser eiskalt war und es seiner Stimme schade, wenn er es jetzt tränke.

Früher hatte Michaela über diese Ausbrüche gelächelt, nun zerrten sie an ihren Nerven. Sie füllte trotzdem ein Glas mit dem walisischen Wasser, ließ im Badezimmer warmes Wasser in das Becken laufen und stellte das Glas hinein.

»In ein paar Minuten kannst du es trinken«, sagte sie Peer.

»Es wird auch Zeit!«

Ein Danke wäre nicht übertrieben gewesen, dachte Michaela und machte sich daran, die Koffer auszupacken und den Inhalt im Umkleideraum und in den Schubladen der Suite zu verstauen. Danach hatte sie sich so weit beruhigt, dass sie Peers Launen mit einem Lächeln ertragen konnte. Er war ein großer Künstler, und sie wollte alles tun, damit er die Höhen, nach denen er sich sehnte, auch ersteigen konnte. Was Ferdinand Jander betraf, so würde sie mit dem Kerl schon fertigwerden.

Insofern beruhigt betrat sie an Peers Seite das Restaurant, in dem ein Tisch für sie reserviert worden war. Hier kamen normale Sterbliche nur herein, wenn sie für ein Abendessen von fünfzig Euro aufwärts zuzahlten. Es lohnte sich jedoch, denn der Service war ausgezeichnet, und die Speisekarte bot auch für einen verwöhnten Vegetarier wie Peer genügend Gaumenfreuden. Ihm wurde sogar sein Wasser genau temperiert gebracht. Auch Michaela war mit dem Essen zufrieden, weniger aber damit, dass Rainer Pahnke und Antonella mit ihnen am Tisch saßen. Die Gesangslehrerin Dietlind Fabian hätte sie noch hingenommen, denn mit ihr konnte sie über die weitere stimmliche Entwicklung ihres Mannes reden. Um von einem großen Tenor zu einem ganz großen zu werden, musste Peer innerhalb der nächsten Jahre sein Repertoire erweitern.

Pahnke sprach zwar auch von möglichen Engagements, doch Michaela glaubte höchstens die Hälfte seines mit großem Optimismus vorgetragenen Sermons, hatte er doch schon viel zu viel versprochen, was niemals eingetreten war. Seinen Einfluss auf Peer hatte er dennoch nicht verloren, denn er fand immer eine Ausrede, mit der er sich herauswinden konnte.

Michaela sprach Dietlind Fabian an: »Haben Sie schon Pläne, welche Partitur Peer für die Wintersaison einstudieren soll? Eine anspruchsvolle Rolle in einem guten Opernhaus würde seiner Karriere einen größeren Schub verleihen als eine einfache Rolle in einem der besseren Häuser oder eine Konzerttournee, wie Herr Pahnke sie vorschlägt.«

Pahnke verzog missmutig das Gesicht. »Ich glaube, dass die von mir geplante Konzertreise das richtige Entree für Peer ist, um sich für anspruchsvolle Rollen in großen Häusern zu empfehlen.«

Peer sah Michaela mit überheblicher Miene an. »Da hörst du es! Rainer muss es wissen, denn er ist von Fach, während du, was Gesang und Oper betrifft, eine Laiin bist.«

»Wir sind seit zehn Jahren verheiratet. Ich habe in dieser Zeit sehr viel über Gesang und Opernengagements gelernt«, antwortete Michaela gereizt.

»Rainer ist seit vierzehn Jahren mein Agent und hat mich immer gut beraten!« Peer zeigte deutlich, dass er zu diesem Thema nichts mehr von ihr hören wollte.

Verärgert klinkte Michaela sich aus dem Gespräch aus. Es entging ihr nicht, dass Dietlind Fabian sich nicht dazu äußerte. Dabei hatte diese Peer noch im letzten Jahr gedrängt, sein Repertoire zu vergrößern und Rollen einzustudieren, mit denen er jederzeit an einer der bekannten Bühnen einspringen konnte, falls einer der dort engagierten Tenöre ausfiel. Dies erinnerte Michaela an die zehntausend Euro, die Pahnke für Dietlind einbehalten hatte. Sie würde die Gesangslehrerin fragen müssen, was es damit auf sich hatte. An diesem Abend war sie jedoch froh, als sie endlich mit dem Essen fertig waren.

Pahnke und Peer beschlossen, sich noch die Eröffnungsshow im Bordtheater anzusehen, doch Michaela fühlte sich dazu viel zu müde. Daher schüttelte sie den Kopf, als sie gefragt wurde. »Ihr werdet ohne mich in die Show gehen müssen. Ich werde in der *Kaffeebar* noch einen Kräutertee trinken und mich dann hinlegen.«

»Tu das!«, erwiderte Peer und richtete seine Aufmerksamkeit wieder auf Antonella, die eben erklärte, wie toll sie seinen letzten Auftritt gefunden habe.

6.

Selma Endreß hatte im Büfett-Restaurant des Schiffes gegessen. Das Gemüse und die Kartoffeln waren für ihren Geschmack zu hart gewesen und das Schnitzel zu zäh. Sie aß nur wenig Fleisch, hatte aber Appetit darauf gehabt und war enttäuscht worden. Da ihr Magen sich beschwerte, wollte sie sich in ihrer Kabine einen der Heiltees zubereiten, die sie mitgebracht hatte, musste aber feststellen, dass ihr dort kein Heißwasserzubereiter, sondern nur eine Kapselkaffeemaschine zur Verfügung stand. Da ihr Magen keine Ruhe geben wollte, steckte sie den Teebeutel kurzerhand ein und forschte in den Schiffsunterlagen nach einem Ort, an dem sie heißes Wasser bekommen konnte.

Die Bars trugen alle Fischnamen, und bei keiner Beschreibung war zu erkennen, ob es dort neben Kaltgetränken auch warme gab. Selma wollte schon aufgeben, als ihr die *Kaffeebar* in die Augen stach. Dort, so sagte sie sich, würde es wohl heißes Wasser geben. Ein Eintrag auf der Liste besagte, dass man dort für die Getränke einen Aufpreis bezahlen müsse. Da sie ihren Magentee jedoch unbedingt brauchte, war sie dazu bereit.

Nachdem sie sich auf dem Weg zur *Kaffeebar* zweimal verlaufen hatte, erreichte Selma sie endlich und fand die Zahl der Anwesenden übersichtlich. Zwei Tische von ihr entfernt saß ein schweigsames Ehepaar um die sechzig und trank trotz der späten Zeit noch einen Latte macchiato. Selma schauderte es, denn für sie hätte dies eine Nacht vor dem Fernsehgerät bedeutet, da sie mit Sicherheit nicht hätte schlafen können. Fast am anderen Ende der Tischreihe entdeckte sie jene junge schöne Frau, die beim Einchecken an ihnen vorbeigeführt worden war.

Glücklich sieht anders aus, dachte Selma, es hat wohl jeder seinen Packen zu tragen.

Sie trat auf die Kellnerin zu.

»Sie wünschen bitte?«, fragte diese.

»Ein Kännchen heißes Wasser für meinen Magentee«, antwortete Selma höflich.

Die Kellnerin starrte sie zuerst verwirrt an, verzog sich dann hinter ihre Theke und redete leise mit einer Kollegin. Danach kehrte sie zu Selma zurück.

»Ich glaube nicht, dass wir das tun dürfen. Sonst wird jeder mit einem Teebeutel kommen und nur heißes Wasser verlangen.«

»Schreiben Sie es als normalen Tee auf meine Rechnung«, antwortete Selma und dachte, dass man auf diesem Schiff von einem wirklich guten Service wenig zu halten schien. Da sie wenig Lust hatte, sich allein an einen Tisch zu setzen, trat sie auf die junge Frau zu.

»Ist bei Ihnen noch Plätzchen frei für eine alte Frau wie mich?«, fragte sie.

Michaela schrak aus ihren Gedanken hoch und nickte. »Setzen Sie sich ruhig!«

»Danke.« Selma folgte der Einladung und schüttelte dann den Kopf. »Man merkt, dass dieser Kahn Hamburger Hanseaten gehört. Gerade, dass sie uns nicht auch noch die Luft zum Atmen bezahlen lassen. Dabei hieß es in den Prospekten, es wäre alles inklusiv! Und den Tee brauche ich nur wegen des Abendessens. Das liegt mir nämlich schwer im Magen. Im Normalfall mag ich mein Gemüse nicht so al dente wie vorhin im Büfett-Restaurant. Zudem hätte das Fleisch ein wenig mehr durchgebraten sein müssen.«

»Im *Dolphin* hat es ausgezeichnet geschmeckt«, meinte Michaela verwundert, kniff dann aber die Augen zusammen. »Ich glaube, das ist ein Zuzahlrestaurant. Bei dem würden die Gäste wegbleiben, wenn das Essen nicht gut wäre.«

»Da haben Sie sicher recht. Aber für einen Normalsterblichen wie mich, der auf seine Scheine achten muss, bleibt eben nur die Kantine.«

»Kantine?«

»Ich meine das Büfett-Restaurant. Es hat das Ambiente einer Firmenkantine, und das Essensangebot würde zu einer Beschwerde beim Betriebsrat führen.« Noch während sie es sagte, erinnerte Selma sich an den dicklichen Mann, mit dem sie eingecheckt hatte. Die Kreuzfahrt hatte noch gar nicht richtig begonnen, und sie hörte sich schon an wie dieser Kerl. Sie verzog ein wenig beschämt das Gesicht. Wenigstens kam nun die Kellnerin mit dem heißen Wasser und stellte ihr auch eine Tasse hin.

»Sie wollen den Tee ja sicher nicht aus der Kanne trinken«, meinte sie mit einem leicht gezwungenen Lächeln.

»Ich muss mich korrigieren. Der Service ist hier doch halbwegs brauchbar«, spottete Selma, als die Kellnerin wieder gegangen war.

Michaela nickte, sagte aber nichts darauf. Da auch Selma schwieg, saßen sie stumm nebeneinander und tranken ihren Tee. Als ihre Tasse leer war, stand Michaela auf. »Ich werde jetzt in meine Kabine gehen und mich hinlegen. Gute Nacht.«

»Gute Nacht«, wünschte ihr Selma und stand ebenfalls auf.

Michaela ging den Gang zu den Aufzügen hinunter, als plötzlich Ferdinand Jander vor ihr auftauchte.

Da sie ihn nicht beachtete, packte er sie rüde am Arm.

»Du gehörst mir und sonst niemandem, verstanden?«, fuhr er sie erregt an.

»Wenn ich jemandem gehöre, dann nur mir allein. Und nun lassen Sie mich los!«, rief Michaela empört.

Schon früher war Jander gewalttätig geworden. Einmal hatte sie sich durch einen Kniestoß in gewisse Regionen befreien müssen und einmal durch einen Biss in seinen Arm. Damals hatte er nur ein T-Shirt getragen und nicht wie jetzt eine Schiffsuniform.

Noch ehe Michaela sich versah, zerrte Jander sie auf die Tür eines Lagerraums zu. In dem Augenblick kam Selma heran und sah, wie Michaela sich verzweifelt gegen den harten Griff des Mannes wehrte.

»Was ist denn hier los?«, fragte sie zornig und war bereit, notfalls einen ihrer Schuhe auszuziehen und damit zuzuschlagen, wie sie es schon früher manchmal hatte tun müssen, um zu aufdringliche Kerle zu disziplinieren. »Der hat sie anscheinend nicht mehr alle!«, schimpfte Selma hinter Jander her.

»Beinahe hätte der Kerl mich durch diese Tür gezerrt!«, sagte Michaela noch ganz geschockt.

»Sie sollten Anzeige erstatten«, riet ihr Selma.

»Ich werde es auch tun«, sagte Michaela, wurde dann aber unschlüssig. »Jedenfalls werde ich mich über ihn beschweren, wenn er noch einmal in meine Nähe kommt!«

Selma verzog das Gesicht. »Mir wäre es lieber, Sie würden es gleich melden!«

»Ich will kein Aufsehen erregen. Es ist gewiss irgendein Zeitungsschmierer an Bord, der daraus ein Drama in mehreren Akten machen würde«, wehrte Michaela ab.

»Das verstehe ich. Aber wenn er noch einmal zudringlich werden sollte, stoßen Sie ihm mit dem Knie in die Klöten. Das bremst selbst den schärfsten Hund!«

»Das habe ich schon einmal gemacht und werde es wieder tun, wenn es nötig sein sollte«, versprach Michaela.

Bei einem Konzert, das kurz nach dem damaligen Zwischenfall stattfand, hatte sie Peer kennengelernt und sich in diesen verliebt. Allerdings war der Peer von damals ein fröhlicher und sympathischer Mensch gewesen, während er heute schier an seiner eigenen Wichtigkeit erstickte.

»Danke schön, dass Sie mir zu Hilfe gekommen sind!« Michaela schenkte Selma ein erleichtertes Lächeln und ging weiter. Als sie die Suite betrat, war Peer noch nicht aus dem Theater zurückgekehrt. Sie war froh darüber, denn so konnte sie sich ungestört für die Nacht zurechtmachen.

Als sie sich wenig später hinlegte, war Peer noch immer nicht zurück. Sie war zu müde, um auf ihn zu warten, und schlief trotz des unerfreulichen Zwischenfalls mit Jander rasch ein.

7.

Peer Varenthin verfolgte den Auftritt einer jungen Akrobatin mit Interesse und applaudierte lebhaft bei den gewagten Kunststücken, die sie an einem von der Decke hängenden Band vollführte. Ein Teil seiner Begeisterung war ihrem Dress geschuldet, das noch gewagter war als ihre Darbietung. Der neben ihm sitzende Rainer Pahnke zog die Artistin mit seinen Blicken förmlich aus.

»So etwas muss man sich auch mal gönnen«, meinte er gut gelaunt zu Peer.

Dieser nickte. »Das hat etwas für sich! Was meinst du?«

Peers Frage galt Antonella, die mehr auf die Wirkung der Akrobatin auf die beiden Männer und weniger auf deren Kunststücke achtete. Mit den Reizen der Frau konnte sie jederzeit mithalten, dachte sie und wandte sich lächelnd Peer zu. »Sie ist wirklich gut! Allerdings muss man wohl ein Mann sein, um es richtig genießen zu können.«

Pahnke grinste. »Eifersüchtig auf die Kleine?«

»Warum sollte ich? Die Artistin ist eine Meisterin in ihrem Fach und ich in dem meinen.«

Dietlind Fabian ließ ein leises Schnauben hören. So gut, wie Antonella tat, war sie noch lange nicht. »Rainer sollte dafür sorgen, dass Sie ein passendes Engagement für die Wintersaison erhalten. Eine größere Rolle in einem Provinztheater wäre für Ihre Karriere am besten.«

»Ich bin gerade dabei, die Angebote zu studieren«, erklärte Pahnke, obwohl er Antonella bei ein paar Opernhäusern angeboten hatte, bisher aber keine Zusage erhalten hatte. Was Peer Varenthin betraf, würden selbst renommierte Häuser zugreifen, wenn er bereit wäre, eine der großen Tenorrollen zu übernehmen. Aber kein Opernintendant würde ihm die größte Suite im besten Hotel der Stadt für die Zeit des Engagements bezahlen. Ein gutes Zimmer jederzeit, doch um die Kategorie eines Jonas Kaufmann oder Lawrence Brownlee zu erreichen, musste Peer noch ein paar Stufen erklimmen.

»Michaela schlägt ebenfalls vor, dass ich im Winter eine der großen Rollen übernehmen soll!« Peer wollte nicht, dass nur über Antonella geredet wurde.

Pahnke schüttelte den Kopf. »Ich halte es für besser, wenn du noch eine Saison bei verschiedenen Konzerten auftrittst. Das macht dich einem breiten Publikum bekannt und bringt den CD-Verkauf voran!«

Peer hatte bereits mehrere CDs aufgenommen. Beim Fachpublikum waren diese gut angekommen, aber so richtig durchgestartet war er damit nicht. Aber für Konzerte, wie Pahnke sie bevorzugte, fand sich meist ein Sponsor, der den Hotelaufenthalt für drei oder vier Tage bezahlte. Bei einem längeren Engagement an einem Ort übernahm dies niemand.

Für Antonellas Geschmack drehte sich das Gespräch jetzt zu sehr um Peer. »Da du gerade von CDs sprichst: Es wird doch gewiss auch eine von meinem gemeinsamen Auftritt mit Peer gemacht!«

»Ja, so ist es geplant«, antwortete Pahnke.

»Dann sollten wir in unserem Konzert eines der großen Duette singen. Die liebe Dietlind wird mit uns sicher gerne die Partitur einstudieren.«

»Aber selbstverständlich«, versicherte die Gesangslehrerin erleichtert, weil sie endlich wieder einmal etwas zu tun bekam.

Peer befand sich einer Zwickmühle. Zum einen wollte er der alleinige Star sein, zum anderen konnte eine gemeinsame CD Musikliebhaber auf ihn aufmerksam machen. Er lehnte sich zurück und betrachtete Antonella durchdringend. Sie war schön und sinnlich und würde sich an seiner Seite auf einem CD-Cover gut machen. Fast unbewusst nickte er. »Also gut!«

»Ich habe den Bespaßungsmenschen des Schiffes bereits gefragt, ob wir die Proberäume morgen Nachmittag nutzen können«, erklärte Antonella zufrieden.

»Den Bespaßungsmenschen?«, fragte Peer verwirrt.

»Der Typ halt, der für das Theater und die anderen Veranstaltungen zuständig ist!«

»Antonella meint den Entertainmentmanager«, klärte Pahnke Peer auf.

»Das habe ich mir schon gedacht«, meinte dieser und fragte Dietlind Fabian, welche Lieder und Arien sie empfehlen würde.

Die Gesangslehrerin kannte seine Eitelkeit und nannte mehrere, bei denen er brillieren konnte. Da Antonella sich benachteiligt fühlte, verzog sie ein wenig den Mund. Sie beschloss dann aber, sowohl mit Dietlind Fabian wie auch mit Pahnke unter vier Augen zu sprechen, damit sie nicht nur als Beiwerk für Peer Varenthin auftreten musste, sondern auch selbst glänzen konnte.

8.

Am nächsten Vormittag erhielten Michaela und ihre Begleiter ein ausgezeichnetes Frühstück. Sogar der Kapitän setzte sich für eine Viertelstunde zu ihnen und erklärte, dass er, wenn er kein Seemann geworden wäre, am liebsten den Beruf des Sängers ergriffen hätte. Peer verzog ein wenig die Lippen, denn ein Beruf war etwas, was man erlernen konnte. Ein Sänger wie er benötigte vor allem jenes seltene Talent, das ihn unter all den anderen Menschen heraushob.

Michaela vergaß über dem Gespräch ihre Begegnung mit Jander nicht und sah ihn auch zweimal im Hintergrund durch das Restaurant gehen. Mit einem Mal wurde ihr übel, und sie stand schnell auf. »Entschuldigt mich bitte, aber ich glaube, ich werde seekrank«, flüsterte sie und eilte davon.

»Deine Frau ist wirklich eine Mimose! Auf diesem Schiff bemerkt man den Seegang doch kaum«, spottete Antonella.

Peer nickte und sagte sich, dass Michaela in letzter Zeit arg seltsam geworden war. Begonnen hatte es, kurz nachdem sie behauptet hatte, krank zu sein. Bis dorthin hatte sie alles getan, damit er sich wohlfühlte. Jetzt erledigte sie noch das Nötigste und versuchte zudem, sein gutes Verhältnis zu seinem Agenten zu zerstören. Er erinnerte sich kurz daran, dass Michaela bereits in den letzten Jahren die Abrechnungen des Agenten kritisiert und diesen wegen einiger unklarer Posten zur Rede gestellt hatte. Doch kam es in seinem Verhältnis zu Pahnke wirklich auf jeden Euro an? Er war ein Künstler, und Rainer tat alles, um ihn in die erste Reihe der Startenöre zu bringen. Dafür hatte dieser das Geld, das er einbehielt, mit Fug und Recht verdient.

»Ja, sie ist eine Mimose«, erklärte er und brachte das Gespräch wieder auf das gemeinsame Konzert. »Ich habe mir einige Gedanken bezüglich der Arien gemacht, die Antonella singen sollte. Sie dürfen nicht zu schwierig sein, damit ihre Stimme nicht überfordert wird.«

In Gedanken verfluchte Antonella die Arroganz dieses Mannes, zwang aber ihren Lippen ein Lächeln auf. »Im Großen und Ganzen gebe ich Peer recht. Es sollte aber mindestens ein Duett darunter sein, bei dem jeder von uns bis an seine Grenzen gehen muss. Wie anders sollen wir die Musikwelt überzeugen?«

Pahnke und Dietlind sahen Peer gespannt an. Würde er Ja sagen oder darauf bestehen, der alleinige Star des Abends zu sein? Als er nicht gleich antwortete, legte Pahnke ihm eine Hand auf den rechten Arm. »Es geht hier nicht nur um dich, Peer. Ich muss auch an Antonella denken. Du würdest mir einen Riesengefallen tun, wenn du mir helfen würdest, ihre Karriere zu pushen. Immerhin habe ich ein gemeinsames Engagement für euch im Auge, doch dafür sollte bekannt sein, dass ihr schon zusammen aufgetreten seid.«

Und das von meiner Seite nicht nur mit einem Liedchen vorne und hinten, während der große Star achtzig Prozent des Abends bestreitet, setzte Antonella insgeheim hinzu.

Der Appell, es für seinen Agenten zu tun, fruchtete wie immer. Peer nickte und machte einige Vorschläge, die von Antonella begeistert aufgenommen wurden. Diese musste sich beherrschen, um ihren Triumph nicht laut hinauszuschreien. Im Gegensatz zu Peer war sie für diese Fahrt engagiert worden und musste in einer zwölf Quadratmeter großen Kabine auf Deck drei hausen. Dabei hatte sie noch Glück, weil sie diese nicht noch mit einer anderen Frau teilen musste. Die Gage war nicht mehr als ein besseres Taschengeld, und sie hatte nur deshalb zugesagt, weil ihr Name wegen der von der Presse interessiert verfolgten Jungfernfahrt der *Alsterqueen* in den Zeitungen auftauchen würde. Wenn es nun hieß, sie wäre zusammen mit Peer Varenthin aufgetreten, würde das ihre Karriere erst recht fördern. Peer Varenthin würde eine Leiter für sie sein, so wie auch Rainer Pahnke eine war. Sie schlief gelegentlich mit dem Agenten, um ihn bei Laune zu halten, und drängte ihn unablässig, mehr für sie zu tun.

»Hältst du dich für gut genug, die Agathe aus dem *Freischütz* zu singen?«, fragte Dietlind, die bislang nur selten mit ihr gearbeitet hatte.

Was für eine Frechheit, dachte Antonella. »Natürlich traue ich mir das zu!« Sie wusste, dass es nicht leicht werden würde, doch sie wollte alles dafür tun, dass der gemeinsame Auftritt ein Erfolg wurde, und wenn sie vierundzwanzig Stunden am Tag üben und sich mit Pillen wach halten musste.

Als das Frühstück beendet war, schlug Dietlind vor, zu den Proberäumen zu gehen. Da die Reederei plante, öfter Sänger an Bord zu präsentieren, fanden sie gute Voraussetzungen vor. Der

Raum war zwar nicht groß, aber exzellent ausgestattet, und die elektronischen Hilfsmittel erlaubten es sogar, die Lieder wie auf einer großen Opernbühne klingen zulassen. Da Artisten und Tänzer oben auf der Bühne probten, gab es keinerlei Probleme, falls sie diesen Raum öfter benutzen mussten.

Peer sang probeweise eine der Arien, die er bei Konzerten zum Besten gab, und war mit der elektronisch erzeugten Akustik zufrieden.

»Das wird gut gehen«, meinte er.

Auch Antonella sang, verfehlte aber in ihrer Anspannung ein paarmal den richtigen Ton und durfte sich Dietlinds harsche Kritik anhören.

»Bevor du mit Peer zusammen singen kannst, musst du noch einige Stunden üben!«

Antonella ärgerte sich, weil Dietlinds Aussage sie zu einer Anfängerin stempelte, die erst lernen musste, mit einem richtigen Profi zu arbeiten. Sie nickte jedoch, um ja nichts zu verderben, und warf einen Blick auf ihre Armbanduhr.

»In vierzig Minuten gibt es das Mittagessen. Ich muss los, um mich dafür umzuziehen!«

»Tu das! Ich werde mir inzwischen einen Whisky genehmigen.« Pahnke wandte sich zur Tür.

Peer folgte ihm und suchte seine Suite auf. Michaela lag auf der Couch im Wohnbereich und hatte die Augen geschlossen. Da er noch immer über sie verärgert war, sprach Peer sie nicht an, sondern betrat das Badezimmer. Während er sich die Hände wusch, schnupperte er. Obwohl die Lüftung arbeitete, roch es leicht säuerlich.

Wütend stürmte er aus dem Bad und rüttelte Michaela wach. »Wenn du das nächste Mal kotzen musst, dann tu es gefälligst in einer der offiziellen Toiletten und nicht in meiner eigenen!«, fuhr er sie an.

Michaela war froh gewesen, es überhaupt noch bis in die Suite geschafft zu haben. Entsetzt über die herzlose Bemerkung kehrte sie ihrem Mann den Rücken und schluchzte leise vor sich hin. Wenn Peer sich nicht bald ändert, hat unsere Ehe keine Zukunft mehr, fuhr es ihr durch den Kopf. Doch was sollte sie tun? Sie hatte Peer direkt vom Gymnasium weg geheiratet und nichts gelernt. Auf den Gedanken, dass ihr ein von seinem Einkommen abhängiger Unterhalt zumindest für eine gewisse Zeit zustehen würde, kam sie in ihrem Elend nicht.

9.

Beleidigt, weil Michaela sich hingelegt hatte, ohne seinen Spezialtee für die Stimmbänder zu kochen, ging Peer allein zum Mittagessen. Zunächst fühlte Michaela sich noch zu schwach, um überhaupt an Essen denken zu können. Dann aber meldete sich ihr Magen förmlich mit einem Schrei.

»Hunger!«

Michaela fuhr hoch und merkte, dass es ihr bei Weitem nicht mehr so schlecht ging wie noch vor ein paar Minuten. Rasch eilte sie ins Badezimmer und putzte sich die Zähne, um den unangenehmen Geschmack aus dem Mund zu vertreiben. Danach überlegte sie, was sie tun sollte. Auf keinen Fall wollte sie nun ins *Dolphin*-Restaurant gehen, wo Peer und die anderen aßen.

»Die Kantine!« Die alte Dame von gestern Abend hatte das Büfett-Restaurant so genannt, doch im Augenblick war Michaela so hungrig, dass sie sich selbst bei einer Imbissbude angestellt hätte. Bei Gott, bist du hochnäsig geworden, schalt sie sich bei diesem Gedanken. Früher hatte sie sich öfter einen Döner oder eine Currywurst geholt, und es hatte ihr geschmeckt. Wie es aussah, färbte Peers sich steigernde Arroganz auch auf sie ab.

Kopfschüttelnd richtete sie sich die Haare, nahm ihre Bordkarte an sich und verließ die Suite. Wenig später betrat sie das Büfett-Restaurant und prallte förmlich zurück, denn es war gesteckt voll. Gelegentlich gab es einen einzelnen freien Platz, aber die Gäste, die an den jeweiligen Tischen saßen, sahen so aus, als würden sie jeden, der es wagte, sich ihnen zu nähern, sofort vertreiben. Michaela ging einmal rundherum und wollte das Restaurant bereits wieder unverrichteter Dinge verlassen, da hörte sie jemanden rufen. »Falls Sie einen Platz suchen: Hier wäre noch etwas frei!« Die alte Dame von gestern Abend saß an einem der Zweiertische am Fenster und machte eine einladende Geste.

Michaela setzte sich zu ihr. »Danke schön.«

»Keine Ursache! Nur wenn Sie hier warten, bis Ihnen jemand etwas bringt, werden Sie verhungern. Hier ist Selfservice angesagt, wie es auf Neudeutsch heißt. Die Getränke gibt es am Automaten dort vorne um die Ecke«, erklärte Selma. Sie widmete sich wieder ihrem Lammbraten und blickte erst auf, als Michaela zurückkam.

»Sie leben heute aber gesund!«, rief sie, als sie den Teller Gemüse und das große Glas Mineralwasser sah, das Michaela auf den Tisch stellte.

»Ich esse selten Fleisch«, antwortete Michaela. »Mein Mann darf es nicht, und ich will ihn nicht in Versuchung führen.«

Selma betrachtete Michaelas Teller mit gerümpfter Nase. »Auch wenn ich nicht viel Fleisch esse, war ich nie eine Vegetarierin. Deshalb haben mir auch ein paar Bekannte die Freundschaft aufgekündigt. Aber der Mensch ist nun einmal ein Allesfresser. Nur von ein paar Salatblättern und einer Kartoffel könnte ich auf Dauer nicht leben.«

»Ich habe es fast zehn Jahre lang getan.« Michaela begann zu essen, merkte jedoch rasch, dass die vegetarische Kost sie nicht satt machte.

»Ich glaube, ich brauche doch noch etwas anders«, sagte sie schließlich seufzend.

»Dann sollten Sie sich beeilen! Hier klappen sie nämlich bald die Gehsteige hoch, und dann gibt es nichts mehr«, riet ihr Selma und machte sich selbst auf den Weg, um sich ein Dessert zu holen.

Beide kamen etwa zur gleichen Zeit zurück und sahen, wie die Kellner begannen, die Theken abzuräumen. »Da waren wir gerade noch schnell genug. Schade, dass Sie diese Quarkcreme nicht mehr bekommen. Die schmeckt wenigstens. Der Rest ist eher na ja.«

Michaela war zu hungrig, um darauf zu achten, ob das Essen nun gut schmeckte oder nur na ja. Sie hatte sich zwar kein Fleisch geholt, aber einen kräftigen Schlag Nudeln mit Soße und putzte alles so schnell weg, dass Selma lachend vorschlug: »Es gibt tiefer unten im Schiff einen Kiosk, da bekommt man den ganzen Tag etwas zu essen. Wenn Sie noch Hunger haben, könnten wir dorthin gehen.«

»Ich denke, jetzt reicht es. Einen Tee könnte ich allerdings vertragen. Wissen Sie was? Ich lade Sie in die *Kaffeebar* ein.«

»Gegen einen Tee habe ich nichts, und ich kann ihn auch selbst bezahlen. Aber jetzt kommen Sie, bevor man uns mit dem Besen hinauskehrt.« Selma deutete auf mehrere Kellner, die bereits dabei waren, die leeren Tische zu säubern. Sie verwendeten ein so intensiv riechendes Mittel, dass auch abgehärtete Passagiere es vorzogen, ihre Plätze zu räumen.

Während Michaela und Selma die *Kaffeebar* aufsuchten, hatte auch die Runde um Peer ihr Mittagessen beendet. Üblicherweise ruhte sich Peer danach eine Stunde aus. An diesem Tag aber trieb es ihn zum Probenraum.

»Ich habe dich bis jetzt erst ein einziges Mal singen hören, dabei sollen wir gemeinsam auftreten«, meinte er zu Antonella, als sie sich vorbereiteten.

»Du wirst dich meinetwegen sicher nicht blamieren«, antwortete diese spitz.

»Kinder, jetzt fangt nicht an, euch zu streiten!«, rief Pahnke in scheinbarer Verzweiflung, zwinkerte den beiden aber zu.

»Wir streiten doch gar nicht.« Antonella schaltete auf süßes Mädchen um und sah Peer schwärmerisch an. »Seit ich gehört hatte, dass du mitkommst, habe ich gehofft, mit dir im Duett singen zu können. Du hast eine wunderbare Stimme, und ich werde mich bemühen müssen, um nicht zu weit abzufallen.«

»Das will ich doch annehmen!«, sagte er und setzte die Kopfhörer auf. »Ich schalte auf großen Konzertsaal.« Antonella klopfte das Herz bis zum Hals. Obwohl sie ihrer Meinung nach sehr gut sang, würde Peer Varenthin anders als Pahnke mehr auf ihre Stimme achten als auf ihre Kurven. Sie trat zum Mikrofon, stellte es ein und begann auf ein Handzeichen von Dietlind zu singen.

Nicht überragend, aber auch nicht schlecht, urteilte Peer, während er ihr lauschte.

Als Antonella ihr Lied beendet hatte, klatschte Pahnke enthusiastisch. Auch Peer applaudierte zufrieden. Mit ihrer Stimme konnte sie den Rahmen für seinen Auftritt bilden, ohne ihn erreichen oder gar übertreffen zu können. Außerdem war er nicht blind für ihre Reize. Sie war fülliger als Michaela, und wenn sie sang, drohte ihr Busen die Bluse zu sprengen.

Seit Michaelas Krankheit vor knapp drei Monaten war Peer nur noch selten mit seiner Frau intim gewesen und bemerkte nun, wie sein Körper auf die junge, kraftvolle Frau vor ihm reagierte. Einen Moment lang dachte er daran, Michaela bei seiner Rückkehr in die Suite zu fragen, ob sie nicht Lust hätte, mit ihm zu schlafen. Dann erinnerte er sich an den sauren Geruch im Bad und schüttelte sich bei dem Gedanken, sie könnte so aus dem Mund riechen.

»Sie ist selbst schuld, wenn ich mich anderweitig umsehe«, murmelte er und fand seine Ehe auf einmal so langweilig, dass er sich fragte, weshalb er Michaela überhaupt geheiratet hatte. Seiner Frau passte rein gar nichts mehr, und sie versuchte immer wieder, einen Keil zwischen ihn und seinen Agenten zu treiben. Wenn er sie einmal brauchte, um ihm einen Tee zu kochen, lag sie faul auf dem Sofa, weil sie auf einem absolut ruhig fahrenden Schiff hatte seekrank werden müssen.

Da sich seine widerstrebenden Gefühle auf seinem Gesicht abzeichneten, war Antonella zunächst verunsichert. Als er sie jedoch ansah und sich dabei unbewusst die Lippen leckte, wurde ihr klar, dass sie gewonnen hatte. Peer Varenthin mochte ein ausgezeichneter Tenor sein, aber er war auch ein Mann und konnte von einer Frau, die geschickt genug war, wie ein Ochse am Nasenring geführt werden. Seine Frau war dazu nicht in der Lage. Die war nur eine schöne Puppe und genauso langweilig wie eine solche.

»Wenn du erlaubst, singe ich noch etwas«, sagte sie und wählte ein schmachtendes Liebeslied aus der Operette *Gräfin Mariza*. Auch wenn Peer als Operntenor der leichten Muse skeptisch gegenüberstand, musste er zugeben, dass Antonella diesen Part ganz gut hinbekam. Auch sein Agent schien beeindruckt zu sein, denn er sah ganz so aus, als würde er sie am liebsten fragen, ob sie mit ihm in seine Kabine kommen wolle.

»Wollen wir ein Duett versuchen?«, fragte sie Peer.

Dieser nickte eifrig und trat neben sie. »Schlage etwas vor!«

Antonella wählte mit Bedacht ein Liebesduett, bei dem Heldin und Held sich zuletzt umarmten und küssten. Wie von ihr erhofft, steigerte Peer sich so sehr in die Rolle hinein, dass er sie schließlich an sich zog und seinen Mund auf den ihren presste.

»Willst du dir meine Kabine ansehen?«, fragte sie und rieb ihren Oberschenkel an seiner empfindlichsten Stelle.

»Es gibt nichts, was ich lieber täte!«, antwortete Peer mit einem Grinsen.

»Dann komm!« Antonella fasste nach seinem Arm und führte ihn hinaus.

Pahnke sah ihnen kopfschüttelnd nach. So ein Biest, dachte er. Aber das nächste Mal bin wieder ich an der Reihe.

10.

»Das ist eine Unverschämtheit, wie schlecht man dich untergebracht hat!«, rief Peer empört, als er die winzige Kabine betrat.

»Solange man noch keinen großen Namen hat, muss man sich mit so etwas zufriedengeben«, antwortete Antonella und beugte sich vor, um ihm ihr ausladendes Dekolleté zu präsentieren. Danach umarmte sie ihn, küsste ihn feurig und sorgte dafür, dass ihre Hüfte in Kontakt zu seinen männlichsten Teilen blieb. Sie spürte, wie dort etwas hart wurde, und wusste, dass sie gewonnen hatte.

»Bis zum Abendessen haben wir noch sehr viel Zeit«, sagte sie mit lockender Stimme.

Peer war nicht danach, lange zu warten. Erregt griff er ihn ihren Ausschnitt, holte eine ihrer Brüste heraus und küsste deren Spitze. Die Brustwarze war etwas dunkler als Michaelas und ragte so lang wie das vorderste Glied seines kleinen Fingers nach vorne.

Antonella stöhnte, als sie seine Lippen auf ihrer Brust spürte.

»Hilf mir, mich auszuziehen!«, forderte sie ihn mit gepresster Stimme auf.

Peer tat es, ging dabei aber so rau vor, dass sie leise fauchte. »Vorsichtig! Ich brauche mein Kleid noch für den Auftritt morgen.«

Augenblicke später war es geschafft. Das Kleid flog in die Ecke, gefolgt von ihrem BH und dem Slip. Dann drehte Antonella sich zu Peer um und präsentierte sich ihm so nackt, wie sie geboren worden war.

Peer konnte seine Augen nicht von ihr abwenden. Ihre Figur war zu stämmig, um dem herrschenden Modeideal zu entsprechen, die Oberweite ausladend und ihr Hintern kräftig gepolstert. Er zog rasch seine Hose und seine Unterhose aus und drängte Antonella zum Bett. Zeit, auch sein Hemd auszuziehen, nahm er sich nicht, sondern glitt auf sie und schob sein Glied unter Verzicht auf jegliches Vorspiel in ihre Scheide.

Antonella fauchte erneut, aber nur leise, und sagte sich dann, dass es gleichgültig war, ob auch sie zum Orgasmus kam. Hauptsache, sie hatte Peer Varenthin so weit, dass er ihre Karriere unterstützen musste. Zunächst mimte sie ihre Erregung nur, fühlte aber dann, dass ihr Körper auf den Mann reagierte, und feuerte ihn an.

Er war ein ausdauernder Liebhaber, bei dem sie schließlich doch den Höhepunkt erreichte. Mit Armen und Beinen klammerte sie sich an ihn. »Oh! Das war ein Orkan der Lust!«, flüsterte sie nicht nur, um ihn zu loben. Sie war Frau genug, um sich einen solchen Mann auf Dauer in ihrem Bett zu wünschen, und nicht nur ein- oder zweimal hinter dem Rücken seiner Angetrauten.

Peer fühlte sich geschmeichelt. Bei Antonella hatte er sich richtig austoben können, während das eheliche Zusammensein mit Michaela für ihn längst zur Routine geworden war.

Der Reiz des Neuen hatte ihn in seinen Bann geschlagen, und er überlegte bereits, wann er Antonella das nächste Mal dazu bringen konnte, mit ihm ins Bett zu gehen. Als ihn ein Anflug von Scham zu überkommen drohte, beruhigte er sich damit, dass er eben ein Künstler war, den man nicht mit den kleinlichen Regeln normaler Sterblicher messen durfte. Schließlich waren auch andere Männer nicht treu.

Schweigend löste Peer sich aus Antonellas Umklammerung und zog sich an.

»Was ist los?«, fragte sie, weil sie sich heiße Liebesschwüre erhofft hatte.

»Ich muss wieder nach oben«, antwortete er und schloss den Reißverschluss seiner Hose.

Antonella funkelte ihn empört an. »Zuerst vögelst du mich wie ein Verrückter, und dann musst du nach oben! Eine Frau braucht auch Zärtlichkeit, nicht nur ein kurzes Rammeln.«

Sie brachte Peer in eine Zwickmühle. Er liebte das Leben, wie Michaela es ihm bis vor Kurzem eingerichtet hatte. Andererseits hatte es ihm gefallen, mit der feurigen Antonella zu schlafen. Im Grunde wollte er auf keines von beidem verzichten.

Was hindert mich daran, Michaela als Ehefrau und Antonella als Geliebte zu behalten?, dachte er. Andere Männer hatten solche Arrangements schon oft getroffen.

Er kniete sich neben Antonellas Bett, küsste sie und ließ seine Finger zärtlich über ihren Körper gleiten.

»Und? Hat es dir gefallen?«, fragte sie gespannt.

Peer nickte. »Du bist eine scharfe Bombe im Bett.«

Ich kann auch wie eine explodieren, wenn mir etwas nicht passt, dachte Antonella, behielt diesen Gedanken aber für sich. Stattdessen streichelte sie den Mann und küsste ihn. So schmusten sie eine Weile. Danach stand sie geschmeidig auf und zog sich an. Diesmal wählte sie eine oben geschlossene, aber eng anliegende Bluse und eine Jeans, die ihr Hinterteil besonders gut zur Geltung brachte. Der Kampf um Peer Varenthin ist eröffnet, sagte sie sich. Schließlich hatte sie seiner faden Ehefrau einiges voraus. Zum einen war sie selbst Sängerin und zum Zweiten bereit, ihren Körper wie eine Waffe einzusetzen. Dagegen kam Michaela Varenthin niemals an.

11.

Am nächsten Abend stand Antonella vor ihrem ersten Auftritt an Bord. Tagsüber war das Schiff in einem Hafen vertäut gewesen, während sich die Masse der Passagiere wie eine Flutwelle über das Land ergossen hatte. Nun waren alle von ihren Ausflügen zurück, hatten ausreichend gegessen, und nicht wenige wollten die junge Sängerin live erleben, die auf dem Plakat so unwahrscheinlich sexy aussah.

Das Bordtheater war daher brechend voll, und versehentlich waren für Michaela, Peer, Pahnke und Dietlind Fabian nur drei Plätze reserviert worden. Peer und der Agent nahmen wie selbstverständlich Platz, während die Gesangslehrerin Michaela anblickte.

»Wollen Sie sich setzen? Ich kann mich auch hinten hinstellen und nur zuhören.«

Michaela schüttelte den Kopf. »Frau Sebaldi ist Ihre Schülerin. Daher sollten Sie hier sitzen und sowohl zuhören wie auch zusehen können. Ich gehe in der Zwischenzeit in die *Kaffeebar*. Viel Vergnügen wünsche ich euch!«

Damit ging sie und war erleichtert, nicht in dem überfüllten Theater bleiben zu müssen. Antonella Sebaldi war ihr unsympathisch, die Frau trat einfach zu fordernd auf und tat alles, um sie bei Gesprächen mit Peer und Pahnke auszuschließen. Da brauchte sie sich deren Vorstellung nicht auch noch anzutun.

Auf dem Weg in die *Kaffeebar* traf Michaela auf Selma. »Das war anscheinend Gedankenübertragung«, meinte die alte Dame.

»Es ist schön, wenn Sie mich begleiten. Sonst müsste ich die nächste Stunde allein in der *Kaffeebar* sitzen.«

»Allein sein tut niemals gut.« Selma dachte an ihre verstorbene Lebensgefährtin und wischte sich eine Träne aus dem Auge. In der Hinsicht genoss sie es, dass sie mit Michaela Bekanntschaft geschlossen hatte. Andernfalls würde sie auf diesem vor Menschen überquellenden Riesenschiff sehr einsam sein.

Mit einem wehmütigen Lächeln fasste sie nach Michaelas Arm und ging mit ihr zur *Kaffeebar*. Da die Getränke dort bezahlt werden mussten, war auch an diesem Abend kaum etwas los. Kaum hatten sie Platz genommen, erschien die Kellnerin.

»Guten Abend! Wissen Sie schon, was Sie wollen?«

»Einen Kamillentee für mich und heißes Wasser für meine Begleiterin«, bestellte Michaela.

»Waren Sie heute an Land?«, fragte Selma.

»Nein! Peer wollte für seinen Auftritt proben. Da hat er für Ausflüge keinen Kopf.«

»Ich bin auch nicht vom Schiff heruntergegangen«, antwortete Selma. »Allein macht es keine Freude, und ich vermisse …« Sie brach in Tränen aus.

»Wenn Sie jemanden brauchen, mit dem Sie reden können, bin ich gerne dazu bereit«, bot Michaela an.

»Das ist lieb von Ihnen!« Selma wischte sich die Augen trocken und musterte sie nachdenklich. »Sie werden vielleicht schockiert sein, aber ich bin eine bekennende Lesbierin und habe mehr als dreißig Jahre lang einen Lesbentreff geführt.«

»Und warum sollte mich das schockieren?«

»Sie sind ein liebes Kind!« Selma seufzte und tätschelte Michaelas Hand. »Andere wären es, obwohl sie selbst nicht dem Bild entsprechen, das sie von sich sehen wollen. Aber lassen wir das! Ich habe fast siebenundzwanzig Jahre mit meiner Freundin zusammengelebt, und sie ist vor ein paar Monaten an Krebs gestorben. Dabei war sie gut zehn Jahre jünger als ich und hätte so gerne noch einmal ihren Sohn gesehen. Doch das Schicksal wollte es anders. Jetzt bin ich allein und habe das Gefühl, nur noch halb da zu sein.«

»Das tut mir leid!«, sagte Michaela betroffen.

»Wir wollten diese Fahrt gemeinsam machen. Und dann …« Selma versagte die Stimme erneut. »Wegen der Trauer um meine Freundin habe ich es verpasst, die Fahrt zu stornieren. Deswegen habe ich mir gesagt, ich trete sie doch an. Libusa hätte es so gewollt.«

»Das Leben kann manchmal hart sein. Ich habe mit siebzehn meine Eltern durch einen Unfall verloren. Hätte ich nicht bald darauf Peer kennengelernt, wäre ich verzweifelt. Damals war er ein fröhlicher, netter Mensch mit sehr viel Mitgefühl.«

»Was er jetzt anscheinend nicht mehr ist«, schloss Selma aus Michaelas Worten.

»Leider!«, antwortete Michaela bedrückt. »Es kam schleichend und steigerte sich mit wachsendem Erfolg. Irgendwann musste sich alles nur noch um ihn und sein Wohlergehen drehen. Zunächst hielt ich es sogar noch für richtig, denn immerhin ist er ein sensibler Künstler und kein Mann, der am Abend aus dem Büro kommt und das Fernsehgerät einschaltet, um Fußball zu schauen.«

»Das passiert leider vielen, wenn sie aufsteigen. Sie glauben sich irgendwann über das normale Volk erhaben und sehen es als ihr Vorrecht an, unverschämt zu werden.«

»Wenn ich nur wüsste, wie ich Peer zur Vernunft bringen könnte! Für mich ist sein Agent der Hauptschuldige an seiner Veränderung, doch Peer hält an dem Mann fest, als wären sie siamesische Zwillinge«, erklärte Michaela und berichtete, wie Pahnke ihren Mann dazu gebracht hatte, mit diesem Schiff zu fahren.

»Ich Rindvieh habe ihm auch noch das Stichwort geliefert! Dabei wollte ich doch nur ein oder zwei Wochen mit Peer allein sein, um mit ihm endlich einmal in Ruhe über alles reden zu können«, schloss sie verzweifelt.

»Sie hätten wahrscheinlich eine Enttäuschung erlebt. Ihr Mann hat eine Scheinwelt um sich aufgebaut, und solange sein

Umfeld ihm dabei hilft, sei es durch teure Hotel- oder Schiffssuiten oder eine bevorzugte Behandlung, wird er sich nicht daraus lösen wollen.« Selma tat die junge Frau leid, die sich nicht ins Bett legte und sich pflegen ließ, wenn sie krank war, sondern Tabletten nahm, um weiterhin ihren Mann bedienen zu können.

»Ich weiß, warum ich mich mein Leben lang von Männern ferngehalten habe. Frauen sind zwar auch keine Engel, aber man tut sich mit ihnen weitaus leichter«, erklärte die alte Dame.

Michaela nickte und hörte Selmas Erzählungen zu, ohne selbst viel zu sagen. Als sie nach einiger Zeit auf die Uhr schaute, wurde ihr klar, dass Antonellas Konzert längst vorbei sein musste. Peer war jedoch nicht gekommen, um sie abzuholen. Was hatte sie erwartet?, fragte sie sich mit bitterem Spott. Wie es ihr ging, war ihm gleichgültig.

Auch Selma blickte auf die Uhr. »Oh, so spät ist es schon? Wir haben uns ganz schön verquatscht. Zeit fürs Bett.«

»Ich bin auch rechtschaffen müde!«, antwortete Michaela und stand auf.

»Lassen Sie uns zusammen gehen. Nicht, dass Ihnen der Kerl von gestern noch einmal nachstellt.«

Michaela nickte erleichtert. »Danke! Das wäre mir sehr recht.«

»Den haben sie in seiner Jugend auch zu heiß gebadet«, brummte Selma und hängte sich bei Michaela ein. »Auf jeden Fall freut es mich, dass wir uns auf diesem Schiff kennengelernt haben.«

»Mich auch!« Ein Lächeln umspielte Michaelas Lippen. Bei Selma fand sie das Verständnis, das sie so dringend brauchte.

Während sie zum Lift gingen, bemerkten sie nicht, dass sich hinter ihnen eine der für die Crew bestimmten Türen öffnete und Jander herausschaute. Er hatte gesehen, wie Michaela zur *Kaffeebar* gegangen war, und gehofft, ihr erneut auflauern zu können. Als er sie mit Selma zusammen sah, verzog er enttäuscht das Gesicht. Doch noch war nicht aller Tage Abend, tröstete er sich, während er wieder in den geheimnisvollen Kavernen des Schiffes verschwand, die den zahlenden Passagieren verborgen blieben.

12.

Als Michaela die Suite betrat, war ihr Mann nicht dort. Sie ging mit einem Achselzucken darüber hinweg. Wahrscheinlich besprach Peer noch einiges mit Pahnke, Dietlind Fabian und Antonella. Ihr war es recht, so konnte sie sich in aller Ruhe auf die Nacht vorbereiten und ins Bett gehen.

Sie schlief längst, als Peer endlich erschien. Eigentlich war er nur mit in Antonellas Garderobe gegangen, um ihr zu ihrer gelungenen Vorstellung zu gratulieren, hatte sich aber von ihr nach allen Regeln der Kunst verführen lassen. Nun fochten sein schlechtes Gewissen und seine Selbstsucht einen erbitterten Kampf miteinander aus. Ersteres sagte ihm, dass es falsch sei, mit Antonella intim zu werden, und etwas anderes in ihm antwortete, dass die Sopranistin ihn als Frau mittlerweile weitaus mehr reizte als Michaela.

»Ich habe ein Recht darauf! Immerhin bin ich Peer Varenthin, einer der besten Tenöre dieser Zeit«, stieß er hervor, während er Zahnpasta auf seine elektrische Zahnbürste drückte. Michaela wird sich darin fügen. Sie soll froh sein, dass ich sie überhaupt geheiratet habe! Mit diesem Gedanken ging er zu Bett und dämmerte rasch weg. Im Traum erlebte er die leidenschaftliche Stunde mit Antonella wieder und wieder und erwies sich dabei als so potent, dass er zuletzt auch noch Michaela zu einem flotten Dreier hinzuholen wollte. Das dumme Ding weigerte sich jedoch und lief vor ihm davon.

Als er am Vormittag aufwachte und zum anderen Bett hinübersah, fand er es leer. Im ersten Augenblick konnte er Traum und

Wirklichkeit nicht unterscheiden und glaubte, er hätte sie tatsächlich aufgefordert, Antonella als seine Zweitfrau anzuerkennen. Dann aber fiel ihm ein, dass ihr seit einigen Tagen regelmäßig morgens schlecht wurde. Als er ins Bad schaute, nickte er zufrieden. Michaela hatte es an diesem Morgen noch nicht benutzt, sondern war, wie er es von ihr gefordert hatte, zu einer der öffentlichen Toiletten an Bord gegangen.

Peer putzte sich die Zähne, rasierte sich und widmete sich ausgiebig seinem Aussehen, bis er mit allem zufrieden war, und zog sich an. Als er aus dem Umkleidezimmer in den Wohnbereich kam, saß Michaela blass im Nachthemd und Morgenmantel auf dem Sofa.

»Du solltest zum Arzt gehen! Nicht, dass du etwas Ansteckendes ausbrütest«, riet er ihr.

»Ich danke dir für deine mitfühlenden Worte«, antwortete Michaela und senkte den Kopf, damit er die Tränen nicht sah, die aus ihren Augen drängten.

»Ich gehe jetzt frühstücken«, sagte Peer noch. Schon fiel die Kabinentür hinter ihm zu, und sie war allein.

Zuerst weinte sie, richtete sich dann aber auf und ging ins Badezimmer, um ihre Zähne zu putzen und die Tränenspuren abzuwaschen. Zuerst war ihr noch übel, und sie glaubte, erneut erbrechen zu müssen. Dann aber besserte sich ihr Zustand schlagartig, und sie hatte einen solchen Hunger, dass sie sich hastig anzog und zum *Dolphin* ging. Peer und die anderen waren so intensiv in ihr Gespräch vertieft, dass sich niemand nach ihr umdrehte, als sie Platz nahm.

Aus einer Laune heraus bestellte sie sich ein Omelette mit Käse und Schinken sowie Konfitüre und Leberwurst zu ihrem Brötchen und aß mit gutem Appetit, ohne dass ihr Mann oder Pahnke ihr Aufmerksamkeit schenkten. Während ihrer Ehe hatte sie nur die Speisen gegessen, die auch Peer zu sich nahm. Nun genoss sie es, so richtig zuzuschlagen.

Erst als sie ihr zweites Kännchen Tee trank, wandte Peer sich zu ihr um. »Du solltest jetzt endlich zum Arzt gehen! Wenn du eine ansteckende Krankheit oder einen grippalen Infekt hast, muss dir die Schiffsleitung eine andere Kabine zuweisen.«

Antonella amüsierte sich insgeheim über diese harschen Worte. Nach großer Liebe klang das wahrlich nicht. Sie hatte sogar den Eindruck, als wäre Peer Varenthin froh, wenn er seine Ehefrau loswerden könnte. Ersatz, dachte sie und strich sich dabei leicht über den Busen, steht mit mir schon bereit.

Ohne etwas darauf zu antworten, trank Michaela ihre Tasse leer und stand auf. »Noch einen schönen Vormittag!«

»Danke, den werden wir haben.« Antonella lächelte, denn nach dem Frühstück würden Peer und sie unter Dietlind Fabians Aufsicht proben, und danach würde sie ihn auffordern, sie in ihre Kabine zu begleiten.

Während Antonella ihren angenehmen Gedanken nachhing, fühlte Michaela sich mit einem Mal wieder so schlecht, dass sie sich auf den Weg zur medizinischen Abteilung des Schiffes machte. Diese befand sich auf dem untersten den Passagieren noch zugänglichen Deck. Als Michaela eintrat, sah sie sich einer Sanitäterin in weißer Schiffsuniform gegenüber, die sie freundlich nach ihren Wünschen fragte.

»Ich fühle mich nicht besonders gut. Mir wird andauernd übel, und ich bekomme danach regelrechte Fressattacken«, erklärte Michaela.

»Sind Sie sicher, dass Sie nicht schwanger sind?«, fragte die Frau geradeheraus.

Michaela schüttelte den Kopf. »Das bin ich gewiss nicht!«

»Dann setzen Sie sich und füllen diesen Vordruck aus. Sie wissen, dass Sie die Behandlung nicht über Ihre Krankenkasse abrechnen können, sondern eine private Rechnung erhalten? Diese können Sie mit der Bordkarte begleichen.«

Michaela reichte ihr die Bordkarte und setzte sich in den Warteraum. Es dauerte nicht lange, da kam der Arzt aus dem Behandlungszimmer und forderte sie auf, mitzukommen.

»Erzählen Sie, was Ihnen fehlt!«, sagte er entspannt.

Michaela gab ihm dieselbe Auskunft wie vorhin der Sanitäterin und erklärte, dass sie vor drei Monaten krank gewesen wäre, ohne sich richtig auskurieren zu können.

»Das hängt mir noch immer nach und ist doppelt ärgerlich, weil ich mich auf die freien Tage auf dem Schiff gefreut habe«, setzte sie seufzend hinzu.

»Dann wollen wir mal sehen!«

Der Arzt forderte sie auf, sich hinzulegen, und begann mit der Untersuchung. Nach einer Weile hielt er inne und zog kurz die Augenbrauen hoch. »Sie sagten, Sie wären krank gewesen?«

Michaela nickte. »Das stimmt! Ich hatte aber keine Zeit, mich richtig auszukurieren, da ich durchhalten musste, bis die Tournee meines Mannes beendet ist. Sobald er für die Wintersaison ein längerfristiges Engagement erhält, kann ich mir etwas mehr Ruhe gönnen.«

»Hatten Sie nach dieser Krankheit noch einmal Ihre Periode?«, fragte der Arzt weiter.

Michaela überlegte. »Ich glaube nicht, aber bei einer Erkrankung kann diese leicht einmal ausbleiben.«

»Das ist möglich«, antwortete der Arzt. »Ich lasse Sie aber trotzdem einen Schwangerschaftstest machen.« Er öffnete eine Schublade und kramte darin. »Hier. Sie können dort die Toilette benutzen!«

»Einen Schwangerschaftstest?« Michaela schüttelte ungläubig den Kopf, folgte aber dann der Anweisung des Arztes.

Als sie zurückkam, nahm dieser ihr den Streifen aus der Hand. »Wie es aussieht, sind Sie schwanger und sollten darauf Rücksicht nehmen!«

»Schwanger?«, stieß Michaela erregt hervor. Im ersten Augenblick jubelte es in ihr, dann aber fragte sie sich besorgt, wie Peer auf diese Nachricht reagieren würde. Immerhin hatte er erklärt, keine Kinder zu wollen. Sie wusste auch nicht, wie sie ihn zuerst als Schwangere und später dann mit dem kleinen Wesen auf seinen Tourneen begleiten sollte. In diesem Augenblick wünschte sie sich mehr denn je ein festes Heim. Ihr würden auch die zwei Zimmer, die sie in Pahnkes Haus angemietet hatten, genügen, wenn sie nur endlich zur Ruhe kam und nicht alle paar Tage ein halbes Dutzend Koffer packen musste. Früher hatte Peer ihr noch dabei geholfen, doch das war schon lange vorbei.

»Ich kann Ihnen nur ein leichtes pflanzliches Mittel gegen die Übelkeit geben. Wenn es nicht hilft, werden Sie damit leben müssen. In jedem Fall sollten Sie sich in Zukunft mehr Ruhe gönnen«, sagte der Arzt und kramte in einem Schrank.

»Wie kann das sein?«, fragte Michaela, die es noch immer nicht fassen konnte. »Ich habe doch die Pille nicht einmal während meiner Krankheit abgesetzt.«

»Welches Mittel verwenden Sie?«, fragte der Arzt.

Michaela nannte es ihm und auf eine weitere Frage von ihm auch die Medikamente, die sie während ihrer Erkrankung hatte einnehmen müssen.

Schließlich lachte er leise. »Das ist es also! Das Medikament, das Sie wegen Ihrer Krankheit nehmen mussten, kann die Wirksamkeit der Pille aufheben. Sie hätten in dieser Zeit anders verhüten müssen.«

»Das war mir nicht klar«, sagte Michaela und wusste nicht, wo ihr der Kopf stand. Sie sollte schwanger sein und ein Kind bekommen? Ganz in Gedanken stand sie auf, zog sich wieder vollständig an und reichte dem Arzt die Hand. »Auf Wiedersehen!«

»So schnell lasse ich Sie nicht fort«, sagte der Arzt lächelnd. »Da Sie sich wahrscheinlich noch keine Gedanken über eine mögliche Schwangerschaft gemacht haben, habe ich hier«, er kramte erneut in seinem Schrank, »eine Broschüre für werdende Mütter. Lesen Sie sie durch. Sie finden darin auch einige Internetadressen, auf deren Websites Sie sich weiter informieren können. Damit auf Wiedersehen und viel Glück. Kommen Sie jederzeit vorbei, wenn Sie unsicher sind.«

»Danke!« Michaela ergriff die Broschüre und verließ die medizinische Station, ohne nach rechts oder links zu schauen. Daher bemerkte sie nicht, dass eine der Türen zum Crewbereich einen Spalt geöffnet wurde.

Ferdinand Jander hatte jeden Augenblick, den er erübrigen konnte, benutzt, um Michaela nachzuspionieren. Auch zur medizinischen Abteilung war er ihr heimlich gefolgt. Nun lauerte er auf seine Gelegenheit. Er hatte eine Decke, mehrere Flaschen Wasser und ein paar Kekspackungen in eine kleine Kammer am Bug geschmuggelt, die trotz der allgemeinen Raumnot an Bord nicht benutzt wurde. Dorthin würde er Michaela bringen und sie von seiner Liebe überzeugen.

Er wartete, bis sie an der Tür vorbeiging, öffnete diese blitzschnell und zerrte Michaela zu sich herein. Dabei presste er ihr die linke Hand auf den Mund und schloss mit dem Fuß die Tür. Obwohl er sich beeilte, war er nicht schnell genug.

Selma Endreß' Magen rebellierte trotz Spezialtee noch immer, und so hatte sie beschlossen, den Schiffsarzt aufzusuchen. Gerade als sie aus dem Lift trat, sah sie, wie Michaela gepackt und durch eine Tür gezerrt wurde.

»Was soll das?«, rief sie empört und eilte hinzu. Doch als sie an der Tür rüttelte, war diese versperrt. Erregt eilte sie zur Medizinstation und stürmte hinein.

»Kommen Sie rasch!«, rief sie der Sanitäterin im Empfangsraum zu. »Eben hat jemand Frau Varenthin durch eine Tür in den Crewbereich gezerrt. Sie müssen mir helfen, sie zu finden!«

»Jetzt beruhigen Sie sich doch erst einmal.«

»Entweder tun Sie es, oder ich rufe den Kapitän!«

Da Selma ganz so aussah, als wolle sie es tun, stand die Sanitäterin auf. »Also gut, ich sehe nach. Aber wenn wir zurückkommen, lassen Sie sich vom Arzt untersuchen.«

Es klang, als hielte sie Selma für verrückt.

Diese führte sie zu der bewussten Tür. »Hier war es!«

»Sie bleiben auf dem Gang, denn ich darf Sie nicht in den Crewbereich lassen«, sagte die Sanitäterin, öffnete die Tür und wollte schon beruhigend abwinken, da entdeckte sie ein Stück weiter eine Broschüre auf dem Boden. Sie ging hin und hob sie auf. Es war der Schwangerschaftsratgeber. Besorgt griff sie zum Handy. »Ich brauche sofort ein paar Security-Beamte auf Deck drei. Hier wird jemand vermisst!«

»Soll das ein Scherz sein?«, fragte die Gegenseite.

»Höre ich mich so an?«, fragte die Sanitäterin ätzend.

Unterdessen hatte Selma es draußen auf dem Gang nicht mehr ausgehalten und war ihr gefolgt. Aufgeregt deutete sie nach vorne.

»Dort liegt eine Bordkarte!« Selma hob sie auf und wies sie triumphierend vor. »Es ist die Bordkarte von Frau Varenthin! Sie muss sie fallen gelassen haben, um eine Spur zu legen.«

Die Sanitäterin nickte und überlegte, wohin man die Vermisste verschleppt haben könnte. Auf diesem Deck lagen die meisten Unterkünfte für die Besatzung. Die befanden sich jedoch weiter hinten. Dort vorne am Bug gab es nur noch ein paar Vorratsräume, und die waren kein gutes Versteck, weil immer wieder jemand hereinkam, um etwas zu holen.

Die Sanitäterin war daher froh, als eine Frau des bordeigenen Sicherheitsteams auftauchte. Es handelte sich um eine junge Asiatin mit offenen, langen Haaren und einem zierlichen Körperbau. Niemand hätte vermutet, dass sie in ihrer Heimat eine Elitesoldatin gewesen war.

»Was gibt es?«, fragte sie in dem Gefühl, umsonst gekommen zu sein. Sie änderte ihre Meinung jedoch sofort, als die Sanitäterin ihr von dem Fund der Broschüre und der Bordkarte berichtete.

»Das hört sich nicht gut an«, sage sie und überlegte. Dann wies sie nach vorne. »Dort vorne ist eine Kammer, die im Augenblick noch nicht genutzt wird.« Noch während sie es sagte, rannte sie so schnell los, dass Selma und die Sanitäterin ihr nicht folgen konnten.

Als Michaela gepackt wurde, war sie im ersten Moment wie erstarrt gewesen. Eben hatten ihre Gedanken sich noch mit dem neuen Leben befasst, das in ihr heranwuchs, und nun befand sie sich in der Gewalt eines Verrückten. Janders Griff war so fest, dass an Widerstand nicht zu denken war. Aufgeben aber wollte sie trotzdem nicht. Mit einiger Mühe gelang es ihr, die Broschüre aus ihrer Jeanstasche zu ziehen und fallen zu lassen. Kurz darauf folgte ihre Bordkarte.

Jander schleifte Michaela triumphierend in die Kammer und zog sie an sich. »Endlich gehörst du mir!«, stieß er vor Erregung keuchend hervor.

Verzweifelt versuchte Michaela, ihn in die Hand zu beißen, doch er presste ihr die Kiefer zusammen. Dann eben anders, dachte sie wütend und riss mit aller Kraft das Knie hoch.

Es war beinahe lächerlich zu sehen, wie sich Janders Gesichtsausdruck veränderte. Die Augen traten ihm hervor, und er stieß einen gequälten Schrei aus. Im nächsten Moment ließ er sie los. Michaela nutzte die Chance, riss die Tür auf und schlüpfte hinaus. Mit wankenden Schritten folgte Jander ihr, sah auf dem Gang die kleine Asiatin vor sich und wollte sie zur Seite stoßen. Einen Augenblick später lag er nach einem Judogriff der Frau am Boden. Sie bog ihm die Arme nach hinten, dann schnappten die Handschellen zu.

Unterdessen war die Sanitäterin bei Michaela. »Ist Ihnen etwas geschehen?«, fragte sie besorgt.

Michaela schüttelte den Kopf. »Ich glaube, Jander hat mehr abbekommen als ich.«

Unterdessen tätigte die Sicherheitsbeamtin mehrere Anrufe. In deren Folge erschienen nacheinander ihr oberster Chef, dann der Kreuzfahrtdirektor und zuletzt sogar der Kapitän. Während Michaela in der medizinischen Station untersucht wurde, berichteten Selma und die beiden anderen Frauen, was geschehen war.

»Der Kerl hat Frau Varenthin schon vor ein paar Tagen aufgelauert, ist aber verschwunden, als ich dazwischenging«, setzte Selma empört hinzu.

»Jander wird den Rest der Fahrt in seiner Kabine verbringen. Sie wird elektronisch verriegelt und nur geöffnet, wenn er seine Mahlzeiten erhält. Sobald wir wieder in Hamburg sind, werden wir ihn dort den Behörden übergeben«, erklärte der Kapitän und erteilte die entsprechenden Befehle. Dann wartete er, bis Michaela vom Arzt entlassen wurde.

»Darf ich die beiden Damen in die *Kaffeebar* einladen?«, sagte er zu Michaela und Selma.

Inzwischen hatte Michaela ihren Schrecken halbwegs überwunden und war froh, dass Jander auf dem Rest der Fahrt keine Gefahr mehr für sie darstellte. Sie nickte daher und hakte sich bei Selma unter. »Ganz lieben Dank! Ich weiß nicht, wie es ohne Sie ausgegangen wäre.«

»Dem wären Sie auch so entkommen. Der Tritt in die Klöten, den Sie dem Kerl verpasst haben, war erste Sahne!« Selma grinste und genoss kurz darauf in der *Kaffeebar* das verdatterte Gesicht der Kellnerin, die ihr zunächst kein heißes Wasser hatte geben wollen. Die Frau wunderte sich noch mehr, als der Kapitän für Selma eine teure Likörspezialität bestellte. Michaela dachte hingegen an das Kleine, das in ihr heranwuchs, und wählte ihren Lieblingskräutertee.

Der Kapitän wartete, bis die Kellnerin alles gebracht hatte und wieder hinter ihrer Theke verschwunden war, dann beugte er sich zu Michaela und Selma vor. »Ich hoffe, Sie verstehen mich nicht falsch, wenn ich Sie bitte, diesen unerfreulichen Zwischenfall diskret zu behandeln. Ich will nicht, dass auf dem Schiff Unruhe entsteht. Der Mann wird seine Strafe erhalten, das verspreche ich Ihnen.«

Michaela und Selma wechselten einen kurzen Blick, denn sie begriffen sogleich, worauf der Kapitän aus war. Wenn diese Sache bekannt wurde, konnte sie sich zu einem Skandal auswachsen, der das Ansehen der gesamten Reederei beschädigte.

»Also, ich für meinen Teil könnte schweigen, wenn ich hier regelmäßig mein heißes Wasser für meinen Magentee bekomme. Ich sehe nicht ein, weshalb die Kaffeetrinker diese Supermaschinen in den Kabinen benutzen können, ich aber für heißes Wasser bezahlen soll«, meinte Selma nach kurzem Nachdenken.

»Ich werde ebenfalls nichts sagen …« … nicht einmal Peer, setzte Michaela für sich hinzu. Jedenfalls jetzt noch nicht. Später, wenn es zum Prozess gegen Jander kam, würde sie es tun müssen.

»Ich danke Ihnen«, erklärte der Kapitän und stand auf. »Jetzt entschuldigen Sie mich bitte. Ich muss wieder auf die Brücke.«

»Vergessen Sie mein heißes Wasser nicht!«, rief Selma ihm nach und sah dann Michaela an. »Dem geht der Arsch auf Grundeis. Wenn das hochkocht, gibt es einigen Ärger für ihn.«

»Ich bin froh, dass alles gut ausgegangen ist!«, erklärte Michaela leise. »Die Kammer, in die Jander mich verschleppen wollte, sah so aus, als hätte er vorgehabt, mich dort für längere Zeit einzusperren. Aber jetzt etwas anderes: Ich war doch beim Arzt, und er sagte, ich wäre schwanger!«

»Sie bekommen ein Kind? Wie schön!«, rief Selma und fasste nach Michaelas Händen. Deren Miene verdüsterte sich für einen Augenblick.

»Ich bin bloß gespannt, was mein Mann dazu sagen wird!«

Dritter Teil

Eine harte Entscheidung

1.

Die Kreuzfahrt auf der *Alsterqueen* lag hinter ihnen und auch schon Peers erstes Konzert nach dieser Reise. Aber Michaela war immer noch nicht dazu gekommen, ihrem Mann von ihrer Schwangerschaft zu berichten. An Bord hatte er sich auf die Planung und Durchführung des gemeinsamen Auftritts mit Antonella Sebaldi konzentriert und jeden Gesprächsversuch abgeblockt.

Zudem gab er ihr mehr und mehr das Gefühl, kein Teil seines Lebens mehr zu sein. Sie musste sogar getrennt von ihm essen, weil sie sich nicht weiter mit den speziellen vegetarischen Gerichten begnügte, die er zur Schonung seiner Stimme zu benötigen glaubte.

Nun aber drängte die Zeit. Laut der Frauenärztin, die sie während einer von Peers Konzertproben aufgesucht hatte, war der dritte Schwangerschaftsmonat beinahe vorbei.

Als er an diesem Tag von den Proben zurückkehrte, trat Michaela vor ihn hin. »Ich habe dir etwas zu sagen!«

Ihr ernster Tonfall ließ ihn zusammenzucken. Hatte sie etwa bemerkt, dass er sie mit Antonella betrog?, fragte er sich besorgt und schaltete auf Abwehr. »Ich habe jetzt keine Zeit! Rainer erwartet mich, um mit mir über das Engagement für die Wintersaison zu sprechen. Eigentlich bin ich nur gekommen, um eine etwas dickere Jacke anzuziehen. Es soll heute Nacht ganz schön kalt werden.«

In Wahrheit hatte er sich mit Antonella verabredet und schob Pahnke nur als Ausrede vor.

Da packte Michaela ihn am Ärmel. »Was ich zu sagen habe, dauert nicht lange – und es ist wichtig!«

»Was ist denn los?«, antwortete er und war bereit, jeden Vorwurf, den sie ihm machte, abzuwehren. Doch stattdessen kam eine faustdicke Überraschung.

»Ich bekomme ein Kind!«

»Was?« Peer starrte sie verwirrt an. »Das kann nicht sein! Hast du es etwa darauf ankommen lassen?«

Es klang wie eine Anklage.

Michaela schüttelte empört den Kopf. »Habe ich nicht! Anscheinend haben die Antibiotika, die ich wegen meiner Krankheit einnehmen musste, die Wirkung der Pille aufgehoben. Ist es nicht wunderbar, dass wir Eltern werden? Ich werde auch alles tun, damit das Kleine dich nicht stört«, sprach sie in beschwörendem Tonfall weiter.

Peer stieß verärgert die Luft aus den Lungen. Seine Frau hatte sich um ihn zu kümmern und nicht um einen Balg.

»Ich will kein Kind! Das habe ich dir mehrfach erklärt«, fuhr er sie an. »Du kannst sicher noch etwas dagegen unternehmen.«

»Was denn bitte?«, fragte Michaela und begriff dann, was er gemeint hatte. »Du willst, dass ich es abtreibe?«, rief sie unter Tränen. »Was bist du nur für ein Mensch?«

»So habe ich es nicht gemeint. Was du mir schon wieder unterstellst.« Peer wurde laut, um jeden weiteren Vorwurf im Keim zu ersticken. Seine Frau musste doch einsehen, dass es so nicht ging. Wer sollte sich denn um sein Wohlergehen kümmern, das für seine Karriere so wichtig war? Er stellte sich schaudernd vor, wie sie mit einem Sieben- oder Achtmonatsbauch an seiner Seite zu einem Empfang gehen würde. Er fragte sich ohnehin, was er an dieser Frau noch fand. Sie war langweilig, quälte ihn mit Vorschlägen, die sein Agent als Hirngespinste abtat, und stand zudem zwischen ihm und Antonella. Die Sopranistin verstand und bewunderte ihn. Mit ihr konnte er stundenlang über die verschiedenen Rollen sprechen, die er bereits gesungen hatte und noch singen würde. Antonella würde nicht so unvernünftiges Zeug wie Leberwurst, Oliven, Essiggurken und anderes im Kühlschrank aufbewahren, die zu essen seine Stimme gefährden könnten.

Mit kalter Miene wandte er sich Michaela zu. »Du musst dich entscheiden: entweder ich oder das Kind!«

»Was heißt das, ich soll mich entscheiden?«, fragte sie verdattert. Verzweifelt starrte sie ihn an, doch seine Miene blieb abweisend.

»Ich habe dir klar und deutlich gesagt, was ich meine! Als Künstler kann ich mir keine Störung durch ein Kind erlauben und auch keine Frau brauchen, die sich nur um ihren Balg kümmert und mich im Regen stehen lässt.«

Michaela fuhr außer sich vor Zorn auf. »Wann habe ich dich je im Regen stehen lassen? Ich bin sogar bei dir geblieben, als ich krank war und eigentlich ins Bett gehört hätte. Ach ja: Wäre ich damals ansteckend gewesen, hättest du mich sicher sofort in eine Klinik verfrachten lassen.«

»Jetzt fang nicht damit an!«, antwortete Peer gereizt. »Ich habe heute Abend einen wichtigen Auftritt. Rainer hat mir mitgeteilt, dass der Direktor der österreichischen Staatsoper in Wien diesen verfolgen wird. Ich stehe in der Auswahl für die Rolle des Don Ramiro für die nächste Wintersaison.«

»Dann wünsche ich dir viel Erfolg!« Michaela zwang ihren Groll mit Mühe nieder und hoffte gegen ihr Gefühl, dass Peer sich doch noch mit der Situation abfinden würde.

2.

Peers Auftritt war ein Riesenerfolg. Dennoch bescherte der folgende Empfang Michaela die nächste Enttäuschung, denn ihr Mann missachtete sie so offensichtlich, dass sich Pahnke genötigt sah, ihn zurechtzuweisen.

»Wenn du dich Michaela gegenüber weiter so benimmst, steht morgen in den Zeitungen weniger über dein Konzert als über deine Eheprobleme!«

»Soll es doch!«, antwortete Peer zu Pahnkes Verblüffung. »Ich kann Michaelas Verhalten nicht mehr ertragen! Sie ist entsetzlich egoistisch und behindert mich in meiner künstlerischen Entwicklung.«

»Trotzdem solltest du deinen Ärger nicht offen zeigen! Außerdem renkt sich das wieder ein. Michaela werden wahrscheinlich die Reisen zu viel. In ein paar Wochen seid ihr in Düsseldorf und könnt die Wintersaison über dort bleiben.«

Pahnke hoffte, Peer damit zu Besinnung zu bringen, doch dieser schüttelte trotzig den Kopf. »Ich will Michaela nicht mehr sehen! Antonella passt weitaus besser zu mir.«

»Antonella …« Pahnke lachte leise. Er kannte den Ehrgeiz der jungen Sängerin und vermochte sie kaum mehr zu bremsen. Sie würde Peer nur als Trittstufe für ihre eigene Karriere ansehen. Er überlegte, ob er ihn vor ihr warnen sollte, sagte sich dann aber, dass eine Ehe der beiden ihren Bekanntheitsgrad enorm steigern würde. Peer war kurz davor, in die höchsten Spitzen der Operntenöre aufzusteigen, und Antonella war immerhin gut genug, um auf großen Bühnen Nebenrollen singen zu können. Für mehr reichte es bei ihr nicht. Oder vielleicht doch? Wenn er dafür sorgte, dass die beiden nur gemeinsam engagiert werden konnten, würden die meisten Opernbühnen im Zweifel in den sauren Apfel beißen.

»Es ist vielleicht gar keine so schlechte Idee, wenn man dich und Antonella in Zukunft öfter zusammen sieht. Aber was wird Michaela dazu sagen?«, fragte Pahnke.

»Sie wird nicht gefragt!« Peer trat auf Antonella zu und legte ihr mit einer besitzergreifenden Geste den Arm um die Schulter.

Die Sängerin triumphierte. Wenn Peer sich so offen zu ihr bekannte, hatte er seine langweilige Ehefrau überaus satt. Sie blickte kurz in die Ecke, in der Michaela stand, und warf ihr einen triumphierenden Blick zu. Dann ließ sie sich von Peer in den Festsaal führen, in dem die Kellner bereits darauf warteten, die Gäste zu bedienen.

Jahrelang hatte Michaela alles getan, um dem Bild zu entsprechen, das ihr Mann von ihr gefordert hatte. Sie hatte in den ersten Jahren die noch kargen Gagen zusammengehalten und sich selbst kaum etwas gegönnt, damit Peer alles bekam, was er benötigte. Nun bei der ersten Bewährungsprobe von ihm im Stich gelassen zu werden, tat fürchterlich weh. Sie spürte, dass sie nicht die Kraft hatte, mit in den Saal zu gehen und so zu tun, als wäre nichts geschehen.

Mit einer entschlossenen Geste drehte sie der Saaltür den Rücken zu und kehrte in die Suite zurück, die Peer und sie bewohnten. Sie wollte den Zimmerservice anrufen und sich etwas zu essen bringen lassen, als ihr Parfümduft in die Nase stieg. Verwundert sah sie sich um und stellte fest, dass er aus dem halb offen stehenden Kleiderschrank ihres Mannes drang. Sie öffnete diesen ganz und schnupperte mehrfach. Es war der Duft, den sie mit Antonella in Verbindung brachte. Als sie die Jacken ihres Mannes durchsah, entdeckte sie an zweien davon lange, brünette Haare.

Nun stiegen Erinnerungen in ihr hoch, Veränderungen, die sie in letzter Zeit nicht beachtet hatte. Anstatt sich wie früher nach den Proben hinzulegen, war Peer ausgeblieben und auch an etlichen anderen Abenden erst sehr spät in die Suite gekommen. Dazu kam sein offensichtliches Desinteresse an ihr als Frau, das zu dem Zeitpunkt begonnen hatte, an dem die Sopranistin in sein Leben getreten war.

Auch wenn sie keine handfesten Beweise für seine Untreue hatte, konnte Michaela nun eins und eins zusammenzählen. Sie schloss nachdenklich den Schrank und setzte sich in einen Sessel, um nachzudenken. Was sollte sie tun?

In erster Linie musste sie an ihr Kind denken. Von Peer vor die Wahl gestellt, sich entweder für ihn oder für das Kleine zu entscheiden, war der Entschluss erstaunlich einfach.

»Mir ist das Kind wichtiger«, sagte sie zu sich selbst und wusste nun, was zu tun war. Sie nahm ihren Laptop und schrieb eine E-Mail an ihren Mann. Diese würde er spätestens am nächsten Morgen auf seinem Smartphone entdecken.

> Ich fahre zu unserer Wohnung in Rainer Pahnkes Haus in Frankfurt, um Ruhe und Abstand zu finden. Sollte dir noch etwas an unserer Ehe gelegen sein, weißt du, wo du mich finden kannst. Eines aber sage ich dir: Du kannst mich entweder mit unserem Kind haben oder gar nicht!

Es klang ein bisschen harsch, fand Michaela, sagte sich dann aber, dass Peer einen Schuss vor den Bug brauchte, um endlich von seinem hohen Ross herabzusteigen. Sie hatte den Mann geliebt, der er einmal gewesen war. Der große Künstler hingegen, als den er sich jetzt sah, war ihr fremd geworden.

Sie packte einen Koffer mit dem Notwendigsten, bestellte an der Rezeption ein Taxi und ließ sich zum Flughafen fahren. Zwar gab es so spät am Abend keine Flüge mehr, doch sie wollte nicht noch einmal unter demselben Dach schlafen wie Peer – und wie Antonella, die sich das Zimmer gegenüber ihrer Suite gesichert hatte. Wahrscheinlich würde Peer zuerst zu ihr gehen und erst spät in der Nacht sein eigenes Bett aufsuchen.

Der Gedanke, wegen einer anderen Frau beiseitegeschoben zu werden, brannte wie Säure in ihr. Wie hatte Peer ihr das nur antun können? Mit Tränen in den Augen ging sie in das Flughafenhotel und trat auf den Nachtportier zu.

»Guten Tag! Ich möchte morgen früh fliegen und daher hier übernachten.«

»Aber selbstverständlich, gnädige Frau!« Der Mann hatte sie mit einem raschen Blick auf ihre Kleidung als jemanden eingeschätzt, der nicht in den Geldbeutel schauen musste, um sich ein teures Kostüm kaufen zu können, und suchte rasch ein passendes Zimmer für sie aus.

»Kann man hier noch etwas zu essen bekommen?«, fragte Michaela, die jetzt doppelt spürte, dass sie das Abendessen versäumt hatte.

»Leider nein! Aber in der Minibar sind Chips und ein paar Kekse. Wenn Sie vielleicht noch eine Packung davon haben wollen?«

»Gerne.« Chips und Kekse waren nicht gerade die gesündeste Mahlzeit, doch in ihrem jetzigen Zustand hätte Michaela fast alles gegessen, was in ihren Magen passte.

Sie nahm ihre Zimmerkarte entgegen und wartete. Da sah der Nachtportier auf ihren Koffer und kam hinter seiner Theke hervor. »Wenn die gnädige Frau gestatten, bringe ich Ihr Gepäck und eine Kleinigkeit zu naschen aufs Zimmer! Dort gibt es auch die Möglichkeit, Wasser heiß zu machen, falls Sie noch einen Tee trinken wollen.«

»Danke.« Michaela nickte dem Mann zu und ging zum Aufzug.

Kurz darauf stand sie in ihrem Zimmer und fand es annehmbar. Sie setzte Wasser auf und suchte sich in dem Teeangebot einen passenden Beutel aus. Ein Klopfen an der Tür zeigte an, dass der Nachtportier gekommen war.

Michaela nahm ihr Gepäck und eine Tüte mit mehreren Packungen Chips, Keksen und Schokolade entgegen, reichte dem Mann noch eine kleine Banknote als Trinkgeld und machte es sich anschließend bequem. Es tat gut, einmal nur für sich sein zu können und nicht immer Rücksicht auf den großen Künstler nehmen zu müssen.

3.

Da Peer die Nacht in Antonellas Zimmer verbrachte, bemerkte er Michaelas Verschwinden erst, als er im Lauf des Vormittags sein Smartphone aktivierte. Zuerst wollte er nicht glauben, was er las, dann fluchte er leise. Was für eine Gemeinheit, ihn so im Stich zu lassen. Wer sollte jetzt seinen Tee kochen und dafür sorgen, dass er alles bekam, was er brauchte? Er beschloss, Antonella anzurufen, damit sie diese Aufgaben übernahm. Als Sängerin wusste sie noch besser als Michaela, was gut für ihn war. Doch als er ihre Handynummer anwählte, war das Gerät ausgeschaltet, und sie ging auch nicht ans Zimmertelefon.

Peer Varenthins Laune war daher nicht die beste, als er sich zum Mittagessen zu Antonella, Dietlind Fabian und Pahnke gesellte.

»Welche Laus ist dir denn über die Leber gelaufen?«, fragte sein Agent.

»Michaela ist gegangen! Sie stellt mich vor die Wahl, mich für sie oder für Antonella zu entscheiden«, antwortete Peer verärgert.

Antonella verbiss sich ein Grinsen. Ihre Konkurrentin hatte also ihre dezenten Hinweise auf das Fremdgehen ihres Mannes entdeckt. Was für eine dumme Kuh, dachte sie. Sie hätte einer Nebenbuhlerin die Hölle heißgemacht und ihr notfalls die Haare büschelweise ausgerissen. Da es jedoch falsch war, Triumphgefühle zu zeigen, legte sie die Hand auf Peers Arm.

»Oh, du Ärmster! Und das ausgerechnet vor einem so wichtigen Konzert!«

Peer nickte. »Sie hat einfach keinerlei Verständnis für mich und meine Kunst.«

»Es war ein Fehler von dir, Michaela zu heiraten«, sprang Pahnke Antonella bei. »Sie ist zugegebenermaßen sehr hübsch, verfügt aber nicht über das Einfühlungsvermögen, das du als großer Künstler braucht.«

»Mir erschien sie immer sehr vernünftig, und sie hat Peer gut betreut. Vielleicht sollte man die Schuld nicht allein bei ihr suchen«, wandte Dietlind Fabian ein.

Peer war sofort beleidigt, weil sie ihm eine Mitschuld an der Situation zumaß, und Antonella wollte nichts Positives über Michaela hören. Daher bemühten sich nun beide, Michaela schlechtzumachen.

Pahnke hörte ihnen lächelnd zu. Zwar hatte Michaela sich bei Empfängen und Partys immer sehr gut an Peers Seite gemacht, doch eine Sängerin wie Antonella würde weitaus mehr Aufsehen erregen. Auch für ihn selbst war es besser, wenn Peer sich von Michaela trennte, denn diese hatte ihm bei seinen Abrechnungen zu sehr auf die Finger geschaut.

»Also, Leute, vergessen wir Michaela fürs Erste!«, sagte er zufrieden und klopfte dann Peer auf die Schulter. »Übrigens habe ich dem hiesigen Intendanten die Aufnahme des Duetts vorgespielt, das während der Kreuzfahrt aufgenommen worden ist. Er würde es gerne heute Abend hören.«

»Das mache ich natürlich«, erklärte Peer und sah Antonella auffordernd an.

»Ich bin bereit!«, antwortete diese mit einem sphinxhaften Lächeln. Mit Michaela hatte sie den ersten Stein auf dem Weg zu einer großen Karriere so gut wie beseitigt und konnte nun die nächsten Schritte in Angriff nehmen.

4.

Zu diesem Zeitpunkt hatte Michaela die kleine Wohnung in Frankfurt-Niederrad bereits erreicht. Zu Beginn ihrer Ehe hatten Peer und sie öfter ein paar Wochen dort verbracht, doch mit der Zeit war dies immer seltener geschehen. Die Vernachlässigung war der Wohnung anzusehen. Zwar beschäftigte Pahnke eine Putzfrau, für die sie eine hübsche Summe im Monat hinlegen mussten, doch wie es aussah, war die Frau dieses Geld nicht wert.

Auf dem Schrank im Wohnzimmer lag ein Staubfilm, ebenso auf dem Badezimmerschränkchen, und in der Küche fehlten einige Küchengeräte und sogar Geschirr und Besteck. Empört beschloss Michaela, der Putzfrau ein paar deutliche Worte zu sagen. Nun musste sie die zwei Zimmer, die Küche und das Bad wieder bewohnbar machen. Da der Kühlschrank und das Vorratsregal in der Küche ratzeputz leer waren, beschloss sie, erst einmal einkaufen zu gehen.

Während sie die Einkaufsliste zusammenstellte, dachte sie daran, wie sie vor Jahren mit Peer zusammen hier gelebt hatte. Schon damals hatte ihr Mann sich gewünscht, wie reiche Leute in einer großen Villa an den Taunushängen wohnen zu können. Sie waren sogar mehrmals nach Manfredsthal gefahren, um die riesige Villa des Lebensmittelfabrikanten Marquart wenigstens von außen zu bewundern.

Bei den Gagen, die Peer in jener Zeit erhalten hatte, wäre selbst eine kleine Villa an ähnlicher Stelle jenseits aller Möglichkeiten gewesen. Mittlerweile waren seine Gagen hoch genug, um an so ein Haus denken zu können. Allerdings stand Pahnke solchen Plänen im Weg, schränkte Michaela ein. Der Agent sog ihren Mann aus wie ein Vampir sein Opfer. Dies hatte sie Peer immer wieder zu erklären versucht, doch ihr Mann hatte nicht auf sie hören wollen.

Michaela beendete ihren gedanklichen Ausflug in die Vergangenheit und ging ins Schlafzimmer. Um nicht in ihrem eleganten Reisekostüm in den Supermarkt gehen zu müssen, wollte sie eines der Kleider anziehen, die sie hier zurückgelassen hatte. Der Schrank war jedoch vollkommen leer.

Michaela drehte der Putzfrau in Gedanken den Hals um, zuckte dann aber mit den Schultern und wählte das unauffälligste Kleid aus ihrem Koffer. Da es in der Wohnung allmählich düster wurde, griff sie zum Lichtschalter und erlebte eine weitere böse Überraschung. Das Licht brannte nicht.

Misstrauisch geworden, überprüfte sie die anderen Lichtschalter und erhielt dasselbe Ergebnis. War etwa die Hauptsicherung ausgefallen?, fragte sie sich und versuchte sich daran zu erinnern, wo der Sicherungskasten sein konnte. Vermutlich unten im Keller.

Michaela verließ die Wohnung und stieg die Treppe hinab. Im Erdgeschoss kam ihr ein Mann entgegen. »Was wollen Sie denn hier? Wie kommen Sie hier herein?«, fragte er unfreundlich.

»Mein Mann und ich haben die Wohnung im zweiten Stock gemietet«, antwortete Michaela verärgert.

»Kann nicht sein! Die Wohnung ist vor drei Wochen verkauft worden. Der neue Besitzer will sie ab nächster Woche renovieren und einrichten«, erklärte der Mann um keinen Deut freundlicher als zuvor.

Michaela glaubte, sich verhört zu haben. »Aber das ist unmöglich! Mein Mann und ich haben diese Wohnung seit fast zehn Jahren gemietet!«

Jetzt schien es dem Mann zu dämmern. »Ist Ihr Mann dieser Sänger?«

»Wenn Sie Peer Varenthin meinen, ja!«

Der Mann starrte sie verwirrt an. »Der Makler sagte doch, die Wohnung wäre längst vom Mieter aufgegeben worden und ebenso von dem früheren Besitzer.«

»Soll das heißen, dass das Haus nicht mehr Rainer Pahnke gehört?«, fragte Michaela entsetzt.

»Wissen Sie das etwa nicht? Das Haus wurde aufgeteilt. Ich habe die Wohnung im Erdgeschoss gekauft, meine Schwester und mein Schwager die im ersten Stock, und die beiden kleinen Wohnungen im zweiten Stock sind an Fremde gegangen«, erklärte ihr der Mann.

»Nein, das wusste ich nicht«, erwiderte Michaela und bedauerte es, dass Pahnke nicht hier war. Sie wäre ihm vor Wut mit den Fingernägeln durchs Gesicht gefahren.

»Ich habe mich gewundert, weil oben kein Licht gebrannt hat, und wollte nachsehen, ob die Sicherung durchgebrannt ist«, setzte sie müde hinzu.

»Die Leitungen wurden neu verlegt und sind noch nicht angeschlossen.«

»Was ist mit unseren Sachen geschehen?«, fragte Michaela weiter.

»Es hieß, die neuen Besitzer könnten das, was für sie brauchbar ist, behalten und den Rest wegwerfen!«

»Danke, das war genau die Auskunft, die ich benötige!«

In Michaela kochte es. Wie es aussah, hatte Pahnke in der Annahme, dass Peer sowieso nicht mehr hierherkommen wollte, das Haus verkauft, kassierte aber die Miete weiterhin von ihnen. Doch selbst dann, wenn sie auf der Stelle zu Peer zurückkehrte und ihm dies berichtete, würde er noch Entschuldigungsgründe für diesen windigen Kerl finden.

Ich werde nicht zu Peer zurückgehen, wenigstens so lange nicht, bis die Fronten ein für alle Mal geklärt sind, sagte sie sich und wandte sich mit einem traurigen Lächeln an den neuen Besitzer der Erdgeschosswohnung.

»Ich habe oben noch meinen Koffer stehen. Sobald ich ihn geholt habe, werde ich Ihnen die Schlüssel übergeben. So wie es aussieht, brauche ich sie nicht mehr.«

Der Mann brummte etwas und folgte ihr nach oben. Dort schloss Michaela ihren Koffer und löste den Schlüssel vom Bund.

»Auf Wiedersehen!«, sagte sie und verließ das Haus, in dem sie für einige Zeit mit Peer glücklich gewesen war. In ihr brannte der Wunsch, Rainer Pahnke dies alles heimzahlen zu können. Nun aber musste sie entscheiden, was sie tun sollte. Ihr würde vorerst nichts anderes übrig bleiben, als in ein Hotel zu ziehen.

Müde, enttäuscht und innerlich wundgeschlagen ging sie zur Straßenbahnhaltestelle und fuhr in die Innenstadt. Dort checkte sie in einem Hotel ein, ließ sich vom Zimmerservice eine Mahlzeit bringen und verkroch sich erst einmal vor der Welt.

5.

Drei Tage lang verließ Michaela ihr Hotelzimmer nicht, sondern starrte die meiste Zeit zum Fenster hinaus. Die zehn Jahre ihrer Ehe flogen an ihr vorbei, und sie weinte um den Mann, den sie mehr an seine Karriere als an Antonella verloren hatte. Sie hätte niemals für möglich gehalten, dass ein Mensch sich so verändern konnte. Irgendjemand aber hatte ihr genau das erklärt. War das nicht Selma Endreß gewesen, die sie auf der *Alsterqueen* kennengelernt hatte?

Mit Wehmut dachte Michaela an die alte Dame. Sie hatte sich nicht einmal richtig von ihr verabschieden können, da zuerst Peer ihre gesamte Aufmerksamkeit beansprucht hatte und das Auschecken schließlich chaotisch verlaufen war. Die Passagiere hatten sich im Treppenhaus, vor den Aufzügen und vor dem Ausstieg geballt, und nicht wenige hatten sich rücksichtslos ihren Weg nach draußen gebahnt. In der Erinnerung taten Michaela heute noch die Rippen weh, die damals von mehreren Ellenbogen getroffen worden waren. Es war ein so starker Kontrast zu ihrem Einchecken gewesen, bei dem sie bevorzugt behandelt worden waren, dass sie jetzt noch den Kopf darüber schüttelte.

In diesem Tohuwabohu hatte sie Selma nicht einmal von Weitem zuwinken können. Das tat ihr leid, denn sie hatte die Dame trotz gewisser Eigenarten gerne gemocht und war ihr zutiefst dankbar, dass sie ihr gegen Jander geholfen hatte.

»Ich würde gerne mit Frau Endreß reden. Sie könnte mir sicher raten«, setzte Michaela ihr Selbstgespräch fort.

Da zuckte sie wie elektrisiert zusammen. Hatte diese ihr nicht erklärt, sie wohne in der Nähe von Frankfurt? Den Ort hatte sie sich zwar nicht gemerkt, aber wenn sie die Visitenkarte, die die alte Dame ihr bei einem ihrer Zusammentreffen in der *Kaffeebar* gegeben hatte, noch besaß, war die Adresse leicht herauszufinden.

Allein schon von dem Gedanken erleichtert, der so lebensklug wirkenden Frau ihr Leid klagen zu können, durchsuchte Michaela ihr gesamtes Gepäck, ohne die Visitenkarte zu finden. Da sie diese sicher nicht weggeworfen hatte, steckte sie wahrscheinlich in einem der Koffer, den sie bei Peer im Hotel gelassen hatte.

Da schüttelte sie lächelnd den Kopf. Sie hatte die Visitenkarte damals in ihre Handtasche gesteckt und seitdem nicht mehr zur Hand genommen. Rasch nahm sie die Tasche, öffnete sie und kramte darin herum.

Da war sie! Der Ort, an dem Selma Endreß lebte, hieß Oberursel. Das lag westlich von Frankfurt. Sogar die Telefonnummer stand auf der Visitenkarte. Nach kurzem Zögern nahm Michaela ihr Handy und wählte die Nummer an.

Schon nach ein paar Sekunden meldete sich Selma. »Guten Tag, hier Endreß.«

»Ich bin es, Michaela Varenthin!«, rief Michaela erleichtert.

»Michaela Varenthin?« Es dauerte einen Augenblick, bis Selma schaltete. »Oh ja! Es freut mich riesig, dass Sie mich anrufen. Ich war ganz traurig, weil wir uns auf dem Kahn nicht noch einmal zusammensetzen und uns richtig verabschieden konnten.«

»Ich habe das auch bedauert.«

»Wo sind Sie jetzt? Gibt Ihr Mann wieder ein Konzert?«

Unbewusst nickte Michaela, obwohl ihre Gesprächspartnerin es nicht sehen konnte. »Das tut er, und er singt jetzt im Duett mit der Sebaldi.«

»Diese falsche Italienerin ist Ihnen wohl auf den Magen geschlagen?«, fragte Selma.

»Wieso falsche Italienerin?«

Selma lachte leise, bevor sie Antwort gab. »Die Frau wurde als schlichte Antonia Sebald in München geboren. Unter dem Namen hat sie auch ihre ersten Engagements angetreten. Schon bald war er ihr zu poplig, und so hat sie sich in Antonella Sebaldi verwandelt. Na, da staunen Sie, was ich da herausgefunden habe.«

»Allerdings! Das ist … das habe ich nicht gewusst. Wir alle haben sie für eine Italienerin gehalten.«

Michaela fragte sich, was Peer dazu sagen würde, wenn sich die angebliche italienische Sopranistin als Münchnerin entpuppte, winkte dann aber ab. Pseudonyme waren bei Opernsängern zwar selten, aber irgendeine Entschuldigung für sie würde er schon finden.

»Entschuldigen Sie, Frau Endreß, darf ich Sie etwas fragen?«

»Sie dürfen mich jederzeit etwas fragen.«

»Kann ich für einen oder zwei Tage zu Ihnen kommen? Ich habe mich mit meinem Mann gestritten und …«

»… sind abgehauen! So, wie ich diesen Sängerknaben einschätze, kann ich es Ihnen nicht verdenken. Wie sich die Schicksale gleichen!« Selmas Gedanken wanderten fast achtundzwanzig Jahre in die Vergangenheit. Auch Libusa war vor ihrem Mann ausgerissen und hatte deshalb für den Rest ihres Lebens auf ihren Sohn verzichten müssen. Michaela hingegen war noch schwanger und würde ihr Kind in Freiheit gebären können.

»Sie sind mir hochwillkommen, Kleines, und das auch für länger als für zwei, drei Tage«, sagte sie rasch und lächelte. Seit Libusas Tod fühlte sie sich einsam und freute sich darauf, wenigstens für eine gewisse Zeit jemanden zu haben, mit dem sie reden konnte.

»Soll ich Sie am Flughafen abholen?«, fragte sie.

»Ich bin schon in Frankfurt und setze mich gleich in ein Taxi, um nach Oberursel zu fahren«, antwortete Michaela erleichtert. Sie war froh, bei ihrer neu gewonnenen Freundin auf Verständnis zu stoßen, und bedankte sich gerührt.

»Jetzt heulen Sie bloß nicht los!«, antwortete Selma burschikos. »Nehmen Sie Ihre Siebensachen und kommen hierher. Haben Sie schon zu Mittag gegessen?«

»Das wollte ich eigentlich jetzt tun.«

»Verschieben Sie es, bis Sie hier sind! Ich sorge dafür, dass Sie mehr als nur den hohlen Zahn füllen können.«

»Machen Sie sich bitte keine Umstände«, bat Michaela, die in Gedanken die alte Dame bereits von Supermarkt zu Supermarkt hetzen sah, um etwas auf den Tisch bringen zu können.

»Keine Sorge, mein Kühlschrank gibt das her«, erklärte Selma lachend. »Bis gleich, Kleines! Und noch etwas: Sollten wir nicht langsam auf das steife Sie verzichten, oder bist du es als Ehefrau des großen Sängerknaben Varenthin so gewohnt?«

»Ich kann auf sehr viel verzichten und im Augenblick am meisten auf meinen Sängerknaben«, antwortete Michaela und fragte sich belustigt, wie Peer reagieren würde, wenn er wüsste, wie er hier bezeichnet wurde.

6.

Selma wohnte im Grünen mit Blick auf den Taunus. Zwar war es ein Mehrparteienhaus, aber es lag in einer ruhigen Gegend am Rand eines Parks. Michaela stieg aus dem Taxi und trat auf die Haustür zu. Acht akkurat beschriftete Schilder befanden sich auf dem Klingelbrett, und der oberste Klingelknopf gehörte zu Selma Endreß. Michaela drückte, vernahm fast im selben Moment das Schnarren des Türöffners und schob die Tür auf. Sie wollte schon auf die Treppe zutreten, als Selma von oben herabrief, den Aufzug zu nehmen.

So schwächlich bin ich nicht, dass ich nicht drei Treppen schaffe, dachte sich Michaela und stieg nach oben.

Selma erwartete sie vor der Wohnungstür und schloss sie freudestrahlend in die Arme. »Es ist wirklich schön, dich zu sehen!«

»Ich danke dir, dass du mich aufnimmst!«, sagte Michaela erleichtert über diesen warmherzigen Empfang.

»Wir können später über alles reden. Jetzt komm erst einmal herein und leg ab. Du wirst sicher Hunger haben.«

Zuerst wollte Michaela verneinen, spürte dann aber, wie ihr Magen wie aufs Stichwort zu knurren begann.

»Eine Kleinigkeit kann ich schon vertragen.«

Sie folgte Selma in deren Wohnung und fand sich inmitten von Artefakten aus mehr als vier Jahrzehnten wieder. Die Garderobe im Flur war winzig, dafür zogen sich zwei lange Bücherregale an der Wand entlang, nur unterbrochen von zwei Türen. Am gegenüberliegenden Ende des Korridors stand eine weitere Tür offen und gab den Blick in die Küche frei.

»Wo kann ich mir die Hände waschen?«, fragte Michaela, nachdem sie den Koffer abgestellt hatte.

»Das dort ist unser Gästezimmer. Dort kannst du nach dem Essen deine Sachen unterbringen«, erklärte Selma und wies auf eine der beiden Türen. »Die andere Tür geht zu unserem Schlafzimmer!«

Obwohl Libusa bereits mehrere Monate tot war, sprach Selma aus Gewohnheit immer noch im Plural. Sie setzte ein schelmisches Lächeln auf. »Es gibt hier noch eine Tür. Siehst du sie?«

Michaela schüttelte den Kopf. »Nein, wo soll sie sein?«

Selma griff an einer Stelle in das Bücherregal, drückte dort einen Hebel und zog das Regal nach vorne. Dann konnte sie es zur Seite schieben, sodass es den Blick auf eine offene Tür freigab. Als Michaela in den Raum hineinschaute, sah sie ein hübsch eingerichtetes Bad mit violetten Fliesen vor sich.

»Eilig sollte man es nicht haben, wenn man auf die Toilette muss«, meinte sie skeptisch.

»Das hat man schnell raus. Libusa und ich wollten den Flur nicht von drei Türen zerschneiden lassen. Zuerst wollten wir unser Schlafzimmer so tarnen, haben uns aber dann für das Badezimmer entschieden.« Selma trat beiseite, damit Michaela eintreten konnte, und erklärte ihr, dass sie das verschiebbare Regal nur leicht antippen müsse, damit es den Blick in die Toilette verschloss. Danach ging sie in die Küche, um dort aufzutischen.

Trotz der kurzen Zeit hatte sie ein wunderbares Essen vorbereitet. Es gab eine vorzügliche Tomatensuppe, einen ebenso vorzüglichen Gemüseauflauf und mehrere köstlich knackige Frankfurter Würstchen, mit denen, wie Selma sagte, Michaelas Baby umfassend ernährt werden sollte. Nach dem Mandelpudding, den Selma als Nachspeise kredenzte, war Michaela so satt wie lange nicht.

»Ich muss aufpassen. Sonst sehe ich in ein paar Wochen aus wie ein Fass!«

»Während der Schwangerschaft wirst du natürlich zulegen. Das muss auch sein, damit dein Kind sich gesund entwickeln kann. Genauso wichtig ist jedoch auch eine ausgeglichene Bewegung. Wir sollten daher jeden Tag spazieren gehen.«

Selma klingt, als wolle sie mich für immer behalten, dachte Michaela belustigt. Ein paar Tage wollte sie gerne bei ihr bleiben, vielleicht sogar eine ganze Woche. Doch bevor sie Selma verließ, musste sie sich im Klaren sein, wohin sie sich wenden konnte. Ihre Eltern waren tot, und an Verwandten hatte sie nur ein paar entfernte Cousinen und Cousins, von denen sie seit Jahren nichts gehört hatte. Daher würde sie sich eine eigene Bleibe suchen müssen. Selma könnte ihr dabei sicher helfen.

Obwohl Selma vor Neugier fast platzte, sprachen sie zunächst nur über allgemeine Themen sowie über das, was sie auf dem Schiff erlebt hatten.

Zunächst muss Michaela sich erst einmal beruhigen und spüren, wie sehr sie hier willkommen ist, sagte sich die alte Dame. Sie erinnerte sich noch genau, wie verzweifelt Libusa damals gewesen war. Für viel besser als deren Ehemann hielt Selma den Sängerknaben, wie sie Peer Varenthin nannte, auch nicht.

Endlich kam Michaela dann doch noch auf den Streit mit ihrem Mann zu sprechen. Selma hatte geglaubt, ihre Freundin hätte diesen aus Eifersucht auf die falsche Italienerin verlassen. Als sie den wahren Grund erfuhr, war sie fassungslos.

»Du sagst, dein Mann hat von dir gefordert, das Kind wegmachen zu lassen?«

»Zwar hat er es danach geleugnet, aber so kam es bei mir an«, antwortete Michaela und spürte, wie ihre Wut auf Peer erneut stieg.

»Der ist ja ein ganz spezielles Exemplar Mann!« Selma schüttelte den Kopf und zog Michaela an sich. »Du Ärmste! Es muss entsetzlich gewesen sein, das zu hören.«

Michaela nickte beklommen. »Er sagte, ich könne nur ohne Kind bei ihm bleiben, aber ich glaube ihm nicht, denn er ist schon viel zu eng mit Antonella. Er wollte mich und das Kleine loswerden, um frei für sie zu sein.«

»Solche Trottel gibt es leider immer wieder. Jetzt bleibst du erst einmal hier bei mir. Wir kriegen das schon hin. Und keine Angst, ich gehe dir gewiss nicht an die Wäsche.«

Selma strich Michaela sanft über die Wange und nickte, als wäre ihr eben etwas eingefallen. »Morgen gehen wir zu meiner Frauenärztin. Sie ist super! Bei ihr bist du in den besten Händen.«

»Ich will dir aber nicht zur Last fallen«, protestierte Michaela.

Selma machte eine wegwerfende Handbewegung. »Du fällst mir nicht zur Last. Ganz im Gegenteil! Seit Libusas Tod bin ich allein und kurz davor durchzudrehen, dann aber habe ich dich kennengelernt. Ich habe keine Kinder, doch wenn ich eine Tochter hätte, sollte sie sein wie du.«

Mit den Worten umarmte sie Michaela erneut und sagte sich, dass diese ihr das schönste Geschenk machte. Endlich hatte sie wieder jemanden, mit dem sie reden und den sie umsorgen konnte. Hier in dieser Wohnanlage, in der die Nachbarn über ihren Lebensstil die Nase rümpften, wäre sie sonst sehr einsam geworden.

7.

Die Wochen vergingen. Peer Varenthin feierte während seiner Tournee einen Triumph nach dem anderen, und Pahnke erhielt die ersten Anfragen großer Opernhäuser. Bei einer drängte die Zeit. Ein renommierter Tenor war krank geworden und würde in dieser Saison nicht mehr singen können. Der Intendant wollte Peer als Ersatz engagieren. Pahnke war noch in Verhandlungen und guter Dinge, dass alles klappen würde. Das sagte er auch, als er abends nach der Vorstellung mit Peer, Antonella und Dietlind Fabian zusammensaß. Anders als Peer, der auf seine Stimme Rücksicht nehmen musste, genoss er einen ausgezeichneten Single Malt Whisky und fand, dass er sich nicht beschweren durfte.

»Habt ihr mittlerweile etwas von Michaela gehört?«, fragte Dietlind.

»Die sitzt wahrscheinlich in der Frankfurter Wohnung und schmollt«, antwortete Peer leichthin. Im Augenblick vermisste er Michaela nicht, denn seinen Tee erhielt er von Dietlind. Diese sorgte auch für seine Mahlzeiten und das Gepäck – und für seine männlichen Bedürfnisse reichte ihm Antonella voll und ganz.

Rainer Pahnke verschluckte sich jedoch, als er Peers Bemerkung hörte. Verdammt, dachte er. Da das Haus renovierungsbedürftig geworden war, hatte er es vor einigen Wochen verkauft. Wenn Michaela dorthin gereist war, hatte sie vor verschlossenen Türen gestanden. Doch wo konnte sie sein? Ihm wurde ganz schummrig, und er sah bereits Negativschlagzeilen in den Zeitungen vor sich, die Peers Karriere und damit auch seinem Einkommen fürchterlich schaden konnten.

»Michaela ist gewiss nicht dorthin gefahren. Sie weiß doch, dass ich das Haus verkauft habe.« Erst mal so tun, als hätte ich sie darüber informiert, sagte Pahnke sich, während sich seine Gedanken überschlugen. »Sicher ist sie zu Verwandten gefahren«, setzte er hinzu. »Hast du eine Ahnung, bei wem sie untergekommen sein könnte?«

Pahnkes Frage traf Peer unvorbereitet, und so schüttelte er verwirrt den Kopf. »Nein, das habe ich nicht! Ich weiß nicht einmal, ob sie Verwandte hat. Ich glaube, es gab mal eine Tante. Aber wie die heißt und wo sie wohnt, habe ich nie erfahren.«

»Es gibt eine sehr einfache Möglichkeit, herauszufinden, wo Michaela ist. Peer soll ihr die Kontovollmacht entziehen, dann muss sie sich bei ihm melden. Die Kleinigkeit mit der Scheidung sollte dann leicht über die Bühne zu bringen sein«, schlug Antonella vor.

»Damit kann man sie gewiss kriegen«, bestätigte Pahnke und sah Peer fragend an. »Das Konto läuft doch auf deinen Namen?«

Peer zuckte mit den Achseln. »Ich weiß es nicht. Das hat alles Michaela für mich erledigt.«

»Dann kannst du es vergessen! Die hat sicher dafür gesorgt, dass sie ans Geld kommt. Wenn wir Pech haben, sperrt sie Peer das Konto«, rief Antonella.

Da hob Pahnke beruhigend die Hand. »Keine Sorge! Es kommen laufend Gagen herein. Die behalte ich vorerst auf meinen Konten, damit Michaela nicht darauf zugreifen kann.«

»Sie hat damit aber immer noch genug Geld, um monate-, wenn nicht jahrelang in Saus und Braus zu leben«, giftete Antonella.

»Was ist eigentlich genau geschehen? Kann mir jemand sagen, warum sie Knall auf Fall verschwunden ist? Ich kenne Michaela seit fast acht Jahren und weiß, dass sie so etwas nicht ohne Grund tun würde.« Dietlind Fabian arbeitete schon seit Jahren mit Peer zusammen und hatte seine schleichende Persönlichkeitsveränderung miterlebt. Wenn er Michaela so herumgehetzt hatte, wie er es nun mit ihr tat, war es ihr ein Rätsel, wieso die junge Frau es so lange mit ihm ausgehalten hatte.

»Sie hat behauptet, schwanger zu sein, und da habe ich ihr gesagt, dass ich keine Frau haben will, die sich um ein Kind kümmern muss. Vielleicht ist sie in eine Klinik, um das … äh, na ja … und kommt danach wieder zurück. Dann können wir mit ihr über die Scheidung reden«, erklärte Peer.

Pahnke blieb der gute Whisky förmlich im Hals stecken, und er hustete erbärmlich. Kaum bekam er wieder Luft, fuhr er Peer an: »Du verdammter Idiot! Wenn Michaela abgetrieben hätte, wäre sie längst wieder hier. Ich sage dir, die sitzt irgendwo und wartet, bis das Kind da ist.«

»Ich will weder sie noch das Kind! Wenn sie das nicht einsieht, ist das ein Scheidungsgrund«, antwortete Peer nicht weniger heftig als Pahnke.

Der Agent schüttelte resignierend den Kopf. »Auf dich trifft wirklich zu, was man über Tenöre erzählt! Du hast wahrlich zu wenig Verstand, weil deine Kehle zu viele Ressourcen verbraucht.«

»Das war unverschämt!«, beschwerte Peer sich. »Eines ist in jedem Fall klar: Ich will die Scheidung, und zwar so schnell wie möglich!«

Da schlug Pahnke so hart auf den Tisch, dass die Gläser hochsprangen und zwei davon sogar umstürzten. »Weißt du, was das für Schlagzeilen gäbe? Der Startenor Peer Varenthin verlässt seine schwangere Frau, um die Sopranistin Antonella Sebaldi zu heiraten! Der konservative Teil der Opernfreunde wäre empört – und ich sage dir, die haben verdammt viel Einfluss. Du könntest es vergessen, jemals an einer renommierten Bühne eine große Rolle zu singen. Und du«, sein Finger stach auf Antonella zu, »wärst höchstens noch in der Provinz gut genug, verruchte Rollen zu spielen. So oder so: Ihr beide wärt in der Opernwelt erledigt.«

»Verflucht, warum musste dieses Miststück schwanger werden? Das hat sie extra getan«, zischte Antonella voller Wut. Aufgeben wollte sie jedoch nicht. Einige Moralapostel würden sich vielleicht über Peers Scheidung und seine Heirat mit ihr mokieren, doch auf Dauer würde sie sich durchsetzen.

»Reden wir von etwas anderem«, sagte sie und sah Pahnke scharf an. »Wenn Peer wirklich als Ersatz nach Düsseldorf geht, will auch ich eine Rolle in dieser Oper haben. Sie muss nicht groß sein. Es ist nur wichtig, dass ich dabei bin.«

»Ich werde sehen, was ich tun kann«, antwortete Pahnke. In Gedanken war er noch ganz woanders, denn er überlegte verzweifelt, wie er Michaela ausfindig machen und sie davon überzeugen könnte, sich auf ein Agreement einzulassen, sich still zu verhalten und sich nicht an die Presse zu wenden. Auch musste er sie davon überzeugen, die Scheidung erst nach der Geburt des Kindes einzureichen.

Nach einer Weile schlug er vor: »Ich habe eine Idee! Das Konto, auf das ich die Honorare überweise, läuft auf Peers Namen. Also hat er Zugriff darauf. Er muss nur sein Geld von seinem auf mein Konto verschieben, dann sitzt Michaela bald auf dem Trockenen und muss sich bei uns melden.«

»Bei einer solchen Behandlung würde ich an ihrer Stelle an die Öffentlichkeit gehen«, sagte Dietlind Fabian ziemlich scharf. »Michaela ist doch kein Hund, den man zur Tür hinausjagt. Und dass sie ein Kind bekommt, ist wirklich kein Grund, sie zur Scheidung zu zwingen!«

»Dietlind hat recht«, erklärte Pahnke zähneknirschend. »Wenn wir versuchen, sie am ausgestreckten Arm verhungern zu lassen, kann sie den Skandal entfachen, den wir ganz und gar nicht brauchen können. Uns bleibt vorerst nichts anderes übrig, als zu warten, bis sie sich meldet. Sobald das geschehen ist, können wir mit ihr eine Vereinbarung treffen, sodass sie sich irgendwo im Hinterwald einmietet und wartet, bis ihr Kind zur Welt kommt. Nach außen kommunizieren wir, dass sie den Strapazen der Tourneen nicht mehr gewachsen war. Später, wenn die Leute sich daran gewöhnt haben, Antonella an Peers Seite zu sehen, können wir die Scheidung in die Wege leiten.«

Gegen diesen Vorschlag hatten weder Peer noch Antonella etwas einzuwenden. Dietlind Fabian schüttelte zwar missbilligend den Kopf, doch ihr Einfluss war zu gering, um etwas bewirken zu können.

8.

Michaela fühlte sich so gut wie lange nicht mehr. Die Übelkeit, die sie in den ersten Wochen ihrer Schwangerschaft gequält hatte, war verflogen, und ihr Körper erholte sich zusehends von den

Strapazen der letzten Monate. Dazu befand sie sich in den Händen einer ausgezeichneten Frauenärztin und hatte in Selma eine Freundin gefunden, die ihr mit Rat und Tat zur Seite stand.

Nach einigen Wochen aber starrte Michaela auf das ausgiebige Frühstück, das ihre Freundin ihr aufgetischt hatte, und begriff, dass sie voll und ganz auf deren Kosten lebte.

»Das geht so nicht!«, entfuhr es ihr.

»Was geht nicht?«, fragte Selma erstaunt.

»Dass ich mich wie eine Made von deinem Speck ernähre.«

Selma schüttelte verwundert den Kopf. »Das verstehe ich nicht.«

»Es geht darum, dass du für alles aufkommst, was ich esse. Du hast bis jetzt auch jedes Mal in deinem Lieblingslokal bezahlt, wenn wir dort waren.«

»Aber das tue ich doch gerne!«

»Das weiß ich, trotzdem wirst du erlauben, dass ich mit ein wenig Kostgeld zum Haushalt beitrage.«

Da Michaela stets mit Kreditkarte bezahlt hatte, steckten in ihrem Portemonnaie nur etliche kleine Scheine, die sie als Trinkgeld benutzt hatte. Nun räumte sie den Tisch frei, holte ihren Laptop und loggte sich zum ersten Mal, seit sie Peer verlassen hatte, auf ihrem Konto ein. Als die Zahlen auf dem Bildschirm erschienen, kniff sie zuerst die Augen zusammen und lachte dann bitter auf. »Ich bin zu spät gekommen! Peer hat das Konto einschließlich des möglichen Überziehungskredits abgeräumt. Das hat ihm sicher dieser hinterhältige Pahnke geraten. Aber wenn sie glauben, mich auf die Weise schlagen zu können, haben sie sich getäuscht. Ich werde einen der von mir angelegten Fonds auflösen. Zwar mache ich damit Verlust, aber das ist es mir wert.«

»Aber mir nicht!«, protestierte Selma. »Ich will nicht, dass du wegen dieses Sängerknaben gutes Geld zum Fenster hinauswirfst. Kann er die Fonds auflösen?« Letzteres klang besorgt, denn wenn diese Gefahr bestand, würde Michaela es allen Verlusten zum Trotz selbst tun müssen.

Michaela kontrollierte das Depot und schüttelte den Kopf. »Peer ist zwar als Mitbesitzer eingetragen, aber die Verfügungsgewalt über die Fonds habe ich allein, weil er nie bereit war, zur Bank zu gehen und die nötigen Unterschriften zu leisten. Zur Sicherheit werde ich die Passwörter ändern.«

Das tat sie auf der Stelle. Selma sah bewundernd, wie geschickt sie mit dem Laptop umging, und sagte sich, dass Peer Varenthin, aber auch dessen Agent und die Sopranette, wie sie Antonella Sebaldi verächtlich nannte, nicht die geringste Ahnung von den Fähigkeiten der jungen Frau hatten.

Auch wenn es Michaela gelungen war, die Fonds zu sichern, um später nicht ganz ohne Geld dazustehen, löste dies nicht das Problem, wie sie zu Selmas Haushalt etwas beisteuern konnte. Sie verfiel ins Grübeln.

Selma fasste sie am Arm. »Mach dir keine Sorgen! Ich bin glücklich, dass du bei mir bist. Nach Libusas Tod war ich so einsam, dass ich mir gewünscht hatte, ebenfalls sterben zu können.«

»So etwas solltest du nicht sagen!«, tadelte Michaela sie und seufzte. »Wenn ich wenigstens einen Beruf erlernt hätte. Stattdessen habe ich vom Gymnasium weg geheiratet.«

»Du wirst doch in deinem Zustand nicht arbeiten wollen?«

»Ich würde es gerne tun! Auch wenn ich nach außen hin nur als Peer Varenthins dumme, blonde Ehefrau galt, war ich ganz schön beschäftigt, alles zu managen, damit es zu seiner Zufriedenheit ablief. Außerdem habe ich unser Geld verwaltet, seine Fanpost erledigt und vieles mehr. Ich fühle mich hier zwar wohl, aber mir fehlt eine Aufgabe, die mich ausfüllt.«

Das konnte Selma gut nachvollziehen. Als sie ihr Lokal in Frankfurt wegen einer deftigen Mieterhöhung hatte aufgeben müssen, hatten Libusa und sie überlegt, was sie danach unternehmen konnten. Kurz darauf war bei Libusa der Krebs diagnostiziert worden, und sie hatten vor ganz anderen Problemen gestanden.

»Aber was willst du tun? Du hast nur noch wenige Monate Zeit und darfst auch nichts Schweres heben. Ich …« Selma brach ab und starrte in eine Ferne, in die Michaela ihr nicht zu folgen vermochte.

»Meinst du es wirklich ernst?«, fragte sie schließlich.

Michaela nickte. »Ich will wenigstens in Teilzeit arbeiten, um ein wenig zum Haushaltsgeld beitragen zu können.«

»Ich habe eine Idee, weiß aber nicht, ob sie funktioniert«, antwortete Selma nachdenklich. »Versuchen könnten wir es natürlich«, sagte sie schließlich in einem Ton, als müsse sie sich selbst überzeugen.

»Was denn?«

»Ich weiß nicht, ob du die Marquart-Werke kennst. Sie fertigen dort hochwertige Biolebensmittel. Vor ein paar Tagen stand in der Zeitung, dass sie eine Assistentin oder einen Assistenten für die Chefsekretärin suchen.«

»Da ich wegen meiner Schwangerschaft in ein paar Monaten für längere Zeit ausfallen werde, werden sie mich sicher nicht nehmen. Außerdem fehlt mir die Ausbildung dafür«, wandte Michaela ein.

»Das stimmt natürlich. Aber du könntest es trotzdem versuchen. Immerhin hast du Zeugnisse in Buchführung und Marketing deiner Online-Kurse. Da der Arbeitsmarkt ziemlich abgegrast ist, können sich die Leute, die als Bürokauffrau oder -mann ausgebildet sind, weitaus besser bezahlte Job aussuchen. Also kriegen sie in der Firma höchstens Luschen, die nichts können, oder eine Studentin, die sich in den Semesterferien ein paar Euro verdienen will. Außerdem würdest du mir persönlich damit einen Gefallen erweisen. Der ehemalige Besitzer des Werks ist vor wenigen Monaten verstorben. Jetzt gehört es seinem Sohn, doch der lebt in Amerika und ist noch nicht zurückgekommen. Vielleicht erfährst du vor Ort, wann damit zu rechnen ist.«

Michaela begriff, dass ihrer Gastgeberin sehr viel daran lag, dies zu erfahren, und atmete tief durch. »Probieren geht über Studieren, heißt es. Aber es sind von hier aus fünfzehn Kilometer bis zum Werk.«

»Die schafft mein Puckelchen mit links«, antwortete Selma lächelnd. »Du hast doch einen Führerschein, oder?«

Michaela nickte. »Peer hatte mich gebeten, ihn zu machen, weil er selbst keine Lust dazu hatte. Allerdings bin ich seit Jahren nicht mehr gefahren.«

»Das lernst du schnell wieder«, tat Selma diesen Einwand ab. »Weißt du was? Wir fahren nach dem Frühstück nach Manfredsthal. Unterwegs zeige ich dir, wie mein Puckelchen funktioniert.«

Die Eile, die Selma an den Tag legte, überraschte Michaela. Andererseits hatte sie nichts gegen einen Ausflug, auch wenn sie sich keine Chance auf die Stelle ausrechnete. Doch sie wollte es Selma zuliebe zumindest versuchen, um sich an den Kosten des Haushalts zu beteiligen und um später davon leben zu können, falls Peer wirklich nicht zum Einlenken bereit war.

9.

Michaela genoss die Fahrt durch die herbstliche Landschaft mit den sich gelb und rot färbenden Blättern und sah Selma dankbar an. »So etwas habe ich in den letzten Jahren vermisst! Peer bestand darauf, nur Hotels inmitten der Stadt zu frequentieren. Daher konnte ich höchstens in Parks spazieren gehen. Wenn ich daran denke, wie viel Geld Peer durch die Hotelaufenthalte zwischen seinen Engagements ausgegeben hat! Für diese Summe hätten wir uns eine hübsche Wohnung in einer angenehmen Gegend leisten können.«

»Nicht darüber ärgern! Jetzt bist du erst einmal bei mir.« Selma wies mit der linken Hand nach vorne, während die rechte am Lenkrad blieb. »Das dort ist Manfredsthal, und links davon liegt das Werk. Die Villa des Besitzers befindet sich dort oben. Der soll, wie gesagt, derzeit noch in Amerika sein.«

»Hat es mit diesem Werk oder dem Besitzer etwas Besonderes auf sich?«, fragte Michaela verwundert über den schroffen Ton der alten Dame.

Diese verzog kurz das Gesicht und winkte dann ab. »Es gibt etwas, aber das erzähle ich dir später einmal. Jetzt sehen wir erst einmal zu, dass wir hineinkommen!«

Michaela fand die Marquart-Werke imposant. Auf dem Hof standen etliche Lastwagen, und eben fuhr ein weiterer Lkw durch das Tor. Michaela las auf ihm die Aufschrift Gernitz-Mühle und nahm an, dass er Mehl brachte.

Selma fuhr auf das Werkstor zu und hielt an, als einer der Wachen die Hand hob.

»Was wünschen Sie?«, fragte er.

»Meine Freundin wollte hier wegen eines Jobs vorsprechen«, antwortete ihm Selma freundlich.

»Da sind Sie hier falsch. Sie müssen vorne rechts reinfahren. Dort gibt es einen Besucherparkplatz, und Sie finden dahinter den offiziellen Eingang. Hier ist nur die Warenanlieferung.«

»Danke!« Selma stieß mit dem Auto zurück und folgte seiner Anweisung. Zwei Minuten später hielt sie ihren Kleinwagen auf dem genannten Parkplatz an und wandte sich Michaela zu. »Wir sind da. Willst du es dir noch einmal überlegen?«

Michaela schüttelte den Kopf. »Nein! Ich werde hineingehen und einfach fragen.«

Nach diesen Worten öffnete sie die Beifahrertür und stieg aus. Ein feiner Geruch nach fremden Gewürzen lag in der Luft. Michaela fand ihn angenehm und ging auf die Eingangstür zu. Als sie eintrat, entdeckte sie einen Schalter, hinter dem ein älterer Mann in einem dunklen Anzug saß.

»Guten Tag, Sie wünschen?«

»Ich komme wegen des Assistentenjobs für die Chefsekretärin«, antwortete Michaela und kam sich wie eine Betrügerin vor, weil sie nur noch wenige Monate würde arbeiten können, bevor sie unter den Mutterschutz fiel.

»Einen Moment bitte, ich rufe Frau Haug an und frage, ob die Stelle noch frei ist.« Der Mann ergriff den Telefonhörer.

»Guten Tag, Frau Haug. Es wäre wieder eine Bewerberin da«, begann er, wurde aber wohl sofort unterbrochen. Er hörte einige Augenblicke zu, legte den Hörer auf und sah Michaela lächelnd an.

»Sie finden Frau Haug in ihrem Büro im fünften Stock. Sie müssen vom Lift aus nach rechts gehen.«

»Herzlichen Dank.« Michaela folgte seinem Rat und stand kurz darauf vor der Tür, deren Schild auf die Chefsekretärin Gabriele Haug verwies. Nachdem sie noch einmal tief durchgeatmet hatte, klopfte sie und vernahm ein energisches »Herein!«.

Michaela betrat das Zimmer und sah hinter dem Schreibtisch eine etwas untersetzte Frau Mitte vierzig, die ihr verwundert entgegensah.

Gabriele Haug hatte schon etliche Frauen kommen und gehen sehen, aber noch keine Schönheit, wie man sie sonst nur auf den Titelseiten der Illustrierten fand. Dazu war ihre Besucherin perfekt geschminkt und trug ein elegantes Kostüm, das nicht in einem schlichten Kaufhaus zu erwerben war.

»Guten Tag, was kann ich für Sie tun?«, grüßte sie, da sie sich nicht vorstellen konnte, es könnte sich dabei um die Bewerberin für die Assistentenstelle handeln.

»Mein Name ist Michaela Va… Müller!« Michaela beschloss, ihren Mädchennamen zu verwenden, da sie hier nicht mit dem Startenor Peer Varenthin in Verbindung gebracht werden wollte. »Ich bin wegen des Jobs als Assistentin gekommen.«

Also doch, dachte Gabriele Haug verwundert. Am liebsten hätte sie der Frau erklärt, dass sie für diese Stelle viel zu elegant aussah. Zu ihrem Bedauern hatte sie jedoch die letzte Bewerberin nach weniger als einer Woche wieder nach Hause schicken müssen und war dringend auf Ersatz angewiesen.

»Welche Referenzen haben Sie, und wo haben Sie bisher gearbeitet?«, fragte sie mit einer gewissen Distanz.

Michaelas Miene nahm einen besorgten Ausdruck an. »Ich habe bisher noch nirgends gearbeitet, sondern meinen Mann unterstützt. Dafür habe ich die folgenden Online-Kurse absolviert!«

Als sie die Zeugnisse der Sekretärin reichte, erinnerte sie sich daran, dass sie sich für diese als Michaela Varenthin angemeldet hatte.

»Auf den Zeugnissen steht noch mein Ehename, aber ich lebe in Scheidung und trage wieder den Namen, unter dem ich geboren worden bin!«

Gabriele Haug studierte die Zeugnisse genau. Die Kursanbieter waren bekannt und genossen einen ausgezeichneten Ruf. Doch warum wollte eine Frau, die sichtlich aus besseren Kreisen stammte, in einem relativ schlecht bezahlten Job arbeiten?

»Sie werden verstehen, dass ich ein wenig mehr von Ihnen erfahren muss, bevor ich Sie auf Probe engagieren kann«, erklärte sie und forderte Michaela auf, sich zu setzen.

»Danke!« Michaela atmete noch einmal tief durch und fand, dass sie mit offenen Karten spielen sollte. »Wenn Sie mich einstellen, kann ich allerdings nur etwa drei Monate lang arbeiten. Ich bin im vierten Monat schwanger!«

Jetzt wird sie mich auffordern, wieder zu gehen, dachte sie dabei.

Gabi Haug begriff, dass mehr hinter dieser Bewerbung stecken musste. Da sie jedoch dringend jemanden brauchte, der sie in den nächsten Monaten bei der Arbeit unterstützte, lehnte sie sich zurück und spielte mit einem Bleistift.

»Ich könnte es mit Ihnen versuchen. Wenn Sie den Job schaffen, hätte ich Zeit, jemanden zu finden, der ihn dann auf Dauer übernehmen kann. Das ist gar nicht so leicht, sage ich Ihnen. Die heutige Facebook- und Twittergeneration ist überfordert, wenn sie einen Text lesen soll, der länger als hundertvierzig Zeichen ist. Außerdem sind viele junge Leute eines klaren und im Geschäftswesen unbedingt nötigen Deutsch nicht mehr mächtig. Ich will, dass ein Brief, den der Geschäftsführer oder ich diktieren, auch so geschrieben wird, wie er gemeint ist.«

Der Ärger vor allem mit der letzten Bewerberin ließ Gabriele Haug schroffer werden, als sie eigentlich wollte.

Michaela schluckte erneut, sagte sich aber, dass sie, auch wenn Pahnke den größten Teil der Verhandlungen mit den Verantwortlichen der Theater und Opernhäuser übernommen hatte, trotzdem genug Briefe hatte schreiben müssen, bei denen es auf korrektes und höfliches Deutsch angekommen war.

»Wann können Sie anfangen?«, fragte Gabriele Haug, als keine Antwort kam.

»Wenn Sie wünschen, schon morgen.«

»Kommen Sie um neun Uhr und bringen die notwendigen Papiere mit, dann können Sie sich hier austoben. Der Job ist zwar als Teilzeit ausgeschrieben. Es wäre mir jedoch lieb, wenn Sie zunächst länger arbeiten könnten, bis der größte Berg abgetragen ist!«

»Danke! Das mache ich gerne.«

»Auf Wiedersehen.«

Damit war Michaela verabschiedet. Ein wenig bange fragte sie sich, was es mit den Papieren auf sich hatte. Doch in der Hinsicht, so hoffte sie, würde Selma ihr helfen können.

10.

Selma sah ihr gespannt entgegen. »Und? Wie war's?«

»Ich bekomme den Job, soll morgen meine Papiere mitbringen. Ich weiß aber nicht, welche.«

Michaela klang so bedrückt, dass Selma den Kopf schüttelte. »Darum kümmern wir uns gleich. Wo hattet ihr euren festen Wohnsitz?«

»In einer Zweizimmerwohnung in Frankfurt-Niederrad, aber die hat der Agent meines Mannes vor Kurzem verkauft!«

»Ich bin sicher, dass da noch ein Briefkasten mit eurem Namen im Flur hängt«, meinte Selma spöttisch. »Aber jetzt werden wir beide Nägel mit Köpfen machen. Als Erstes fahren wir zum Einwohnermeldeamt, melden dich bei mir an und besorgen alle nötigen Papiere. Anschließend gehen wir gemütlich essen.«

Michaela hatte noch die Bemerkung mit dem Briefkasten im Ohr. »Du glaubst, Peer und ich sind noch immer in dem Haus angemeldet, das Pahnke verkauft hat?«

»Es würde mich wundern, wenn es nicht so wäre. Aber das sollte dich nicht mehr berühren. Du bleibst jetzt erst einmal bei mir.«

Selma klang erleichtert, denn sollte Michaela ihre Arbeit bei den Marquart-Werken antreten, würde sie länger bleiben und vielleicht sogar ihr Kleines bei ihr zu Hause aufziehen.

Nun galt es, die notwendigen Behördengänge zu erledigen. Selma wusste, wo sie hin mussten, und so konnten sie Michaela problemlos ummelden. Nachdem sie alles in Händen hielten, was

Michaela am nächsten Tag vorweisen musste, atmete Selma tief durch.

»Jetzt haben wir uns eine schöne Portion Pasta mit viel Parmesan bei Pietro verdient!«

»Mein Magen hängt schon in den Knien!«, gab Michaela ehrlich zu. »Es heißt zwar, dass man in der Schwangerschaft für zwei isst, aber ich wusste nicht, dass ein Baby so hungrig sein kann.«

Selma lachte leise. »So ganz stimmt es nicht, denn wenn eine Frau während ihrer Schwangerschaft zu viel in sich hineinschlingt, schleppt sie danach etliche überflüssige Pfunde mit sich herum. Aus dem Grund ist Bewegung wichtig. Lass uns nachher noch einen kleinen Spaziergang machen.«

»Sehr gerne. Aber jetzt will ich erst einmal etwas essen!«

»Wir sind gleich da!« Selma lenkte ihr Puckelchen in eine Seitenstraße und freute sich, als sie einen freien Parkplatz entdeckte. »Der passt! Da müssen wir nicht weit laufen.«

»Sagt jemand, der noch eben von einem Spaziergang gesprochen hat«, spottete Michaela.

»Das ist etwas anderes!« Selma stellte ihren Wagen ab, stieg aus und wartete, bis auch Michaela sich herausgewunden hatte.

Mittags war es nicht so voll wie am Abend, daher kamen sie gerne um diese Zeit hierher. »Wenn du arbeitest, werden wir wahrscheinlich nur noch am Abend hierherkommen können«, sagte Selma mit leichter Wehmut.

»Wenn wir rechtzeitig einen Tisch bestellen, dürfte es kein Problem sein«, antwortete Michaela und setzte sich.

Der Kellner brachte die Speisekarten, doch die beiden Frauen schauten nicht einmal hinein, sondern bestellten aus dem Gedächtnis. Nachdem die Getränke gebracht worden waren, musterte Selma ihre junge Freundin mit einem nachdenklichen Blick.

»Du solltest deinem Mann schreiben und ihm die Adresse mitteilen, unter der er dich erreichen kann.«

Michaela rümpfte die Nase. Die letzte Zeit mit Peer war nicht so verlaufen, dass sie ihn vermisste, und – was sie noch mehr erleichterte – sie musste sich nicht mehr über Pahnke ärgern. Dennoch verstand sie, was Selma meinte. Sie durfte sich nicht auf ewig verstecken. Peer und seine Entourage sollten ruhig wissen, wo sie zu finden war.

11.

Der Gedanke an ihren Mann und seine mögliche Reaktion auf ihre E-Mail beschäftigte Michaela noch, als Selma sie am nächsten Tag vor dem Eingang der Marquart-Werke hinausließ.

»Ich hole dich um zwei ab«, versprach Selma und fuhr wieder los.

Michaela sah ihr einen Augenblick nach, dann wandte sie sich mit einer energischen Bewegung dem Portal zu und ging hinein.

Als der Portier sie sah, lächelte er. »Guten Morgen, Frau Müller! Frau Haug erwartet Sie bereits.«

»Ich bin doch nicht etwa zu spät?«

Der Mann schüttelte lachend den Kopf. »Nein, nein. Keine Sorge. Es scheint sich um etwas Wichtiges zu handeln, und dafür braucht Frau Haug Ihre Hilfe.«

»Dann will ich sie nicht warten lassen.«

Als Michaela Gabriele Haugs Büro betrat, sprang diese erfreut auf. »Ich hatte schon Angst, Sie würden es sich anders überlegen! Herr Ginter, der Bevollmächtigte unseres neuen Chefs, war gestern noch hier und hat uns aufgefordert, einen genauen Bericht für Herrn Marquart zusammenzustellen. Es gibt einige Dinge, die hier nicht so laufen, wie sie sollten. Ich habe Ihnen das Büro neben dem meinen zugeteilt und bereits die nötigen Dateien auf den Computer geladen. Sie müssten diese zum Druck aufbereiten, die dazugehörigen Tabellen und Bilder einkopieren und Deckblätter erstellen. Dieser Liste können Sie entnehmen, was zusammengehört, und das hier ist ein Muster für den Bericht. Ich kann mich leider nicht selbst darum kümmern, es ist viel zu viel zu tun.« Gabriele Haug schwieg einen Augenblick und schüttelte dann den Kopf. »Es wird Zeit, dass Marquart junior zurückkehrt. Unser Geschäftsführer Reimers ist zwar ein ausgezeichneter Fachmann, doch er besitzt hier im Ort nicht den Einfluss, der nötig wäre.«

Michaela nahm die Blätter entgegen, erhielt das Passwort für den Computer und wurde in das andere Büro geschoben. Der Raum wirkte kahl und wenig anheimelnd. An der Wand hing kein Bild, und auch auf dem Schreibtisch gab es keinerlei persönliche Note. Dafür war der Blick durch das Fenster phänomenal. In der Ferne konnte man die Bürotürme Frankfurts erkennen.

Da sie nicht gekommen war, um in die Gegend zu schauen, schaltete Michaela den Computer ein und sortierte die Vorlagen. Gabriele Haug hatte ihr keine Zeit genannt, in der sie fertig werden musste, doch ihr war klar, dass die Sache dringend war, und sie machte sich energisch ans Werk.

Auch wenn es sich um ein ganz anderes Metier handelte, kam Michaela gut zurecht. Dateien lesbar aufzubereiten war sie gewohnt, denn ihr Mann hatte von ihr gefordert, alle Berichte über ihn und seine Auftritte zu sammeln und so zu gestalten, dass er sie ohne Mühe auf dem Bildschirm des Laptops lesen konnte. Der einzige Unterschied war, dass sie die ihr vorliegenden Berichte ausdrucken musste.

Michaela ging systematisch ans Werk, teilte ein paar Dateien weiter auf, damit sie diese besser darstellen konnte, und druckte sie schließlich aus. Obwohl sie die Berichte nur überflog, war ihr rasch klar, dass die Marquart-Werke heuer zum x-ten Mal in Folge Produktion und Gewinn hatten steigern können.

Daher wunderte sie sich so lange über die schlechte Laune der Chefsekretärin, bis sie auf einen Bericht stieß, in dem von einer Überlegung der Gemeinde die Rede war, ein Stück Land, das bisher für die Erweiterung der Marquart-Werke vorgesehen war, in ein Wohngebiet umzuwidmen. Ein anderes Grundstück, das etwas näher am Ortskern lag, war angeblich zu groß dafür und versprach wegen der hohen Erschließungskosten keinen Gewinn.

In den Unterlagen befanden sich mehrere Karten der betreffenden Grundstücke. Außerdem entdeckte Michaela einen handschriftlichen Vermerk, dass der Bauunternehmer Schrader hinter der Umwidmung stecken sollte. In den letzten Jahren war es offenbar mehrmals zu einem heftigen Streit zwischen ihm und Titus Vitalis Marquart, dem verstorbenen Besitzer der Marquart-Werke, gekommen, und nun nutzte er die Abwesenheit des Erben aus, um diesen vor vollendete Tatsachen zu stellen.

Michaela tippte den Vermerk ab, scannte die Karten ein und markierte die entsprechenden Stellen farbig. Da ihr die Sache mit der Umwidmung des Baugebiets am wichtigsten erschien, sortierte sie die Reihenfolge der einzelnen Beiträge neu und war mitten in der Arbeit, als Gabriele Haug erschien.

»Mittag! Sie kommen doch sicher mit in die Kantine?«

Diese steckte das Blatt, das sie in der Hand hielt, noch rasch in eine Klarsichthülle und sperrte ihren Computer.

»Ja, gerne! Ich habe wirklich Hunger«, antwortete sie und folgte der Chefsekretärin zum Damen-WC, um sich die Hände zu waschen.

Auf dem Weg in die Kantine klärte Gabriele Haug sie übers Mittagessen auf. »Natürlich wird bei uns nicht mehr selbst gekocht. Wir beziehen unser Essen von einem Cateringservice, der für seine Biokost bekannt ist. Es ist zwar etwas teurer, aber es schmeckt. Billiges Essen von einer Großküche wollte unser verstorbener Chef nicht. Er sagte immer, wir erzeugen Biolebensmittel und werden daher auch Biolebensmittel essen.«

Michaela nickte anerkennend. Auch sie hatte darauf geachtet, sich gesund zu ernähren, und bei Peer war dies unabdingbar gewesen. Als sie in die Kantine kamen, sah Michaela, dass diese zwar schlicht wirkte, aber besser aufgeteilt und eingerichtet war als das Büfett-Restaurant auf der *Alsterqueen*, dem Selma den Spitznamen *Kantine* verliehen hatte. Es wunderte sie allerdings, dass die Frauen, die das Essen austeilten, allesamt alt genug waren, um in Rente zu sein.

Die Chefsekretärin bemerkte ihren Blick und lächelte. »Die Frauen hier und die Männer an der Pforte sind ehemalige Angestellte und Arbeiter der Firma, die sich ein wenig zu ihrer Rente hinzuverdienen wollen. Einige arbeiten hier auch aus reiner Verbundenheit mit der Firma.«

Michaela war beeindruckt. Hier schien es Firmenphilosophie zu sein, dass gute Arbeit nur von motivierten Mitarbeitern geleistet werden konnte. Gabi Haug führte sie zu einem Tisch, an dem zwei Herren Ende fünfzig saßen. Die dunkelgrauen Anzüge und die Krawatten wiesen auf Mitarbeiter der oberen Gehaltsklasse hin.

»Darf ich vorstellen? Herr Martin Reimers, unser Geschäftsführer, und sein Stellvertreter, Herr Jens Holsten – Michaela Müller, meine neue Assistentin.«

»Die wievielte seit Anfang des Jahres?«, fragte Holsten mit leichtem Spott.

Gabi Haug überging diese Bemerkung und reichte Michaela das Blatt mit der Auswahl der Speisen. »Holen müssen Sie sich die Speisen aber selbst. Unser verstorbener Chef war der Ansicht, dass er und seine Geschäftsführer ebenso an die Essensausgabe gehen sollen wie ein einfacher Arbeiter, da sie als Menschen auch nichts Besseres seien.«

Michaela konnte zwischen Hühnchen und einem vegetarischen Gericht wählen und entschied sich für Letzteres. Es schmeckte ausgezeichnet. Zum Trinken gab es Fruchtsäfte, Wasser und auch Kaffee und Tee. Michaela holte sich ein Glas Wasser ohne Sprudel und einen Früchtetee und saß dann schweigend am Tisch, während Reimers und Holsten sich leise unterhielten und dabei immer wieder Gabi Haug ins Gespräch mit einbezogen. Meistens ging es darum, wie Titus Vitalis Marquart in dieser oder jener Angelegenheit entschieden hätte.

Der verstorbene Chef schien auch ein Vierteljahr nach seinem Tod noch immer so präsent zu sein, als könnte er jeden Augenblick zur Tür hereinkommen.

»Es wird Zeit, dass der Junge zurückkommt, auch wenn ich nicht glaube, dass er sich gegen Schrader durchsetzen kann. Der hat die Zeit genutzt, um den Gemeinderat auf seine Seite zu ziehen«, erklärte Reimers nach einer Weile.

Michaela ahnte, dass er die Ankunft des Firmenerben ebenso herbeisehnte wie fürchtete. Von dem ehemaligen Besitzer des Werkes war er am kurzen Zügel geführt worden, und nun hatte er Angst, den Ansprüchen des neuen nicht zu genügen.

Was mochte das für ein Mensch sein, fragte sich Michaela, der ein Werk mit mehr als einhundert Beschäftigten erbte, aber in den Vereinigten Staaten blieb, anstatt hierherzukommen und die Zügel in die Hand zu nehmen.

Kurz darauf verabschiedeten sich die beiden Geschäftsführer. Michaela trank ihr Glas leer und brachte das Geschirr zur Abgabestelle.

»Sie können ruhig noch eine halbe Stunde Pause machen«, erklärte ihr die Chefsekretärin.

»Ich kann mich auch in meinem Büro ein wenig entspannen«, antwortete Michaela, machte sich dort aber sofort daran, ihre Präsentation fertigzustellen. Kurz vor vierzehn Uhr hatte sie es geschafft und brachte die Mappe in das Büro der Chefsekretärin.

»Ich hoffe, es ist so richtig!«

Gabi Haug musterte sie einen Augenblick nachdenklich, nahm die Mappe entgegen und blätterte darin. Nach einer Weile blickte sie auf. »Und Sie sagen, Sie hätten noch niemals in einer ähnlichen Position gearbeitet? So gut wie Sie hätte ich die Mappe nicht hinbekommen!«

Das ist eben der Vorteil, wenn man einen eitlen Künstler zum Mann hat, dachte Michaela und freute sich über das Lob.

12.

Etwa eine Woche später hielt Alexander Marquart den von Michaela zusammengestellten Bericht in Händen. Die wichtigsten Daten hatte ihm sein Kontaktmann Ginter bereits per E-Mail geschickt, doch diese Mappe ging ins Detail und war weitaus besser strukturiert. Auf eine Sache war Ginter gar nicht eingegangen, aber in diesen Unterlagen stand sie an erster Stelle: Auf Betreiben des Bauunternehmers Armin Schrader wollte die Gemeinde das Gelände, das zur Vergrößerung der Marquart-Werke gedacht gewesen war, nutzen, um Wohnhäuser zu errichten.

Zu Lebzeiten seines Vaters hätte Alexander über eine solche Schlappe gelacht. Jetzt bemerkte er zu seiner eigenen Überraschung, dass ihm das Werk doch mehr am Herzen lag, als er es sich hätte vorstellen können. Während der letzten Wochen hatte er bereits mehrfach überlegt, es zu verkaufen und in den Vereinigten Staaten eine Softwarefirma aufzubauen.

Er griff zum Smartphone und rief seinen Terminkalender auf. Selbst wenn er alle Programmierarbeit, die möglich war, von den

IT-Spezialisten des Konzerns erledigen ließ, brauchte er noch fast ein Jahr, um den komplizierten Job fertigzustellen.

»Wenn ich nur aus dem Vertrag aussteigen könnte!«, stöhnte er. Dafür aber war die vereinbarte Konventionalstrafe zu happig. Außerdem wollte er keine halb fertige Baustelle hinterlassen.

Was also tun?, fragte er sich.

Da fiel sein Blick auf das größere Gelände, dessen Erschließung angeblich zu teuer sein sollte. Ihm kam eine Idee. Alexander zog seinen Laptop heran und rief seinen Kontostand auf. Noch war es zu wenig, doch wenn er es für ein Jahr geschickt anlegte und zudem die Prämie für das fertige Softwarepaket erhielt, konnte es reichen.

Mit einem Lächeln, das keiner seiner Bekannten freundlich genannt hätte, schrieb er eine E-Mail an Ginter und beauftragte ihn, ihm einige wichtige Informationen zusammenzustellen. Danach blätterte er weiter in der Mappe und fand, dass die Präsentation ausgezeichnet gefertigt worden war. Bei der letzten war dies ganz und gar nicht der Fall gewesen. Da hatte er über Ginter mehrmals nachfragen müssen, um einige wichtige Punkte zu klären. Diesmal war es unnötig, dachte er erleichtert und richtete seine Gedanken wieder auf den Job, den er hier in den Staaten noch zu Ende bringen wollte.

Vierter Teil
Ein neues Leben

1.

Diesmal dauerte die Untersuchung länger. Michaela wurde bereits unruhig und fragte sich, ob es Probleme gab. Abgesehen von der Übelkeit, die sie mehr der Schwäche durch ihre kaum überstandene Krankheit zuschrieb, war ihre Schwangerschaft bisher gut verlaufen. Sie hatte gehofft, es würde bis zu ihrer Niederkunft so weitergehen.

Nach einer Weile legte die Ärztin das Ultraschallgerät beiseite und lächelte. »Und jetzt wollen Sie sicher wissen, ob es ein Mädchen oder ein Junge wird?«

»Eigentlich schon«, antwortete Michaela halbwegs erleichtert.

»Da muss ich Sie leider enttäuschen, denn ich kann es nicht erkennen«, erwiderte die Ärztin. »Ich habe alles versucht, aber das Kleine will sich nicht in die Karten schauen lassen. Ich kann es nächste Woche noch einmal versuchen.«

»Sonst gibt es nichts?«, fragte Michaela angespannt.

»Es ist alles in Ordnung. Das Kleine wächst und gedeiht, und Sie sind so gesund, wie eine junge Frau Ihres Alters nur sein kann. Ein bisschen mehr Bewegung wäre vielleicht ganz gut. Sie brauchen einen Ausgleich zu Ihrem Bürojob. Eigentlich müssten Sie doch schon in Mutterschutz gehen!«

Die Bemerkung der Ärztin war berechtigt, doch Michaela

wollte Gabriele Haug nicht im Stich lassen. Es gab einfach zu viel zu tun. Trotzdem konnte sie nicht mehr lange arbeiten. Ihr Bauch passte kaum noch hinter den Schreibtisch, und sie wurde rasch müde.

»Ich muss nur noch ein paar Tage durchhalten, dann bleibe ich daheim«, erklärte sie der Ärztin.

»Es ist an der Zeit!«, erwiderte die Ärztin leicht tadelnd. »Sie sitzen sonst noch am Schreibtisch, wenn die Wehen einsetzen.«

Michaela lachte leise. »So weit will ich es nicht kommen lassen! Aber jetzt danke ich Ihnen und komme brav nächste Woche wieder.«

»Sollten sich in der Zwischenzeit Komplikationen ergeben, rufen Sie mich an – und wenn es um Mitternacht ist. Wie kommen Sie übrigens mit der Hebamme zurecht, die ich Ihnen empfohlen habe?«

Die Ärztin wartete gespannt, denn die Frau hatte sich bei ihr schon mehrfach über Selma Endreß beschwert, die einige ihrer Anweisungen als Unsinn abgetan hatte.

Michaela zog den Kopf ein. »Die Hebamme verträgt sich nicht mit meiner Freundin. Selma will unbedingt, dass ich eine andere Hebamme nehme.«

»Da werden Sie Pech haben!«, erklärte die Frauenärztin. »Hebammen sind in unserem Land dünn gesät. Sie tragen eine große Verantwortung – und das bei einem Job, bei dem sie am Heiligen Abend genauso mit anpacken müssen wie an Ostern, und das von null bis vierundzwanzig Uhr. Das sollten Sie Frau Endreß beibringen.«

»Ich versuche es ja, aber auf dem Ohr ist Selma taub«, antwortete Michaela kleinlaut. Sie wollte nicht sagen, dass der Hauptgrund für deren Abneigung die Eifersucht auf die Hebamme war. Hätte diese Selma nicht gleich zu Anfang erklärt, dass sie die Geburtsvorbereitungen auf ihre Weise durchführen würde und deren Ratschläge daher überflüssig seien, wäre es wahrscheinlich friedlicher abgelaufen. So aber befand sie sich in der Zwickmühle, den Anweisungen der Hebamme folgen zu müssen und gleichzeitig ihre Freundin nicht zu verprellen.

»Die Hebamme leider auch!«, gab die Frauenärztin zu. »Aber wir haben nur diese eine zur Verfügung. Ich werde mit Frau Endreß sprechen, wenn sie zur nächsten Sprechstunde kommt. Wenn ich ihr sage, dass der Streit mit der Hebamme Ihnen und dem Kind schaden könnte, wird sie einlenken.«

»Hoffen wir es!«, antwortete Michaela seufzend und nahm einige Zellstofftücher entgegen, um das Gleitmittel für das Ultraschallgerät abzuwischen. Die Frauenärztin half ihr dabei und reichte ihr zuletzt die Hand.

»Sie sollten wirklich aufhören zu arbeiten. Über neunzig Prozent der Frauen gehen in der sechsten Woche vor der Geburt in den Mutterschutz. Sie haben höchstens noch vier Wochen vor sich.«

»Ich werde das beherzigen.«

Draußen wartete Selma bereits auf sie. »Ist alles gut gegangen?«, fragte sie neugierig.

»Ist es!«, antwortete Michaela und hängte sich bei der alten Dame ein.

»Und? Weiß Frau Dr. Henke bereits, was es wird?«, fragte Selma weiter.

Michaela schüttelte lachend den Kopf. »Das Kleine lässt sich nicht in die Karten schauen.«

»Besser gesagt, nicht auf die Geschlechtsteile.« Auch Selma lachte nun und streichelte mit der freien Hand Michaelas Bauch.

»Hast du in letzter Zeit etwas von deinem Mann gehört?«

»Nein! Ich habe nur im Internet gelesen, dass er große Erfolge in den Vereinigten Staaten feiert. Da er dort jedes Mal zusammen mit der Sebaldi auftritt, nennen einige Magazine sie bereits das neue Traumpaar der Opernszene.«

Obwohl Michaela diesen Glamour jahrelang erlebt hatte und darum beneidet worden war, bedauerte sie nicht, ihm den Rücken gekehrt zu haben. Es war eine Traumwelt, durch die die Protagonisten tänzelten und in der man leicht stolpern und abstürzen konnte. Trotz allem hoffte sie, dass Peer Letzteres erspart blieb.

»Ach ja, aber eines ist mir aufgefallen: Auf dem Konto steht wieder ein wenig Geld. Es sieht aus, als wollten Peer und Pahnke mich nicht verhungern lassen«, erklärte sie. Bisher hatte sie noch keinen Cent davon gebraucht und spottete in Gedanken darüber, dass ihr Mann und dessen Agent nun rätselten, wie sie ihren Lebensunterhalt bestritt.

»Also, ich hätte selbst von dem Sängerknaben nicht erwartet, dass er sich gar nicht meldet«, meinte Selma kopfschüttelnd. »Du hast ihm doch vom Fortschritt deiner Schwangerschaft berichtet, so wie ich es dir geraten habe?«

»Das habe ich.«

»Dann verstehe ich es noch weniger! Auch finde ich es seltsam, dass andere, die dich und deinen Mann lange kannten, dich so schnell vergessen haben und jetzt von dieser Antonella schwärmen.« Selma schnaubte verärgert, denn sie sah Michaelas Rechte durch diese Missachtung verletzt. Schließlich war sie immer noch die Ehefrau des Operntenors und hatte Anspruch auf einen Unterhalt und bei einer wahrscheinlichen Scheidung auf einen entsprechenden Teil des Vermögens.

Michaela hingegen zuckte nur mit den Schultern. Peers Welt war schon lange nicht mehr die ihre gewesen. Vielleicht wäre es anders gekommen, wenn Peer sich von Pahnke getrennt hätte. Doch so war sie froh, sich von ihm und aus seiner Umgebung gelöst zu haben. Und doch war sie enttäuscht, dass Peer sich nicht im Geringsten für das werdende Kind interessierte. Er hätte zumindest nachfragen können, wie es sich entwickelte. So wusste sie nicht einmal, ob er die Informationen über ihren Schwangerschaftsverlauf, die sie ihm auf Selmas Drängen hin zukommen ließ, überhaupt las.

2.

Seit Michaela vor einigen Monaten bei den Marquart-Werken als Gabriele Haugs Assistentin angefangen hatte, war sie immer mehr in deren Achtung gestiegen. Der Gedanke, die intelligente junge Frau nun zu verlieren und stattdessen jemanden einstellen zu müssen, dem sie erst einmal beibringen musste, wie man einen längeren Text schrieb, erfüllte Gabi Haug mit Schrecken. Nicht zuletzt deshalb war sie froh gewesen, dass Michaela länger gearbeitet hatte, als sie es hätte tun müssen.

Als sie die Schwangere an diesem Tag durch die Tür kommen sah, begriff sie jedoch, dass sie sie nicht länger zurückhalten durfte. »Ist bei der Untersuchung alles gut gegangen?«

»Ja, außer dass das Kleine immer noch ein Geheimnis aus seinem Geschlecht macht«, antwortete Michaela fröhlich.

»Ich bin auf jeden Fall gespannt, was es wird!« Gabi Haug dachte an ihren mittlerweile erwachsenen Sohn, und ihr Blick wurde weich. »Es ist ein unbeschreibliches Gefühl, ein neues Leben im Arm zu halten.«

»Auch wenn es manchmal stinkt!«, spottete Michaela.

»Auch dann!«, bestätigte Gabi Haug und schaltete auf Chefsekretärin um.

»Ich habe mit Herrn Reimers gesprochen, und er hat mir zugestimmt. Wenn Sie nichts dagegen haben, werden wir Ihren bisher befristeten Arbeitsvertrag in einen unbefristeten umwandeln. Sie erhalten während Ihrer Elternzeit das volle Gehalt weiter und können danach mit verbesserten Konditionen wieder einsteigen.«

Das war ein überraschendes Angebot. Wenn Michaela es annahm, würde sie genug verdienen, um mit Selma zusammen gut leben zu können. Trotzdem wollte sie ihre Entscheidung erst treffen, wenn das Kind geboren war und sie die Reaktion ihres Mannes darauf erhalten hatte. Vielleicht wurde zwischen Peer und ihr doch wieder alles gut, und sie konnte mit dem Baby zu ihm zurückkehren.

»Ich danke Ihnen, Frau Haug! Wenn es mir möglich ist, komme ich gerne wieder«, antwortete sie und fragte dann, welche Arbeit anstand.

»Ich würde Sie bitten, noch einmal eine Präsentationsmappe für unseren Chef in Amerika zusammenzustellen. Schreiben Sie hinein, dass seine Rückkehr unabdingbar sei, weil sonst ein großer Schaden für das Werk entstehen würde. Der Gemeinderat hat gestern Armin Schraders Vorschlägen zugestimmt und die Fläche, die unsere Firma für die geplante Erweiterung benötigt, in ein Wohngebiet umgewidmet. Sobald das Landratsamt dies genehmigt, ist es kaum noch möglich, dies rückgängig zu machen.«

»Ich gebe mir Mühe, es möglichst dringlich aussehen zu lassen«, antwortete Michaela und nahm den Unterlagenstapel an sich, den Gabi Haug ihr reichte.

»Wenn Sie damit fertig sind, gehen Sie in Mutterschutz«, erklärte die Chefsekretärin noch.

»Aber was machen Sie, wenn ich weg bin?«

»Herrn Holstens jüngste Tochter sucht einen Aushilfsjob, bis sie einen Studienplatz findet«, antwortete Gabi und griff zum Telefon, um einen Anruf entgegenzunehmen.

Michaela ging in ihr Büro und fuhr den Computer hoch. Während sie die Unterlagen sortierte, dachte sie daran, dass ihre Arbeit in den Marquart-Werken mit einem Bericht an Alexander Marquart begonnen hatte und sie ihren Job vorerst mit einem weiteren Bericht an ihn beenden würde.

Obwohl sie ein wenig schwerfällig geworden war und leicht außer Atem kam, ging sie methodisch vor und tippte die Kommentare ab, die Gabi Haug und die beiden Geschäftsführer handschriftlich notiert hatten. Dazu erstellte sie eine Textseite, in der sich ein kurzer Abriss den Erfolgen, aber auch den Problemen der Firma widmete, und druckte es in übersichtlicher Form aus. Dabei ärgerte sie sich über den Gemeinderat, der sich auf Armin Schraders Seite gestellt und gegen die Marquart-Werke entschieden hatte. Als sie bemerkte, wohin ihre Gedanken sich verstiegen, schüttelte sie über sich selbst den Kopf. Da war sie gerade ein paar Monate hier und identifizierte sich bereits so sehr mit der Firma, als hätte schon ihre Großmutter hier gearbeitet.

Ihr kam die Idee, die Präsentation um ein paar Fotos und Informationen aus früheren Zeiten zu ergänzen, um Alexander Marquart zu zeigen, dass er eine Tradition zu wahren hatte. Ihr erschien es eigenartig, dass er es ein Dreivierteljahr nach dem Tod des Vaters noch immer nicht für nötig befunden hatte, wenigstens einmal herzukommen und den Beschäftigten die Angst um ihre Zukunft zu nehmen. Die Gerüchte, er wolle die Firma an einen der großen Lebensmittelkonzerne verkaufen, wollten daher nicht verstummen. Der Bauunternehmer Schrader hatte diese ausgenutzt, um die zögernden Mitglieder des Gemeinderats auf seine Seite zu ziehen.

Die Familie Marquart hatte in Manfredsthal immer eine tragende Rolle gespielt. Wenn aber ein Konzern das Werk übernahm, würde deren Zentrale weit weg von hier liegen und die Verbindung zwischen dem Ort und der Firma kaum noch von Bedeutung sein.

Sie brachte diese Überlegung zu Papier und konnte nur hoffen, damit nicht ihre Kompetenzen überschritten zu haben. Daher brachte sie die Mappe mit einer gewissen Besorgnis zu Gabi Haug und war bereit, alles wieder zu löschen, was dieser nicht passte, und die bereinigten Blätter neu auszudrucken.

Die Chefsekretärin las die ersten Seiten aufmerksam durch und sah Michaela staunend an. »Ausgezeichnet! Wenn Alexander Marquart nach dieser Lektüre nicht hierherkommt, glaube auch ich, dass in ein paar Monaten ein anderes Firmenschild über der Tür hängen wird. Dann aber dürfte die Verwaltung abgespeckt und in der Produktion weitaus mehr Roboter eingesetzt werden. Der alte Herr Marquart war der Ansicht, dass Menschen zwar gelegentlich Fehler machen können, Roboter aber keine Augen hätten, um Qualität zu erkennen. Ein Großkonzern, der es gewohnt ist, mit Maschinenstraßen zu produzieren, wird dies sicher anders sehen.«

Michaela spürte Gabi Haugs Zukunftsangst. Immerhin ging diese auf die fünfzig zu und würde in einem solchen Fall froh sein können, wenn sie noch einen Job als Schreibkraft erhielt. Wahrscheinlicher war jedoch, dass man ihr eine Abfindung in die Hand drückte und sie nach Hause schickte.

Wenn Alexander Marquart jetzt nicht kommt, soll ihn der Teufel holen, dachte sie, als sie die Mappe in eine Versandhülle steckte, die Adresse aufklebte und das Ganze in die Schale der Ausgangspost legte.

3.

Beim Abschied flossen ein paar Tränen, auch wenn es, wie Gabi Haug hoffte, nur für ein paar Monate sein würde. Sie umarmte Michaela, sagte ihr, sie solle sich mit dem Kleinen sehen lassen, sobald sie dazu in der Lage war, und begleitete sie nach unten.

Der alte Herr an der Pforte grüßte freundlich und wünschte Michaela alles Gute. Selbst Martin Reimers ließ es sich nicht nehmen, sie zu verabschieden.

»Kommen Sie bald wieder! Und viel Glück!«, sagte er und reichte ihr die Hand.

»Danke!« Michaela war über die herzliche Anteilnahme gerührt und kämpfte selbst mit den Tränen.

»Auf Wiedersehen«, sagte sie, winkte noch einmal und verließ das Gebäude.

»Das ist eine Frau, wie man sie nur selten findet«, erklärte Reimers. »Immer freundlich, kompetent und vor keiner Arbeit zurückscheuend. Ich hoffe wirklich, sie kommt wieder.«

»Das hoffe ich auch«, antwortete Gabi. »Aber es kommt auf ihren Mann an. Soviel ich von Frau Müller gehört habe, will er das Kind nicht. Wenn er es sich jetzt doch anders überlegt, wird sie wahrscheinlich zu ihm zurückkehren.«

»Dann hoffe ich fast, er will das Kind auch weiterhin nicht!« Reimers schüttelte sich und hob entschuldigend die Hände. »Nehmen Sie diese Aussage bitte nicht ernst, Frau Haug. Ich wünsche Ihrem Schützling nur das Allerbeste.«

Unterdessen hatte Michaela sich in Selmas Puckelchen gezwängt und kämpfte schwer atmend mit dem Sicherheitsgurt. Ihre Freundin sah ihr besorgt zu. »Ich hätte mir vielleicht doch ein größeres Auto besorgen sollen.«

Michaela schüttelte lachend den Kopf. »Sonst noch was? Die vier Wochen werde ich wohl noch aushalten, danach passe ich wieder besser hinein. Dann kann ich auch wieder einmal ans Steuer. Jetzt ist es mir dort zu eng.«

Nun musste auch Selma lachen. »Du verlierst anscheinend nie deine gute Laune.«

»Gelegentlich schon, aber heute nicht.«

»Musst du noch einmal in die Firma, oder hast du endlich frei?«

»Jetzt bin ich erst einmal freigestellt. Was danach kommt, wird man sehen«, antwortete Michaela und berichtete ihr von Gabi Haugs Angebot.

»Du solltest es annehmen«, drängte Selma, sah dann aber Michaela kleinlaut an. »Versteh mich nicht falsch, aber ich würde dich ungern verlieren! Deine Anwesenheit hat mir über Libusas Tod hinweggeholfen. Doch ich darf nicht selbstsüchtig sein. Wenn dein Mann einlenkt, solltest du dich mit ihm versöhnen.«

»Das bedeutet aber nicht, dass wir uns dann nicht mehr treffen würden«, versprach Michaela und leckte sich die Lippen. »Irgendwie habe ich Hunger auf einen herzhaften Crêpe!«

»Dem können wir abhelfen!«, meinte Selma und bog bei der nächsten Kreuzung in die Richtung ab, in der eine gute Crêperie lag.

Zehn Minuten später bestellte Michaela einen Kräutertee und ein stilles Wasser, während Selma ein Glas Saftschorle wählte.

»Und was darf es zu essen sein?«, fragte die Kellnerin.

»Ich hätte gerne einen Crêpe mit Schinken und Käse«, sagte Selma, während Michaela noch einen Augenblick überlegte.

»Auch einen Schinken-Käse-Crêpe, aber mit Zimtzucker!«, erklärte sie schließlich.

Die Kellnerin starrte sie mit großen Augen an. »Sie wollen zu einem herzhaften Crêpe Zimtzucker?«

»Bringen Sie den Crêpe ruhig so, wie meine Freundin ihn haben will«, meinte Selma zur Kellnerin und wies verstohlen auf Michaelas Bauch.

Die Kellnerin hob die Augenbrauen. »Ach, so ist das! Aber erzählen Sie bitte nicht weiter, dass es hier Schinken-Käse-Crêpes mit Zimtzucker gibt!« Mit den Worten verschwand sie, um die eigenartige Bestellung weiterzugeben.

Als die Crêpes kamen, war Michaelas Portion dick mit Zimtzucker bestreut. Ohne sich um die zweifelnden Blicke der anderen Gäste zu kümmern, begann sie genüsslich zu essen. Danach fühlte sie sich satt und müde und überließ es Selma, zu bezahlen.

Als sie kurz darauf im Auto saß, hatte sie Mühe, nicht einzuschlafen. Doch kaum hatte Selma ihr Puckelchen in den Garagenhof eingefahren, erwachten Michaelas Lebensgeister wieder. »Heute wollte doch noch Frau Schübel kommen!«

Selma verzog das Gesicht. Da Michaela die Hebamme aber notwendig brauchte, schluckte sie ihren Ärger hinunter und nickte. »Wann taucht sie auf? Um vier? Da gehe ich besser einkaufen!«

»Bring bitte Karotten mit! Ich habe Appetit darauf«, bat Michaela.

»Wenn du so weitermachst, entwickelst du dich noch zum Kaninchen. Du hast diese Woche mindestens schon ein Kilo Möhren verputzt.« Selma schüttelte über die seltsamen Vorlieben, die Michaela mittlerweile entwickelte, den Kopf. Vor zwei Wochen hatte sie unbedingt Kohlrabi roh essen wollen, und jetzt waren es eben Karotten.

»Die schmecken eben so gut«, gab Michaela ungerührt zurück.

»Nächstens streichst du noch Leberwurst auf die Torte«, spottete Selma.

»Wäre gar keine so schlechte Kombination«, meinte Michaela munter.

»Schlimmer als ein Schinken-Käse-Crêpe mit Zimtzucker sicher nicht.« Selma tröstete sich damit, dass der Geburtstermin bereits in vier Wochen sein sollte. So lange würde sie mit Michaelas Wünschen leben können.

Unterdessen ging Michaela ins Haus, suchte ihr Zimmer auf und holte die Broschüre heraus, die ihr die Hebamme bei ihrem letzten Besuch mitgebracht hatte. Sie enthielten Übungen, die die Hebamme als Geburtsvorbereitung empfahl. Selma hatte erklärt, dass ein gemütlicher Spaziergang im Wald in ihren Augen sinnvoller wäre. In gewisser Weise teilte Michaela diese Meinung, wusste aber auch, dass die Hebamme sie fragen würde, ob sie die Übungen gemacht hatte, und sie wollte nicht lügen.

Sie führte eine nach der anderen aus und war zuletzt froh, als sie damit fertig war. Selma rumorte unterdessen in der Küche, öffnete aber die Tür, als es draußen klingelte, und ließ die Hebamme herein.

»Guten Tag, Frau Endreß. Ist Frau Müller in ihrem Zimmer?«, fragte die Hebamme etwas von oben herab.

Selma nickte. »Das ist sie, und sie liest gerade Ihre Hefte.«

»Hoffentlich liest sie sie nicht nur, sondern macht auch die entsprechenden Übungen.«

»Ich glaube schon«, antwortete Selma brummig. Ihrer Ansicht nach hätte Michaela sich der Hebamme gegenüber durchsetzen sollen. Stattdessen ließ sie sich jedes Mal dazu überreden, irgendeine CD mit Entspannungsmusik zu hören und seltsame Verrenkungen zu machen. Selma verkniff sich aber eine Bemerkung, nahm den Autoschlüssel und verließ die Wohnung.

Die Hebamme ging in Michaelas Zimmer und fand diese mit angezogenen Beinen im Bett.

»Guten Tag, Frau Schübel«, grüßte Michaela und gab die Position auf.

»Ich sehe, Sie haben sich an meine Ratschläge gehalten. Jetzt wollen wir die Übungen noch einmal wiederholen.«

Es gelang Michaela, das gesamte Programm zu ihrer Zufriedenheit zu absolvieren. Danach ließ sie sich aufatmend zurückfallen.

»Es strengt ganz schön an«, meinte sie, während sie mit dem Rücken der rechten Hand über die Stirn fuhr, die sich feucht anfühlte.

»Ihr Körper muss auf eine Aufgabe vorbereitet werden, die ihn mehr Energie kosten wird als alles zuvor in Ihrem Leben«, dozierte die Hebamme. »So, nun ziehen Sie Ihr Sweatshirt aus, damit ich Sie untersuchen kann!«

Michaela sah zu, wie die Frau sie vorsichtig abtastete.

»Wie lange soll es laut Ihrer Ärztin noch bis zur Geburt dauern?«, fragte die Hebamme nach einer Weile.

»Etwa vier Wochen.«

Katrin Schübel schüttelte zweifelnd den Kopf. »Ich würde wetten, dass es nicht mehr als zwei Wochen sind. Haben Sie aufgehört zu arbeiten?«

»Ja«, antwortete Michaela und sagte sich, dass sie nicht zugeben musste, dass es erst an diesem Tag der Fall gewesen war.

»Sehr gut! Sie sollten als Nächstes eine Reisetasche packen, denn es kann sehr schnell gehen. Dann werden Sie froh sein, die Sachen einfach mitnehmen zu können. Machen Sie weiter Ihre Übungen, aber ohne sich anzustrengen, und besorgen Sie sich Weizenkeimöl. Wenn Sie Ihre Scheide damit einmal am Tag leicht massieren, könnte es bei der Geburt helfen.«

»Das mache ich, Frau Schübel«, versprach Michaela und fragte sich, was Selma zu dieser unorthodoxen Anweisung sagen würde.

Kurz darauf verabschiedete sich die Hebamme, und es war fast so, als hätte Selma darauf gewartet, denn sie kehrte prompt vom Einkaufen zurück.

»Na, alles gut gegangen?«, fragte sie, während sie Tüten und Büchsen auf dem Küchentisch stapelte.

Michaela trug wieder bequeme Jogginghosen und ein weites Sweatshirt. Sie setzte sich an den Tisch, angelte sich eine Büchse mit Sardinen und öffnete diese. Erst danach bequemte sie sich zur Antwort.

»Frau Schübel war zufrieden.« Davon, dass diese gemeint hatte, die Geburt könnte schneller erfolgen als berechnet, sagte sie nichts.

»Ich habe nichts gegen die Frau, aber sie ist eine reine Theoretikerin«, erklärte Selma schnaubend.

Michaela drehte sich erstaunt zu ihr hin. »Das verstehe ich nicht.«

»Um zu wissen, wie es ist, ein Kind zu bekommen, müsste sie selbst eins geboren haben. So bringt sie nur ihr Schulwissen an.

Willst du eine Gabel haben? Sardinen isst man nur selten mit den Fingern.« Selma ging dabei zum Küchenschrank und holte eine Gabel heraus.

»Leg sie auf den Tisch und bring mir noch ein sauberes Küchentuch, damit ich mir die Hände abwischen kann«, antwortete Michaela mit vollem Mund.

4.

Alexander Marquart legte die Mappe zurück und überlegte. Seine Aufgabe war fast erledigt, denn der Softwarekomplex befand sich im Teststadium, und er musste sich nur noch um auftauchende Fehler kümmern und die Abnahme durch den Auftraggeber hinter sich bringen. Er schätzte, dass er in etwa vier Wochen damit fertig sein würde. Danach war er frei und konnte zurück nach Deutschland.

»Deutschland!« Er lachte leise, denn er kannte die USA und England weitaus besser als das Land seiner Väter … und der Mütter, setzte er hinzu. Es war eine Wunde, die seit seinem fünften Lebensjahr nicht verheilt war. Wenn er nach Deutschland zurückkehrte, dann nicht in erster Linie, um die Marquart-Werke zu leiten, sondern um nach seiner Mutter zu suchen. Sie war nach einer tschechischen Sagengestalt benannt worden.

»Libusa!«, sagte er laut.

Obwohl er sich nicht gerade für rührselig hielt, spürte er, wie seine Augen feucht wurden. Er hatte es seinem Vater niemals verziehen, dass er ihn als Kind von seiner Mutter getrennt hatte. Auch hatte er nie erfahren, wohin diese gezogen war.

Für einige Augenblicke gewann der Zorn auf seinen Vater die Oberhand. »Ich sollte die Marquart-Werke vor die Hunde gehen lassen!«, rief er rachsüchtig.

Er nahm erneut die Mappe zur Hand und nickte anerkennend. Die Präsentation war ausgezeichnet. Der Appell zu Beginn, an die Menschen im Werk zu denken, berührte ihn, und er konnte sich auch dem Teil der Mappe, der von der Geschichte der Marquart-Werke handelte, nicht entziehen. Er starrte auf das Bild seines Urgroßvaters, des Bäckers Wilhelm Marquart. Dieser hatte sich mit mehlbestäubter Schürze und weißer Mütze fotografieren lassen. Auch sein Großvater hatte in seiner Jugend selbst mit angepackt und sich nicht gescheut, noch als Firmenchef Hand anzulegen, um über die Produktionsabläufe Bescheid zu wissen.

Sein Vater hingegen war immer nur Fabrikant gewesen. Im dunklen Anzug mit perfekt sitzender Krawatte, mit ernster, fast düsterer Miene und einem Besenstiel im Kreuz sah er nicht gerade wie ein Mann aus, den man sich als Chef wünschte. Und doch mussten den Kommentaren nach, die dem Bericht beilagen, seine Arbeiter und Angestellten mit ihm zufrieden gewesen sein.

»Ein Roboter hat keine Augen!« Die Begründung, mit der sein Vater auf eine weitergehende Mechanisierung seines Werks verzichtet hatte, imponierte Alexander gegen seinen Willen. Der Verfasser des Berichts hatte recht, dachte er. Auch wenn er mit seinem Vater über Kreuz gewesen war, so hatte er als dessen Erbe eine Verpflichtung den Menschen gegenüber, die von den Marquart-Werken abhängig waren.

»Noch vier Wochen!«, sagte er sich und blätterte die Mappe weiter durch, bis er an eine Stelle kam, in der berichtet wurde, dass das Gelände, das dem Bauunternehmer Schrader angeblich zu groß zum Bebauen gewesen war, kürzlich von einem amerikanischen Investor erworben worden sei.

Ein paar Zeitungsausschnitte waren beigefügt. Alexander erfuhr darin von der Angst der Menschen, es könnte geplant sein, hier eine Dependance von Mainhattan – wie Frankfurt im Volksmund auch genannt wurde – mit hohen, riegelartigen Wohnblocks zu errichten. Alle Beschwichtigungen des Bürgermeisters und des Gemeinderats, dass dies nicht ohne Bewilligung der Gemeinde möglich sei, gingen ins Leere. Die Menschen hatten erst erlebt, wie die Gemeinde das für die Erweiterung der Marquart-Werke vorgesehene Gelände zum Baugrund für Reihen- und Doppelhaushälften umgewidmet hatte. Jetzt machten es etliche Anwohner Armin Schrader zum Vorwurf, dass er sich geweigert hatte, jenes Gebiet zu bebauen, das nun den Amerikanern gehörte.

»Ihr werdet euch noch wundern«, murmelte Alexander zufrieden und blätterte weiter.

Die Mappe war außerordentlich geschickt gestaltet und weckte seine Gefühle für die Firma und die Menschen, die darin arbeiteten. Wer hatte sie zusammengestellt?, fragte er sich. Martin Reimers und dessen Stellvertreter sicher nicht. Beide Männer waren äußerst korrekt, und so lasen sich auch ihre Berichte. Diese Person aber hatte Fantasie und Einfühlungsvermögen. Alexander tippte daher auf Gabriele Haug, die Chefsekretärin seines Vaters.

Gabi Haug war die einzige Person aus alter Zeit, die er noch kannte. Damals, vor mehr als zwanzig Jahren, war sie noch nicht die Chefsekretärin gewesen, sondern eine erst vor Kurzem eingestellte Schreibkraft. Sie hatte ihn vom Flughafen abholen müssen, wenn er in den Ferien aus England oder Amerika nach Hause kam, und ihn auch wieder hingebracht. So, als würde dieser Gedanke die Schleusen seines Gedächtnisses öffnen, tauchten noch mehr Erinnerungen aus alter Zeit in ihm auf. So hatte er vor zehn Jahren die damals neue Hausdame seines Vaters kennengelernt. Wie hieß sie gleich wieder?

»Irene Bouvain! Ich muss ihr schreiben, dass die Villa umgestaltet werden soll, und ihr die notwendigen Vollmachten dafür erteilen«, sagte er leise und griff zu Papier und Füllfederhalter.

Auch wenn er neunundneunzig Prozent seiner Korrespondenz per E-Mail erledigte, so benutzte er für den Rest gutes Papier und ein besseres Schreibgerät als einen Werbekugelschreiber, den er zufällig irgendwo eingesteckt hatte.

Anschließend suchte er sich eine Flugverbindung nach Frankfurt aus und reservierte vorsorglich zum frühestmöglichen Zeitpunkt einen Businessclass-Flug nach Frankfurt am Main. Seine Ankunft würde er allerdings erst zwei oder drei Tage vorher ankündigen, um den leitenden Angestellten in der Firma nicht zu viel Zeit zu geben, sich darauf vorzubereiten.

5.

Es war Sonntag, Michaela fühlte sich trotz ihrer Schwerfälligkeit pudelwohl, und draußen schien die Sonne von einem klaren Frühsommerhimmel. Bis zum errechneten Geburtstermin waren es noch knapp zwei Wochen.

Selma schlug vor, zu ihrem Italiener zu gehen. »Wie wäre es mit einer Pizza Michaela mit Tomatenmark, Vanillesoße, sauren Gurken, Erdbeeren – und auf das Ganze einen Schuss Tabasco?«

»Wenn du das bestellst, isst du sie«, drohte Michaela lachend. Ihr Geschmackssinn hatte sich wieder normalisiert, und sie freute sich auf eine saftige Pizza Hawaii bei Pietro.

»Wollen wir uns heute eine Tomatensuppe leisten?«, fragte Selma weiter.

»Ich hätte nichts dagegen.« Michaela lief das Wasser im Mund zusammen.

Wenig später saßen sie auf ihren Stammplätzen, und Pietro tänzelte um sie herum. »Was darf es sein? Tee wie immer?«

»Tee wie immer«, antwortete Selma. »Dazu hätten wir gerne

zweimal Zuppa Pomodoro, für mich Spaghetti Vongole und für Michaela eine doppelt belegte Pizza Hawaii.«

»Si, Signora.« Pietro verschwand hinter seinem Tresen.

Unterdessen musterte Selma ihre Freundin und rieb sich dabei die rechte Schläfe. »Ich weiß nicht, irgendwie siehst du anders aus als gestern. Fast würde ich sagen, dein Bauch hat sich nach unten gesenkt.«

»In Frau Schübels Unterlagen habe ich gelesen, dass dies eine gewisse Zeit vor der Geburt normal ist«, erwiderte Michaela und lehnte sich gemütlich zurück. Das Training hatte dafür gesorgt, dass ihr der Rücken nicht allzu wehtat, und sie hatte auch keine so schweren Beine. Zwar brachte die Schwangerschaft etliche Einschränkungen mit sich, doch die hatte sie bislang noch kaum als unangenehm empfunden.

Mit einer Ausnahme!, meldete ihr Gehirn. In den ersten Wochen ist mir verdammt übel gewesen.

»Der Tee!« Der Kellner brachte die Getränke.

Als Michaela den Beutel in das Kännchen tauchte, verspürte sie ein Ziehen im Bauch. Kein Wunder!, dachte sie. Es ist eben nicht mehr weit bis zur Geburt.

»Ich schätze, wenn wir das nächste Mal hierherkommen, haben wir das Kleine bei uns«, sagte Selma sehnsuchtsvoll.

»Das habe ich auch heute nicht zu Hause gelassen«, antwortete Michaela mit zuckenden Mundwinkeln.

»Du drehst einem das Wort im Mund um«, beschwerte sich Selma lachend. »Aber du hast natürlich recht. Das Kleine ist bei dir. Allerdings konntest du es auch schlecht zu Hause lassen.«

»Das wäre schwierig geworden.« Noch während Michaela es sagte, kam die Suppe.

Selma wartete, bis der Kellner wieder weg war, und tippte dann Michaela an. »Ich bin froh, dass du dich gegen einen Kaiserschnitt entschieden hast.«

»Eine der Patientinnen meiner Frauenärztin wollte mir dazu raten, weil dann der Zeitpunkt festgelegt werden kann und die Ärzte und Schwestern vor Ort sind. Eine natürliche Geburt kann um Mitternacht beginnen, und es steht nur eingeschränktes Personal zur Verfügung. Aber ich lasse es darauf ankommen. Vielleicht bin ich zu eitel, um mit einer Narbe am Bauch herumzulaufen.«

Auf Michaelas Gesicht trat ein Lächeln, das mit einem Mal zu einer Grimasse wurde.

»Was ist denn?«, fragte Selma erschrocken.

»Ach, nichts«, antwortete Michaela und versuchte, das seltsame Ziehen in ihrem Bauch zu ignorieren. Es wurde jedoch immer schlimmer. Schmerzerfüllt stöhnend legte sie ihren Löffel weg und sah ihre Freundin ängstlich an.

»Wenn mich nicht alles täuscht, haben soeben die Wehen begonnen.«

»Das heißt, du musst ins Krankenhaus!« Selma ließ den Löffel los und stand auf.

Michaela wollte den Kopf schütteln, doch da überkam sie eine neue, weitaus stärkere Wehe.

»Ich glaube, du hast recht.«

»Dann komm!« Selma fasste sie am Arm und wollte sie zur Tür hinausführen, da rannte der Kellner hinter ihnen her.

»Sie wollen doch nicht etwas gehen? Was ist mit dem Essen?«

In ihrer Anspannung wollte Selma schon sagen, dass er es sich sonst wohin stecken könne. Da sie jedoch wieder in das Ristorante kommen wollte, kramte sie nach ihrer Geldbörse, zog einen Schein heraus und warf ihm den Kellner hin.

»Hier! Rest ist Trinkgeld! Und jetzt müssen wir los!«

Sie schaffte es, Michaela zum Wagen zu bringen, und half ihr hinein. Danach setzte sie sich hinters Steuer und erfreute die Kassierer mehrerer Gemeinden mit Fünfundzwanzig-Euro-

Spenden, die sie in den nächsten Wochen wegen überhöhter Geschwindigkeit würde bezahlen müssen.

Schließlich erreichte sie die Klinik, stellte ihr Auto vor dem Eingang ab und öffnete Michaela die Tür.

»Geht es noch?«, fragte sie besorgt.

»Ich bin noch ganz!«, antwortete Michaela und krümmte sich unter der nächsten Wehe.

Unterdessen war man auf sie aufmerksam geworden. Der Pförtner kam heraus, um Selma zu erklären, dass sie hier nicht stehen bleiben könne. Bevor er jedoch etwas sagen konnte, deutete Selma auf Michaela.

»Meine Freundin bekommt ihr Kind!«

»Warten Sie! Ich rufe die Entbindungsstation an.«

»Machen Sie schnell, sonst steht in der Geburtsurkunde noch dieser Parkplatz«, antwortete Michaela mit zusammengebissenen Zähnen.

»So schnell geht das nicht«, meinte der Pförtner gelassen und zog sein Handy heraus.

Es dauerte nicht lange, da erschienen zwei Schwestern und ein Pfleger mit einem Rollstuhl.

»Setzen Sie sich hinein! Wir fahren Sie auf die Station«, forderte eine der Krankenschwestern Michaela auf.

Diese gehorchte und bekam den Weg durch das Krankenhaus kaum mit, da sie erneut mit einer Wehe kämpfte. Sollten diese den Aussagen der Hebamme zufolge am Anfang nicht in größeren Abständen erfolgen?

»Sind Sie angemeldet?«, fragte einer der Schwestern.

»Ja, der errechnete Geburtstermin ist aber erst in zwei Wochen«, antwortete Michaela keuchend.

»In welchem Abstand kommen die Wehen?«, wollte die Krankenschwester weiter wissen.

»Sie kommen sehr schnell. Ich …« Michaela krümmte sich erneut.

»Ich glaube, wir bringen Sie besser direkt in den Kreißsaal«, entschied die Krankenschwester.

Michaela war dies vollkommen gleichgültig. Hauptsache, sie konnte sich irgendwo hinsetzen und darauf warten, dass die Schmerzen vergingen. Man fuhr sie in den Vorraum, und dort halfen ihr die Pflegerinnen, sich auszuziehen. Sie reichten ihr ein weites Hemd, das sie in einem Anflug von schwarzem Humor ein Dreimannzelt nannte, und baten sie, auf der Untersuchungsliege Platz zu nehmen.

»Es kommt gleich eine Ärztin und kümmert sich um Sie!«

Michaela nickte, obwohl sie das Gefühl hatte, ihr Unterleib stünde in Flammen. Als die Ärztin eintrat, atmete sie auf. Es war ihre eigene Frauenärztin.

Diese musterte sie kurz und lächelte. »Sie wollen Ihren Untermieter oder ihre Untermieterin wohl ziemlich schnell loswerden.«

»Frau Schübel meinte schon, dass das Kind früher als berechnet kommen könnte«, berichtete Michaela.

»Frau Schübel ist eine erfahrene Hebamme. Es ist schade, dass sie heute nicht hier ist. Wir haben hier aber vollwertigen Ersatz. Darf ich vorstellen? Das ist Simone. Sie wird sich auch in den nächsten Tagen um Sie kümmern. Jetzt kommen Sie erst einmal mit ins Geburtszimmer.«

»Geburtszimmer?«, fragte Michaela verwundert.

»Das hört sich freundlicher an als Kreißsaal«, meinte die Hebamme lächelnd.

»Meine Freundin, Frau Endreß, hat mich hergebracht und ist jetzt noch einmal losgefahren, um meine Sachen zu holen. Kann sie dabei sein, wenn das Kleine kommt?«, fragte Michaela.

»Freilich! Uns ist es ganz lieb, wenn jemand aus dem häuslichen Umfeld der Gebärenden bei der Geburt zugegen ist. Dann hat diese jemanden, an dem sie sich symbolisch festklammern kann.«

Die Frauenärztin zwinkerte Michaela aufmunternd zu und führte sie mit der Hebamme zusammen in das Geburtszimmer.

Michaela hatte weiße Bodenfliesen und ebenso gekachelte Wände erwartet, fand sich aber in einer Art Wohnzimmer wieder. Was nicht so recht passte, war ein großes Wasserbecken für eine mögliche Wassergeburt. Die Schwestern führten sie zu einem Gebärstuhl und forderten sie auf, sich zu setzen.

»Sagen Sie uns, wenn eine Wehe kommt, damit wir den Zeitabstand kontrollieren können«, setzte eine der Frauen hinzu.

»Das mache ich«, versprach Michaela.

»Wenn es Ihnen lieber ist, können Sie sich auch hinlegen«, bot die Frauenärztin an.

»Bitte nicht, sonst schlafe ich womöglich noch ein«, erwiderte Michaela mit einem verkrampften Lächeln.

Die Frauenärztin lachte leise. »So mag ich es. Humor hilft hier immer! Aber jetzt wollen wir sehen, wie weit Sie sind. Die Wehen kommen ja ziemlich rasch. Mit etwas Glück haben Sie es bald hinter sich.«

»Ich hätte nichts dagegen!«, stöhnte Michaela, die sich in der stärksten Wehe wand, die sie bis jetzt durchlebt hatte.

Wenig später kam Selma herein. »Wie weit bist du?«, fragte sie Michaela.

»Noch nicht so weit, wie ich gerne wäre!«

»Das wird schon!«, klang die beruhigende Stimme der Hebamme auf.

Zuletzt wusste Michaela nicht mehr, wie lange sie bereits darauf wartete, dass ihr Kind ans Tageslicht kam. Die Wehen erschienen ihr manchmal so schlimm, dass sie sich direkt wünschte, nicht schwanger geworden zu sein.

Irgendwann forderte die Ärztin sie auf, zu pressen.

Wie geht das?, wollte sie schon fragen, da reagierte ihr Körper von selbst. Einige Augenblicke lang war alles noch schlimmer als vorher, dann spürte sie, wie etwas aus ihr herausglitt, und hörte Selmas jubelnden Ruf.

»Du hast es geschafft!«

»Ich bin auch geschafft!«, stöhnte Michaela, vernahm dann ein empörtes Schreien und richtete sich mühsam auf. Eine der Krankenschwestern zeigte ihr das Kleine und legte es ihr auf den Bauch. Im selben Augenblick hörte es auf zu schreien und schien sich an sie zu klammern.

»Es ist ein Mädchen!«, warf Selma ein.

Michaela streichelte die Kleine sanft und sah zu, wie die Frauenärztin Selma eine Schere reichte, während eine Pflegerin die Nabelschnur klammerte.

»Soll ich wirklich?«, fragte Selma unsicher, fasste dann aber Mut und trennte die Nabelschnur durch.

Eine Stunde später lag Michaela in einem Bett und fühlte sich müde und glücklich. Selma saß neben ihr auf einem Stuhl und hielt ihre Hand.

»Geht es dir wieder gut? Du hast vorhin fürchterlich abgespannt ausgesehen.«

»Sie würden auch nicht besser aussehen, wenn Sie an Frau Müllers Stelle gewesen wären«, warf eine Pflegerin ein, die gerade das Neugeborene brachte.

»Es sieht so aus, als hätte die Kleine bereits Hunger«, erklärte sie. »Können Sie sie gleich anlegen?«

Michaela öffnete ihr Nachthemd.

Die Schwester zeigte ihr, wie sie die Kleine an die Brust legen musste, und verließ das Zimmer. Dafür rückte Selma näher und betrachtete das Kind mit leuchtenden Augen. Einmal streckte sie die Hand aus, um es zu streicheln, wagte es dann aber doch nicht. Ihre Miene wurde nachdenklich.

»Was ist mit deinem Mann? Du wirst ihm schreiben müssen, dass er Vater einer Tochter geworden ist.«

»Ja, das werde ich wohl tun müssen.«

Michaelas Stimme klang belegt. Seit sie sich von ihrem Mann getrennt hatte, war ihre Bindung an ihn immer geringer geworden. Vielleicht wäre es anders gekommen, wenn sie von Anfang an Widerstand geleistet hätte. So aber hatte sie alles getan, was er verlangte, und sein Benehmen dem Ziel zugeschrieben, ein großer Tenor zu werden. Wahrscheinlich würde er es tatsächlich werden, doch als Mensch war er zuletzt alles andere als groß gewesen.

Selma las in ihrem Gesicht wie in einem aufgeschlagenen Buch und fasste nach ihrer Hand. »Was auch immer geschieht, ich helfe dir!«

»Danke, das ist sehr lieb von dir«, antwortete Michaela und dachte, dass Selma für sie wie eine Mutter war.

Eine Freundin wie sie hätte sie damals nach dem Unfalltod ihrer Eltern gebraucht. Vielleicht wäre ihr Leben dann anders verlaufen. Auf jeden Fall hätte Selma Peer für ein paar Pfennige die Meinung gegeigt. Da fiel ihr etwas ein.

»Ich habe das jetzt wochenlang beiseitegeschoben. Aber nun würde ich doch gerne wissen, ob du irgendwann einmal etwas wegen der Sache auf dem Kreuzfahrtschiff gehört hast?«

»Du meinst, wegen dieses verrückten Kerls, der dir aufgelauert hat? Nein, das habe ich nicht.«

»Ich auch nicht. Dabei habe ich Peer deine Adresse per E-Mail mitgeteilt, damit er gegebenenfalls Post weiterleiten kann. Eine Antwort habe ich nicht erhalten. Ich weiß nur aus einem Fachblatt, dessen Online-Auftritt ich immer noch abonniert habe, dass er sich derzeit wieder in den USA aufhalten soll.«

Michaela verzog das Gesicht, doch ihre Miene glättete sich wieder, als sie ihre Tochter anschaute. Diese war weitaus wichtiger als Peer Varenthin oder gar Ferdinand Jander, den der Kapitän der *Alsterqueen* sicher den Behörden übergeben hatte.

6.

Seit Michaela ihn verlassen hatte, überließ Peer Varenthin die weitere Planung seiner Sängerkarriere ganz Rainer Pahnke. Dieser bevorzugte noch immer die Konzertreisen, da diese mehr Geld einbrachten als ein längerfristiges Engagement an einer Opernbühne. Es war ein anstrengendes Leben, das nur mit eiserner Disziplin gemeistert werden konnte. Um der Kunst willen hatte Peer sich diesem Zwang unterworfen. Michaela hatte klaglos mitgemacht, doch Antonella war nicht bereit, auf die Annehmlichkeiten des Lebens zu verzichten. Sie ging daher öfter mit Pahnke aus und hinterher mit ihm ins Bett und überließ es Dietlind Fabian, Peer zu bedienen. Die Gesangslehrerin sorgte dafür, dass er die richtigen Speisen und Getränke erhielt, und schulte ihn für seine Auftritte.

»Ihre Stimme ist ausgezeichnet«, meinte sie bei einer der Proben in der Konzerthalle einer Stadt im Mittleren Westen der USA.

»Danke!«, antwortete Peer mit einem erfreuten Lächeln.

»Sie sollten Ihr Talent jedoch nicht weiter so vergeuden, wie Sie es jetzt tun«, fuhr Frau Fabian fort.

Peer blickte sie erstaunt an. »Das verstehe ich nicht.«

»Mit Ihrer Stimme könnten Sie in jedem guten Opernhaus den Radames in *Aida* oder den Herzog von Mantua in *Rigoletto* singen, und ich würde Sie gerne in einigen Jahren als Siegfried oder Lohengrin in Bayreuth sehen. Stattdessen tingeln Sie in der Prärie, singen etwas Mozart und ein wenig Verdi und haben sich in den letzten zwei Jahren kaum weiterentwickelt.«

Kaum weiterentwickelt? Dieser Vorwurf saß. Peer funkelte Dietlind Fabian beleidigt an.

»Daran müssen aber Sie sich die Schuld geben, denn Sie sind meine Ausbilderin.«

»Es tut mir leid, Herr Varenthin, diesen Schuh ziehe mich mir nicht an. Ihr Repertoire wird mir von Ihrem Agenten vorgegeben, und der verlangt nun einmal leicht Verdauliches für diese Konzerte. Ich habe Herrn Pahnke mehrmals darauf aufmerksam gemacht, dass Sie auf einer berühmten Bühne singen können, doch er war immer dagegen.« Dietlind Fabian war über diese Anschuldigung empört. Immerhin war sie als Lehrerin mitgekommen und musste Peer wie eine Bedienstete umsorgen. Sein Egoismus ärgerte sie, und sie war mittlerweile bereit, es zum Bruch kommen zu lassen.

Peer spürte das, und obwohl er sich gekränkt fühlte, lenkte er ein. »Es tut mir leid, aber es sieht so aus, als hätte Rainer mehr Interesse an solchen Konzerten als an einem Engagement für eine Opernsaison.«

»Solche Konzerte können Sie gegen Ende Ihrer Karriere geben, wenn die Leute bereits Ihres Namens wegen in die Konzertsäle strömen. Jetzt aber sollten Sie dafür sorgen, dass Sie sich diesen Namen schaffen. Derzeit treten Sie auf der Stelle. Michaela hatte dies begriffen und sich gegen Pahnkes Einfluss gestemmt. Doch anstatt sich auf ihre Seite zu stellen, haben Sie sie so schlecht behandelt, dass sie gegangen ist!«

Dietlind Fabians Vorwürfe rieben wie eine Raspel über Peers Nerven, und er stand kurz vor dem Platzen. In einem aber hatte sie recht: Er hatte in den beiden letzten Jahren kaum etwas Neues gelernt. Doch um seinem eigenen Anspruch gerecht zu werden, musste er höher steigen. Nicht ein Konzertsaal in Denver, Colorado, musste sein Ziel sein, sondern die Scala in Mailand, Salzburg, Paris und die Metropolitan Opera in New York. Auf dem Weg dorthin war er irgendwann falsch abgebogen.

»Ich werde mit Rainer reden, dass ich ernsthaft an ein längeres Engagement an einer Opernbühne denke«, erklärte er, doch Dietlind Fabian lachte nur.

»Ob Sie etwas sagen oder in Peking fällt ein Fahrrad um, hat bei ihm die gleiche Wirkung!«

Dieser Stachel tat doppelt weh, zumal Peer sich sagen musste, dass die alte Dame auch diesmal recht hatte. Er erinnerte sich daran, wie oft Michaela über seinen Agenten geklagt hatte. Vielleicht hätte er doch einmal auf sie hören sollen. Stattdessen hatte er Rainer Pahnke freie Hand gelassen und musste nun fürchten, dass seine Karriere in einer Sackgasse endete.

»Wenn Sie damit einverstanden sind, Frau Fabian, sollten wir mehrere der großen Arien aus den Verdi-Opern einstudieren. Es würde aber leichter für mich sein, die Partitur einer ganzen Oper zu lernen, wenn ein entsprechendes Engagement im Raum steht.«

»Es darf nicht nur im Raum stehen«, erklärte Dietlind Fabian mit einer Mischung aus Ärger und Spott. »Man muss sich auch darum bemühen. Vor zwei Jahren hat Ihr Agent noch etliche Anfragen erhalten, sie aber abgelehnt. Mittlerweile sind diese Angebote selten geworden. Wenn Sie sich nicht bald auf die Hinterbeine stellen, landen Sie wirklich noch beim Tingeltangel!«

Tingeltangel hieß in diesem Fall Auftritte in nachrangigen Gemeindesälen und bei Firmenfesten mit Gagen, die gerade zum Überleben reichten, aber niemals für den Lebensstil, den Peer sich angewöhnt hatte. Diese Vorstellung war so abschreckend, dass ihm übel wurde.

»Wie ich sagte, werde ich mit Rainer sprechen. Er muss ein entsprechendes Engagement an Land ziehen«, erklärte er und sah Dietlind mit einem verschwörerischen Blick an. »Vielleicht könnten Sie Kontakt zu einer Opernbühne aufnehmen?«

»Damit Sie dann doch wieder Pahnke nachgeben? Nein, darauf lasse ich mich nicht ein. Eines aber werde ich tun, nämlich mit Ihnen Arien aus Verdi- und Puccini-Opern einstudieren. Den Kampf mit Ihrem Agenten aber müssen Sie selbst ausfechten.«

Dietlind bezweifelte, dass Peer das Rückgrat dafür hatte, hoffte aber gleichzeitig, dass sein Ehrgeiz groß genug war, sich als Operntenor beweisen zu wollen.

Bei der ersten Gelegenheit brachte Peer seinen Wunsch nach einem längerfristigen Engagement aufs Tapet. Da Pahnke das leicht verdiente Geld durch Konzertreisen nicht missen wollte, riet er davon ab. Doch da stellte sich Antonella auf Peers Seite.

»Peer hat recht! Wir müssen unsere Karrieren vorantreiben. Konzerte sind schön und gut, bringen uns aber künstlerisch nichts.«

Pahnke verzog verärgert das Gesicht. Nach Michaelas Verschwinden hatte er erwartet, Peer so lenken zu können, wie er es wollte. Doch er hatte die Rechnung ohne Antonella und deren Ehrgeiz gemacht. Ihre Stimme war nicht gut genug für eine der großen Frauenrollen, doch das wollte sie nicht einsehen. Zwar reichte es für die gemeinsamen Konzerte mit Peer aus, doch wenn er diesen jetzt zu einem bedeutenden Opernhaus brachte, würde Antonella dort ebenfalls eine Rolle verlangen.

Da dachte er an eine der erfolgreichsten Opernsängerinnen und deren Mann, der trotz mittelmäßigen Könnens engagiert wurde, weil man nur so die Diva bekommen konnte, und nickte.

»Also gut, ich sehe mich um, ob ich etwas Geeignetes finde.«

»Du solltest dir Mühe geben!«, erklärte Peer, und es klang wie eine Drohung.

7.

Peers Leidenschaft war der Gesang, und daher fiel es Dietlind Fabian nicht schwer, ihn für die neue Arbeit zu begeistern. Obwohl sie bereits viele Tenöre kennengelernt hatte, musste sie zugeben, dass dieser Schüler Talent zu Großem hatte. Vor allem hatte er den unbedingten Willen zu lernen.

Als er an diesem Morgen in einem Konzertsaal von Albany eine der Arien des Herzogs von Mantua aus *Rigoletto* sang, war selbst Dietlind ergriffen.

»Ausgezeichnet!«, lobte sie. »Pahnke ist ein Narr, weil er Sie nicht schon längst bei den großen Bühnen untergebracht hat. Wenn Sie nicht nur dem Fachpublikum, sondern auch der Masse bekannt wären, würden sich Ihre CDs wie geschnitten Brot verkaufen.«

»Das erinnert mich daran, dass wir seit jener Kreuzfahrt auf der *Alsterqueen* keine CD mehr hergestellt haben.« Peer sagte sich, dass dies schnellstens geändert werden musste. In der Hinsicht vermisste er Michaela. Sie hätte ihn längst darauf aufmerksam gemacht.

»Ich gehe jetzt den Spezialtee kaufen, den Sie so gerne trinken. Bis bald!« Dietlind fand, dass das Leben mit ihm leichter geworden war, seit er wieder ernsthaft an seiner weiteren Ausbildung arbeitete.

»Bis bald«, antwortete Peer und stimmte die Arie noch einmal an, um sie zu verinnerlichen. Mit einem Mal bemerkte er, dass er nicht mehr allein war. Zuerst glaubte er, Dietlind Fabian hätte es sich anders überlegt und wäre doch hiergeblieben. Da stellte er fest, dass es sich um eine jüngere Frau etwa Mitte dreißig handelte. Sie trug ein nachtblaues Kostüm und einen dunkelroten Hut und hatte eine schwarze Handtasche bei sich.

Als sie bemerkte, dass sie entdeckt worden war, hob sie mit einer um Entschuldigung bittenden Geste die Hand. »Verzeihen Sie bitte, Herr Varenthin, dass ich so ohne Weiteres eingedrungen bin. Als ich jedoch Ihre Stimme hörte, musste ich näher kommen.«

Zuerst war Peer verstimmt, weil er sich gestört fühlte. Doch auf den zweiten Blick kam ihm die Frau bekannt vor. »Es ist schon gut!«, antwortete er daher.

»Ich habe diese Arie noch nie so eindringlich erlebt wie jetzt bei Ihnen. Es war die Lieblingsarie meines Mannes. Ich hätte nie geglaubt, dass jemand die Gefühle, die er darin ausdrücken konnte, noch übertreffen würde.«

»Ihr Mann ist Sänger?«, fragte Peer, neugierig geworden.

»Er war Sänger. Er ist vor einem Jahr gestorben.« In der Stimme der Frau lag Trauer.

Nun wusste Peer, wer ihm gegenüberstand. »Sie sind die Witwe von Simeon Floreanu! Ich habe ihn mehrere Male auf der Bühne erlebt. Es ist ein schwerer Verlust für die Opernwelt, dass er so jung sterben musste.«

»Es freut mich, dass Sie das so empfinden.« Aurica Floreanu tupfte sich mit einem Taschentuch die feuchten Augen ab und wirkte unschlüssig.

»Haben Sie Lust, eine Tasse Tee mit mir zu trinken? Ich würde gerne mehr über Ihren Mann erfahren. Meine Gesangslehrerin hat ihm ein gewaltiges Talent bescheinigt. Schade, dass Sie vorhin gegangen ist. Sie hätte Sie sicher gerne kennengelernt.«

Peer wusste, dass Antonella zum Shoppen in der Stadt war und Dietlind Fabian in frühestens einer Stunde zurückkommen würde. Allein im Hotelzimmer zu sitzen, empfand er als deprimierend. Außerdem interessierte ihn die Witwe jenes Tenors, der ihm zu seinen Lebzeiten immer ein Stück voraus gewesen war.

Aurica Floreanu zögerte einen Augenblick. »In meinem Hotel gibt es eine nette Bar«, sagte sie schließlich. Als sie den Namen nannte, musste Peer lachen.

»Das ist auch mein Hotel, und die Angestellten dort wissen, welchen Tee ich mag!«

»Mein Mann hat Ihre Disziplin immer bewundert«, erklärte Aurica. »Er sagte zu mir, Sie würden einmal ein ganz großer Tenor.«

Peer erinnerte sich an Dietlind Fabians Standpauke und zog den Kopf ein. Ein Sänger, der sich zwei Jahre lang nicht verbesserte, war auf dem absteigenden Ast. Er wollte jedoch nicht absteigen. Tief durchatmend bot er Aurica den Arm.

Sie legte ihre Hand darauf und verließ an seiner Seite das Konzertgebäude. Das Hotel war nicht weit entfernt, und so saßen sie schon bald in der Lobby, er mit einem Kännchen Tee vor sich, sie mit einem Glas Wasser in der Hand.

»Wissen Sie, ich bin nicht ganz zufällig hier«, bekannte Aurica. »Nach dem Tod meines Mannes musste ich mich beruflich neu orientieren und arbeite nun als Agentin für junge Sängerinnen aus meiner Heimat. Ich konnte hier ein Konzert für meine Schützlinge vereinbaren. Es ist nicht so groß und bedeutend wie das Ihre, aber es wird ihren Karrieren guttun.«

»Das freut mich für Sie«, antwortete Peer lächelnd.

Aurica sah sich kurz um und musterte ihn dann durchdringend. »Da ich mit der Opernwelt eng verbunden bin, habe ich Ihre Karriere ein wenig verfolgt. Ein Konzert an dieser Stelle hilft zwar ein paar jungen Sängerinnen weiter, die noch am Anfang ihrer Karriere stehen. Sie aber sollten Ihren Blick weiter nach oben richten.«

Eben noch hatte Dietlind Fabian ihn auf seine Karriere angesprochen, und nun tat es diese Frau ebenfalls, dachte Peer und presste die Lippen zusammen.

»Nehmen Sie mir meine Einmischung bitte nicht übel!«, fuhr Aurica fort. »Ich habe meine Erfahrungen gemacht. Mein Mann ließ sich von seinem Agenten auch dazu verleiten, durch die Welt zu tingeln und an allen möglichen und unmöglichen Orten zu singen. Er sei doch erst am Beginn seiner Karriere, sagte er zu mir, als ich ihm Vorhaltungen machte. In ein paar Jahren werde er in der Scala und in der Met singen! Ein Jahr später war er tot. Er hatte sich auf seinen Reisen zu sehr verausgabt und besaß, was er mir nie gebeichtet hatte, ein schwaches Herz.«

Ich habe kein schwaches Herz, wollte Peer schon sagen. Da ihn jedoch der Gedanke bedrückte, ein ähnliches Schicksal wie Simeon Floreanu zu erleiden, hörte er angespannt zu, als Aurica weitersprach. »Der Agent meines Mannes hat ihn ausgepresst wie eine Zitrone und ihn zu immer mehr Konzerten geschleift. Unsere Ehe ist darüber fast kaputtgegangen.« Aurica schwieg einen Augenblick und sah Peer erneut an. »Es heißt, Ihre Frau hätte sich von Ihnen getrennt, und Sie seien jetzt mit der Sopranistin Antonella Sebaldi liiert. Entschuldigen Sie, dass ich es erwähnt habe, denn es geht mich nichts an. Es fuhr mir nur eben durch den Kopf, als ich an meine Ehe dachte.«

Peer zuckte mit den Schultern. »Vielleicht muss man vom gleichen Fach sein, um einen Sänger oder eine Sängerin zu verstehen!«

»Ich bin vom Fach und habe Musik studiert. Dennoch wäre es fast schiefgegangen. Als ich Simeon endlich so weit hatte, sich gegen seinen Agenten durchzusetzen, starb er. Es folgte eine hässliche Auseinandersetzung mit dem Agenten um Geld. Während des Prozesses kam heraus, dass er Simeon schamlos betrogen hatte. Hätte er ehrlich abgerechnet, hätte mein Mann weitaus weniger tingeln müssen. Doch aus Geldgier hat er ihn von einem Konzert zum anderen getrieben!«

Die Parallelen waren zu deutlich, als dass Peer sie hätte ignorieren können. Bevor er jedoch etwas sagen konnte, sprach Aurica weiter. »Schonen Sie sich, Herr Varenthin! Ich will nicht, dass es Ihrer Frau einmal so ergehen wird wie mir.«

Peer dachte an Michaela, und seine gekränkte Eitelkeit spielte ihm vor, dass diese ja an allem schuld war. Wieso hatte sie unbedingt ein Kind haben wollen? Ohne das hätten sie noch viele weitere Jahre harmonisch zusammenleben können. Oder auch nicht! Antonellas Körper schob sich in seine Gedanken, so nackt, wie sie sich ihm im Bett präsentierte. Ohne sie konnte er nicht leben. Das musste auch Michaela einsehen. Er rieb sich über die Stirn und bot ein Bild so absoluter Hilflosigkeit, dass Aurica Mitleid mit ihm bekam.

»Ist etwas mit Ihnen?«

»Nein, danke, es geht mir gut«, würgte Peer hervor und stand auf. »Es war nett, Sie kennengelernt zu haben«, sagte er noch und ging Richtung Aufzug.

Da stürmte ein Hotelpage auf ihn zu. »Entschuldigen Sie, Herr Varenthin! Dieser Brief ist eben für Sie abgegeben worden.«

»Ein Brief?« Normalerweise holte Rainer Pahnke die Post und überreichte ihm dann das, was wichtig war.

»Geben Sie her!«, sagte Peer, der bereit war, das Schreiben seinem Agenten auszuhändigen. Da sah er den Absender und zuckte zusammen. Michaela Müller-Varenthin.

Unschlüssig wog er den Umschlag in der Hand. Er war nicht besonders schwer, aber so steif wie eine Glückwunschkarte. Seufzend öffnete er ihn. Es handelte sich tatsächlich um eine Karte, und sie war mit einem Storch bedruckt, der im Schnabel ein Tuch mit einem Baby trug. Mit zitternden Fingern schlug er die Karte auf.

»Lieber Peer!«, las er. »Ich möchte dir mitteilen, dass du Vater einer wunderschönen kleinen Tochter geworden bist. Sophia wog bei der Geburt 3152 Gramm und war 51 Zentimeter lang. Sollte dein Interesse an einem Kind erwacht sein, so melde dich. Wenn nicht, ist es wohl besser, wenn wir einen scharfen Schnitt machen.«

Peer wurde blass. Es war also geschehen! Michaela hatte das Kind zur Welt gebracht – und das gegen seinen erklärten Wunsch. Gleichzeitig aber bot sie ihm die Scheidung an, wenn er das Kind nicht wollte. Seltsamerweise fühlte er sich hin- und hergerissen. Sein körperliches Verlangen zog ihn zu Antonella. Und doch schmerzte ihn die Kühle, die aus Michaelas wenigen Worten sprach.

Da trat Antonella durch den Hoteleingang und kam auf ihn zu. »Spielst du heute den Briefträger für Rainer?«, fragte sie spöttisch.

»Lies!« Mit diesen Worten reichte er Antonella die Karte. Diese überflog sie und stieß einen leisen Fluch aus.

»Was willst du tun?«, fragte sie scharf. »Sie tränenreich um Verzeihung bitten und ihr für den Balg danken? Du würdest deine Karriere ruinieren, wenn du statt Idomeneo oder Don Carlos Wiegenlieder für die Kleine singst!«

Peer leuchtete der Zusammenhang zwischen Wiegenliedern und dem Ruin seiner Karriere nicht ein, dennoch schüttelte es ihn bei dem Gedanken, den ganzen Tag Kindergeschrei zu vernehmen. In einer großen Wohnung könnte er sich noch zurückziehen, doch selbst in der schönen Suite, die er hier mit Antonella teilte, war das unmöglich.

»Sie schreibt, dass sie die Scheidung wünscht, wenn du das Kind nicht haben willst. Das solltest du ausnutzen, sonst überlegt sie es sich noch«, drängte Antonella und zog ihn hinter sich her auf den Aufzug zu. Wie zumeist gab Peer nach, und als er wenig später einen Brief an Michaela schrieb, stand darin nichts von Freude, Dankbarkeit oder gar Liebe, sondern nur die Forderung, die Scheidung so rasch wie möglich durchzuziehen.

Unten in der Lobby hatte Aurica Floreanu die beiden beobachtet und fand, dass sie selten ein schlechter harmonierendes Paar gesehen hatte als Peer Varenthin und dessen Geliebte. Dann aber zuckte sie mit den Schultern und sagte sich, dass sie das nichts anging. Da sie am nächsten Morgen zeitig abreisen wollte, würde sie Varenthin ohnehin nicht mehr sehen.

8.

Ein Stück südlich von Albany stand Alexander Marquart im Festsaal eines feudalen Hotels und hielt ein Champagnerglas in der Hand. Bei ihm befand sich ein gutes Dutzend Männer im feinen Zwirn mit ausgesuchten Krawatten, während er selbst in Jeans, T-Shirt und einer leichten Leinenweste steckte.

»Sie haben ausgezeichnete Arbeit geleistet, Alec!«, lobte einer der Anzugträger, und die Umstehenden stimmten ihm zu.

»Mit Ihrer neuen Software können wir unsere Produktion um fünfundzwanzig Prozent erhöhen und sparen überdies zehn Prozent der Kosten ein«, berichtete der Präsident der Firma, die ihn engagiert hatte.

»Das freut mich für Sie!«

Alexander lächelte, denn die Arbeit, die er in diese komplexe Produktionssteuerung gesteckt hatte, hatte sich für beide Seiten gelohnt. Der Konzern war damit der Konkurrenz um Jahre voraus, und die Prämie, die er dafür erhielt, reichte aus, um die letzten Raten für das große Gelände in Manfredsthal zu bezahlen.

Ein Mann trat auf ihn zu, auch er in Anzug und Krawatte und doch weniger steif aussehend. Es war der Chef des Softwarehauses, das die Pflege des Steuerprogramms übernehmen würde.

»Wollen Sie nicht mein Kompagnon werden, Alec? Ich übergebe Ihnen dreißig Prozent der Anteile.«

Noch vor einem guten Jahr hätte Alexander bei einem solchen Angebot bedenkenlos zugegriffen. Zusammen mit den Gewinnanteilen wäre er damit auf bis zu zehn Millionen Dollar im Jahr gekommen. Selbst jetzt kämpfte er einen Augenblick mit sich. Im Grunde war er mehr Amerikaner als Deutscher, und es hätte ihm keine Mühe bereitet, US-Bürger zu werden. Doch da waren diese vermaledeite Fabrik bei Frankfurt und seine sentimentale Ader, die ihn dazu zwang, in die Fußstapfen seiner Vorfahren zu treten. Bedauernd schüttelte er den Kopf.

»Leider habe ich andere Pläne. Ich werde nach good old Germany zurückfliegen und dort eine Firma übernehmen.«

»Auch im Softwarebereich?«, fragte der Unternehmer in der Hoffnung, in dem Fall eine Kooperation vorschlagen zu können.

»Nein, ich fertige in Zukunft Lebensmittel.«

»Das ist doch nicht Ihr Ernst!«

»Zu meinem Leidwesen ist es das! Die schönen Jahre in den Vereinigten Staaten gehen für mich zu Ende. Mein Flug ist für übermorgen gebucht. Danach werde ich nur noch als Besucher über den großen Teich kommen!« Obwohl Alexander kurz lachte, verspürte er Bitterkeit, denn am Ende hatte sein Vater doch gewonnen.

Nicht ganz!, schränkte er ein. Er würde das Werk übernehmen, aber nicht seines Vaters wegen, sondern wegen der Verantwortung, die er für die Menschen dort trug.

Er stieß mit dem Softwareunternehmer an, der noch immer nicht glauben wollte, dass ein Genie seines Fachs wie Marquart so einfach sein Metier aufgeben konnte, um Kekse und Kuchen zu backen.

Eine junge Kellnerin brachte exquisite Kanapees, und Alexander griff beherzt zu. Zwar beteiligte er sich noch an dem Gespräch und beantwortete auch einige Fragen, aber seine Gedanken galten den kommenden Tagen und dem, was ihn in Deutschland erwarten mochte.

9.

Selma Endreß saß in ihrer Wohnung in Oberursel und sah zu, wie Michaela die kleine Sophia stillte. Es war ein friedliches Bild, das so gar nicht zu der Wut passte, die in ihr kochte. Mit einem ärgerlichen Blick musterte sie das Schreiben von Peer Varenthin, das sie am Vormittag aus dem Briefkasten geholt hatte.

»Dein Sängerknabe besteht also auf Scheidung«, sagte sie grollend.

»Ich habe es nicht anders erwartet.« Michaela klang nicht besonders betrübt.

»Dieser Sängerknabe ist ein Wicht! So ein egozentrischer Feigling wie der ist mir noch nie untergekommen«, schimpfte Selma weiter.

Ihr Tonfall brachte Sophia dazu, greinend den Kopf zu drehen.

»Tut mir leid, mein Liebling, ich wollte dich nicht erschrecken«, sagte Selma mit sanfter Stimme und nahm erleichtert wahr, dass die Kleine wieder nach Michaelas Brustwarze schnappte.

»Was wirst du jetzt tun?«, fragte Selma um einiges leiser.

Michaela hielt das Kind mit einer Hand und streichelte es mit der anderen. »Ich werde meinem Mann schreiben, dass ich mit der Scheidung einverstanden bin.«

»Du musst aber Unterhalt für Sophia und für dich verlangen. Du kennst die Gerüchte, die über die Marquart-Werke herumschwirren. Alle nehmen an, dass der Sohn des toten Firmeninhabers sie an einen der großen amerikanischen Lebensmittelkonzerne verkaufen will. Immerhin hat ein US-Investor bereits das größere Gelände gekauft.«

»Selbst wenn der Mann wollte, könnte er dort nur Wohnungen und keine Werkshallen errichten lassen. Die Bebauungspläne sind eindeutig.«

So sicher, wie sie tat, war Michaela allerdings nicht. Sie hatte während der letzten Tage mehrfach mit Gabi Haug telefoniert und von deren Sorgen erfahren. Diese wurden umso größer, je mehr Zeit sich der neue Besitzer der Marquart-Werke ließ.

»Für Sophia muss gesorgt sein«, sagte sie daher nachdenklich.

»Und für dich auch! Du hast diesem Sängerknaben die zehn schönsten Jahre deines Lebens geopfert. Außerdem verstehe ich immer noch nicht, dass er eine Frau wie dich aufgibt, um sich an so eine Schlampe wie diese Sopranette zu hängen. Was von der zu halten ist, sieht man doch an jedem Bild, das in den Zeitschriften von ihr abgedruckt ist.«

Michaela lächelte über Selmas Eifer. Allerdings hatte diese in einem recht: Antonella Sebaldi trat weitaus freizügiger auf, als sie es je getan hatte. Letztens hatte sie ein so weit ausgeschnittenes

Kleid getragen, dass es zu einem Nippelblitzer gekommen war, den sogar Deutschlands bekannteste Boulevardzeitung mit einem Foto gewürdigt hatte.

»Sie versucht eben, die Aufmerksamkeit auf sich zu ziehen«, antwortete Michaela und fragte sich, wie Peer, der sonst immer im Zentrum hatte stehen wollen, darauf reagieren mochte.

Mittlerweile war die Kleine satt, und Michaela trug sie in ihr Zimmer, um dort ihre Windeln zu wechseln. Selma blieb in der Küche und kochte Tee für beide. Dabei grummelte sie vor sich hin. Sie hatte Michaelas Ehemann auf jener Kreuzfahrt erlebt und ihn für jenen aufgeblasenen Pinsel gehalten, der er wohl auch war.

Als Michaela zurückkam und berichtete, dass die Kleine bereits schlief, wollte Selma noch einmal auf Peers Brief zurückkommen, doch es klingelte unten an der Tür.

»Wer mag das sein?«, fragte sie. »Die Post und der Paketbote sind doch schon durch.«

»Ich schau nach.« Michaela trat auf den Flur und drückte den Türöffner. Als sie nach unten schaute, sah sie zu ihrer Überraschung Gabi Haug die Treppe hochsteigen. Das Gesicht der Frau war bleich und sorgenvoll. Als sie Michaela sah, versuchte sie jedoch, sich zusammenzunehmen.

»Guten Tag! Ihnen und Ihrer Tochter geht es hoffentlich gut?«, begann sie.

»Sophia und ich können nicht klagen. Aber kommen Sie doch herein! Selma kocht gerade Tee. Da bleibt auch für Sie eine Tasse übrig«, antwortete Michaela und fragte sich, was die Chefsekretärin der Marquart-Werke zu ihr trieb.

Gabi Haug folgte ihr in die Wohnung, begrüßte Selma und setzte sich. Es war ihr anzusehen, dass sie einiges auf dem Herzen hatte.

»Ich hoffe, Ihnen geht es auch gut?«, fragte Michaela vorsichtig.

»Wenn ich jetzt Ja sagen würde, müsste ich lügen«, antwortete Gabi Haug leise.

»Ist das Werk verkauft worden?«, fragte Michaela besorgt.

»Das noch nicht! Aber Marquart junior hat absolut kurzfristig sein Kommen angekündigt. Jetzt ist in der Firma der Teufel los. Reimers traut sich kaum mehr aus seinem Büro heraus, Holsten stellt in einer Tour Statistiken auf, und der Rest der Belegschaft sieht aus, als könne sie jederzeit der Blitz treffen. Mir geht es auch so.«

»Alexander Marquart kommt also endlich!«, rief Michaela aus und sah Selma an. Bisher hatte sie noch nicht herausgefunden, warum diese sich so für den neuen Firmenchef interessierte, doch einen Grund musste es geben. Vielleicht erzählt Selma mir jetzt mehr, dachte sie.

Da fasste Gabi Haug nach ihren Händen. »Ich weiß, dass es rechtlich eigentlich verboten ist und es eine arge Zumutung für Sie wäre. Trotzdem bitte ich Sie, wenigstens für ein paar Stunden am Tag in die Firma zu kommen und mir zu helfen. Mir wächst die Arbeit über den Kopf, denn jeder will vor Alexander Marquarts Kommen alles fertig haben, und Holstens Tochter, die mich während Ihrer Abwesenheit unterstützen sollte, ist von ihrem Vater abgezogen worden, um ihm bei seinen Tabellen und Diagrammen zu helfen.«

»Das kannst du Sophia nicht zumuten«, wandte Selma ein. »Sie darf nicht so lange allein bleiben.«

Damit hatte die alte Dame zwar recht, dennoch überlegte Michaela, wie sie Gabi unter die Arme greifen konnte.

»Es gibt eine Möglichkeit, aber du müsstest mir dabei helfen«, sagte sie zögernd.

»Du weißt, dass ich dir jederzeit helfe!« Selma klang direkt beleidigt.

»Oh, das wäre wunderbar!«, rief Gabi Haug erleichtert.

»Aber wie stellst du dir das vor?«, wollte Selma wissen.

»Es gibt im Verwaltungsgebäude Räume, die nur selten benutzt werden. Du könntest dich in einem davon mit Sophia aufhalten, und ich wäre jederzeit in der Lage, zu euch zu kommen und sie zu stillen.«

»Du bist ein verrücktes Huhn!«, fand Selma, sagte sich dann aber, dass es für Michaela doch besser war, beschäftigt zu sein, anstatt über ihren Opernsänger nachzudenken, der sich als absoluter Fehlgriff erwiesen hatte.

Fünfter Teil

Die Rückkehr

1.

Er war wieder in Deutschland! Bei dem Gedanken blieb Alexander Marquart für einen Augenblick stehen und wäre beinahe von einer kräftig gebauten Frau umgerannt worden, die sich wie ein Geier auf das Laufband stürzte und ihren Koffer an sich raffte. Andere Passagiere hatten es ebenfalls eilig und kämpften um die besten Plätze am Laufband, so als käme es nach siebeneinhalb Stunden Flug auf ein paar Minuten an.

Schließlich sah auch Alexander seinen Koffer herankommen. »Entschuldigen Sie!«, sagte er und griff an einem Mann vorbei, der eben den vierten Koffer neben sich gestellt hatte. Kurz darauf passierte er die Passkontrolle und einen gelangweilt wirkenden Zollbeamten.

Wie angekündigt, wurde er bereits erwartet. Er zählte vier Männer in dunklen Anzügen und Krawatte und dazu eine Frau zwischen vierzig und fünfzig in einem dunkelblauen Kostüm. Die Gesichter der fünf waren ernst, und in den Mienen von zwei Männern meinte er regelrecht Angst vor der Zukunft lesen zu können.

Belustigt dachte er daran, dass diese Angst ihm galt. Keiner der Männer wusste etwas über ihn, und doch würde er von nun an entscheidend in ihr Leben eingreifen. Dies galt nicht nur für Martin Reimers, den Geschäftsführer der Marquart-Werke, und dessen Stellvertreter Jens Holsten. Selbst Ludger Gernitz, der alte Freund seines Vaters, war betroffen. Seine Gernitz-Mühle lieferte den Marquart-Werken Mehl, Gries und andere Mühlenprodukte. Vor allem war er der Vater von Mona, die Alexander auf Betreiben seines Vaters hätte heiraten sollen, um die Gernitz-Mühle mit den Marquart-Werken zu vereinigen.

Alexander hatte sich damals entschieden geweigert und erklärt, man lebe nicht mehr im Jahr 1910, sondern im zweiten Jahrzehnt des einundzwanzigsten Jahrhunderts. Nach einem letzten heftigen Streit mit seinem Vater hatte er Deutschland mit dem Vorsatz verlassen, niemals zurückzukommen. Nun war er doch wieder hier. Mit einem kaum merklichen Lächeln näherte er sich der Gruppe.

»Herr Marquart?« Martin Reimers trat unsicher auf Alexander zu, der in seiner Jeans und dem hellen T-Shirt mehr wie ein Tourist als wie ein Geschäftsmann aussah.

Alexander fand es eigenartig, nachdem er so lange in den Vereinigten Staaten mit Alec angesprochen worden war, wieder das steife deutsche »Herr Marquart« zu hören, und nickte nur.

»Ich freue mich, Sie zu sehen!«, fuhr Reimers in einem Ton fort, der eher das Gegenteil besagte.

»Guten Tag«, antwortete Alexander und sah Ralf Ginter an, den Anwalt seines Vaters und dessen Testamentsvollstrecker, der ihn während der letzten Monate immer wieder mit Informationen versorgt hatte. »Wie Sie sehen, Herr Ginter, bin ich gekommen und habe damit mein Versprechen gehalten.«

Reimers und Holsten warfen dem Anwalt empörte Blicke zu, weil dieser sie nicht über Alexanders geplante Rückkehr informiert hatte. Unterdessen gefiel es Ludger Gernitz gar nicht, so lange missachtet zu werden.

»Guten Tag, Alexander! Willkommen in der Heimat«, grüßte er jovial.

»Guten Tag!« Alexander musterte ihn kurz und deutete zum Ausgang. »Ich will als Erstes zum Haus meines Vaters fahren.«

Es klang harsch, denn er hatte keine guten Erinnerungen an diesen Ort. Seine frühe Kindheit war vom ewigen Streit zwischen seinem Vater und seiner Mutter geprägt worden. Nach einer besonders heftigen Auseinandersetzung war seine Mutter gegangen. Kurz darauf hatte sein Vater ihn nach England in ein Internat geschickt und ihn später dort und in den USA studieren lassen.

Während dieser Zeit war er höchstens einmal im Jahr nach Deutschland zurückgeholt worden, um hier die Sommerferien zu verbringen. Selbst Weihnachten hatte er in der Fremde verbringen müssen. Alexander spürte, wie er bitter wurde, und kämpfte dagegen an.

Unterdessen stellte Reimers ihm Holsten als seinen Stellvertreter vor und deutete zuletzt auf die Frau. »Das ist Gabriele Haug, die Chefsekretärin Ihres Vaters!«

»Guten Tag«, sagte Alexander lächelnd zu ihr. Er fragte sich, ob sie sich noch daran erinnerte, wie sie ihn vom Flughafen hatte abholen und wieder hinbringen müssen.

»Guten Tag, Herr Marquart«, grüßte Gabriele Haug und deutete nach draußen. »Ihr Wagen wartet.«

Unterdessen holte Holsten einen Gepäckwagen, um Alexanders Gepäck aufzuladen, doch dieser schüttelte den Kopf.

»Ich habe nur einen Koffer und meinen Laptop bei mir, und die gebe ich nicht aus der Hand.«

Sollen sie denken, was sie wollen, dachte er und folgte Gabi Haug zum Parkhaus. Dort warteten gleich vier Autos auf sie. Ralf Ginter und Ludger Gernitz waren mit ihren eigenen Fahrzeugen erschienen, ein weiteres Auto stand für Reimers, Holsten und Gabi Haug bereit und die große, dunkle Limousine für ihn.

Deren Chauffeur kam ihnen entgegen. »Guten Tag, Herr Marquart. Wenn Sie mir bitte Ihr Gepäck geben würden!«

Er wirkte etwas erstaunt, als er nur den einen Koffer sah, ließ aber ohne ein Wort den Kofferraumdeckel hochfahren und lud das Gepäckstück ein. Danach öffnete er die rechte hintere Tür, wie er es bei Alexanders Vater gewohnt war.

Alexander überlegte kurz, ob er sich stattdessen vorne neben den Fahrer setzen sollte, nahm aber dann doch hinten Platz.

»Soll ich Sie zur Firma oder nach Hause fahren?«, fragte der Chauffeur beflissen.

Das Haus meines Vaters ist jetzt mein Haus, fuhr es Alexander durch den Kopf. Noch konnte er sich nicht vorstellen, es zu betreten und nicht vor der Ehrfurcht gebietenden Gestalt seines Vaters zu stehen. Titus Vitalis Marquart war jedoch tot, und irgendwann würde er sein Grab besuchen müssen. Der Gedanke brachte Alexander dazu, die Zähne zu zeigen. Am verwirrten Gesicht des Chauffeurs erkannte er, dass dieser noch immer auf eine Antwort wartete.

»Nach Hause«, sagte Alexander und fragte sich, ob die Villa an den Taunushängen wirklich ein Heim für ihn werden konnte.

2.

Die vier Wagen fuhren hintereinander nach Norden, mieden die Frankfurter Innenstadt und erreichten nach einer Stunde die Villa am Rande des Ortes Manfredsthal. In seiner Jugend hatte Alexander dieses Haus als Gefängnis empfunden. Nun überraschte ihn der Anblick des Gebäudes, das sich trotz seiner Größe harmonisch in die Umgebung einfügte. Selbst die hohe Mauer, die das Anwesen umgab, konnte diesen Eindruck nicht schmälern.

Alexanders Anspannung wich ein wenig. Er hatte geglaubt, dieses Haus hassen zu müssen, weil es seinem Vater gehört hatte. Ihm gefiel jedoch, was er sah, auch wenn er einige Dinge entdeckte, die er ändern wollte. Für seinen Vater mochten in Reih und Glied stehende Büsche und Rabatten ein willkommener Anblick gewesen sein, doch er wünschte sich einen natürlicher wirkenden Park.

Reimers stellte sich neben ihn. »Ein eigenes Heim ist doch Gold wert!«, meinte er mit einem gezwungenen Lächeln.

»Ich habe in den Staaten auch nicht schlecht gewohnt«, antwortete Alexander abwehrend und verschwieg dabei, dass er nur ein kleines, aber gemütliches Appartement besessen hatte.

»Sie waren in einer Softwarefirma beschäftigt?« Reimers zeigte deutlich, dass er Alexanders berufliche Laufbahn nicht geeignet ansah, von nun an die Marquart-Werke zu führen.

»Ich war in einigen Firmen beschäftigt«, antwortete Alexander freundlich und unterschlug, dass er in den vier Jahren freiberuflicher Tätigkeit sein eigener Chef gewesen war. Während dieser Zeit hatte er Einblick in Konzerne erhalten, gegen die die Marquart-Werke ein kleines Licht waren.

»Wann werden Sie in die Firma kommen?«, fragte Reimers.

»Morgen.«

»Wenn Sie erlauben, würde ich gerne zurückfahren. Ich erwarte heute einige wichtige Telefonanrufe.« Noch während Reimers dies sagte, dachte er daran, dass die wichtigsten dieser Anrufe in Zukunft an den jungen Mann gehen würden, der nur wenig Interesse für das Lebenswerk seines Vaters an den Tag legte.

»Es wäre mir lieb, wenn Frau Haug noch eine Weile hierbleiben würde«, sagte Alexander. »Mein Chauffeur wird sie später nach Hause bringen. Wie heißen Sie eigentlich?« Die Frage galt dem Fahrer.

»Klaus Becker.«

»Sie bringen bitte Frau Haug später zurück«, sagte Alexander und trat auf das Haus zu.

Außer Gabriele Haug stieg auch Ginter aus. »Sie haben sicher noch viele Fragen«, meinte er zu Alexander.

»Das stimmt. Aber damit will ich Sie erst morgen belästigen, Herr Ginter. Ich bin um neun Uhr in der Firma. Jetzt bedanke ich mich erst einmal für Ihre Geduld und Ihre Unterstützung.«

»Kommen Sie nur richtig an!« Ginter reichte ihm die Hand und lächelte. »Ich freue mich, dass Sie sich doch entschlossen haben, Ihr Erbe anzutreten. Sogar ich hatte ein wenig Angst, dass Sie Ihren Streit mit Ihrem Vater über das Wohlergehen der Firma stellen würden.«

Unterdessen wandte Reimers sich an Gabi Haug. »Sie wissen ja, was Sie Herrn Marquart erzählen müssen!« Danach nahm er in seinem Wagen Platz und wies den Chauffeur an, loszufahren.

Ludger Gernitz ließ das Seitenfenster herabfahren und winkte Alexander zu. »Ich werde ebenfalls aufbrechen! Es ist schön, dass du wieder da bist. Du wirst sicher eine Einstandsparty geben wollen. Da du nicht viele Leute hier kennen dürftest, bin ich gerne bereit, dir bei der Einladungsliste zu helfen.«

»Danke, aber ich will vorerst noch nichts in dieser Art unternehmen, sondern mich erst einmal zurechtfinden. Auf Wiedersehen, Herr Gernitz.«

Das war deutlich. Gernitz fuhr das Seitenfenster hoch und fuhr los. Auch Ginter stieg nun in seinen Wagen. »Bis morgen, Herr Marquart! Übrigens wollen der Bürgermeister und einige Herren des Gemeinderats ebenfalls kommen, um Sie zu begrüßen.« Er grinste, denn er wusste, dass diese eine Überraschung erleben würden.

Alexander winkte zurück und ging auf das Haus zu. Mit einem Abstand von etwa zwei Metern folgte ihm Gabi Haug.

»Wenn Sie noch einen Schlüssel von früher besitzen, hilft Ihnen der nichts mehr, die Türen sind elektronisch gesichert und können nur mit Daumenabdruck und Code geöffnet werden«, sagte sie.

Alexander nickte lächelnd. »Das hat mir Frau Bouvain bereits kurz nach dem Tod meines Vaters mitgeteilt. Ich habe ihr über Herrn Ginter meinen Daumenabdruck zukommen lassen und kenne den Code.«

»Warum sind Sie damals nicht gleich nach Hause gekommen?«, fragte die Sekretärin.

»Ich hatte Verpflichtungen, die ich erfüllen musste. Auch war ich mir einige Zeit nicht darüber im Klaren, ob ich wirklich nach Deutschland zurückkehren sollte.«

»Aber die Firma!«

»Die Firma war der Abgott meines Vaters! Ich habe sie zeit meines Lebens als Feind angesehen, da seine ganze Liebe ihr galt und für die Menschen um ihn herum nichts übrig geblieben ist!« Alexander klang scharf, doch die Sekretärin gab nicht auf.

»Sehen Sie das nicht zu einseitig, Herr Marquart? Ihr Vater war ein bedeutender Mann. Von ihm und seiner Firma hing lange Zeit der ganze Ort ab. Er hat Vereine gesponsert und viele Dinge ins Laufen gebracht, die sonst nie geschehen wären. Wären Sie bei seinem Begräbnis dabei gewesen, hätten Sie gesehen, wie die Menschen ihn verehrt haben.«

Alexander gab keine Antwort, sondern trat auf die Eingangstür zu, presste den Daumen gegen das Abtastfeld und tippte den sechsstelligen Code ein. Die Tür öffnete sich anstandslos, und er konnte eintreten.

Unterdessen war man in der Villa darauf aufmerksam geworden, dass jemand gekommen war. Eine Frau im dunklen Kostüm trat aus einer Tür, musterte Alexander und wich einen halben Schritt zurück.

»Herr Marquart?«, fragte sie, unsicher, ob sie den Namen, mit dem sie den Vater immer angesprochen hatte, auch auf den Sohn anwenden sollte.

»Guten Tag, Frau Bouvain«, begrüßte Alexander die Hausdame. »Ich hatte Ihnen über den Nachlassverwalter Instruktionen zukommen lassen, was in der Villa geändert werden soll. Es ist hoffentlich alles fertig?«

»Die Änderungen waren teilweise so gravierend, dass wir damit warten wollten, bis Sie hier eingetroffen sind.« Irene Bouvain wand sich sichtlich, denn aus Pietät dem Vater gegenüber hatte sie darauf verzichtet, die Wünsche des Sohnes umzusetzen.

Als Alexander in das private Wohnzimmer trat, herrschte dort statt des hellen Holzes, das er gefordert hatte, noch die dunkle Eiche vor, mit der sein Vater den Raum vor mehr als zwei Jahrzehnten hatte einrichten lassen. Verärgert wandte er sich an die Hausdame. »Wenn ich eine Anweisung erteile, erwarte ich, dass sie auch erfüllt wird!«

Er wollte noch mehr sagen, verstummte aber. Vielleicht war es gar nicht so schlecht, dass nichts verändert worden war. Es hätten sonst Dinge in den Müll wandern können, die er sich unbedingt anschauen wollte.

»Merken Sie sich das für die Zukunft!«, milderte er seinen Tadel ab. »Und nun zeigen Sie mir das Haus.«

»Sehr wohl, Herr Marquart!« Irene Bouvain begriff, dass sie nur um Haaresbreite einer Entlassung entgangen war, und ärgerte sich zunächst, weil Alexander das Vermächtnis des Vaters so wenig zu gelten schien. Allerdings begriff sie auch, dass hier nicht mehr der alte Herr das Sagen hatte, sondern sein Sohn. Sie musterte Alexander genauer und erkannte verblüfft, wie ähnlich er seinem Vater geworden war. Wie dieser war auch Alexander fast eins neunzig groß, schlank mit breiten Schultern und einem festgefügten Gesicht, das mehr interessant als hübsch war. Alexander trug die Haare ebenso kurz, wie sein Vater es getan hatte. Der einzige markante Unterschied waren seine graugrünen Augen, die ganz anders wirkten als die eisblauen seines Vaters. Dies ist ein Mann, den man ernst nehmen muss, dachte nicht nur sie, sondern auch Gabriele Haug, die den beiden gefolgt war.

Alexander betrat nacheinander die einzelnen Räume der Villa und spürte zu seiner Überraschung, dass ihm die Einrichtung bis auf ein paar Kleinigkeiten gefiel. Anscheinend waren seine in den USA gefassten Änderungswünsche doch zu extrem gewesen. Alles wollte er jedoch nicht so lassen, wie es jetzt war.

»Im Büro will ich einen helleren Schreibtisch und zum PC auch einen Drucker. Es ist ein Unding, drei Zimmer weit gehen zu müssen, nur um ein ausgedrucktes Blatt zu holen«, erklärte er.

Irene Bouvain lag auf der Zunge, dass sein Vater die Ausdrucke niemals selbst geholt, sondern jemanden geschickt hatte. »Ich werde mich darum kümmern, Herr Marquart«, antwortete sie stattdessen.

»Danke. Noch etwas: Ich will nicht, dass irgendetwas aus dem Besitz meines Vaters weggeworfen wird, bevor ich es mir angesehen habe.«

Alexander war nicht zuletzt hierhergekommen, um seiner eigenen Vergangenheit und einigen Geheimnissen, die damit verbunden waren, nachzuspüren. Deshalb war er nun doch froh, dass Irene Bouvain die von ihm geforderten Änderungen nicht hatte durchführen lassen.

3.

Eine halbe Stunde später war die Hausbesichtigung beendet, und gegen seinen Willen war Alexander beeindruckt. Die Villa war groß und repräsentativ, besaß aber auch anheimelnde Teile, in denen sich gut wohnen ließ.

»Ich werde Ihnen später sagen, was ich geändert haben will«, sagte er zu Irene Bouvain und wandte sich an Gabi Haug. »Möchten Sie Tee oder Kaffee?«

Die Frau sah ihn überrascht an. »Am liebsten einen aromatisierten Rooibostee, wenn es möglich ist.«

»Ist das möglich?«, fragte Alexander die Hausdame.

»Selbstverständlich, Herr Marquart«, antwortete diese sichtlich gekränkt, weil er bezweifelte, dass sie dazu in der Lage sein könnte.

»Bringen Sie den Tee für Frau Haug in das Büro meines Vaters. Ich hätte gerne einen Matetee.«

»Auch das ist möglich«, antwortete Irene Bouvain und ging.

Als sie die Küche erreichte, fand sie dort die Köchin, die Putzfrau und den Chauffeur vor, die ihr neugierig entgegensahen.

»War der Junior sehr sauer, weil Sie seine Anweisungen nicht befolgt haben?«, fragte die Köchin.

»Einen Augenblick hat es so ausgesehen, als würde er mich entlassen«, gab Irene zu. »Er hat sich dann aber rasch beruhigt und ist jetzt mit Frau Haug im Büro. Er will einen Matetee und Frau Haug einen Rooibostee. Wenn wir keinen im Haus haben, muss Klaus rasch in den Ort fahren und welchen besorgen.

»Ich habe etwas da«, erklärte die Köchin und machte sich ans Werk. Als sie das Wasser aufgesetzt und die Tees vorbereitet hatte, drehte sie sich zu Irene um.

»Und? Wie ist der Junior so?«

»Nach außen hin freundlich. Aber er hat einen Kern aus Stahl!«

»Ähnlich wie der alte Chef«, meinte die Putzfrau.

»Ich würde sagen, der Apfel ist nicht sehr weit vom Stamm gefallen.« Irene Bouvain fragte sich, wie sie hatte annehmen können, der Junior könnte nachgiebiger sein als der Vater. Immerhin hatte sie den letzten großen Streit zwischen den beiden miterlebt, und nach diesem hatte Alexander knallhart die Konsequenzen gezogen.

»Ob er morgen in die Firma auch mit Jeans und T-Shirt fahren wird?«, fragte Klaus Becker grinsend.

Ihm war die Verblüffung der Herren des Empfangskommandos nicht entgangen, und er sagte sich, dass der Geschäftsführer und dessen Stellvertreter bis zum nächsten Zusammentreffen mit ihrem neuen Chef etliche unangenehme Stunden durchleben würden.

Unterdessen hatte Alexander auf dem Sessel seines Vaters Platz genommen und bat Gabriele Haug, sich ebenfalls zu setzen. »Ich habe Sie in guter Erinnerung und bin mir sicher, dass Sie mir nicht aus Anhänglichkeit an meinen Vater Steine in den Weg legen werden«, sagte er nachdenklich.

»Ich war in den letzten Jahren die Chefsekretärin Ihres Vaters, Herr Marquart, und bin gerne bereit, Ihnen zu helfen, damit Sie die Firma reibungslos weiterführen können.«

Gabi Haug musterte den jungen Mann. Er musste jetzt zweiunddreißig sein, die letzten sechs Jahre hatte er jeden Kontakt zu seinem Vater vermieden.

»Ich danke Ihnen und werde Ihre Hilfe gerne in Anspruch nehmen!« Alexander lächelte jungenhaft. Zwar hatte er sich während der letzten Monate intensiv mit der Firma und deren Geschäftspartnern befasst, würde aber dennoch jemanden brauchen, auf dessen Wissen er zurückgreifen konnte.

Er setzte eine ernste Miene auf. »Der Hauptgrund, weshalb ich nach Deutschland zurückgekehrt bin, ist nicht die Firma meines Vaters, sondern meine Vergangenheit.«

»Ich verstehe nicht ganz?«, antwortete Gabi Haug verwirrt.

»Ich bin gekommen, um die Wahrheit über meine Mutter herauszufinden.« Alexander beugte sich vor und musterte die Sekretärin durchdringend. »Mein Vater und meine Mutter haben sich getrennt, als ich fünf war. Kurz darauf schickte mein Vater mich nach England ins Internat. Ich hatte weder eine Adresse meiner Mutter, noch kannte ich jemanden, der ihr einen Brief von mir hätte weiterleiten können. Später, als ich älter war, habe ich meinem Vater Fragen nach ihr gestellt und bekam nur die Antwort, dass sie tot sei. Doch daran hatte ich schon damals meine Zweifel.«

»Sie sind nur zurückgekommen, um diese Zweifel auszuräumen?«

So etwas konnte Gabriele Haug sich nicht vorstellen, denn die Firma war viele Millionen wert und stand auf sicherem Fundament. Der junge Mann konnte zwar behaupten, nur nach seiner Mutter suchen zu wollen, doch das war für sie ein vorgeschobener Grund. Dann allerdings korrigierte sie sich selbst. Sie hatte ihn als Kind gekannt und seine Tränen getrocknet, als er in den ersten Jahren in den Ferien aus England nach Hause gekommen war und seine Mutter vermisst hatte.

Alexander nickte. »Das war der Hauptgrund. Ich habe drüben in den USA sehr gut verdient und hätte deswegen nicht zurückkommen müssen.«

»Aber Sie werden doch die Firma behalten?«, fragte Gabi Haug erschrocken.

»Ich bin niemand, der eine Verpflichtung eingeht und sie dann fallen lässt!« Alexander klang streng, und Gabi dachte, dass er seinem Vater ähnlicher war, als er selbst glaubte. Auch dieser hatte seine Verpflichtungen stets erfüllt.

»Wie wollen Sie Ihre Mutter finden?«, fragte Gabi.

»Ich will erst einmal nachsehen, ob es hier im Haus einen Hinweis gibt, und sollte ich keinen Erfolg haben, werde ich nach ihr forschen lassen.«

Alexander klang so überzeugt, dass Gabi ihre Meinung für sich behielt. Er hatte seine Mutter seit siebenundzwanzig Jahren nicht gesehen. Dabei konnte diese längst eine zweite Ehe eingegangen sein und weitere Kinder haben.

»Kennen Sie sich hier aus?«

Alexanders Frage riss Gabi aus ihren Gedanken.

»Ich war häufig in diesem Haus, um für Ihren Vater etwas zu erledigen. Er ist nicht jedes Mal ins Werk gefahren, wenn es Briefe zu schreiben gab. Auch musste ich ihn auf Reisen begleiten.«

»Hat er mit Ihnen je über meine Mutter gesprochen?«

Gabi schüttelte den Kopf. »Sie war nach der Trennung für ihn nicht mehr existent.«

»Ich habe kein Bild von ihr und auch sonst nichts. Es ist, als hätte es sie nie gegeben! Das kann ich meinem Vater nicht verzeihen.«

Einen Augenblick lang gab Alexander Gabriele Haug einen Einblick in sein Inneres, dann straffte er sich und deutete auf den Schreibtisch. »Wenn meine Anweisungen wenigstens diesmal befolgt wurden, müssten Sie den Schlüssel dazu haben.«

»Den habe ich, ebenso die Schlüssel für die beiden Safes in diesem Haus und für einige Schränke.«

»Zwei Safes?«, fragte Alexander verwundert.

»Damit wollte Ihr Vater einem Diebstahl vorbauen. Der Safe im Büro ist nur mit etwas Bargeld und an und für sich wertlosen Papieren gefüllt. Die eigentlichen Wertsachen befinden sich in einem versteckt eingebauten Safe tief unten im Keller.«

»Das sieht ihm ähnlich!« Alexander atmete tief durch, um eine gewisse Beklemmung zu lösen, und überlegte, ob er mit den Safes beginnen sollte, entschied sich dann aber für den Schreibtisch.

»Können Sie mir den Schlüssel geben?«, fragte er Gabi.

»Ich hatte mir gedacht, dass Sie ihn gleich brauchen werden.« Gabi reichte ihm einen Schlüsselbund mit etlichen Schlüsseln und zeigte ihm den, der zum Schreibtisch passte.

»Es gibt hier ein Geheimfach, das sich mit dem kleinen Schlüssel daneben öffnen lässt«, erklärte sie.

»Wann haben Sie den Schreibtisch das letzte Mal geöffnet?«

»Drei Tage nach dem Tod Ihres Vaters, unter den strengen Augen von Ginter, dem Nachlassverwalter, und der beiden Geschäftsführer«, antwortete Gabi freundlich. »Die Schlüssel wurden danach von Herrn Ginter in einem Banksafe deponiert. Er hat sie erst heute Morgen herausgeholt und mir ausgehändigt.«

»So lange hat sich niemand um den Inhalt des Schreibtisches gekümmert? Gab es keine Papiere, die die Firma betrafen?«

»Diese wurden von den genannten Herren und mir aussortiert und in die Firma gebracht. Alle persönlichen Papiere Ihres Vaters sind im Schreibtisch verblieben.«

Gabriele Haug hatte dieses Verhör vorausgesehen, fand es aber trotzdem anstrengend, obwohl sie sich nichts vorzuwerfen hatte. Sie sah zu, wie Alexander das erste Fach öffnete und den Inhalt auf die Schreibtischplatte legte. Darunter waren einige Briefe persönlichen Inhalts. Einem davon entnahm Alexander, dass sein Vater in den letzten Jahren eine engere Beziehung zu einer ihm unbekannten Frau eingegangen war. Bei den Informationen, die ihm in die USA geschickt worden waren, hatte jeglicher Hinweis auf diese Person gefehlt.

»Wer ist Annette Eckhoff?«, fragte er neugierig.

»Ich kenne sie nicht persönlich, sondern weiß nur, dass Ihr Vater sich mehrfach mit ihr getroffen hat. Jemand nannte sie einmal eine Edelprostituierte.«

Alexander lachte kurz auf. »Den Summen nach, die sie diesem Brief zufolge von meinem Vater erhalten hat, muss sie sehr edel gewesen sein. Gibt es noch Kontakt zu ihr?«

»Es kann sein, dass sie sich meldet, wenn sie erfährt, dass Sie jetzt hier sind. Sie dürfte einige … nun ja, intime Fotos von Ihrem Vater besitzen. Soviel ich weiß, ist sie deswegen bereits an den Nachlassverwalter herangetreten, um eine gewisse Summe dafür zu bekommen!«

»Wenn sie glaubt, mich erpressen zu können, irrt sie sich gewaltig!«, fuhr Alexander auf und fand, dass die ganze Angelegenheit komplizierter war, als er sich vorgestellt hatte.

Er setzte die Durchsuchung des Schreibtisches fort und nahm sich zuletzt das Geheimfach vor, das so geschickt angebracht war, dass er Gabriele Haugs Hilfe brauchte, um es zu finden. Als er es öffnete, erlebte er eine Enttäuschung. Sein Vater hatte darin etliche Notizen verstaut, doch weder ein Bild noch ein Hinweis auf seine Ehefrau.

Alexander suchte an diesem Tag noch lange nach einer Spur von ihr, gab aber irgendwann auf. Das Haus war einfach zu groß, und darin standen zu viele Schränke und Kommoden, um sie alle in wenigen Stunden durchforsten zu können. Außerdem warteten noch etliche Kellerräume und der Dachboden, in denen eine Unzahl Kartons herumstanden, die untersucht werden mussten.

Da er Gabriele Haug nicht länger aufhalten wollte, verabschiedete er sie und gab Klaus Becker den Auftrag, sie nach Hause zu bringen. Er selbst blieb im Büro und begann, die gefundenen Unterlagen zu sortieren. Ein Teil davon konnte weggeworfen werden, andere wollte er aufbewahren, darunter auch Annette Eckhoffs Briefe, die ihrem Inhalt nach mit der materiellen Zuwendung durch seinen Vater alles andere als zufrieden gewesen war.

Wahrscheinlich würde es einige Tausend Euro kosten, sie zum Schweigen zu bringen, dachte Alexander und schaute auf, weil es an der Tür klopfte.

»Herein!«

Es war die Hausdame. »Entschuldigen Sie, Herr Marquart, doch das Abendessen steht bereit.«

Alexander blickte auf die Uhr. Es war genau die Zeit, zu der sein Vater immer zu Abend gegessen hatte. »Gut, ich komme.«

Dabei dachte er, dass er die Mahlzeiten um mindestens eine halbe Stunde nach vorne oder nach hinten verschieben musste, wenn er nicht alles seinem Vater nachmachen wollte.

Die Köchin hatte sich alle Mühe gegeben, doch Alexander war nicht in der Stimmung, das Essen zu genießen. Ihn belastete der

Gedanke, dass er noch nicht die geringste Spur von seiner Mutter entdeckt hatte. Zudem war ihm bewusst, dass er in den nächsten Tagen seine ganze Konzentration auf die Firma richten musste. Anders als Martin Reimers und einige Kollegen glaubten, hatte er sich möglichst viele Informationen beschafft, und nicht alle deuteten darauf hin, dass die Übernahme der Firma problemlos verlaufen würde.

4.

Zu seiner Überraschung schlief Alexander in der Nacht gut, konnte sich aber am Morgen nicht mehr an seine Träume erinnern. Er ging ins Badezimmer, räumte dort die Dinge beiseite, die noch von seinem Vater stammten, und machte sich für den Tag zurecht. Das anschließende Frühstück hätte auch den Verwöhntesten entzücken können. Alexander fand es an der Zeit, ein Lob auszusprechen, und forderte die Hausdame auf, dafür zu sorgen, dass der Wagen in einer Viertelstunde bereitstehen würde.

»Sehr wohl, Herr Marquart«, antwortete sie.

Alexander zog ein Jackett an und holte seine Aktentasche. Ein kurzer Blick zeigte ihm, dass sein Laptop im dafür vorgesehenen Fach steckte. Auch wenn er das Gerät vermutlich noch nicht benötigte, war er gewohnt, es immer bei sich zu haben.

Motorengeräusch verriet ihm, dass der Wagen vorgefahren war. Mit einem verkniffenen Lächeln dachte er daran, wie oft sein Vater sich am Morgen in die Firma hatte fahren lassen. Nun würde er dessen Spuren folgen, obwohl er genau das hatte vermeiden wollen.

»Sollte ich meine Mutter finden, so hat es sich gelohnt«, sagte er zu sich selbst und verließ das Haus.

»Guten Morgen, Herr Becker. Wie lange brauchen wir bis zur Firma?«, begrüßte er den Chauffeur.

»Es würde mich wundern, wenn wir es nicht in fünf Minuten schaffen«, antwortete dieser grinsend.

»Dann mal los!« Alexander nahm Platz, schloss den Sicherheitsgurt und lehnte sich zurück.

Die Straße war so angelegt, dass der Weg zum Werk den Ort mied. Becker musste daher nur einmal kurz halten, bevor er die Hauptstraße überqueren konnte. Die Pförtner am Werkstor kannten den Wagen und dessen Fahrer und ließen ihn anstandslos durch, warfen aber einen neugierigen Blick auf den jungen Mann, der von nun an über ihr Schicksal bestimmen würde.

»Er hat keine Krawatte an«, meinte der zweite Pförtner, als wäre das eine bedeutsame Information.

»Bin gespannt, was er für Ideen hat! War ja bei den Amis drüben. Hoffentlich kann Reimers ihn bremsen, sonst führt er ganz neue Moden ein«, antwortete sein Kollege.

Als der Wagen das Bürogebäude erreichte, gab es ein Problem. Der für den Besitzer der Firma reservierte Parkplatz war seit über einem Jahr frei geblieben. Daher hatte sich der Chauffeur des ersten Geschäftsführers angewöhnt, dort zu parken. Becker hielt es jedoch für unter seiner Würde, einen anderen Platz zu nehmen, und drückte kräftig auf die Hupe.

»Nichts für ungut, Herr Marquart, aber es heißt nicht umsonst: Wehret den Anfängen!«, erklärte er und sah grinsend zu, wie Reimers' Fahrer aus dem Haus stürmte, sich ans Steuer setzte und den Parkplatz räumte.

»So ein Trottel!«, kommentierte Becker und stellte seinen Wagen ab.

»Kennen Sie sich hier aus, oder soll ich mitkommen?«, fragte er seinen neuen Chef.

Obwohl Alexander seit mehr als sieben Jahren nicht mehr in der Fabrik gewesen war, winkte er ab. »Ich finde mich schon zurecht, Herr Becker.«

Als er das Gebäude betrat, wurden wie auf Kommando etliche Türen geöffnet, und die Leute starrten ihn an.

»Er sieht seinem Vater sehr ähnlich«, raunte eine ältere Frau ihrer jüngeren Kollegin zu.

»Das finde ich nicht«, antwortete diese schnippisch.

»Ich kannte Herrn Marquart, als er noch jünger war. Die beiden ähneln sich wie Brüder.«

Ohne zu bemerken, wie viel Aufsehen er erregte, fuhr Alexander mit dem Aufzug in den fünften Stock, in dem alle Fäden zusammenliefen. Gabriele Haug erwartete ihn an der Bürotür.

»Guten Morgen, Herr Marquart. Willkommen im Werk!«

»Danke! Richten Sie Herrn Reimers und Herrn Holsten aus, dass ich sie in einer halben Stunde sprechen will. Anschließend werde ich einen Rundgang durch das Werk machen.« Alexander wollte in sein Büro gehen, da hielt Gabis Stimme ihn auf.

»Entschuldigen Sie, Herr Marquart, aber es warten bereits mehrere Besucher auf Sie, darunter der Bürgermeister des Ortes und einige weitere Herren, die hier im Ort von Wichtigkeit sind. Es geht um den von Ihrem Vater geplanten Ausbau des Werks, der jetzt von der Gemeinde blockiert wird.«

Alexander drehte sich mit einem spöttischen Lächeln zu ihr um. »Die Herren verlieren wirklich keine Zeit! Wo finde ich sie?«

»Im Konferenzraum zwei. Herr Reimers, Herr Holsten und Herr Ginter sind ebenfalls dort.«

»Richten Sie ihnen aus, ich sei in zehn Minuten bei ihnen.«

Es war doch gut, dass ich mir über Ginter Informationen besorgt haben, sagte Alexander sich, sonst hätte er unvorbereitet in dieses Gespräch gehen müssen. So aber hatte er bereits von den Vereinigten Staaten aus Vorkehrungen getroffen und hielt einige Trümpfe in der Hand.

Mit diesem Gedanken betrat er das Büro und fand es präsentabel. Verwundert dachte er, dass sich sein Geschmack offenbar gar nicht so sehr von dem seines Vaters unterschied.

Er musterte die Computeranlage im Zimmer. Sie war ausgezeichnet. Einige der Geräte waren sogar erst seit Kurzem auf dem Markt. Er öffnete die Tür zum Vorzimmer.

Gabi Haug war eben zurückgekommen und sah ihn fragend an. »Sie wünschen, Herr Marquart?«

»Was ist mit der elektronischen Ausstattung meines Büros? Die kann unmöglich von meinem Vater stammen.«

»Die Anlage ist neu installiert worden, da Herr Reimers dieses Büro bis vor wenigen Tagen benutzt hat. Den alten Computer hat er mit in sein ehemaliges Büro genommen und für Ihres neue Geräte bestellt. Meine Assistentin Michaela Müller hat alle für Sie relevanten Daten übertragen.«

Gabi Haug lächelte zwar, war aber unsicher, wie Alexander diese Auskunft hinnehmen würde.

Dieser nickte. »Ich werde damit zurechtkommen. Aber was ist jetzt mit diesen Herren Provinzpolitikern, die sich hier versammelt haben?«

»Frau Müller hat Ihnen die Akten zusammengestellt«, erklärte Gabi und wies auf eine Mappe, die auf dem Schreibtisch lag. »Wenn es Ihnen recht ist, wird sie auch das Gespräch aufnehmen, um Ihnen hinterher ihren Bericht vorlegen zu können. Sie macht das ausgezeichnet! Die Unterlagen, die wir Ihnen in die Staaten geschickt haben, waren auch von ihr.«

Gabi wollte den Übergang so glatt wie möglich gestalten, sah aber gewaltige Probleme heraufziehen, weil Martin Reimers einige Entscheidungen getroffen hatte, die Marquart senior so nicht hätte durchgehen lassen.

Unterdessen nahm Alexander die Mappe zur Hand und blätterte sie durch. Sie musste von derselben Person zusammengestellt worden sein wie die Berichte, die er in den letzten Monaten erhalten hatte. Schon damals hatte ihm die Präsentation gefallen, und er kam auch jetzt sehr gut damit zurecht. Es ging um die Umwidmung des Geländes, das sein Vater für die Vergrößerung des Werks vorgesehen hatte. Die Gemeinde hatte es überraschend für eine Wohnbebauung vorgesehen und sich damit gegen die Interessen der Marquart-Werke gestellt. Wenn es ihm nicht gelang, die Sache zu seinen Gunsten zu regeln, konnte es längerfristig das Ende für seine Firma bedeuten.

»Es geht um die Erweiterung des Werkes«, erklärte Gabriele Haug, da sie annahm, er wäre mit dieser Problematik nicht vertraut. »Der Bauunternehmer Schrader hat den Gemeinderat dazu gebracht, das dafür notwendige Grundstück in ein Wohngebiet umzuwidmen. Herrn Reimers ist es nicht gelungen, dies zu verhindern. In meinen Augen ist das eine Retourkutsche von Schrader, weil Ihr Vater die für die Vergrößerung des Werks notwendigen Baumaßnahmen nicht mehr von seiner Baufirma durchführen lassen wollte. Ihr Vater war über eine unerwartete Verteuerung von Schraders letztem Auftrag empört und wollte ein auswärtiges Bauunternehmen damit betrauen.«

Die Auskunft sagte Alexander genug. Auch wenn er Schrader nicht persönlich kannte, so hatte er von seinem Gewährsmann Ginter vieles über ihn gehört. Nachdem Schrader mehr als zwei Jahrzehnte im Schatten seines Vaters gestanden hatte, war es nach dessen Tod sein Bestreben, sich zum bestimmenden Mann in der Gemeinde aufzuschwingen. Der Bürgermeister und die Gemeinderäte waren so dumm gewesen, darauf hereinzufallen.

»Dann will ich mich den Herren stellen. Wo ist Ihre Assistentin?«

»Sie ist ins Firmenarchiv gegangen, um den alten Bebauungsplan zu holen«, erklärte Gabi und wies auf die Tür, die eben geöffnet wurde. »Da ist sie schon!«

Alexander drehte sich um, und es verschlug ihm regelrecht den Atem. Vor ihm stand die schönste Frau, die er je gesehen hatte. In den Vereinigten Staaten wäre sie mit diesem Gesicht sicher als Schauspielerin oder bei mangelndem Darstellungstalent zumindest als Model entdeckt worden. Bis auf einen gewissen Taillenumfang war alles an ihr vollkommen, von dem in Wellen über die Schultern fallenden Blondhaar bis hin zu den großen blauen Augen und dem weich gezeichneten Mund. Bekleidet war sie mit anthrazitfarbigen Jeans, einer weiten, hellblauen Bluse und einer dunklen, ärmellosen Weste. Als Alexander ihr Gesicht genauer musterte, bemerkte er, dass sie dezent geschminkt war.

»Das, Frau Müller, ist der neue Gott im Heiligtum«, stellte Gabi ihn der jungen Frau vor.

»Guten Tag, Herr Marquart.«

Alexander fand auch ihre Stimme angenehm. Alles in allem wirkte sie nicht wie eine Frau, die in einem Büro Hilfsarbeiten verrichten musste. Er streifte den Gedanken ab und nahm die Mappe zur Hand.

»Dann wollen wir uns den Feinden stellen. Sind Sie bereit, Frau Müller?«

Michaela nickte und nahm den Block und das Aufnahmegerät an sich. »Ich habe die Tonaufnahme des Gesprächs gefunden, in dem die Gemeinde der Erweiterung der Marquart-Werke zugestimmt hat. Ich dachte, es könnte Sie interessieren.«

»Allerdings!« Alexander bedauerte, dass die Auseinandersetzung mit Schrader und den anderen so rasch erfolgte. Er ahnte, dass die Herren glaubten, ihn jetzt noch überrumpeln zu können. Mit einem Lächeln, das Michaela für alles andere als freundlich hielt, setzte er sich in Bewegung.

»Zum Besprechungsraum geht es nach links«, klang Michaelas Stimme auf.

»Danke.«

Diesmal wirkte sein Lächeln sympathischer, fand Michaela. Auch sie machte sich ihre Gedanken. Obwohl sie erst seit einigen Monaten Gabriele Haugs Assistentin war, hoffte sie, dass Alexander Marquart sich gegen Schrader und die Gemeindeoberen würde durchsetzen können. Im Grunde war dies die Nagelprobe. Ließ er einmal mit sich Schlitten fahren, würden die Herren es immer wieder versuchen.

Sie erreichten die Tür des Besprechungsraumes und hörten jemanden reden.

»… wird nachgeben müssen. Das Wohngebiet ist für die Gemeinde wichtig! Ich …«

Zu mehr kam Armin Schrader nicht, da Alexander die Tür öffnete und eintrat. Michaela folgte ihm und legte Block und Aufnahmegerät auf einem Tisch in der Ecke ab. Dort schaltete sie das Gerät ein und richtete das Mikrofon auf die anwesenden Herren.

Diese standen nun einer nach dem anderen auf, um Alexander zu begrüßen. Neben Reimers und Holsten, den beiden Geschäftsführern der Marquart-Werke, dem Anwalt Ralf Ginter und Armin Schrader handelte es sich um den Bürgermeister und die Vertreter der im Gemeinderat vertretenen Parteien.

Michaela musterte die Männer nachdenklich. Martin Reimers hatte sich nicht gegen die Gemeinde durchsetzen können und glaubte seiner Miene zufolge auch nicht, dass Alexander dies gelänge. Sein Stellvertreter Holsten hatte ein Pokerface aufgesetzt. Während Schrader siegessicher wirkte, erschienen ihr der Bürgermeister und die Gemeinderäte regelrecht hilflos. Gewohnt, dem Mann zu folgen, der hier im Ort am meisten zu sagen hatte, waren sie nach Marquart seniors Tod Armin Schrader gefolgt und hatten mit der Umwidmung des geplanten Werksgeländes in ein Wohngebiet einen Streit mit dem neuen Besitzer der Marquart-Werke provoziert.

»Guten Tag, meine Herren! Ich freue mich, Sie kennenzulernen«, grüßte Alexander freundlich.

»Es handelt sich hier nicht nur um einen Besuch um des Kennenlernens willen, Herr Marquart«, wandte Martin Reimers ein. »Es geht um die geplante Erweiterung unserer Produktionsstätten. Ihr Vater hatte mit der Gemeinde die Übereinkunft getroffen, dass dies auf einem nebenan liegenden Grundstück geschehen soll …«

»Er hat den Gemeinderat erpresst!«, fiel Schrader Reimers ins Wort.

»Das ist eine Unterstellung, die vor Gericht landen könnte«, konterte Alexander eisig.

Michaela musste ein Glucksen unterdrücken, als sie sah, wie sich Schraders Miene und die Gesichter der Gemeinderäte jäh veränderten. Die Herren hatten bei Alexander eine gewisse Unwissenheit in Firmenangelegenheiten erwartet, sahen sich jetzt aber einem Mann gegenüber, der in den Vereinigten Staaten gelernt hatte, was Business war.

»Auf jeden Fall hat der Gemeinderat beschlossen, das Gelände, das Ihr Vater für seine Firma gefordert hat, als Wohngebiet auszuweisen. Ich werde dort hundertsechzig Wohneinheiten als Vierspänner und Doppelhaushälften errichten. So ist es doch, oder nicht?«, wandte sich Schrader drängend an den Bürgermeister, um von vornherein Fakten zu schaffen.

»So haben wir es vor ein paar Wochen beschlossen!«, stimmte der Bürgermeister ihm zögernd zu.

»Wenn dieses Wohngebiet gebaut wird, ist das Werk vollkommen eingeschlossen, und wir haben keine Möglichkeit mehr, uns zu vergrößern«, wandte Reimers verärgert ein.

Michaela war auf Alexanders Antwort gespannt. Dieser ließ sich Zeit und studierte den auf dem Tisch liegenden Bebauungsplan.

»Ist dieses Neubaugebiet überhaupt sinnvoll?«, fragte er schließlich. »Es liegt direkt am Werk und wäre durch die viel befahrene Hauptstraße vom Ort getrennt. Dieses Gelände hier wäre weitaus besser für die Dorferweiterung geeignet.« Alexander wies auf das mehr als dreimal so große Grundstück, das sich jenseits der Hauptstraße an den Ort anschloss.

»Dieses Gebiet hat ein amerikanischer Investor aufgekauft. Wir stehen wegen einer möglichen Nutzung bereits in Verhandlung«, erklärte der Vertreter der Mehrheitspartei im Gemeinderat.

»So? Tun Sie das?«

Michaela glaubte, einen gewissen Spott aus Alexanders Worten herauszuhören, und erinnerte sich, dass er erst gestern aus den Vereinigten Staaten zurückgekehrt war. Hatte er vielleicht mit dem amerikanischen Investor Kontakt aufgenommen? Doch selbst wenn dieser ihm einen Teil des Gebietes überließ, lag es zu weit vom Werk entfernt, um für eine Erweiterung der Firma infrage zu kommen.

Alexander wandte sich an den Bürgermeister. »Ist die Umwidmung des für die Erweiterung meiner Firma benötigten Geländes in ein Wohngebiet unumstößlich?«, fragte er freundlich.

»Das ist sie!«, rief Schrader dazwischen.

»Wenn das so ist, sehe ich in diesem Ort für die Marquart-Werke keine Entwicklungsmöglichkeiten mehr«, antwortete Alexander gelassen. »Wir werden daher einen Ort suchen, an dem uns dies möglich ist, mit der Maßgabe, die Firmenzentrale in zwei bis drei Jahren dorthin zu verlegen. Sie, Herr Bürgermeister, können damit rechnen, das Gelände, auf dem die Marquart-Werke heute noch stehen, in etwa vier Jahren ebenfalls als Wohngebiet auszuweisen.«

Michaela wusste nicht, ob es ein Bluff war. Auf jeden Fall wurden der Bürgermeister und die Gemeindeverordneten bleich. Sie alle wussten, wie verheerend sich ein Verlust der Marquart-Werke auf ihre Gemeinde auswirken würde. Hier ging es nicht nur um einen merklichen Rückgang der Steuereinnahmen, der viele geplante Projekte im Ort unmöglich machen würde, sondern um mehr als hundert Arbeitsplätze im Werk und weitere im Ort, die von den Marquart-Werken profitierten. Einen Ersatz dafür zu finden würde schwer sein – und vor allem mehr Lärm und Abgase mit sich bringen.

Sowohl dem Bürgermeister wie auch den Gemeinderatsmitgliedern war klar, dass sie die nächste Wahl krachend verlieren würden, wenn sie dieses Ergebnis nach Hause brachten.

»Der Großraum Frankfurt expandiert, und wir wurden von der Regierung aufgefordert, Wohnraum zu schaffen. Daher mussten wir ein Neubaugebiet ausweisen«, sagte der Bürgermeister bedrückt.

»Muss das Neubaugebiet an dieser Stelle sein?«, fragte Alexander, »oder könnten Sie auf die Umwidmung des von uns geplanten Erweiterungsgeländes verzichten, wenn Sie ein Wohngebiet an anderer Stelle ausweisen?«

Michaela spitzte die Ohren. Wie es aussah, war Alexander Marquart auf dieses Gespräch weitaus besser vorbereitet, als es alle erwartet hatten. Auch hatte er die Verhandlungen bisher äußerst geschickt geführt. Dies musste selbst Schrader eingestehen, dessen Kopf mittlerweile die Farbe guten Bordeauxweins angenommen hatte. Auch der Bürgermeister sah aus, als fühle er sich alles andere als wohl in seiner Haut.

»Wir müssten wissen, was der Investor aus den USA mit jener Fläche plant«, brachte er mühsam hervor.

»Das kann ich Ihnen sagen«, erklärte Alexander lächelnd. »Wenn ich das für die Erweiterung des Werks nötige Gelände erhalte, werde ich auf jenem Grundstück vierhundertzwanzig Wohneinheiten errichten, und zwar als kleine Mietwohnungsblöcke für Arbeiter und Angestellte, die sich kein Haus leisten können, und als Vierspänner und Doppelhaushälften. Dazu bin ich bereit, einen Kindergarten für die Gemeinde zu errichten. Zudem stelle ich ein Grundstück für die Errichtung einer Schule zur Verfügung. Ich empfinde dies als ein großzügiges Angebot.«

»Aber Ihnen gehört dieses Grundstück doch gar nicht!«, rief Schrader wütend.

»Das ist ein Irrtum! Als ich die ersten Informationen erhielt, dass Sie unbedingt die vom Werk beanspruchte Fläche für Ihre eigenen Zwecke haben wollen, habe ich das andere Gelände erworben. Ich weiß nicht, welche Vorstellungen Sie von meinem Leben in den Vereinigten Staaten haben, doch ich habe drüben gut genug verdient, um mir das leisten zu können. Ich warne Sie jedoch! Sollte ich das Werk hier an Ort und Stelle nicht vergrößern können und in einen anderen Ort umziehen müssen, werde ich dieses Gelände an einen der großen Bauträger des Landes weiterveräußern.«

Es war eine ziemlich saure Zitrone, die Alexander damit der Gegenseite zu lutschen gab, fand Michaela. Sein Angebot war so großzügig, dass die Gemeindeoberen es nicht ablehnen konnten. Wenn sie es jedoch annahmen, mussten sie Schrader fallen lassen.

Michaela sah den Bürgermeister hastig atmen, während Schrader der Schweiß in dicken Tropfen auf der Stirn stand. Er hatte die Konfrontation mit dem neuen Besitzer der Marquart-Werke gesucht und sah nun zu seinem Entsetzen, dass ihm die Felle davonschwammen.

Ganz aber wollte der Bürgermeister Schrader nicht opfern. »Sind Sie bereit, bei diesem Wohnbauvorhaben mit einem einheimischen Bauunternehmen zusammenzuarbeiten?«, fragte er.

Sofort ruckte Schraders Kopf herum, und er sah Alexander halb ängstlich, halb hoffnungsvoll an. Auch wenn dieser der Besitzer des Geländes war, benötigte er einen Partner für die Bebauung des Wohngebiets. Wenn dafür eine fremde Baufirma ausgewählt wurde, war es ein gewaltiger Schaden für ihn und konnte ihn im schlimmsten Fall sogar in die Insolvenz treiben.

Michaela war gespannt, wie Alexander sich entscheiden würde. Würde er den Mann, der ihn herausgefordert hatte, eiskalt auflaufen lassen oder sich konziliant zeigen?

Bei seinem Vater, soviel wusste Alexander, hätte Schrader kein Bein mehr auf die Erde gebracht. Andererseits besaß dieser die Erfahrung im Bauwesen, die ihm fehlte. Eine fremde Firma zu beauftragen, brachte zudem höhere Kosten mit sich, mit denen er die Marquart-Werke nicht belasten wollte. Es gab allerdings einen Haken: Schrader war vorgeworfen worden, ein Bauvorhaben für das Werk eigenmächtig verteuert zu haben. Alexander wollte nicht Geld verlieren, damit der andere gut verdiente.

»Ich bin bereit, mit der Firma Schrader zusammenzuarbeiten, solange die Abrechnungen reell erfolgen«, sagte er schließlich.

Aufatmend trat Schrader auf ihn zu. »Sie sprechen damit sicher die Lagerhalle an, deretwegen ich einen Konflikt mit Ihrem Vater hatte! Ich hatte diesem ein Angebot vorgelegt, das ihm jedoch zu teuer war. Daher nahm er eine auswärtige Baufirma. Diese leistete jedoch so schlampige Arbeit, dass er sie zum Teufel jagen und doch meine Firma beauftragen musste. Ich konnte die Auslieferungshalle jedoch nicht mehr zu dem Preis erstellen, den ich ihm zuerst genannt hatte, denn ich musste mehrere fehlerhafte Mauern beseitigen. Dabei sind zusätzliche Kosten und leider auch eine Zeitverzögerung entstanden. Hätte Ihr Vater von Beginn an mit mir gearbeitet, wäre es ihn um einiges billiger gekommen. Herr Marquart senior war aber – sehen Sie es mir nach – zu stur, um einlenken zu können. Sie haben ja Ihre eigenen Erfahrungen mit ihm gemacht. Ich kann Ihnen eines sagen: In den letzten Jahren ist es so schlimm geworden, dass man es mit ihm kaum mehr aushalten konnte. Herr Reimers kann ein Lied davon singen.«

»Ich will dem Toten nichts Schlechtes nachreden, aber er war in letzter Zeit wirklich sehr schwierig«, bestätigte der Geschäftsführer.

Der Bürgermeister nickte. »Das war er wirklich! Ich weiß, die Gemeinde verdankt ihm viel, doch er sah mich und den Gemeinderat zuletzt nur noch als Befehlsempfänger an und wurde fuchsteufelswild, wenn auch nur einer von uns nicht sofort parierte.«

»Dann, Herr Schrader, sollten wir das Ganze gemeinsam angehen«, sagte Alexander und wandte sich an Michaela. »Haben Sie das Gespräch aufgezeichnet, Frau Müller?«

»Das habe ich, Herr Marquart.«

»Gut!« Alexander nickte den Herren zu und forderte sie auf, dafür zu Sorge zu tragen, dass alles so ablaufen konnte, wie sie es eben besprochen hatten.

»Sie wollen wirklich einen Kindergarten errichten lassen?«, fragte der Bürgermeister noch, damit dies ja nicht vergessen wurde.

»Ich habe es Ihnen zugesagt und werde mich daran halten. Meine Herren, ich hoffe, Sie zu einem anderen Zeitpunkt in einem geselligeren Rahmen wiederzusehen.« Damit verabschiedete Alexander sich und verließ den Raum.

Michaela folgte ihm und dachte, dass er nicht nur ein mit allen Wassern gewaschener Geschäftsmann war, sondern auch eine soziale Ader besaß und Kompromisse schließen konnte. Das war etwas, das ihr Ehemann niemals gelernt hatte.

5.

Bevor Michaela das Gesprächsprotokoll abschreiben konnte, wartete eine wichtigere Aufgabe auf sie. Sie fuhr einen Stock tiefer und suchte ein Zimmer am Ende des Flurs auf. Durch die Digitalisierung war die Zahl der in der Verwaltung benötigten

Personen zurückgegangen, und so gab es mehrere unbenutzte Räume. In einem davon saß Selma auf einem Bürostuhl und hielt die kleine Sophia im Arm.

Als Michaela eintrat, hob die alte Dame den Kopf. »Endlich! Hier schiebt jemand ordentlich Kohldampf, nicht wahr?« Sie wiegte das Kind, das leise zu schmatzen begann.

»Ich konnte nicht eher weg, da ich Herrn Marquarts Gespräch mit den Gemeindevertretern protokollieren musste«, entschuldigte Michaela sich und öffnete ihre Bluse.

»Das Ganze ist sowieso hirnrissig!«, tadelte Selma sie. »Du solltest mit unserer Sophia zusammen in unserer Wohnung sitzen und sie dort betuddeln. Du weißt doch, dass kleine Kinder mehrere Wochen brauchen, bis sie eine gewisse Immunität erreicht haben. In der Zeit sollten sie möglichst wenig mit anderen Menschen zusammenkommen.«

»Wir sind auf unserem Weg hierher niemandem begegnet und werden es hoffentlich auch auf dem Heimweg nicht tun«, sagte Michaela beschwörend. Wenn es um ihre Tochter ging, wurde ihre Freundin zu einem Feuer speienden Drachen, der Sophia gegen alles und jeden verteidigte.

»Können wir danach fahren?«, fragte Selma, als die Kleine zufrieden an der Brust der Mutter nuckelte.

Michaela schüttelte sanft den Kopf, um ihre Tochter nicht zu stören. »Ich muss das Protokoll noch schreiben, aber das dauert höchstens eine halbe Stunde.«

»Wehe, es ist eine Minute mehr!«, drohte Selma, hob dann aber aufmerksam den Kopf. »Wie ist der Juniorchef eigentlich?«

»Ich kann ihn noch nicht einschätzen, glaube aber, dass er ein sehr fähiger Geschäftsmann ist. Er hat den Herrschaften auf eine Weise den Wind aus den Segeln genommen, wie sie es nicht erwartet haben.«

»Wie sieht er aus?«

Michaela amüsierte sich ein wenig über die ungeduldige Neugier ihrer Freundin, gab aber bereitwillig Auskunft. »Er sieht recht gut aus, ein wenig amerikanisch eben.«

»Wie meinst du das?«, bohrte Selma weiter.

»Er wirkt lässig, und es scheint ihn auch so leicht nichts aus der Bahn zu werfen. Vom Alter her schätze ich ihn so um die dreißig!«

»Zweiunddreißig«, murmelte Selma.

»Was sagst du?«

»Ach nichts!« Selma lächelte etwas gezwungen. Auch wenn sie eben wegen der Kleinen geschimpft hatte, so freute sie sich über die Gelegenheit, mehr über Alexander zu erfahren. Wenn er zu einem Klon seines Vaters mutiert war, würde sie sich von ihm fernhalten. Sie hoffte jedoch, dass er auch ein wenig vom Charakter seiner Mutter geerbt hatte, sodass sie ihn irgendwann aufsuchen und ihm deren letzte Grüße überbringen konnte.

Unterdessen setzte Michaela ihre Beschreibung fort. »Ich würde ihn keinen hübschen Mann nennen, dafür ist sein Gesicht zu kantig. Er wirkt aber sympathisch und ist sehr höflich. Allerdings kann er ausgezeichnet bluffen. Bei den Szenarien, die er vorhin beschrieben hat, ist den Herrschaften der Angstschweiß aus den Poren gequollen. Aber jetzt hat er sie dort, wo er sie haben wollte.«

»Auch diesen Schraber?«, fragte Selma.

»Du meinst den Bauunternehmer Schrader. Den hat Herr Marquart geschickt auf seine Seite gezogen. Er hat ihm eine Partnerschaft beim Bau einer Wohnsiedlung angeboten. Denk dir nur, Herr Marquart hat von Amerika aus das große Grundstück jenseits der Hauptstraße gekauft! Damit hatte er einen Trumpf in der Hand, den keiner mehr stechen konnte.«

»Er ist also ein cleverer Bursche!« Selma lächelte zufrieden.

»Du hättest das Gesicht des Bürgermeisters sehen sollen, als Herr Marquart drohte, das Grundstück an einen großen Bauträger weiterzuverkaufen und das Werk an einen anderen Ort zu verlagern.«

So genau hatte Selma sich mit der Thematik nicht befasst. Sie war aber froh, dass Libusas Sohn sich von Schrader und den Gemeindespitzen nicht über den Tisch hatte ziehen lassen. Michaela erklärte ihr unterdessen, welche Ängste im Ort bezüglich des amerikanischen Investors geherrscht hatten.

»Die Leute glaubten, dieser werde ihnen Hochhäuser vor die Nase setzen, und haben beim Gemeinderat Eingaben gemacht, dass dieser es unbedingt verhindern soll. Allerdings liegt die Planungshoheit beim Landkreis. Wenn die Beamten dort der Meinung sind, dass diese Hochhäuser zur Entschärfung der Wohnungsknappheit im Frankfurter Raum beitragen würden, könnte die Gemeinde nichts dagegen tun. Jetzt werden alle froh sein, weil Herr Marquart zusammen mit Schrader kleine Mietwohnungsblöcke und dazu Reihen- und Doppelhäuser bauen will. Einen besseren Einstand in seiner alten Heimat hätte mein neuer Chef sich nicht wünschen können. So, unser Schatz ist satt, und ich muss an die Arbeit, damit wir bald nach Hause kommen.«

Michaela legte Sophia auf die Decke, die sie als Unterlage auf dem nicht benutzten Schreibtisch ausgebreitet hatte, und schloss ihren Still-BH und ihre Bluse. Als sie auch noch die Windeln wechseln wollte, schüttelte Selma den Kopf.

»Das kann auch ich übernehmen! Geh du an deine Arbeit, damit wir zu Hause sind, bevor Sophiechen das nächste Mal Hunger bekommt. Gott sei Dank ist das jetzt erst mal wieder beendet. Ein weiteres Mal lässt du dich so kurz nach der Entbindung nicht mehr breitschlagen, arbeiten zu gehen!«

Mit diesen Worten wechselte Selma die Windeln der Kleinen und nahm sich vor, weiter mit Argusaugen darauf zu achten, dass Michaela keinen Handschlag mehr tat, als nötig war.

6.

Unterdessen saß Alexander in seinem Büro. Obwohl er mit dem Erreichten hochzufrieden sein konnte, dachte er im Augenblick weniger an seine Pläne als an Gabi Haugs Assistentin. Er wunderte sich ein wenig darüber, dass eine Frau mit einem so schönen Gesicht so wenig auf ihr Gewicht achtete. Sie schleppte gewiss acht bis zehn Kilo zu viel mit sich herum. Er stellte fest, dass er sich darauf freute, sie wiederzusehen.

Er stand auf und steckte den Kopf in das Vorzimmer. »Ist Frau … wie heißt sie gleich wieder? Ah, Frau Müller! … mit dem Gesprächsprotokoll fertig?«, fragte er Gabriele Haug.

»Einen Moment, ich werde sie fragen.« Seine Sekretärin griff zum Telefonhörer. »Frau Müller, wie weit sind Sie mit der Abschrift des Protokolls? Herr Marquart verlangt danach.«

Als Alexander das hörte, kniff er die Augen zusammen. Nach diesem Anruf musste die junge Frau ihn für einen argen Sklaventreiber halten. Wenn er sich nur an ihren Vornamen erinnern könnte. Monika? Nein, Martina! Oder doch nicht?

Sie heißt Michaela, schoss es ihm durch den Kopf. Michaela Müller. Das war ein Name, der ihr nicht gerecht wurde, dachte er. Eine schöne Frau wie sie hätte einen klangvolleren Namen verdient.

Verwundert, wohin sich seine Überlegungen verirrten, überhörte er beinahe, was Gabi Haug ihm sagte.

»Das Protokoll ist in fünf Minuten fertig!«

»Danke.« Alexander kehrte in sein Büro zurück und freute sich darauf, Michaela Müller in ein paar Minuten wiederzusehen.

Er wurde jedoch enttäuscht, denn anstelle von Michaela brachte seine Sekretärin die verlangte Mappe.

»Frau Müller bittet zu entschuldigen, dass sie das Protokoll unter Zeitdruck erstellen musste«, erklärte Gabi Haug.

Alexander blätterte die Mappe durch und fand nichts daran auszusetzen. Michaela hatte sogar einige Bemerkungen seiner Gesprächspartner aufgelistet, die er selbst überhört hatte.

»Frau Müller hat erneut gute Arbeit geleistet«, sagte er und sah Gabi an. »Von ihr stammen sicher auch die meisten Berichte, die mir in die USA geschickt worden sind?«

»Das stimmt. Sie ist außerordentlich fähig, und ich würde sie ungern verlieren«, erklärte ihm seine Sekretärin.

Ich auch nicht!, dachte Alexander und schüttelte in Gedanken den Kopf über sich selbst. Er hatte in den USA zwar gelegentlich eine Freundin gehabt, doch alle Beziehungen waren rasch wieder auseinandergegangen. Zum einen hatte ihm sein Beruf kaum Zeit für ein Privatleben gelassen, und zum anderen war keine Frau so interessant gewesen, dass er um ihretwillen sein Leben geändert hätte.

»Ich werde Frau Müller sicher nicht entlassen«, meinte er, da Gabi Haug auf eine Antwort zu warten schien.

»Dagegen würde ich mich mit Händen und Füßen wehren«, antwortete seine Sekretärin lachend. »Darf ich Ihnen meinen Glückwunsch aussprechen? Sie haben die Herren von der Gemeinde und Herrn Schrader elegant ausgeknockt.«

»Ich würde nicht sagen, dass ich sie k.o. geschlagen habe«, wehrte Alexander ab. »Schließlich habe ich mich in einer Weise mit ihnen geeinigt, die für jeden von Vorteil ist.«

»Das muss Ihnen erst einmal einer nachmachen! Herr Reimers und Herr Holsten sind jetzt noch ganz baff.« Gabi Haug machte keinen Hehl daraus, wie sehr ihr Alexanders Erfolg imponierte. Vor allem hatte er damit die Befürchtungen in der Firma im Keim erstickt, diese könnte an einen Lebensmittelkonzern verkauft werden. Die Belegschaft war stolz darauf, für die Marquart-Werke zu arbeiten, und hätte ungern ein anderes Firmenlogo über der Eingangstür gesehen.

»Gut, dass Sie mich an die beiden Herren erinnern. Ich möchte heute Nachmittag mit ihnen sprechen. Können Sie das veranlassen?«, sagte Alexander.

»Selbstverständlich, Herr Marquart! Keiner der beiden würde es wagen, für Sie keine Zeit zu haben. Ihr Vater hätte sie bei einem solchen Verhalten umgehend gefeuert.«

Gabi Haug lächelte zwar, doch Alexander begriff, dass auch sie unter dem zunehmenden Starrsinn seines Vaters gelitten haben musste.

»Sie können Frau Müller ein Lob für ihre Präsentationen aussprechen. Oder warten Sie, das mache ich selbst. Schicken Sie sie zu mir ins Büro!«

»Da werden Sie allerdings zwei Monate warten müssen«, antwortete Gabi Haug lächelnd. »Frau Müller war die letzten Tage und heute nur ausnahmsweise hier, um mich zu unterstützen. Eigentlich ist sie in Mutterschutz.«

Alexander sah sie entgeistert an. »Mutterschutz?«

»Sie hat vor zwei Wochen ein Baby bekommen!« Gabriele Haug klang so stolz, als wäre sie selbst die Mutter.

Ein Baby bedeutet auch einen Mann, dachte Alexander. Er hätte es wegen ihrer leicht fülligen Figur merken müssen. Mit einer gewissen Enttäuschung schüttelte er den Kopf.

»Wer hilft Ihnen ansonsten?«, fragte er seine Sekretärin.

»Herrn Holstens Tochter. Sie wartet derzeit auf einen Studienplatz und ist eingesprungen.«

»Das ist nett. Aber jetzt will ich Sie nicht weiter stören.«

Alexander zog sich in sein Büro zurück und ärgerte sich über sich selbst. Da interessierte ihn einmal eine Frau, und er musste erfahren, dass sie vor Kurzem Mutter geworden war und demnach einen Freund oder Ehemann hatte.

»Jetzt ist sie erst einmal zwei Monate weg, und bis dorthin habe ich die kleine Schwärmerei wieder vergessen«, sagte er leise und rief eine Website auf, die er benötigte, um sich auf das Gespräch mit seinen beiden Geschäftsführern vorzubereiten.

7.

Selma hielt vor dem Haus an, blieb aber im Wagen sitzen. »Was hältst du davon, wenn ich mit dem Puckelchen zum Italiener fahre und eine Pizza für uns hole? Zum Kochen ist es bereits ein wenig spät.«

Nach einem Blick auf die Zeitanzeige ihres Smartphones nickte Michaela. »Gute Idee. Wer von uns ist mit dem Bezahlen dran?«

»Eigentlich du, denn das letzte Essen, das wir dann doch nicht bekamen, weil Sophia es so eilig hatte, ans Licht der Welt zu kommen, habe ich übernommen. Aber du kannst mir das Geld auch später geben.« Selma hätte natürlich selbst bezahlt, doch in der Beziehung war Michaela eisern.

»Ich gebe dir einen Schein mit. Sage Pietro, dass es mir leidtut, weil wir letztens so überstürzt verschwunden sind.« Michaela zog ihre Geldbörse und reichte Selma einen Fünfziger.

»Bring mir einen Tomatensalat mit!«, sagte sie, nahm die Babyschale mit der Kleinen aus dem Auto und schritt auf die Eingangstür zu. Im Flur zog sie einen dicken Briefumschlag aus dem Briefkasten. Er war von einem Rechtsanwalt aus München abgeschickt worden.

Michaela klemmte ihn sich unter den Arm. Während sie mit dem Aufzug nach oben fuhr, überlegte sie, ob endlich der Prozess gegen Ferdinand Jander eröffnet worden war. Sie kam jedoch nicht dazu, sich den Brief genauer anzusehen, denn Sophia meldete sich empört, weil sie eine volle Windel hatte. Nachdem Michaela diese gewechselt und die gebrauchte entsorgt hatte, setzte sie Teewasser auf und deckte den Tisch. Sie war mit allen fertig, als Selma mit einem großen Karton hereinkam.

»Ich soll dir Pietros Gratulation und die seiner Frau ausrichten. Sie hoffen, dass du bald mit *la bella ragazza* zu ihnen kommst.«

»Das ist aber nett«, meinte Michaela und sah staunend zu, als ihre Freundin auszupacken begann.

»Das hier ist Zuppa Pomodoro, so wie du sie magst, anschließend gemischte Vorspeisenplatte und hier deine Pizza Hawaii. Den Abschluss macht eine Riesenportion Tiramisu«, erklärte Selma stolz.

»Willst du mich mästen?«

»Ich musste gar nichts bezahlen. Pietro wäre tödlich beleidigt gewesen, wenn ich darauf bestanden hätte. Das geht aufs Haus, sagt er, weil du die letzte Pizza nicht mehr essen konntest.«

»Dann hoffe ich nur, dass es eine neue Pizza Hawaii ist und nicht die von damals!« Michaela schüttelte den Kopf über diese Masse an Essen und schlug vor, einiges in den Kühlschrank zu stellen. »Sonst werde ich meinen Schwangerschaftsspeck nie los. Herr Marquart hat mich bereits ein wenig seltsam angesehen.«

»Der ist aus den USA nur Hungerhaken gewohnt«, spottete Selma, räumte aber einen Teil der Speisen in den Kühlschrank.

»Die Suppen können wir essen, den Salat ebenfalls, und das Tiramisu darf auch nicht aufgehoben werden«, meinte sie und verteilte das Essen. Dabei entdeckte sie den Anwaltsbrief und hob ihn auf.

»Du hast doch nichts ausgefressen?« Selma schwankte, ob sie den Brief öffnen oder es Michaela überlassen sollte, und reichte dieser schließlich einen Brieföffner.

»Er ist an dich gerichtet, und ich will nicht gegen das Postgeheimnis verstoßen.«

Michaela lachte leise, schlitzte das Kuvert auf und zog mehrere Blätter heraus. Als sie sie überflog, wurde ihr Gesicht ernst.

»Was ist?«, fragte Selma besorgt.

»Meinem lieben Ehemann dauert die Scheidung zu lange. Außerdem droht sein Anwalt mit dem Gericht, wenn ich Peer nicht die Verfügungsgewalt über das Depot überlasse, das ich als Sicherheit angelegt habe.«

»Ist der Kerl noch ganz dicht?«, rief Selma empört. »Immerhin steht dir der Unterhalt für Sophia und für dich zu. Da wird der Sängerknabe zahlen müssen.«

»Der Anwalt macht Vorschläge, aber die sind, was Sophia betrifft, einfach lachhaft. Da ihr Vater in den letzten Jahren hohe Gagen erhalten hat, kann er ruhig etwas mehr für sie tun.«

»Und was ist mit dir? Du solltest nicht zu stolz sein, sondern ebenfalls eine brauchbare Summe fordern. Immerhin hast du diesem Sängerknaben zehn Jahre lang den Hintern abgeputzt.«

»Das gerade nicht!«, antwortete Michaela mit leichtem Spott. »Aber du hast recht. Zu billig soll er nicht davonkommen. Sophia hat ein Recht darauf, so aufzuwachsen, wie es sich für die Tochter des Startenors Peer Varenthin gehört.«

»Ein mit Nerz gefütterter Strampelanzug muss drin sein«, erklärte Selma und brachte Michaela zum Lachen.

Sie las weiter. »Der Anwalt hat auch einen Gerichtstermin für die Scheidungsverhandlung genannt. Ich soll am Dienstag nächster Woche in München sein!«

Selma schüttelte empört den Kopf. »Dieser Sängerknabe hat sie wohl nicht mehr alle! Vor einer Scheidung muss doch ein Trennungsjahr sein, und das ist noch lange nicht abgelaufen.«

»Laut dem Schreiben soll die Scheidung zum entsprechenden Zeitpunkt gültig werden. Der Anwalt hat allerdings den Termin für das Gericht vorziehen lassen, da Peer sich angeblich für längere Zeit im Ausland aufhalten will und nicht in der Lage wäre, zu einer später stattfindenden Verhandlung zu kommen. Da hat wahrscheinlich der Promifaktor eine gewisse Rolle gespielt.« Michaela zuckte mit den Schultern. »Da es eh kein Zurück mehr gibt, ist es mir egal, ob die Sache gleich oder in ein paar Wochen über die Bühne geht.«

»Jetzt stehst du da und hast nicht einmal einen Anwalt«, wandte Selma ein.

»Du hast mir vor einiger Zeit den Rat gegeben, mich beraten zu lassen, und das habe ich getan. Der Anwalt hat meine Forderungen aufgesetzt. Entweder geht Peer darauf ein, oder er wird doch einfliegen müssen.«

Michaela klang so spöttisch, dass Selma lachen musste. »Dich möchte ich wirklich nicht zum Feind haben! Aber jetzt sollten wir essen, sonst wird alles kalt, und Pietro hat umsonst für uns gekocht. Den Appetit lassen wir uns von diesem Sängerknaben nicht verderben.«

Während des köstlichen Essens überlegte Michaela ihre nächsten Schritte. Während Selma kurz darauf Geschirr und Besteck in die Spülmaschine einräumte, las Michaela den Brief des Rechtsanwalts ein zweites Mal. »Er schreibt, wenn ich mit dem genannten Termin einverstanden bin, schickt er mir eine Fahrkarte zweiter Klasse für die Bahn, die Reservierung für ein Hotel im Münchner Umland sowie MVV-Fahrkarten für die Fahrt zum Gericht und zurück.«

»Zweiter Klasse? Wie großzügig!«, spottete diese.

»Wahrscheinlich hätte er lieber einen Billigflug gebucht. Der kostet weniger. Aber mit dem Kind ist das schwierig. Wir müssen mit der Bahn fahren«, meinte Michaela gelassen.

»Wir? Du meinst, ich soll mitkommen?« Selma hatte bereits beschlossen, notfalls auf eigene Faust mitzufahren, freute sich aber, dass Michaela sie mitnehmen wollte.

»Natürlich! Ich brauche dich doch, um auf Sophia achtzugeben.«

»Willst du einen bühnenreifen Auftritt als schmählich verlassene Ehefrau hinlegen, die eben ihr Kind geboren hat?«, fragte Selma glucksend.

Michaela schüttelte vehement den Kopf. »Um Peer das Gefühl zu geben, ich wäre am Verzweifeln, weil ich seine Grandiosität nicht mehr aus nächster Nähe erleben darf? Nein danke! Das Ganze wird ganz ohne Emotionen ablaufen.«

»Ich habe den Eindruck, dass du kaum noch was für ihn empfindest. Warum hast du ihn überhaupt geheiratet?«, wollte Selma wissen.

»Damals hatte ich gerade meine Eltern verloren. Peer habe ich bei einem Konzertbesuch des Gymnasiums kennengelernt. Zu jener Zeit stand er noch am Anfang seiner Karriere und war bei Weitem nicht so aufgeblasen wie jetzt. Er konnte meine Trauer nachfühlen und tröstete mich – und ich fand ihn faszinierend. Außerdem hatte ich Ärger mit Jander und versprach mir von Peer Schutz. Irgendwann schien es uns ganz natürlich, zu heiraten. Zu Beginn hatten wir auch eine schöne Zeit. Wir hatten zwar nicht viel Geld und mussten während seiner Engagements in kleinen Pensionen und Gasthöfen übernachten. Damals eröffnete er mir eine neue, faszinierende Welt. Wie hohl sie sein kann, habe ich erst im Lauf der Zeit bemerkt.«

Michaela seufzte, denn im letzten Jahr hatte Peer alles getan, um ihr die Erinnerung an ihre Ehe zu verderben. Denke nicht so negativ, tadelte sie sich und sah Selma an. »Ich werde mein eigenes Leben führen und dafür sorgen, dass Sophia dies ebenfalls tun kann«, erklärte sie resolut und beriet mit Selma, wie ihre Antwort an den Rechtsanwalt lauten sollte.

Sechster Teil

Auf eigenen Füßen

1.

Alexander musterte Reimers und Holsten aufmerksam. Sein Geschäftsführer ging stramm auf die sechzig zu, und dessen Stellvertreter hatte die fünfzig ebenfalls schon ein paar Jahre überschritten. Beide waren um die eins siebzig groß und damit fast einen Kopf kleiner als er – und sein Vater. Es sah diesem ähnlich, Männer einzustellen, auf die er herabblicken konnte, dachte er. Dabei waren sie auf ihren jeweiligen Posten sehr tüchtig. Alexander hatte Michaelas Berichte genau studiert und wusste, dass die Marquart-Werke im letzten Jahr erneut einen stattlichen Gewinn eingefahren hatten. Trotzdem schienen beide Angst vor ihm zu haben; sie wagten kaum, ihn anzusehen.

Alexander ergriff das Wort. »Meine Herren, zu Beginn möchte ich Ihnen danken, dass Sie die Firma nach dem Ableben meines Vaters mit sicherer Hand geleitet haben. Gleichzeitig entschuldige ich mich dafür, dass ich nicht sofort aus den Vereinigten Staaten zurückgekehrt bin. Ich war jedoch beruflich engagiert und hätte nicht ohne Konventionalstrafe aus dem Vertrag aussteigen können.«

Die Mienen der beiden Männer hellten sich auf. »Wir haben alles getan, um die Firma im Sinne Ihres Vaters weiterzuführen«, erklärte Martin Reimers.

»Das haben Sie, und dafür bin ich sehr dankbar.« Auch wenn sein Vater sich seiner Mutter und ihm gegenüber wie ein Ekel verhalten hatte, so hatte er als Geschäftsmann doch fähige Leute ausgesucht, dachte Alexander und reichte den beiden die Mappen, die er vorbereitet hatte. So klar und präzise wie die, die Michaela Müller erstellt hatte, waren sie allerdings nicht. Ihm wäre es lieber gewesen, die junge Frau hätte sich seiner Dateien angenommen. Doch sie würde zwei Monate lang nicht mehr auftauchen.

Seine Gedanken beschäftigten sich unwillkürlich wieder mit Michaela Müller. Keine andere Frau hatte je nach so kurzer Zeit einen so tiefen Eindruck bei ihm hinterlassen, und er bedauerte, dass sie vergeben war. Als er Reimers' und Holstens fragende Blicke bemerkte, riss er sich zusammen und schlug seine eigene Mappe auf.

»Ich habe eine Machbarkeitsstudie erstellt und versucht, die Produktionsabläufe bestmöglich zu gestalten«, erklärte er. »Meinen Berechnungen zufolge ist es ökonomischer, die Lkw-Zufahrt auf das Neubaugelände zu verlegen und sie dort an die Hauptstraße zu binden. Die Halle für die neue Mischanlage können wir an der Stelle errichten, an der jetzt noch die Warenanlieferung erfolgt.«

Reimers und Holsten blickten auf die Pläne und nickten. »Das hatte ich Ihrem Herrn Vater vorgeschlagen, doch er hat die Kosten gescheut«, sagte Holsten nach einer Weile.

»Ich habe berechnet, dass eine bessere Be- und Entladung der Lkw auf Dauer eine Einsparung bringt, die die Kosten für die Verlegung rechtfertigt.«

Alexander nannte den beiden Geschäftsführern noch einige Punkte, die er gegenüber den alten Plänen geändert sehen wollte, und bemerkte zufrieden, dass Reimers und Holsten sichtbar auflebten. Den beiden liegt die Firma wirklich am Herzen, dachte er und war froh, diese Männer an seiner Seite zu wissen.

»Herr Holsten, ich werde Sie mit der Aufsicht über die Erweiterung der Fabrikanlagen betrauen. Herr Reimers wird das tägliche Geschäft leiten, und ich werde mich um die IT kümmern und einige Neuerungen in Gang bringen, um die Produktion zu maximieren. Keine Sorge! Es wird keine Entlassungen geben. Wir werden sogar mehr Arbeitskräfte benötigen, wenn die neuen Anlagen eingerichtet sind.«

Alexander lächelte, um den beiden Männern zu zeigen, wie ernst es ihm damit war. Um die Marquart-Werke so voranzubringen, wie er es wollte, brauchte er motivierte Mitarbeiter und keine, die aus Angst vor ihrer Zukunft unachtsam wurden und Fehler machten.

»Eine gewisse Modernisierung der Anlagen und besonders der EDV wäre wünschenswert«, warf Holsten ein. »Herr Reimers und ich haben Ihrem Vater einige Vorschläge unterbreitet, doch sein Tod hat verhindert, dass sie umgesetzt werden konnten.«

»Ich habe die entsprechenden Protokolle erhalten und in meine Studie mit einbezogen«, antwortete Alexander, der sich amüsierte, dass die IT hier immer noch EDV genannt wurde. »Sie werden bei der Jahresabrechnung eine entsprechende Prämie erhalten.«

»Aber das ist doch nicht notwendig!«, wehrte Reimers ab, doch es war ihm anzusehen, dass ihn das Lob und die Belohnung erfreuten.

Sein Vater hatte die beiden äußerst kurzgehalten. Diesen Fehler wollte er nicht begehen. »Gute Ideen sparen Geld und sind daher auch Geld wert«, erklärte er und ging auf den nächsten Punkt auf seiner Liste ein.

Es handelte sich vergleichsweise um Kleinigkeiten, die rasch erledigt werden konnten. Als sie voneinander schieden und in ihre Büros zurückkehrten, taten Reimers und Holsten es mit dem Gefühl, dass der neue Besitzer der Marquart-Werke ihre Sachkenntnis und ihren Einsatz schätzte, und Alexander war froh, sich auf die beiden verlassen zu können.

2.

Nachdem die wichtigsten Entscheidungen für die Firma gefallen waren, machte Alexander sich daran, den Schreibtisch und das Büro seines Vaters zu durchsuchen. Zwar glaubte er nicht, dort Informationen über seine Mutter zu finden, wollte sich aber nicht sagen müssen, zu wenig unternommen zu haben. Im Augenblick wusste er nicht einmal, in welcher Stadt seine Eltern geheiratet hatten. In der Villa hatte er zwar Informationen über Verwandte seines Vaters gefunden, doch keine Zeile über seine Mutter.

Tatsächlich blieb die Suche auch hier erfolglos. Er fand nur einige Briefe, die von Annette Eckhoff stammten. In denen warf sie seinem Vater vor, geizig zu sein. Insgeheim stimmte Alexander der unbekannten Frau zu. Titus Vitalis Marquart war kein Mann gewesen, der auch nur einen Cent – oder früher einen Pfennig – unnütz ausgegeben hatte. Auch sein Streit mit Schrader hatte sich am Geld entzündet.

Alexander steckte die Briefe der Edelprostituierten ein und beschloss, mit Ginter über die Frau zu reden. Dieser war zwar bei der Verhandlung mit den Gemeindeoberen zugegen gewesen, hatte aber nichts zu dem Gespräch beigetragen und sich bald verabschiedet. Nun war Alexander gespannt, was der Anwalt und Testamentsvollstrecker seines Vaters zu dem Ganzen sagen würde. Sein Vater hätte wahrscheinlich gebrüllt und den Bürgermeister und die anderen förmlich niederzuwalzen versucht, aber er selbst setzte lieber auf Kooperation.

Es klopfte an die Tür, und Gabi Haug steckte den Kopf herein. »Entschuldigen Sie, Herr Marquart. Kann ich noch etwas für Sie tun? Es geht langsam auf Feierabend zu.«

»So spät ist es schon? Tatsächlich!« Alexander hatte kurz auf die Anzeige auf dem Bildschirm geblickt. Sein erster Tag im Marquart-Werk war wie im Flug vergangen.

»Ich brauche Sie nicht mehr, Frau Haug. Sie können unbesorgt nach Hause gehen, vielen Dank«, sagte er und stellte seinen Computer ab. »Eigentlich wollte ich heute noch das Werk besichtigen. Aber das muss ich jetzt auf morgen verschieben. Außerdem habe ich gar nicht zu Mittag gegessen.«

»Sie haben die Belegschaft damit etwas enttäuscht«, berichtete Gabi Haug. »Die waren heute alle beim Essen, um ihren neuen Chef in Augenschein zu nehmen. Ein paar der Älteren kennen Sie ja noch als kleinen Steppke, der in den Ferien das Werk besucht hat.«

»Sie können sich nicht vorstellen, wie ich das damals gehasst habe! Als sechs-, sieben- oder achtjähriger Junge nach Hause zu kommen und zu wissen, dass keine Mutter da ist, die einen in die Arme nimmt, sondern nur ein Vater, der einem den Stolz auf sein Lebenswerk förmlich einprügeln will.«

Alexander schüttelte es bei der Erinnerung. Doch das war nun vorbei, dachte er und folgte Gabi Haug nach draußen.

Als er auf den Wagen zuging, in dem Becker bereits saß, wurde er von etlichen Arbeitern und Angestellten erwartet, die extra länger geblieben waren. Die Ähnlichkeit mit seinem Vater fiel den meisten auf, und eine ältere Frau schüttelte verwundert den Kopf. »Es ist fast, als wenn der Chef wieder jung geworden wäre.«

»Der Apfel fällt nicht weit vom Stamm!«, murmelte ein Arbeiter, während einer der Jüngeren sehr viel optimistischer klang. »Ich habe beim Mittagessen gehört, dass er keine fünf Minuten gebraucht hat, um von der Gemeinde das Erweiterungsgelände zu bekommen. Das heißt doch, dass wir auch in den nächsten Jahren hier arbeiten können.«

»Wenn er das Werk nur nicht an einen Konzern verkauft!«

So ganz sicher waren sich viele Mitarbeiter nicht, auch wenn die Hoffnung geweckt war, dass die Firma sich mit einem Marquart an der Spitze gegen alle Widerstände behaupten würde.

Ohne sich Gedanken zu machen, was seine Belegschaft über ihn dachte, betrat Alexander kurz darauf die Villa und bat dort Irene Bouvain, ihm etwas zu essen zu besorgen.

»Notfalls reicht ein Hamburger! Ich habe Hunger bis unter die Haarspitzen«, gestand er und ging in sein Schlafzimmer, um sich umzuziehen.

Unterdessen betrat die Hausdame die Küche. »Herr Marquart wünscht einen Hamburger!«, sagte sie pikiert zur Köchin.

Diese blickte sie schockiert an. »Einen Hamburger? Er ist halt doch ein Amerikaner!«

Nach diesem harten Urteil machte sie sich daran, das Verlangte zuzubereiten.

Unterdessen trank Alexander ein Glas Wasser und aß mehrere Haferkekse, die in einer Schale bereitstanden. Sein Vater hatte diese Dinger gemocht, während er ihnen nichts abgewinnen konnte. In ihrer Anhänglichkeit an seinen Vater hatte Irene Bouvain jedoch alles so gelassen, wie es unter seiner Ägide gewesen war.

Kurz darauf brachte ihm die Köchin den Hamburger. Trotz ihres Ärgers hatte sie ihre ganze Kunst aufgewandt, um die Hackfleischscheibe knusprig und gleichzeitig saftig zu braten. Im Gegensatz zum Originalhamburger steckte dieser in einem Vollkornbrötchen. Die Zwiebelscheiben waren ebenfalls leicht angebraten, und dazu gab es einen riesigen Teller mit verschiedenen Salaten. Statt Pommes frites lagen gebackene Winzerkartoffeln mit auf dem Teller.

Alexander griff beherzt zu. Es schmeckte ausgezeichnet, und so beschloss er, das Geschirr selbst in die Küche zu tragen und die Köchin zu loben.

Dort saßen die vier ständigen Mitglieder des Haushalts gerade selbst beim Abendessen. Als Alexander eintrat, fielen ihnen beinahe die Löffel aus den Händen.

»Herr Marquart! Aber ich hätte das Geschirr schon geholt«, rief die Köchin erschrocken.

»Ich wollte mich für den besten Hamburger bedanken, den ich je gegessen habe. Da habe ich es eben mitgebracht. Jetzt wünsche ich Ihnen allen erst einmal guten Appetit«, sagte Alexander und sah sich die vier an.

Außer Irene Bouvain und Klaus Becker waren dies die Köchin, deren Namen er noch nicht kannte, und eine dunkelhäutige Frau mittleren Alters, die als Putzfrau angestellt war.

Die Köchin wusste nicht so recht, ob sie seine Worte wirklich als Lob auffassen sollte, da sie die Zubereitung eines Hamburgers weit unter ihrer Würde fand. Wenn Marquart junior jedoch weiterhin darauf bestand, würde sie sich damit abfinden müssen.

»Entschuldigen Sie, aber da Sie schon einmal da sind, wollte ich Sie fragen, was Sie morgen Abend zu speisen wünschen«, sprach sie ihren neuen Chef in der Hoffnung an, er würde nicht erneut auf einem Hackfleischklops im Brötchen bestehen.

»Ich muss gestehen, dass ich mir darüber noch keine Gedanken gemacht habe«, antwortete Alexander. »Auf jeden Fall möchte ich wieder einen Salat. Für den Rest lassen Sie sich etwas einfallen. Ich bin beim Essen nicht heikel.«

Mit dem letzten Satz verlor Alexander bei seiner Köchin den Rest seines Ansehens. Sein Vater hatte auf einer abwechslungsreichen Küche bestanden und war sehr kritisch gewesen. Für den Sohn schien sie einfach ein paar Zutaten in einen Topf werfen zu können.

»Ich werde mir etwas einfallen lassen«, antwortete sie spitz und wandte sich wieder ihrem Teller zu.

»Wenn Sie mit dem Essen fertig sind, könnten Sie mir einen Matetee zubereiten«, sagte Alexander noch und verließ die Küche. Er bekam nicht mehr mit, dass die Köchin sofort aufstand und Wasser aufsetzte.

Der Chauffeur sah ihr nachdenklich zu. »Ich glaube, Sie hätten vorher fertig essen können. Beim Alten musste es zack, zack gehen, aber der Junge scheint nicht ganz so streng zu sein.«

»Deshalb werde ich doch meine Arbeit nicht weniger sorgfältig machen!«, erklärte die Köchin resolut und bereitete auch die Kanne vor, bevor sie sich wieder an den Tisch setzte.

3.

Alexander macht sich an die systematische Durchsuchung des Schlafzimmers. Er fand eine Menge an Ehrenmedaillen und Orden, die seinem Vater verliehen worden waren, dazu eine goldene Halskette mit einem protzigen Anhänger, der in ein Fach des Schrankes gesteckt worden war. Der beiliegenden Rechnung nach hatte sein Vater es erst wenige Tage vor seinem Tod gekauft. Aus der beiliegenden Notiz schloss er, dass der Schmuck für Annette Eckhoff bestimmt gewesen war. Da der Wert des Schmuckstücks laut Rechnung fast zweitausend Euro betrug, verstaute Alexander es in dem Bürosafe, bevor er in die Räumlichkeiten seines Vaters zurückkehrte. Mit Vorzimmer, Ankleidezimmer, Aufenthaltsraum und Schlafzimmer waren diese größer als eine passable Altbauwohnung in Frankfurt, und es gab entsprechend viele Schränke, Vitrinen und Regale, die zu durchsuchen viel Zeit kosten würde. Alexander kippte gerade den Inhalt mehrerer Schubfächer auf das unbenutzte Bett seines Vaters, als draußen der Türgong anschlug.

Zunächst achtete Alexander nicht darauf, bis es an der Tür klopfte und Frau Bouvain eintrat.

»Verzeihen Sie, Herr Marquart. Herr Gernitz und seine Tochter sind erschienen.«

»An Ihnen ist direkt ein Butler verloren gegangen«, erwiderte Alexander verärgert, weil er gestört worden war.

»Ihr Herr Vater hat einen Butler beschäftigt. Dieser hat nach seinem Tod gekündigt und ist in andere Dienste getreten.«

»Ich glaube, eine zweite Raumpflegerin wäre in diesem Haushalt sinnvoller als ein Butler«, antwortete Alexander mit einer gewissen Schärfe. »Für eine allein ist es viel zu viel Arbeit.«

»Philippa wird an vier Tagen der Woche von einer Frau aus dem Ort unterstützt«, erklärte ihm die Hausdame mit deutlichen Anzeichen von Ungeduld, da Alexander keine Anzeichen machte, seine Gäste zu empfangen.

Dieser wünschte Gernitz und dessen Tochter zum Mond, weil sie ihn während der Suche störten. »Ich will, dass hier alles so bleibt, wie es jetzt ist!«, wies er Irene Bouvain an und überlegte kurz, ob er sich umziehen sollte. Da der Mühlenbesitzer jedoch ohne Ankündigung erschienen war, war es seiner Ansicht nach nur recht und billig, ihn in schlichter Hauskleidung zu empfangen.

»Sorgen Sie bitte dafür, dass Herrn Gernitz und seiner Begleiterin eine kleine Erfrischung gereicht wird«, sagte er zur Hausdame und verließ den Raum.

Kurz darauf trat er in den großen Empfangsraum und sah Gernitz in einem der Sessel sitzen. Dessen Tochter stand neben ihm und musterte die gediegene Einrichtung mit sichtlichem Interesse.

»Guten Tag, Herr Gernitz, Frau Gernitz!«

Als sie Alexanders Stimme hörten, fuhren beide herum.

Mona Gernitz fasste sich als Erste. »Hi, Alexander, bist du aber förmlich! Wenn man dich so hört, klingt es fast, als wäre ich meine Mutter.«

Alexander betrachtete die schlanke, sportliche Blondine mit einem gewissen Spott. Vor sechs Jahren hatte sie sämtliche körperliche Vorzüge eingesetzt, um ihn zu angeln, und die Absicht schien sie noch nicht aufgegeben zu haben.

Schlecht sah sie ja nicht aus, fand er, nur war ihr Haar für seinen Geschmack zu künstlich platinblond. Ihr Teint verriet, dass sie sich länger in einer sonnenreichen Gegend aufgehalten hatte, auf den Malediven vielleicht oder den Seychellen. Ihre Jeans, die den Hintern genauso zur Geltung brachte wie die hautenge Bluse ihren Busen, trug das Markenlabel einer teuren Modelinie.

Seine Besucherin war eine Frau, die ihren Wert kannte. Doch als Alexander sie unwillkürlich mit Michaela verglich, schrieb er Letzterer eine elegantere Haltung und ein feineres Gesicht zu. Gegen jene Frau wirkte Mona trotz aller Bemühungen provinziell.

»Nun, genug betrachtet?«, fragte sie und drehte sich kokett.

Da Alexander keine Antwort gab, ergriff Gernitz das Wort. »Ich habe dir ja angeboten, dir bei der Organisation der Party zu helfen, die du zu deiner Rückkehr geben musst. Mona kann das am besten deichseln. Sie kennt alle wichtigen Leute, die du unbedingt einladen musst.«

»Muss ich?«, fragte Alexander.

»Aber natürlich! All unsere Geschäftspartner sind neugierig auf den Nachfolger meines alten Freundes Vitus. Sie wären sehr enttäuscht, wenn du sie nicht einladen würdest.«

Wie seine Tochter verwendete auch Gernitz das kameradschaftliche Du, während Alexander durch das Sie bewusst eine Distanz schuf.

»Ich werde sicher ein Fest geben, aber nicht in den nächsten Tagen oder Wochen. Erst muss ich mich um die Firma kümmern«, erklärte Alexander und war froh, als Frau Bouvain mit einem Tablett mit Getränken und kleinen Snacks hereinkam.

Da Ludger Gernitz und dessen Tochter früher häufig zu Besuch gekommen waren, kannte sie deren Geschmack und konnte entsprechend auftischen.

Für einige Minuten hatte Alexander Ruhe. Die Blicke, die ihn trafen, verrieten ihm jedoch, dass Vater und Tochter Gernitz nicht vorhatten, ihn so ohne Weiteres aus ihren Klauen zu lassen.

»Du darfst dich nicht wie ein Einsiedler verkriechen«, erklärte Gernitz mit vollem Mund. »Damit würdest du viele enttäuschen. Ich bin sicher, wenn du ihn einlädst, wird selbst der Ministerpräsident kommen.«

»Wie ich bereits sagte, will ich mich hier erst einmal einleben.«

... und nach meiner Mutter fahnden, setzte Alexander in Gedanken hinzu. Solange er hier nach einer Spur suchte, wollte er keine Masse an Leuten in diesen Räumen, von denen er kaum einen kannte. Er wusste natürlich, dass er irgendwann einen Empfang würde geben müssen, aber das sollte zu einem Zeitpunkt geschehen, den er selbst festsetzte und nicht irgendein anderer.

»Du musst dich mit den Vorbereitungen nicht belasten. Überlass das Ganze nur mir. Frau Bouvain wird mich dabei gerne unterstützen«, erklärte Mona, ohne auf Alexanders Bemerkung einzugehen.

Gernitz stand auf und legte den rechten Arm um Alexanders Schulter. »Du weißt, ich war der beste Freund deines Vaters und sage dir, er hätte es so gewollt.«

Es war die dümmste Bemerkung, die er machen konnte, denn sie erinnerte Alexander an den letzten großen Streit mit seinem Vater. Schon damals hatte er es abgelehnt, Mona zu heiraten, und nun war er noch weniger dazu bereit.

»Bevor ich irgendeine Festivität veranstalte, will ich einige Änderungen in der Villa vornehmen lassen und meine Geschäftspartner kennenlernen.«

»Du willst die Villa umbauen?«, rief Mona aus. »Aber dein Vater ...«

»… hatte seinen Geschmack und ich den meinen«, antwortete Alexander kühl, obwohl er sich längst eingestanden hatte, dass seine Vorstellungen und die seines Vaters, was das Wohnen betraf, nicht allzu weit auseinanderlagen.

Gernitz war ein gewiefter Handelsmann, der wusste, wenn er bei Verhandlungen den Rückwärtsgang einlegen musste. »Hast schon recht. Richte dich erst zu deiner Zufriedenheit ein! Ich dachte nur, weil dein Vater schon länger tot ist und du über ein Jahr lang ferngeblieben bist, wäre es besser, die Neugier der Leute zu befriedigen.«

»Meine Geschäftspartner können mich jederzeit in der Firma beschnuppern«, antwortete Alexander lächelnd.

»Ich bin ja auch dein Geschäftspartner! Oder muss ich jetzt, da aus dem Junior der Senior geworden ist, Sie zu dir sagen?« Gernitz versuchte, das Gespräch auf die humorvolle Tour weiterzuführen, und seine Tochter sprang ihm bei.

»Zum Senior fehlt aber noch der Junior«, erklärte sie und machte mit den Armen wiegende Bewegungen.

Es schien ein ziemlich eindeutiges Angebot, dass sie durchaus bereit war, für diesen Junior zu sorgen. Da er nicht so verbohrt war, seinen damaligen Streit mit seinem Vater ihr anzulasten, stellte er sich für einen Moment vor, wie es wäre, tatsächlich mit Mona verheiratet zu sein. Obwohl sie hübsch war, zog ihn nichts zu ihr hin. Wäre es vor sechs Jahren anders gewesen, hätte er seinem Vater womöglich nachgegeben. So aber zuckte er mit den Schultern. »Ein Junior hat noch Zeit! Jetzt muss ich erst einmal die Firma führen.«

»Ich bin gerne bereit, dich zu unterstützen«, bot Gernitz an. »Wir sind ja auch Geschäftspartner. Möchte fast sagen, dass die Marquart-Werke meine größten Abnehmer sind! So war es bei deinem Vater, und ich habe mich dem immer verpflichtet gefühlt, obwohl es natürlich durchaus Anfragen von der Konkurrenz gab.«

Alexander fasste die Worte als Drohung auf. Wie es aussah, glaubte Gernitz, sich in der besseren Position zu befinden, und wollte dies ausnutzen. Ich muss Reimers fragen, ob es Alternativen zur Gernitz-Mühle gibt, dachte er und wünschte den Besuch erneut zum Kuckuck.

»Du kommst doch sicher am Sonntag zum Essen zu uns. Dann können wir weiterreden«, erklärte Gernitz und klopfte Alexander noch einmal auf die Schulter. Dessen Begeisterung hielt sich in Grenzen. Er wollte jedoch keinen offenen Zwist mit dem Mühlenbesitzer und nickte. »Sehr gerne.«

»Was ist dein Lieblingsgericht?«, fragte Mona, da sie an die Macht des Grundsatzes »Die Liebe geht durch den Magen« glaubte.

»Hamburger!«, antwortete Alexander und musste an sich halten, um nicht loszuprusten, als er die entgeisterten Mienen sah.

»Du warst in Amerika ein wenig knapp bei Kasse, was?«, fragte Gernitz, der einen Hamburger nur bei vorgehaltener Pistole gegessen hätte.

»So kann man es sagen.« Alexander lächelte, denn er hatte in den USA tatsächlich sparsam gelebt, um möglichst rasch zu einem Vermögen zu kommen. Zunächst hatte er es in erster Linie seinem Vater zeigen wollen, dass er auch auf sich allein gestellt zu Reichtum kam, danach hatte das Geld ihm geholfen, jenes Grundstück zu erwerben, auf dem er nun mit Armin Schrader zusammen Wohnhäuser erbauen würde.

»Auf jeden Fall freuen wir uns auf Sonntag. Wenn du einen Rat oder Hilfe brauchst – ich bin jederzeit für dich da!«

Nach einem erneuten Schulterklopfen verabschiedete Gernitz sich und wandte sich zur Tür. Seine Tochter blieb noch einen Augenblick und schenkte Alexander einen seelenvollen Blick.

»Bis Sonntag!«

»Bis Sonntag.« Alexander brachte gerade noch ein Lächeln zustande und war froh, als die beiden endlich gingen. Obwohl ihm sein Verstand sagte, dass eine Ehe mit Mona Gernitz auch nicht schlechter sein würde als mit irgendeiner anderen Frau, sträubte er sich gegen diesen Gedanken. Er dachte erneut an Michaela Müller. Sie schien ihm eine Frau zu sein, wie ein Mann sie sich nur wünschen konnte.

»Idiot! Du hast sie gerade mal eine gute halbe Stunde gesehen«, schalt er sich und kehrte in das Schlafzimmer seines Vaters zurück, um dort weiter nach Spuren seiner Vergangenheit zu suchen.

4.

Die S-Bahn nach München war überfüllt und unpünktlich. Nicht zuletzt deshalb war Michaela froh, dass sie Selma mit ihrer Tochter im Hotel gelassen hatte. Hätte Peer irgendein Zeichen gegeben, er wolle die Kleine wenigstens sehen, hätte sie Sophia mitgenommen. So aber sagte sie sich, dass Sophia ihr Kind war und ihr Mann durch seine Haltung jedes Recht darauf verloren hatte.

Nun fuhr sie allein in die Stadt und hatte nur die Tasche mit den Unterlagen bei sich, die sie für die Scheidung benötigte. Sie ärgerte sich über den neben ihr stehenden Mann, der ständig in Bewegung war und ihr dabei den prallvollen Rucksack gegen den Rücken schlug. Als eine andere Passagierin ebenfalls von dem Rucksack getroffen wurde, zerrte diese wütend daran. »Magst net stehen bleiben, wie sich's gehört, anstatt uns deinen verdammten Rucksack ins Gesicht zu hauen?«, fuhr sie ihn an.

Der Kerl knurrte etwas, das bei einem strengen Richter als Beleidigung geahndet worden wäre, und zwängte sich nach vorne, wo gerade ein Sitzplatz frei geworden war. Bevor er ihn erreichte, hatte sich eine ältere Frau gesetzt. Er blieb neben ihr stehen und drehte sich wieder hin und her. Da wurde er von einem kräftig gebauten Mann festgehalten.

»Sehen Sie denn nicht, dass Sie der Dame Ihren Rucksack gegen den Kopf schlagen? Entweder stellen Sie ihn auf den Boden oder suchen sich einen anderen Platz!«

»Danke«, sagte die alte Frau, die den Rucksack schon zweimal intensiv kennengelernt hatte.

Dessen Träger zwängte sich mürrisch in Richtung Tür und verstellte diese so, dass die Passagiere an der nächsten Haltestelle kaum aussteigen konnten. Kurz bevor die Türen geschlossen wurde, drängte der Mann, der ihn vorhin zurechtgewiesen hatte, ihn zur Bahn hinaus. Bevor er wieder einsteigen konnte, wurden die Türen geschlossen, und der Zug fuhr los.

Geschieht ihm recht, dachte Michaela und war froh, als sie einige Haltestellen später die S-Bahn endlich verlassen konnte.

Sie hatte sich den Weg zum Gerichtsgebäude ausgedruckt und kam trotz der S-Bahn-Verspätung rechtzeitig an. Im Vorraum warteten bereits Peer, dessen Anwalt, Rainer Pahnke und Antonella Sebaldi darauf, die Sache erledigen zu können. Während Peer demonstrativ durch ein Fenster nach draußen schaute und Pahnke sich mit seinem Smartphone beschäftigte, funkelte Antonella Michaela triumphierend an.

Obwohl sie und Peer sich auseinandergelebt hatten, tat es weh, zugunsten dieser Frau beiseitegeschoben worden zu sein. Michaela ließ sich nichts anmerken, sondern setzte sich mit etwas Abstand und sah noch einmal ihre Papiere durch.

Peers Anwalt kam auf sie zu und streckte ihr die Hand entgegen. »Sie sind gewiss Frau Varenthin?«

»Bald wieder Frau Müller«, antwortete Michaela und ignorierte die dargebotene Hand. In ihren Augen hatte sich der Rechtsverdreher in seinem Brief an sie zu sehr aufgeblasen.

Verblüfft zog dieser die Hand wieder zurück und warf Peer einen kurzen Blick zu. Dieser sah hinüber und kniff die Lippen zusammen. Nie war ihm Michaela schöner erschienen als an diesem Tag, obwohl sie nur dezent und nicht mehr so puppenhaft geschminkt war, wie er es von ihr gefordert hatte. Selbst der Schwangerschaftsspeck tat ihrer Erscheinung keinen Abbruch. Nur mit Mühe erinnerte er sich daran, dass er mit Antonella eine Kollegin heiraten wollte, die seine Begeisterung für das Singen teilte und mit der zusammen er den Höhepunkt seiner Karriere erreichen wollte. Außerdem war sie ebenso wenig bereit wie er, Kinder großzuziehen.

Er warf Michaela noch einen Blick zu und bedauerte es zu seiner eigenen Überraschung, dass sie die Kleine nicht mitgebracht hatte. Auch wenn er mit seiner Tochter nichts zu tun haben wollte, hätte er sie doch gerne einmal gesehen.

»Wir werden aufgerufen!«

Die Stimme seines Anwalts riss Peer aus seinen Gedanken. Er stand auf, atmete tief durch und betrat das Gerichtszimmer. Eine noch recht junge Frau saß hinter dem Richtertisch und sichtete ihre Unterlagen.

»Wir verhandeln hier in der Scheidungssache Varenthin gegen Varenthin«, erklärte sie und musterte die Beteiligten mit einem kurzen Blick. »Soweit ich den eingereichten Papieren entnehme, sind sich die Beteiligten über den Ablauf und die Folgen der Scheidung einig.«

Michaela sah ihr an, dass sie die Angelegenheit am liebsten abschließen würde, und hob die Hand. »Entschuldigen Sie bitte, aber ganz so einig sind wir uns nicht. Mein Anwalt hat dem Anwalt der Gegenseite meine Bedingungen mitgeteilt, unter denen ich zur Scheidung bereit bin. Bis jetzt hat weder mein Anwalt noch ich eine Antwort erhalten. Mein Anwalt hat daher noch einmal alle Punkte aufgelistet, die ich erfüllt sehen will. Lehnt die

Gegenseite sie ab, muss ich auf einem Gerichtstermin am Ende der Trennungszeit bestehen!«

»Ist dem so?«, fragte die Richterin den Anwalt.

»Frau Varenthin …«, begann der Anwalt.

»Müller!«, fauchte Antonella dazwischen.

»Frau Varenthins Anwalt hat brieflich einige Punkte angesprochen, die sie noch geklärt haben will. Ich hatte die Hoffnung, dies könnte in einem Privatvertrag geregelt werden, um das Gericht nicht über Gebühr zu belasten«, erklärte der Anwalt und sah Michaela fragend an. »Dies ist doch auch in Ihrem Sinn?«

Michaela schüttelte den Kopf. »Keineswegs! Wenn ich meine Unterschrift unter die Scheidungspapiere setze, will ich diese Fakten zu meiner Zufriedenheit geklärt sehen.«

»In den Unterlagen, die Sie eingereicht haben, heißt es, die Beteiligten hätten sich geeinigt!« Die Richterin hatte erwartet, diese Sache in ein paar Minuten abhandeln zu können. Wenn es jedoch, wie es nun aussah, zu einem Streit um die Unterhaltszahlungen kam, brach ihre gesamte Zeitplanung zusammen. Dabei warteten noch weitere Paare darauf, sich scheiden zu lassen.

»Frau Varenthin, wir sollten das wirklich in einem privaten Vertrag regeln«, bat der Anwalt Michaela, doch sie schüttelte den Kopf.

»Ich will diese Angelegenheit gerichtlich geregelt sehen. Meine Bedingungen kennen Sie. Ist mein Bald-Ex-Mann bereit, darauf einzugehen, muss das Schreiben meines Anwalts in das Scheidungsprotokoll mit aufgenommen werden!«

»Worauf genau bestehen Sie?«, fragte die Richterin zunehmend genervt.

»Erstens auf das alleinige Sorgerecht für meine Tochter!« Michaelas Tonfall war unmissverständlich.

Der Anwalt wandte sich an Peer. »Was sagen Sie dazu?«

»Herr Varenthin ist dazu bereit!«, erklärte Antonella an Peers Stelle.

Als sie ihn mit dem Ellenbogen anstieß, nickte er unglücklich. »Ja, ich bin bereit, auf die Forderung meiner Ex-Frau einzugehen.«

»Noch sind Sie nicht geschieden«, meinte die Richterin mit einem gewissen Spott. »Wenn Sie aber auf das Sorgerecht verzichten, werde ich das verzeichnen.«

»Ich verzichte.« Peer wollte nur noch raus aus diesem Zimmer, das nach Papier und billigem Bohnerwachs roch, um sich wieder seiner Musik widmen zu können.

»Ebenso bestehe ich auf einem gerechten Unterhalt für meine Tochter«, fuhr Michaela fort, »sowie einer gewissen Summe für mich als Ausgleich dafür, dass ich meinen Lebensunterhalt in Zukunft selbst verdienen muss.«

»Geldgieriges Biest!«, fauchte Antonella, die ihr und Sophia nicht das Schwarze unter dem Nagel gönnte. Doch auch sie begriff, dass sie Peer nur dann heiraten konnte, wenn dieser rechtmäßig von seiner ersten Ehefrau geschieden wurde. Daher stieß sie ihn erneut an.

»Stimme zu!«

Schwer seufzend nickte Peer. »Ich akzeptierte die Bedingung.«

»Sehr gut!«, sagte die Richterin erleichtert, in diesem Fall doch zu einem Ende zu kommen. »Geben Sie mir das Blatt mit Frau Varenthins Bedingungen, damit ich es kopieren und beurkunden lassen kann«, forderte sie den Anwalt auf.

Dieser hatte gehofft, Michaela billig abspeisen zu können, um ein möglichst hohes Honorar von Peer Varenthin zu erhalten. Nun würde er nur den normalen Satz nehmen können, und das ärgerte ihn. Er zog Michaelas Brief aus seiner Mappe und reichte ihn nach vorne.

Zehn Minuten später war aus Michaela Müller-Varenthin wieder Michaela Müller geworden, und der Unterhalt, den sie und ihre Tochter erhielten, reichte aus, um der Kleinen eine unbeschwerte Jugend zu ermöglichen.

»Die Urkunden werden Ihnen zugeschickt«, erklärte die Richterin noch und forderte das nächste Paar zum Eintreten auf.

Im Vorzimmer trat Peer auf Michaela zu. »Ich werde in Baden-Baden den Herzog von Mantua in *Rigoletto* singen.«

»Und ich die Gräfin Ceprano!«, trumpfte Antonella auf. Zwar war sie nur die Zweitbesetzung, doch hatte man ihr fest zugesagt, sie dürfe mindestens einmal mit Peer zusammen auftreten.

»Schön für euch«, antwortete Michaela und schulterte ihre Tasche. »Ihr müsst mich jetzt entschuldigen. Sophia wartet auf mich!«

Sie drehte Peer und seiner Entourage den Rücken zu und ging ohne ein weiteres Wort. Dabei wunderte sie sich, warum sie den Federstrich, mit dem die zehn Jahre ihrer Ehe mit Peer beendet worden waren, so wenig bedauerte. Er hätte sich wenigstens nach Sophia erkundigen können, dachte sie. Dass er dies nicht getan hatte, kreidete sie Peer mehr an als die Tatsache, dass er sie mit Antonella betrogen hatte.

»Halt, nicht so schnell!«, rief da Pahnke. »Bevor du wieder zurückfährst, wirst du deinem Mann …«

»Ex-Mann!«, unterbrach ihn Michaela eisig.

»… wirst du Peer die Verfügungsgewalt über das Depot übergeben, das du angelegt hast.« Pahnke hatte Peer dazu gebracht, ihm die Verwaltung seines Vermögens zu überlassen, und er wollte auch die von Michaela in Sicherheit gebrachte Summe an sich ziehen.

Michaela sah ihn mit einem vernichtenden Blick an. »Laut den Scheidungspapieren, die außer mir auch Peer unterschrieben hat, ist dieses Depot für Sophias Ausbildung vorgesehen. Oder soll in den Zeitungen später stehen, dass die Tochter des weltberühmten Heldentenors Peer Varenthin in einem Schnellimbiss Hamburger braten muss, um davon leben zu können?«

Ohne ein weiteres Wort drehte sie sich um.

5.

Diesmal fuhr die S-Bahn pünktlich, und so erreichte Michaela schon bald das Hotel, in dem Selma und Sophia auf sie warteten.

»Gott sei Dank bist du zurück! Die Kleine hatte Hunger, und so wollte ich ihr ein Fläschchen geben. Sophia ist aber sehr eigen, daher muss ich meine Bluse und meine Hose sowie ihren Strampelanzug waschen, sobald wir zu Hause sind. Sie zieht eben natürliche Nippel denen aus Gummi vor.«

»Sie wird sich daran gewöhnen müssen. Wenn ich wieder arbeite, kann ich sie nicht jedes Mal stillen, wenn sie Hunger hat. Ich werde zwar in der Mittagspause heimfahren, aber sie braucht auch zwischendurch etwas«, antwortete Michaela.

Selma nickte und rieb sich über die Stirn, hinter der sich ein Gedanke formte, den sie ihrer jungen Freundin aber noch nicht mitteilen wollte.

»Wie war die Scheidung?«, fragte sie stattdessen.

»Die ging rasch über die Bühne. Peer hatte Pahnke und Antonella als Unterstützung mitgebracht, doch auch die mussten auf breiter Front kapitulieren. Ich habe der Richterin erklärt, dass ich nur dann in die Scheidung einwillige, wenn Peer all meine Bedingungen akzeptiert. Ihm ist nichts anderes übrig geblieben, als darauf einzugehen. Du siehst jetzt die alleinerziehende Mutter Michaela Müller vor dir, und zwar mit alleinigem Sorgerecht für Sophia.«

Selma schüttelte den Kopf. »Wenn er sich darauf eingelassen hat, ist er ein Schlappschwanz sondergleichen! Er hätte zumindest ein Besuchsrecht für die Kleine fordern müssen.«

»Hat er aber nicht«, sagte Michaela, öffnete ihre Bluse und nahm Sophia aus dem Kinderwagen, der ihr hier im Hotel auch als Bettchen dienen musste.

»Jetzt aber spuckst du nicht!«, sagte sie zu ihrer Tochter, die mit Begeisterung nach der Brustwarze schnappte und zu trinken begann.

Selma mochte sich nicht beruhigen. »Wollte er seine Tochter denn nicht wenigstens einmal sehen?«

»Nein!« Michaelas Stimme klang hart. Es gab vieles, das sie an Peer geärgert hatte, doch dass er nicht das geringste Interesse für Sophia aufbrachte, war für sie der endgültige Schnitt.

»Ich habe in dieser Stadt erledigt, was zu erledigen war. Somit können wir morgen wieder nach Hause fahren. Oder hast du noch etwas in München zu tun?«, fragte sie Selma.

Diese schüttelte erneut den Kopf. »Es gibt in München nichts, was ich nicht auch in Frankfurt bekommen könnte. Außerdem wird Sophia sich freuen, wenn sie wieder in ihrem Bettchen schlafen darf.«

Sie schenkte dem Kind einen liebevollen Blick und bat Michaela, als das Kind satt war, es wickeln zu dürfen. »Du kannst inzwischen schon nach unten gehen und etwas essen. Ein Kind zu nähren kostet Kraft.«

»Und sorgt hoffentlich dafür, dass der Schwangerschaftsspeck bald schwindet«, erwiderte Michaela mit einem zweifelnden Blick auf ihre noch immer etwas umfangreiche Taille. Jetzt aber spürte sie wirklich Hunger und war froh, dass die unappetitliche Angelegenheit vor der Scheidungsrichterin ihr nicht auf den Magen geschlagen war.

6.

Die Rückreise hatte ihre Tücken. So fuhr der Zug in falscher Wagenreihung in den Münchner Hauptbahnhof ein. Michaela und Selma mussten ebenso wie gut hundert andere Reisende den Bahnsteig entlanghetzen, um den richtigen Waggon zu erreichen. Sophias Kinderwagen wurde dabei mehrfach von Trolleys, Koffern und Reisetaschen angerempelt, sodass Michaela Angst bekam, er könnte umgeworfen werden.

Zum Glück blieb der Zug lange genug am Bahnsteig stehen, so dass sie den Waggon erreichten, in dem sie ein Abteil reserviert hatten. Selma eilte voraus und musste feststellen, dass einer der vier Plätze, die Michaela online reserviert hatte, von einem jüngeren Mann im Anzug belegt worden war. Sie ließ ihre Reisetaschen mit Karacho auf zwei der freien Plätze fallen und wandte sich dem Mann zu. »Wären Sie des Lesens mächtig, hätten Sie erkannt, dass diese Plätze reserviert sind.«

»Was wollen Sie? Sie haben doch nur zwei Reisetaschen.«

»Wir haben noch eine dritte Mitreisende, und der vierte Platz wurde zusätzlich reserviert, da wir unter uns sein wollen!« Selmas Stimme wurde schärfer. Während der Fahrt nach Frankfurt würde Michaela die Kleine stillen müssen, und da wollte sie diesen Kerl nicht im Abteil haben.

Der dachte jedoch nicht daran, den Platz zu räumen. »Wenn Sie nur zu dritt sind, reichen die drei Plätze für Sie aus«, fuhr er Selma an.

»Wir haben aber für alle vier Plätze bezahlt, mein Guter!«, antwortete diese fast zuckersüß. »Daher hat Ihr Hintern auf keinem der Sitze hier etwas zu suchen. Entweder schwingen Sie die Hufe, oder ich rufe die Bahnpolizei und lasse Sie wegen Belästigung entfernen. Haben Sie das verstanden? Oder muss ich es etwas lauter wiederholen?«

Als Betreiberin eines Lesbentreffs hatte Selma sich mehr als ein Mal gegen Rabauken durchsetzen müssen, die ihr aus Jux oder Bosheit an den Karren hatten fahren wollen, und zog diese Nummer jetzt mit Genuss durch.

Der Mann begriff, dass es ihr mit der Drohung ernst war, und zerrte wütend seinen Koffer von der Ablage. Als er nach draußen ging, drängte er Michaela beiseite und beschimpfte sie, weil er sich an ihrem Kinderwagen vorbeizwängen musste.

»So ein Rüpel!«, rief Michaela erbost aus und versuchte im nächsten Moment, Sophia zu beruhigen, die durch den heftigen Stoß, den der Kerl dem Kinderwagen versetzt hatte, aufgewacht war und weinte.

»Na, wie mache ich mich als Engel mit dem Flammenschwert?«, fragte Selma, nachdem die Kleine sich beruhigt hatte.

»Was war denn los?«

»Dieser Lümmel hatte sich hier am Fenster breitgemacht und trotz meiner höflichen Bitte, seinen Hintern woandershin zu bewegen, nicht weichen. Aber wir haben das zusätzliche Geld ausgegeben, um unsere Ruhe zu haben, und nicht, damit der Kerl dir zuschauen kann, wie du die Kleine stillst!«

Michaela lag auf der Zunge, dass sie die Kleine auch hinter einem Tuch verdeckt hätte stillen können, doch sie schluckte es hinunter. Selma hatte darauf bestanden, sowohl den Platz für die Kleine wie auch den vierten Sitz im Abteil zu bezahlen, damit sie ihre Ruhe hatten. Und es stimmte schon. Ohne einen Mitreisenden im Abteil konnten sie in aller Ruhe Klein-Sophia versorgen und über alles reden, was ihnen am Herzen lag.

7.

Die nächsten Wochen genoss Michaela es, ganz für ihre Kleine da zu sein. Weder hörte sie etwas von Peer, noch störte etwas anderes ihre Zufriedenheit. Eines Tages erklang ihr Handyton, als Sophia gerade ihr Mittagsschläfchen hielt.

»Guten Tag, Sie sprechen mit Michaela Müller«, meldete sie sich.

»Hier Gabriele Haug! Liebe Frau Müller, ich traue mich kaum, es auszusprechen, aber könnten Sie so freundlich sein, mir wieder ein wenig auszuhelfen? Nachdem es in der Firma in den letzten Wochen ruhig war, werden jetzt etliche Projekte auf einmal angestoßen. Herr Holsten wurde mit der Erweiterung der Produktionsanlagen beauftragt und hat seine Tochter erneut an sich gezogen. Jetzt wächst mir der Berg Arbeit wieder über den Kopf. Ich brauche Sie, bitte!«

Michaela überlegte kurz und nickte, obwohl Gabriele Haug es nicht sehen konnte. »Wenn es Ihnen recht ist, komme ich morgen um neun Uhr. Früher geht es leider nicht, weil ich erst die Kleine versorgen muss.«

»Du weißt, dass du in den ersten acht Wochen nach der Entbindung nicht arbeiten darfst. So ist das Gesetz«, mischte sich Selma in das Gespräch ein.

Nach einem Blick auf den Kalender sprach Michaela wieder ins Handy. »Selma sagte eben, dass ich noch eine knappe Woche lang nicht arbeiten darf.«

»Was mache ich nur?«, jammerte Gabriele Haug. »Hier sind sämtliche Affen am Tanzen!«

»Wissen Sie was?«, sagte Michaela. »Ich hole mir morgen die Unterlagen für die wichtigsten Präsentationen ab und erledige das zu Hause. Sobald der Drache Selma mich wieder aus dem Haus lässt, komme ich zurück in die Firma.«

»Ganz lieben Dank!«, sagte Gabriele Haug erleichtert. »Damit helfen Sie mir schon sehr. Wenn Sie dann wieder in die Firma kommen, könnten Sie Sophia mitbringen. Vielleicht ist Ihre Freundin so lieb, sich wieder um die Kleine zu kümmern.«

»Ich kann nicht einfach über Selma verfügen. Sie ist weder meine Angestellte noch meine Sklavin«, meinte Michaela und sah ihre Freundin dann fragend an.

Selma grummelte zwar und nahm ihr dann das Handy ab. »Hören Sie mich, Frau Haug? Ich komme mit, aber nur, wenn Sophia und ich in Michaelas Büro bleiben dürfen und nicht wieder in den hintersten Winkel gesteckt werden!«

»Das ist kein Problem! Wenn der Chef etwas sagt, verweisen Sie ihn an mich. Ich bin so froh, wenn Frau Müller wiederkommt! Hier ist wirklich der Teufel los. Der Chef will eine Präsentation nach der anderen, dabei komme ich mit der normalen Arbeit kaum nach. Er hätte gleich nach dem Tod seines Vaters anreisen sollen, dann wäre der Übergang einfacher zu bewältigen gewesen. Doch jetzt muss ich wieder an die Arbeit. Ich freue mich riesig, dass Sie kommen!«

»Ich mich weniger«, murmelte Selma, doch das hörte Gabi Haug nicht mehr.

Als Michaela aufgelegt hatte, schüttelte Selma den Kopf. »Wenigstens werden Sophia und ich nicht wieder in das Zimmer am Ende der Welt eingesperrt. Aber eins sage ich dir: Wenn ich das schon mitmache, möchte ich auch dort essen. Ich habe keine Lust, bis in den Ort laufen, um mir dort einen Döner oder eine Currywurst reinzuziehen.«

»Ich werde mit Frau Haug darüber sprechen.« Michaela war trotz der Arbeit, die auf sie wartete, froh, eine Beschäftigung zu bekommen. Sonst hätte sie sich in den restlichen zwei Monaten ihres Mutterschutzes immer nur Gedanken über ihre gescheiterte Ehe gemacht. Es kränkte sie doch arg, wie rasch etwas, das sie zehn Jahre als ihre Welt angesehen hatte, zusammengebrochen war. Von nun an musste sie sich in einer neuen Welt behaupten, und da war es gut, dass ihr keine Zeit für Gedanken an das Vergangene blieb.

8.

Als Michaela nach Ablauf der gesetzlichen Schutzfrist mit Selma und Sophia in der Firma erschien, wurden sie von dem alten Herrn an der Pforte freundlich in Empfang genommen. Er betätigte selbst den Aufzugknopf.

»Schön, dass Sie wieder da sind, Frau Müller. Frau Haug war schon ganz verzweifelt, aber jetzt wird sie sich freuen.«

»Das will ich auch hoffen«, sagte Selma. »So lustig ist es nicht, ein paar Wochen nach der Geburt wieder arbeiten zu gehen.«

»Es sind genau sechs Wochen«, korrigierte Michaela sie.

»Das mag sein, trotzdem hättest du noch zwei Monate daheimbleiben sollen. So wird Sophia dich als arg dumm ansehen.«

»Das wird sie in dem Alter noch schön bleiben lassen«, antwortete Michaela amüsiert und schob den Kinderwagen in die Aufzugkabine.

Oben eilte Gabi Haug bereits aus ihrem Zimmer, um sie zu begrüßen. »Schön, dass Sie da sind, Frau Müller, und Sie auch, Frau Endreß! Ohne Ihre Unterstützung könnte Frau Müller gar nicht kommen.«

»Die würde auch das fertigbringen und erst, wenn Sophia zu schreien anfängt, daran denken, dass die Kleine Hunger haben könnte. Apropos: Wenn ich schon hier sein muss, will ich auch in der Kantine essen. Die letzten Male habe ich mir belegte Brote mitgebracht. Aber wenn das länger dauern soll, will ich es schon etwas komfortabler haben!«

Selma passte es ganz und gar nicht, dass Michaela schon wieder arbeiten sollte, und sie gab sich daher ein wenig stachelig.

Gabi Haug war jedoch weit entfernt davon, sich darüber zu ärgern. »Aber das ist doch selbstverständlich, Frau Endreß! Warten Sie, ich gebe Ihnen gleich eine Kantinenkarte, wie sie auch unsere Gäste erhalten. Sie können damit kostenlos essen und trinken, so viel Sie wollen!«

»Zahlen kann ich mein Essen schon. Ich will nur nicht auf Dauer von Schrippen leben, und ins Dorf zu laufen ist mir zu weit.«

Gabi Haug gluckste. »Nennen Sie Manfredsthal vor den Einheimischen bitte niemals Dorf. Das hier ist eine aufstrebende Gemeinde und entsprechend stolz darauf.«

»Sollen sie«, sagte Selma ungerührt und entzog Michaela den Kinderwagen. »Sophia und ich gehen jetzt in dein Zimmer und machen es uns dort bequem. Du wirst ja sicher noch etwas mit Frau Haug zu besprechen haben.«

Mit den Worten schob sie den Kinderwagen den Flur entlang und verschwand in Michaelas Büro.

Gabi Haug sah ihr nachdenklich hinterher. »Ihre Freundin kann ganz schön bissig werden!«

»Das ist manchmal durchaus von Vorteil, vor allem, wenn Bahnreisende die für uns reservierten Plätze nicht räumen wollen. Aber jetzt sagen Sie mir, welche Arbeit es für mich gibt«, antwortete Michaela.

»Ich habe Ihnen alles auf einen USB-Stick gezogen und die entsprechenden Unterlagen zusammengestellt. Gehen Sie in Ruhe daran, denn es muss nicht alles vorgestern fertig sein. Wenn der Chef eine Präsentation am Tag bekommt, muss das reichen.«

»Und wie viele Präsentationsmappen sollen es werden?«

»Fünfundzwanzig, jede in dreifacher Ausfertigung. Herr Marquart will, dass die beiden Geschäftsführer ebenfalls über alles Bescheid wissen.«

Eine Mappe pro Tag bedeutete bei fünfundzwanzig Mappen ebenso viele Tage. Gabi Haug war klar, dass dies eine Zumutung war, wusste sich aber keinen Rat. Eine neue Aushilfe würde sie niemals in so kurzer Zeit einarbeiten können, und Jens Holstens Tochter konnte sich nicht zweiteilen.

Michaela hingegen war froh, etwas tun zu können. Vor Peer und dessen Entourage hatte sie sich noch zusammennehmen können. Doch jetzt war alles Adrenalin verbraucht, und sie hatte Angst, ohne Arbeit zu einem heulenden Bündel Elend zusammenzufallen.

Sie nahm den USB-Stick entgegen und ging in ihr Büro. Dort hatte Selma es sich inzwischen bequem gemacht. Sie saß mit Sophia auf den Arm am Fenster und sah zu, wie Lkw kamen, ent- oder beladen wurden und wieder fuhren. Selmas Gedanken weilten bei ihrer toten Freundin, die ihr einiges über die Firma ihres Mannes berichtet hatte. Vielleicht hätte die Ehe sogar gehalten, wenn Titus Vitalis Marquart nicht den großen Patriarchen gespielt, sondern seiner Frau ein gewisses Mitspracherecht bei der Erziehung des Sohnes und einen eigenen Aufgabenbereich in der Firma eingeräumt hätte. So aber hatte sie untätig zu Hause gesessen, weil die bereits von ihrem Schwiegervater eingestellte Hausdame sich gegen jede Einschränkung ihrer Macht gewehrt hatte.

Da Alexanders Vater einem Frauenbild aus dem vorletzten Jahrhundert gefolgt war, hatten Konflikte mit einer ganz anders erzogenen jungen Frau nicht ausbleiben können. Als ihr Mann schließlich noch selbstherrlich über ihren Kopf hinweg bestimmt hatte, dass der Sohn vom ersten Schuljahr an nach England auf ein Internat geschickt werden sollte, war das Fass übergelaufen.

Selbst jetzt, fast achtundzwanzig Jahre später, empfand Selma noch einen tiefen Groll gegen den hier im Ort groß gefeierten

Titus Vitalis Marquart. Hätte Libusa nicht die Kraft aufgebracht, sich von ihm zu trennen, wäre sie verwelkt wie eine Blume.

Michaela stellte fest, dass ihre Freundin tief in Gedanken versunken war, und machte sich an die Arbeit. Trotz aller Belastung hatte Gabi Haug eine ausgezeichnete Vorarbeit geleistet. Einige der Präsentationen waren umfangreich und würden mehr als einen Tag Arbeit kosten, dafür waren andere in zwei, drei Stunden zu erledigen. Eine Studie zur Modernisierung der Firmenkantine zählte zu Letzteren, während die Datensammlung für die Erweiterung der Produktionsanlagen den größten Brocken darstellte.

Eine Liste gab die Dringlichkeit der einzelnen Präsentationsmappen an. Zu Michaelas Erleichterung musste sie nicht mit den härtesten Nüssen beginnen, sondern sollte eine Liste mit Mühlenbetrieben erstellen, die in der Lage waren, die Abhängigkeit von Ludger Gernitz' Firma zu beenden.

Zwar musste sie einiges recherchieren und mehrere Anrufe tätigen, doch zur Mittagszeit war sie fertig und sah Selma auffordernd an.

»Ich gehe jetzt zu Frau Haug und übergebe ihr die Mappe. Da ich nicht möchte, dass Sophia allein im Zimmer bleibt, werde ich sie bitten, dich in die Kantine zu begleiten. Ich gehe essen, wenn du zurückgekommen bist.«

»Sorge bitte dafür, dass unsere Kleine dann satt ist. Im Gegensatz zu dir kann ich in der Hinsicht nichts unternehmen«, antwortete Selma augenzwinkernd.

»Höchstens mit einem Fläschchen«, meinte Michaela lachend.

»Damit sie mich wieder vollspuckt? Nein danke! Bevor ich das wieder mache, wirst du ihr beibringen, aus dem Fläschchen zu trinken.« Selma zwinkerte Sophia zu, als wolle sie der Kleinen sagen, dass sie das Gesagte nicht ernst nehmen dürfe.

Nach einem Blick auf ihre Tochter brachte Michaela die Mappe zu Gabi Haug. »Schon fertig?«, rief diese erleichtert. »Da wird sich Herr Marquart freuen. Diese Studie liegt ihm besonders am Herzen.«

»Ich konnte die Informationen recht schnell in Erfahrung bringen«, erklärte Michaela. »Können Sie meine Freundin mit zum Essen nehmen? Ich bleibe in der der Zwischenzeit in meinem Büro, denn wir wollen Sophia nicht allein lassen.«

»Das verstehe ich«, antwortete Gabi Haug lächelnd. »Sagen Sie Frau Endreß, dass ich in fünf Minuten nach unten gehe.«

»Das mache ich. Guten Appetit!« Michaela kehrte in ihr Zimmer zurück und sah, dass Selma die Windeln der Kleinen gewechselt hatte.

»Das war nötig«, meinte ihre Freundin zufrieden. »Jetzt ist wieder Platz im Bauch.«

»Den wir gleich füllen werden.« Michaela schenkte ihrer Tochter einen liebevollen Blick und legte die benutzte Windel in eine Tüte, die sie luftdicht verschloss.

»Gib sie mir! Ich werfe sie in den Abfalleimer bei den Toiletten. Ich muss mir sowieso die Hände waschen«, erklärte Selma.

»Ich wasche mir ebenfalls rasch die Hände und komme dann zurück. Du kannst dann mit Frau Haug nach unten gehen«, antwortete Michaela und blickte noch einmal zu ihrer Tochter hin. »Ich bin gleich wieder da!«

9.

Alexander hatte es vor dem Besuch bei Gernitz gegraut. Doch es schien, als hätten der Mühlenbesitzer und seine Tochter begriffen, dass sie mit der Tür ins Haus gefallen waren, und gingen nun geschickter vor. Es gab ein ausgezeichnetes Mittagessen. Zu diesem Anlass hatte Mona ihre Reize etwas dezenter verpackt, ohne sie jedoch zu verbergen. Während des Mahls fragte sie Alexander nach seinen Erlebnissen in den USA.

Als er dabei auch von seinem Appartement berichtete und dessen Größe überschaubar nannte, nahmen beide an, er wäre einem nachrangigen Job nachgegangen.

»Du bist sicher froh, jetzt in der schönen, großen Villa leben zu können und deine Hamburger nicht mehr selbst in die Mikrowelle stecken zu müssen?«, fragte Mona ihn schließlich und kam ihm dabei sehr nahe, sodass Alexander schließlich froh war, sich nach einiger Zeit verabschieden zu können.

Seit diesem Besuch waren ein paar Tage verstrichen, und doch ging Alexander dieser Nachmittag nicht aus dem Sinn. Ein Teil seiner selbst – er nannte diesen den Sohn des Vaters – riet ihm, Monas sichtliche Bereitschaft auszunutzen und über sie auch in den Besitz des Mühlenbetriebs ihres Vaters zu gelangen. Die andere Hälfte in ihm sträubte sich vehement dagegen. Es war zu offensichtlich, dass Mona weniger aus Zuneigung zu ihm mit ihm flirtete, sondern um die Herrin der Marquart-Villa zu werden.

Unsicher, welcher seiner Hälften er nachgeben sollte, ging Alexander in die Kantine zum Essen. Mittlerweile hatte die Belegschaft sich an ihn gewöhnt, und die Mitarbeiter sahen zufrieden, dass er sich in die Warteschlange einreihte und keine Sonderrechte einforderte.

Nicht weit vor ihm entdeckte er Gabi Haug. Neben dieser stand eine ältere Frau mit einer leicht untersetzten Figur und dunkelblonden Haaren. Mit den weiten, an den Knöcheln zusammengebundenen grünen Hosen und dem fast bis zu den Knien reichenden Schlabberhemd in Rosenholzfarbe fiel sie in dieser Umgebung auf. Alexander wunderte sich noch mehr, als seine Sekretärin die Fremde mit an ihren Tisch brachte. Ohne darauf zu achten, was es an diesem Tag zum Essen gab, ließ er sich seinen Teller füllen, ergriff ein Schälchen mit der Nachspeise und folgte den beiden.

Reimers, Holsten und dessen Tochter saßen bereits am Tisch und bestaunten die alte Dame ebenso wie er.

»Dies ist Frau Endreß«, stellte Gabi Haug sie vor. »Sie kümmert sich um Frau Müllers Tochter, während diese arbeitet. Übrigens hat Frau Müller Ihre Mühlenpräsentation bereits fertig, Herr Marquart.«

»Frau Müller ist hier? Aber ich dachte …«, begann Alexander verwirrt.

»Ich habe sie gebeten, erneut auszuhelfen. Es steht einfach zu viel Arbeit an. Im Herbst, wenn es leichter wird, kann sie dann einen schönen Sonderurlaub verbringen! Ich glaube, das hat sie verdient.«

»Allerdings!«, stimmte Reimers ihr bei. In früheren Zeiten hatten er und Holsten je eine eigene Sekretärin gehabt. Durch die zunehmende Digitalisierung und ihre Möglichkeiten hatte Alexanders Vater eine Sekretärin nach deren Übergang ins Rentnerdasein nicht mehr ersetzt, sodass sie sich nun eine Schreibkraft teilen mussten. Den komplexeren Teil der Arbeit hatte Gabi Haug mit übernommen. Solange Alexander in den USA gewesen war, hatte dies funktioniert, doch jetzt war Michaelas Mithilfe dringend nötig geworden.

»Frau Müller fertigt ausgezeichnete Präsentationen und Studien an«, erklärte Alexander und begann zu essen.

Nach einer Weile fiel ihm auf, dass Selma ihn die ganze Zeit musterte. Anscheinend hat man ihr einige Storys über mich erzählt, dachte er belustigt. Einen Firmenerben, der erst nach über einem Jahr erscheint, gab es nun einmal nicht alle Tage.

Selmas Gedanken wirbelten. Alexander glich den Bildern seines Vaters, die sie aus Libusa Fotoalbum kannte, so sehr, als wäre dieser aus diesem Album herausgestiegen. Erst bei genauerem Hinsehen entdeckte sie Züge ihrer verstorbenen Freundin an ihm, die sie zutiefst berührten. Auch benahm er sich nicht so dominant, wie diese ihren Ehemann geschildert hatte.

Doch Selma war unschlüssig, ob sie den Kontakt zu ihm aufnehmen sollte. Es ist wahrscheinlich klug, wenn ich noch ein wenig abwarte, sagte sie sich. Seit Wochen reifte ein Plan in ihr heran. Eigentlich müsste ich Michaela fragen, ob sie es auch will, fuhr es ihr durch den Kopf. Es ist zum Besten aller, versuchte sie, sich selbst zu überzeugen, und machte sich endlich an die Nachspeise.

Alexander stand auf, kaum, dass er aufgegessen hatte. »Ist die Mühlen-Präsentation noch in Ihrem Zimmer, Frau Haug?«

»Das ist sie! Sie liegt auf der linken Seite.«

»Ich werde sie mir holen. Meine Damen, meine Herren, lassen Sie sich nicht stören, sondern genießen Sie Ihre Mittagspause!« Alexander nickte kurz und verließ die Kantine.

Mit dem Aufzug erreichte er die fünfte Etage und ging auf Gabi Haugs Büro zu. Da fiel sein Blick auf die Tür von Michaelas aktuellem Arbeitszimmer, und er erinnerte sich daran, dass er sich bei ihr für ihre ausgezeichneten Präsentationsmappen hatte bedanken wollen. Kurz entschlossen ging er hin und öffnete, ohne anzuklopfen.

Michaela saß mit dem Gesicht zur Wand auf ihrem Stuhl und hielt die Kleine im Arm. Erst als sie sich kurz umschaute, erkannte er, dass sie ihre Tochter stillte, und trat erschrocken einen Schritt zurück.

»Entschuldigen Sie, das wollte ich nicht.«

»Türen sind dazu da, dass man anklopfen kann«, antwortete Michaela mit einer gewissen Schärfe.

Alexander drehte sich beiseite und schüttelte den Kopf. »Sie müssen mich für einen argen Trottel ohne jegliche Manieren halten. Dabei hätte ich selbst darauf kommen müssen, weshalb Sie im Zimmer geblieben sind.«

Michaela beschloss, die Sache nicht zu hoch aufzuhängen. »Jetzt streifen Sie nicht gleich das Büßergewand über. Es ist ja nichts passiert.«

»Trotzdem tut es mir leid!« Alexander hatte Michaelas Busen nur für einen Augenblick gesehen, und dieser war zum größten Teil auch noch von Sophia verdeckt gewesen. Trotzdem ahnte er, dass er diesen Anblick nie vergessen würde, und vor allem nicht das liebevolle Gesicht, mit dem Michaela ihre Tochter betrachtet hatte.

»Ich erteile Ihnen die Absolution! Das nächste Mal aber sollten Sie klopfen.«

»Das werde ich tun!«, versprach Alexander. »Eigentlich bin ich gekommen, um Ihnen für die ausgezeichneten Berichte und Präsentationsmappen zu danken. Sie haben mir bereits drüben in den USA sehr geholfen.«

»Das freut mich. Doch jetzt wäre es mir lieb, einen Augenblick allein sein zu können. Ich würde mich gerne meiner Tochter widmen. Wie es aussieht, ist Sophia satt.«

Michaela wartete, bis Alexander fast fluchtartig die Tür geschlossen hatte, dann legte sie die Kleine in den Kinderwagen zurück und schloss BH und Bluse.

Sie widmete sich der nächsten Präsentation, die Alexander zu sehen wünschte. Nach einer Weile hörte sie ein leises Klopfen an der Tür.

»Du kannst hereinkommen!«, sagte sie in der Annahme, dass es Selma wäre.

Stattdessen steckte Alexander den Kopf zur Tür herein. »Ich möchte Ihnen auch danken, dass Sie trotz Ihrer Kleinen gekommen sind, um Frau Haug zu unterstützen. Aber sollten Sie nicht von Gesetzes wegen zu Hause bleiben?«

»Ich war genau die sechs vorgeschriebenen Wochen weg und kann jetzt wieder einsteigen«, erklärte Michaela und richtete ihre Aufmerksamkeit auf ihre Unterlagen.

Alexander stand noch immer in der Tür. »In der Firma besteht leider großer Bedarf. Ich fürchte, ich habe mit meiner Rückkehr ein größeres Chaos angerichtet.«

»Da kann ich Ihnen nicht widersprechen! Sie haben alles auf einmal losgetreten, anstatt einen Punkt nach dem anderen abhandeln zu lassen. Aber Frau Haug und ich schaffen das schon. Allerdings nur, wenn wir bei der Arbeit nicht gestört werden.«

»Wenn das jetzt ein Stich gegen mich gewesen sein soll, hat er getroffen.« Alexander musste lachen und wunderte sich über sich selbst, weil er sich am liebsten den ganzen Nachmittag mit Michaela unterhalten hätte.

Doch da kam Selma aus dem Aufzug und sah ihn verwundert an.

»Entschuldigen Sie, würden Sie mich bitte vorbeilassen?«, fragte sie.

»Aber selbstverständlich, Frau Ender.«

»Es heißt Endreß, mit scharfem ß«, korrigierte ihn Selma und tippte Michaela an. »Du solltest jetzt zum Essen gehen, sonst macht die Kantine zu. Das Essen ist hier besser als in jener anderen Kantine, die wir beide kennengelernt haben.«

Bei der Erinnerung an das Büfett-Restaurant des Kreuzfahrtriesen *Alsterqueen* musste Michaela lachen. »Hier bleiben die Gäste erhalten und verschwinden nicht nach ein oder zwei Wochen wieder. Da muss sich der Cateringservice anstrengen, sonst bricht in der Belegschaft Unmut aus.«

»In einer Firma, die ich kenne, haben die Mitarbeiter ihren Chef gezwungen, den Fraß zu essen, der ihnen immer vorgesetzt wurde. Er soll zuerst mit der Polizei und dem Arbeitsgericht gedroht haben, war aber danach so entsetzt, dass er den Lieferanten umgehend an die frische Luft gesetzt und für besseres Essen gesorgt hat.«

»Das ist sicher wieder eines deiner Märchen«, meinte Michaela lachend und streichelte Sophias Wange. »Ich komme gleich wieder, mein Schatz«, sagte sie und verließ das Zimmer.

Alexander sah ihr nach und bedauerte, dass er bereits gegessen hatte. Um mehr über Michaela zu erfahren, betrat er nun ihr Zimmer und lehnte sich gegen den Schreibtisch.

»Sie müssen mich für einen argen Sklaventreiber halten, weil Frau Müller trotz Mutterschutz in die Firma kommen musste.«

Selma betrachtete ihn mit einem schwer zu deutenden Blick. »Sie sind gewiss nicht schlimmer als Ihr Vater.«

»Kannten Sie meinen Vater?«, fragte Alexander verblüfft.

Selma schüttelte den Kopf. »Persönlich nicht, aber ich habe sehr viel über ihn gehört.«

Das klingt nicht gerade positiv, dachte Alexander und wandte sich dem Kinderwagen zu. Sophia hatte die Augen geschlossen. Sie sah so süß aus, dass er sie am liebsten herausgehoben und in den Armen gehalten hätte.

Verwundert, wohin sich seine Gedanken verirrten, trat er einen Schritt zurück. »Ich möchte Ihnen danken, dass Sie Frau Müller so lieb beistehen.«

»Sie meinen, weil ich mich um unsere Kleine kümmere und sie sich auf die Arbeit konzentrieren kann.«

Noch war Selma nicht bereit, Alexander zu vertrauen. Er musste vorher beweisen, dass er auch der Sohn seiner Mutter war. Wie würde er es aufnehmen, wenn er erfuhr, dass diese mehr als zwei Jahrzehnte eine Liebesbeziehung mit ihr geführt hatte?, fragte sie sich. Wahrscheinlich war das der Knackpunkt. Wenn er die Mutter dafür verdammte, würde sie die Briefe, die Libusa für ihren Sohn geschrieben hatte, verbrennen und ihn für immer aus ihrem Gedächtnis streichen.

Alexander wunderte sich über Selmas ablehnende Haltung, schrieb sie aber der Tatsache zu, dass Michaela trotz ihrer erst vor Kurzem erfolgten Niederkunft arbeiten musste. Daher beschloss er, beide mit einem hübschen Dankeschön zu versöhnen, und verließ nach einem letzten Blick auf das schlafende Kind das Zimmer.

10.

Obwohl Alexander sich den Rest des Tages auf seine Arbeit zu konzentrieren versuchte, dachte er häufig an Michaela und fragte sich, warum eine Frau wie sie als Aushilfe für seine Sekretärin arbeitete. Mona würde das niemals tun, sondern sich einen Mann suchen, der ihr ein gutes Leben bieten konnte.

Wie fähig Michaela war, sah er an ihrer neuesten Präsentationsmappe. Sie hatte nicht einfach nur ein paar Daten aufbereitet und ausgedruckt, sondern selbst recherchiert. So hatte sie Angebote von Mühlenbetrieben erhalten und fein säuberlich aufgelistet. Alexander kniff die Augen zusammen, denn einige davon waren bereit, in vergleichbarer Qualität wie Gernitz zu liefern, und das zu einem günstigeren Preis.

Unwillkürlich ärgerte er sich über seinen Vater, der an Gernitz als Zulieferer festgehalten hatte. Den Bauunternehmer Schrader hingegen hatte er vor die Tür gesetzt, obwohl dieser einen von ihm selbst verschuldeten Fehler hatte ausbügeln müssen.

Kurz vor Feierabend brachte Gabi Haug ihm den zweiten Ordner. »Hier ist die Planung für die neue Zufahrt zum Werk. Frau Müller hat sie noch rasch fertiggestellt, bevor sie Feierabend gemacht hat.«

»Sagen Sie bloß, Frau Müller ist bis jetzt in der Firma geblieben?«, fragte Alexander fassungslos.

Selbst wenn sie etwas später angefangen hatte, waren es zu viele Stunden für eine Frau mit einem kleinen Kind.

»Sie wollte diese Mappe noch fertigstellen«, antwortete Gabi Haug. »Allerdings sollte das die Ausnahme sein. Ich werde sie morgen dafür mittags heimschicken.«

Alexander nickte. »Tun Sie das! Mein Gott, wenn das bekannt wird, wird man mich für einen noch schlimmeren Sklaventreiber halten als meinen Vater.« Er sah seine Sekretärin nachdenklich an. »Wir sollten unseren Dank für Frau Müllers Engagement nicht nur mit Geld ausdrücken. Wissen Sie etwas, das ihr Freude machen könnte?«

»So gut kenne ich sie leider nicht. Sie hat nie irgendwelche Vorlieben erwähnt«, antwortete seine Sekretärin verwundert.

»Vielleicht können Sie mit ihrer Freundin reden, die kann Ihnen sicher einen Tipp geben«, schlug Alexander vor.

»Das glaube ich unbesehen. Schließlich wohnen die beiden zusammen. Da weiß Frau Endreß sicher, was Frau Müller gefallen könnte«, sagte Gabriele Haug lächelnd.

»Die beiden leben zusammen? Aber was ist mit Frau Müllers Mann?«, fragte Alexander verwirrt.

»Frau Müller ist geschieden«, erklärte Gabi Haug.

»Das ist …« Alexander brach ab und wunderte sich, weshalb ihn dies freute. »Auf jeden Fall ist sie sehr fähig«, sagte er.

Seine Sekretärin nickte. »Das ist sie! Dabei sagte sie, als ich sie einstellte, sie wäre von Beruf Ehefrau, denn sie hätte vom Gymnasium weg geheiratet. Aber wie es aussieht, hat sie während ihrer Ehe doch einiges gelernt.«

»Es sieht so aus«, antwortete Alexander und bekam Lust, auszutesten, wie weit Michaela Müllers Fähigkeiten reichten.

11.

Nach der konzentrierten Arbeit war Michaela müde und schlief auf dem Sofa ein, nachdem sie Sophia noch einmal gestillt hatte. Selma betrachtete sie nachdenklich und beschloss, darauf zu dringen, dass sie mehr Rücksicht auf sich nahm. Nun nutzte sie Zeit, mehrere E-Mails zu schreiben und sich im Internet nach einem Umzugsunternehmen umzusehen.

Später wechselte sie Sophias Windeln, damit Michaela es nicht tun musste, und weckte diese schließlich.

»Ich wollte nicht, dass du das Zu-Bett-Gehen verschläfst«, meinte sie in gutmütigem Spott.

»Entschuldige! Ich war auf einmal so müde«, antwortete Michaela verschlafen.

»Du solltest jetzt Sophia füttern und dich dann für die Nacht fertig machen. Auch wenn du morgen nicht mit den Hühnern aufstehen musst, solltest du doch zu einer christlichen Zeit in der Firma auftauchen.« Selma versetzte Michaela einen leichten Nasenstüber und wurde ernst. »Aber du musst mir versprechen, dass du morgen nicht länger als vier Stunden in den Marquart-Werken bleibst. Sophia und ich haben nichts davon, wenn du schlappmachst, und Alexander Marquart auch nicht.«

»Es ist aber doch so viel zu tun«, wandte Michaela ein.

»Dann soll er noch jemanden einstellen, der Gabi Haug unterstützen kann. Du wirst dich jedenfalls nicht kaputt arbeiten, und wenn ich dich am Kragen packen und aus der Firma schleifen muss!« Selma klang so resolut, als wolle sie das wirklich tun.

»Ich werde mich morgen bremsen«, versprach Michaela. »Außerdem werde ich nur vier Tage in der Woche arbeiten, und dabei nur jeweils sechs Stunden in der Firma bleiben. Bist du nun zufrieden?«

Selma musterte sie kurz und schüttelte den Kopf. »Nein, das werde ich erst sein, wenn du das, was du versprochen hast, auch einhältst. Sonst muss ich Maßnahmen ergreifen, um deine Ausbeutung durch Alexander Marquart zu beenden. Der sollte sich schämen, eine Wöchnerin so schuften zu lassen wie dich.«

»Du magst ihn nicht besonders«, schloss Michaela aus ihren Worten.

»Was heißt hier: nicht mögen? Ich habe ihn heute zum ersten Mal gesehen und mag mir daher noch kein Urteil erlauben. Auf jeden Fall wirst du von jetzt an vernünftiger sein und dich nicht mehr verausgaben. Du bist vorhin, als du Sophia gestillt hast, beinahe eingeschlafen. Das hat die Kleine nicht verdient!« Selma sagte es so anklagend, dass Michaela den Kopf einzog.

»Du hast ja recht. Ich werde in Zukunft besser auf mich achtgeben.«

»Sagen wir lieber, Sophia und ich werden auf dich achtgeben. Du würdest es über der Arbeit nämlich vergessen. Und nun los! Sophia hat Hunger, und du musst anschließend ins Bett.« Selma klang so bestimmend, dass Michaela lachen musste.

»Ich glaube, der wahre Sklaventreiber ist nicht Alexander Marquart, sondern steht neben mir!«

Jetzt musste auch Selma lachen und machte eine Bewegung, als würde sie eine Peitsche schwingen.

12.

Als Michaela am nächsten Vormittag ihr Büro betrat, dauerte es keine drei Minuten, bis Gabi Haug erschien.

»Ich soll Ihnen von Herrn Marquart ausrichten, dass Sie pro Tag nicht länger als vier Stunden in der Firma bleiben sollen. Außerdem sollen Sie nach jeder Stunde eine Viertelstunde Pause machen.«

»Dann komme ich ja zu gar nichts mehr«, protestierte Michaela, während Selma zufrieden nickte. Ein Sklaventreiber war Libusas Sohn schon einmal nicht.

»Sie kriegen das schon hin. Außerdem kann ich Ihnen zureichen, wenn Sie etwas brauchen«, sagte sie.

»Das wäre manchmal ganz hilfreich«, antwortete Michaela, die gerade mit einer wahren Papierflut zu kämpfen hatte.

»Heute geht es allerdings nicht«, schränkte Selma ein. »Ich muss nämlich in einer halben Stunde weg. Du wirst in den nächsten zwei Stunden selbst ein Auge auf Sophia haben müssen.«

»Kein Problem! Sie ist ja meistens brav.« Michaela lächelte ihrer Tochter zu, die sich im Kinderwagen rekelte. Danach machte sie sich an die Arbeit, während Selma die Uhr im Auge behielt und nach einer Weile aufstand.

»Ich fahre jetzt! Bis zum Mittagessen bin ich wieder da. Du musst also nicht verhungern.«

»Das werde ich so schnell nicht, und wenn ich in die Kantine gehe und mir ein Käsebrötchen hole.« Michaela winkte ihrer Freundin kurz zu und rief die nächste Datei auf. Die heutige Mappe war eine härtere Nuss, denn Alexander wollte die Kunden aufgelistet sehen, die von den Marquart-Werken beliefert wurden. Außerdem sollte sie die Handelsketten herausfinden, die in ihren Einzelhandelsgeschäften keine Marquart-Produkte vertrieben, und bei diesen anfragen, weshalb dies so war.

Es war eine Arbeit, die in vier Stunden, in denen sie auch noch Pause machen sollte, niemals zu schaffen war. Selbst ein Tag war zu wenig dafür. Michaela machte sich dennoch konzentriert ans Werk, erledigte zuerst das, was sich ohne größeren Aufwand schaffen ließ, und tätigte schließlich kurz vor Mittag ihren ersten Anruf.

»Guten Tag, hier spricht Michaela Müller von den Marquart-Werken. Sie haben gewiss schon von uns gehört!«

»Ja, wir kennen Ihre Firma. Was kann ich für Sie tun?«, klang es zwar höflich, aber wenig interessiert zurück.

»Wir erstellen eine Marktstudie über die Zufriedenheit unserer Geschäftspartner, wollen dabei aber auch Unternehmen ansprechen, die noch keine unserer Geschäftspartner sind, um besser auf Kundenwünsche eingehen zu können.«

Michaela hörte ein leichtes Seufzen am anderen Ende der Leitung, doch gab ihr Gesprächspartner bereitwillig Auskunft und ließ verlauten, dass er eine Probesendung Marquart-Produkte wohlwollend prüfen werde. Nachdem Michaela aufgelegt hatte, erstellte sie ein Gesprächsprotokoll und machte den Vorschlag, dem entsprechenden Herrn ein Werbepaket zu schicken.

Als Nächstes hatte sie eine jüngere Frau am Apparat, die zuerst recht abweisend wirkte, sich dann aber auch für eine Testsendung zu erwärmen begann.

Als Selma zurückkehrte, hatte Michaela bereits mit den Einkäufern von sechs Handelsketten gesprochen und bei fünfen Interesse für Marquart-Produkte geweckt. Es war ein Eintauchen in eine Welt, die ihr im Augenblick noch fremd war, doch ihr halfen die letzten vier Jahre ihrer Ehe, in denen Peer sich zum Startenor gemausert hatte. Sie hatte bei Partys und Empfängen mit allen möglichen Leuten reden und dabei oft genug von einer Sekunde auf die andere auf ein anderes Thema umschalten müssen.

»Wie ich sehe, hast du keine Pause gemacht. Sophias Windel ist voll, und Hunger hat sie auch«, tadelte Selma sie, da die Kleine jetzt begann, sich lautstark bemerkbar zu machen.

»Tut mir leid! Aber es ist so gut gelaufen!« Michaela ließ ein wenig den Kopf hängen, denn sie hatte Sophia nicht vernachlässigen wollen. Sie nahm die Kleine, wickelte sie neu und legte sie an die Brust.

»Heute war sie glücklicherweise die ganze Zeit still. Aber wenn ich morgen wieder telefoniere, solltest du mit ihr in ein leeres Büro gehen. Meine Gesprächspartner würden sich sehr wundern, wenn Sophia laut wird, und sich wer weiß was denken.«

»Du solltest auch denken, und zwar an unsere Kleine! Eigentlich solltest du noch mit ihr zu Hause sein und nicht hier in der Firma«, antwortete Selma streng.

Michaela lachte. »Ich habe das Gefühl, dass du ganz gerne hier bist. Es geht um Alexander Marquart, nicht wahr?«

»Was du schon wieder denkst!«, wehrte Selma ab und betrachtete das Kind mit einem zärtlichen Blick. »So magst du es, mein liebes Kleines, nicht wahr?«

»Wollen wir noch hier essen, oder fahren wir zu Pietro?«, fragte Michaela, als Sophia satt war und in einer frischen Windel steckte.

»Wir essen hier! Bis wir bei Pietro sind, dauert es zu lange. Außerdem soll unsere Kleine noch nicht zu oft unter die Leute kommen«, erklärte Selma resolut und stand auf. »Ich gehe wieder als Erste! Danach kannst du essen, und anschließend schleife ich dich aus der Firma, hast du verstanden?«

»Jawohl!«, antwortete Michaela mit zuckenden Lippen und wiegte ihre Kleine. Für weitere Anrufe war die Mittagszeit ungeeignet, und die Liste mit den Verkaufszahlen der einzelnen Produkte konnte sie auch am nächsten Tag weiterführen.

Selma kam schneller zurück, als sie es erwartet hatte, und so konnte sie selbst nach unten gehen. Gabi Haug, Alexander Marquart und die beiden Geschäftsführer saßen noch am Tisch, als sie sich zu ihnen gesellte.

»Guten Appetit«, wünschte ihr Reimers.

»Danke.« Michaela begann zu essen und merkte dann erst, dass Alexander sie scharf musterte.

»Sie werden anschließend nach Hause fahren. Es ist bereits eine Zumutung, dass Sie drei Tage die Woche vier Stunden in die Firma kommen«, erklärte er nach einer Weile.

»Ich wollte vier Tage kommen.«

»Aber nur, wenn es unbedingt notwendig ist, sonst drei!« Alexander klang strenger, als er wollte, denn Michaela sah doch etwas abgespannt aus.

»Wenn das ganze Chaos, das ich mit meiner Rückkehr angerichtet habe, beseitigt ist, werden Sie für einige Wochen irgendwohin in Urlaub fahren, und zwar auf Firmenkosten. Das sind wir Ihnen schuldig«, fuhr Alexander fort und verwunderte damit nicht nur Michaela, sondern die gesamte Tischrunde.

Gabi Haug sah ihn scharf an und entdeckte einen seltsamen Ausdruck an ihm. Sollte Alexander etwa Feuer gefangen haben?, fragte sie sich. Wundern würde es sie nicht, denn Michaela war nicht nur eine schöne, sondern auch eine intelligente Frau. Da sie zudem geschieden war, sah sie keinen Hinderungsgrund.

Während die anderen nach dem Essen noch sitzen blieben, stand Michaela auf. »Also dann bis morgen! Auf Wiedersehen.« Sie nahm ihr Tablett und trug es zur Geschirrabgabe.

Reimers wandte sich an Gabi Haug. »Was wissen Sie über Frau Müller? Sie kommt mir irgendwie bekannt vor, aber ich kann sie nicht einordnen.«

»Sie hat nicht viel über sich erzählt, nur dass sie sich vor Kurzem hat scheiden lassen«, antwortete Gabi und fand, dass es eine gute Idee wäre, den Kontakt zu Michaela, aber auch zu Selma zu vertiefen.

Inzwischen hatten Selma und Michaela das Gebäude verlassen. Das Puckelchen war kein besonders großes Auto, bot aber ihnen beiden und der Babyschale mit Sophia genug Platz.

Als Selma losfuhr, wunderte Michaela sich, dass diese nicht in Richtung Heimat fuhr, sondern in den Ort einbog und schließlich in einer Straße mit relativ neu erbauten Häusern anhielt.

»Siehst du das dort?«, fragte Selma und wies auf eine hübsche Doppelhaushälfte, deren Außenwände terrakottafarben gestrichen waren.

»Was ist damit?«

»Das wird ab dem nächsten Ersten unser neues Heim. Der Vorbesitzer hat in Frankfurt gearbeitet, wurde aber nach Brüssel versetzt und musste es verkaufen. Da ich keine Lust hatte, meine restlichen Jahre mit heuchlerischen Nachbarn in einer Mietwohnung zu verbringen, habe ich es gekauft.«

»Aber es war doch sicher furchtbar teuer!«, entfuhr es Michaela.

»Du meinst, ich wäre zu alt, als dass mir die Banken noch einen Kredit geben würden?«, meinte Selma lachend. »Ich habe einiges gespart, und außerdem wurde mir die Lebensversicherung ausbezahlt, die Libusa für mich abgeschlossen hat. Soll ich das schöne Geld etwa auf der Bank liegen lassen, wo es nur seinen Wert verliert? Nein, habe ich mir gesagt, da investiere ich lieber in Betongold. Von hier kommst du den größten Teil des Jahres zu Fuß oder mit dem Fahrrad zur Arbeit. Außerdem finde ich es hübsch hier.«

»Das ist es«, antwortete Michaela begeistert und nahm sich vor, alles zu tun, damit ihre Freundin sich hier wohlfühlen konnte.

Siebter Teil

Schicksalslinien

1.

Ferdinand Jander betrachtete sein Spiegelbild in dem halb blinden Spiegel der jämmerlichen Pension, in die er sich eingemietet hatte, und verfluchte den Tag, an dem er jenem Deal zugestimmt hatte. Um einen Prozess in Deutschland und eine schlechte Presse für die Reederei zu vermeiden, hatte ihm ein Anwalt den Vorschlag gemacht, sich auf eine Anklage wegen Diebstahls einzulassen. Im Gegenzug war ihm eine geringe Strafe zugesagt worden.

»Ich hätte das Kleingedruckte lesen sollen«, murmelte er erbittert, denn anstatt ihn in Deutschland vor Gericht zu bringen, hatten sie ihn an Bord behalten und in Südostasien als angeblichen Dieb den Behörden übergeben. Jander wusste nicht einmal, ob das rechtlich überhaupt zulässig gewesen war. Daher hatte er das vergangene Jahr in einem überfüllten Gefängnis auf einer vergessenen Insel verbracht und war dort zum Spielball der einheimischen Knastbrüder geworden. Die Schufte hatten ihm das meiste Essen weggenommen, ihn verprügelt und ihm mehrfach die Hose über den Hintern gezogen, um Spaß mit ihm zu haben.

Sein Spiegelbild verriet ihm, dass er zehn Jahre älter aussah, als er war. Auch hatte er ebenso viele Kilo an Gewicht verloren, und seine Haare waren an den Schläfen grau geworden. Er packte den Spiegel und wollte ihn an die Wand schmettern, als ihm einfiel, dass seine Pensionswirtin sich das Ding zum Neupreis ersetzen lassen würde.

Dabei hatte er noch Glück im Unglück gehabt, denn er war durch eine Amnestie drei Monate früher freigekommen. Der Rat, den man ihm bei seiner Entlassung gegeben hatte, lautete, möglichst schnell aus dem Land zu verschwinden, um nicht wegen Passvergehens erneut ins Gefängnis zu kommen.

Sein Geld war ihm von den Mitgefangenen abgenommen worden. Somit hätte er die Insel schwimmend verlassen müssen. Doch der Brief, der ihm zuletzt überreicht worden war, hatte ihn wenigstens dieser Sorge enthoben. Die Reederei hatte sein Gehalt bis zum letzten Tag an Bord bezahlt, und so konnte er mit diesem Wisch, seinem Pass und seinem Entlassungsschein aus dem Gefängnis zur einzigen Bank auf dieser Insel gehen und das Geld abheben.

Doch was kam dann? Als verurteilter Dieb konnte er nicht einmal als Tellerabräumer bei einer Kreuzfahrtreederei anheuern. Dabei bekamen die armen Hunde nur ein besseres Taschengeld als Lohn. Mit so einem erbärmlichen Salär würde er niemals auskommen, geschweige denn eine Familie ernähren können, wie es viele der Filipinos und Indonesier tun mussten, die er einst als Streifenhörnchen auf der *Alsterqueen* herumgescheucht hatte. Bei dem Gedanken lachte Jander bitter auf. Ein Streifenhörnchen, sprich ein Schiffsoffizier im Restaurantbereich, würde er nach diesem Gefängnisaufenthalt niemals mehr werden können.

Schwere Schritte vor der Tür beendeten seine Überlegungen. Die Tür wurde aufgerissen, und seine Wirtin steckte den Kopf herein. »Du wirst morgen bezahlen, sonst …!«, sagte sie und trat beiseite, damit er den mindestens eins achtzig großen und hundert Kilo schweren Kerl sehen konnte, der hinter ihr stand.

Jander wusste, dass der Kerl, falls er mit ihm aneinandergeriet, Hackfleisch aus ihm machen würde. »Ich gehe morgen zur Bank und hole das Geld«, versprach er.

»Damian wird mitgehen und zusehen, dass du nicht verloren gehst«, erklärte die Wirtin und schlug die Tür wieder ins Schloss.

»Geh zum Teufel!«, murmelte Jander und setzte sich auf das schmale Bett, das fast noch schlechter war als die Pritsche im Gefängnis. Seine Erfahrung sagte ihm, dass dieser Damian ihn nicht gehen lassen würde, ohne einige Scheine abzukassieren. Auch würde ihm die Pensionswirtin eine Rechnung vorlegen, bei der einem schwindlig werden konnte.

»Warum soll ich bis morgen warten?«, fragte er sich.

Das wenige, das er besaß, konnte er in die Hosentasche stecken. Allerdings durfte er das Haus nicht durch den normalen Eingang verlassen. Wenn er ungesehen ins Erdgeschoss kam, konnte er hinten in der Dusche durch das Fenster steigen. Vor seinem Gefängnisaufenthalt hätte er es nicht geschafft, doch jetzt war er dünn genug.

Als er vorsichtig sein Zimmer verließ, hörte er die Alte unten rumoren. Sie sagte etwas, und dank seinem Gefängnisaufenthalt verstand er genug, um zu begreifen, dass sie den Bullen Damian losschickte, etwas zu besorgen. Jander wartete noch einige Augenblicke, bis er sicher sein konnte, dass der Mann gegangen war, dann stieg er die Treppe hinunter. Unten eilte er sofort zur Dusche. Es gab nur diese eine für alle Gäste, sie wurde von einem schmutzigen Vorhang zum Flur hin geschlossen. Drinnen stand das Fenster offen. Jander steckte den Kopf hinaus, sah, dass niemand in der Nähe war, und kletterte ins Freie.

»Jetzt aber schnell, bevor der Drache was merkt! Die schickt sonst noch den Bullen zur Bank, und dann werde ich nicht nur gemolken, sondern ausgeweidet«, murmelte er und eilte mit langen Schritten davon.

Die Stadt war nicht sehr ausgedehnt, daher gelangte Jander in weniger als zwanzig Minuten zur Bank und stellte sich in die Warteschlange. Für die Einheimischen bot er mit seiner schlotternden, abgetragenen Kleidung einen eigenartigen Anblick. Doch wichtiger, als sich neu einzukleiden, war es für ihn, von dieser verdammten Insel fortzukommen.

Endlich war er an der Reihe und legte seine Papiere vor. Der Bankangestellte starrte darauf, als wäre er des Lesens nicht mächtig. Schließlich erklärte Jander es ihm in einer Mischung aus der Inselsprache und Englisch.

»Sorry, Sir, ich muss meinen Vorgesetzten fragen«, erwiderte der Mitarbeiter und verschwand mit Janders Papieren. In den nächsten Minuten stand dieser tausend Ängste aus, der Mann könnte nicht zurückkommen und er ohne Geld und ohne Papiere hier stranden.

Doch da tauchte er wieder auf und reichte ihm seine Papiere sowie einen Stapel Geldscheine. »Sorry, Sir, aber wir können das Geld nur in unserer Währung auszahlen. Danach können Sie es gegen die entsprechenden Gebühren gegen Dollar oder Euro umtauschen!«

»Was ich auch tun werde, und zwar in Euro!« antwortete Jander und wartete, bis ihm der Bankangestellte die entsprechenden Banknoten herüberschob. Er nahm diese entgegen und verließ die Bank mit dem Gefühl eines über Bord Gefallenen, der eben einen Rettungsring hatte ergreifen können. Er eilte direkt zum Hafen und erreichte gerade noch rechtzeitig die Fähre, die zu einer größeren Nachbarinsel übersetzte. Von dort, so hoffte er, würde er entweder eine Schiffspassage oder einen Flug bekommen, um dieses Land endlich hinter sich lassen zu können.

2.

Zwei Tage später hatte Jander sich wieder in einen vorzeigbaren Menschen verwandelt. Zwar hatte er beim Kauf der Kleidung sparen müssen, doch er konnte nun wenigstens in das Hafenviertel gehen und nachsehen, ob er auf einem Schiff mitfahren konnte. Vom Fenster des kleinen Hafenlokals aus, in dem er zu Mittag aß, sah er ein Kreuzfahrtschiff am Pier liegen. Es war einer der kleinen, alten Kästen, bei dem die Kreuzfahrtromantik moderne Balkonkabinen und ein entsprechendes Entertainment ersetzen musste.

Jander seufzte. Dieses Schiff war genau das, was er sich wünschte, doch das würde ein Traum bleiben. Da sah er jemanden draußen vorbeigehen, stutzte einen Augenblick und schoss dann wie von der Tarantel gestochen hoch. Um nicht als Zechpreller aufgehalten zu werden, warf er dem Kellner ein paar Münzen hin und stürmte hinaus.

Es war tatsächlich Nils Ballenbrock, ein Kollege einer früheren Passage. Jander rannte hinter ihm her und fasste ihn am Ärmel. »He, Nils, schön, dass ich dich treffe!«

Der Mann fuhr herum und starrte ihn an. Es dauerte einige Augenblicke, bis er realisierte, wen er vor sich sah.

»Hol mich der Teufel, Ferdinand Jander höchstpersönlich! Das Letzte, was ich von dir gehört habe, war, dass du bei einer Hamburger Reederei angeheuert hast. Aber von der ist derzeit kein Schiff in diesen Gewässern.«

»Hör mir mit denen auf! Die haben mich gelinkt, dass es nur so gekracht hat.«

Da Jander auf seinem früheren Schiff nie negativ aufgefallen war, sah Nils Ballenbrock keinen Grund, ihm zu misstrauen. »Du siehst nicht gut aus!«, meinte er mitfühlend.

Jander stieß die Luft aus der Nase. »Nach einem Jahr im Knast in diesem Scheißland würdest du auch nicht besser aussehen.«

»Du warst im Knast?«

»Sie haben mich wegen Diebstahl und Unterschlagung hingehängt! Aber ich schwöre dir bei allem, was mir heilig ist, dass ich nie auch nur einen einzigen Cent zu Unrecht an mich gebracht habe.«

Das ist nicht einmal gelogen, dachte Jander, denn es war nur ein vorgeschobener Grund, um ihn nicht in Deutschland wegen versuchter Vergewaltigung anklagen zu müssen.

»Es gibt immer Schweine!«, meinte Ballenbrock. »Ich hatte auch eines auf meinem vorigen Schiff. Der Kerl ist dem Quartiermeister in den Arsch gekrochen und hat gegen mich gehetzt, um den Job zu bekommen, der mir zugesagt worden war. Ich habe danach abgemustert und bin auf den Kasten da drüben gegangen. Die *Belle Île* ist kleiner als die neuen Schiffe, und die Aufstiegschancen sind entsprechend gering. Aber es gibt auch weniger Ärger, weil jeder mit anpacken muss und die deutschen Streifenhörnchen nicht wie auf den großen Pötten den Massa spielen und den Filipinos die Arbeit überlassen können. Sag mal: Brauchst du nicht einen Job?«

»Dringend!«, stieß Jander hervor. »Ich habe nicht einmal genug Geld, um von hier zu verschwinden. Dabei ist meine Aufenthaltsgenehmigung abgelaufen.«

Ballenbrock musterte ihn kurz und nickte. »Bei uns sind zwei Kellner von Bord gegangen, und es gibt hier keinen Ersatz. Ich könnte dich daher gut gebrauchen. Es ist allerdings kein Job, bei dem du einen Streifen auf der Achsel trägst!«

Das Letzte klang etwas zweifelnd, da Ballenbrock nicht wusste, ob Jander sich darauf einlassen würde. Doch dieser hätte notfalls sogar die Böden geschrubbt, um diese Insel verlassen zu können.

»Ich bin dabei, Nils! Und danke, dass du mich nicht im Stich lässt.«

»Wäre ja noch schöner!«, brummte der und wies auf das Schiff. »Geh hin und sage der Wache an der Gangway, dass ich dich schicke. Du wirst allerdings warten müssen, bis ich zurückkomme, damit sie dich an Bord lassen. Es dauert höchstens eine Stunde.«

»Ich warte auch zwei Stunden oder drei«, antwortete Jander grinsend und ging auf das Schiff zu, während Ballenbrock seinen Weg fortsetzte.

Am Hafeneingang reichten Janders Pass und seine Erklärung aus, ein Mitglied der Besatzung des Kreuzfahrtschiffes *Belle Île* zu sein, um ihn durchzulassen. Die Securitybeamte des Schiffes kontrollierten jedoch genauer und wiesen ihn an zu warten, bis Ballenbrock zurückkomme und für ihn bürge.

Jander war damit zufrieden. Während er das Schiff betrachtete und sich vornahm, alles zu tun, um so rasch wie möglich zum Restaurationsoffizier mit einem Streifen aufzusteigen, fiel ihm ein, dass er auch hier die Übernachtung geprellt hatte. Diesmal hatte er zwar ein paar Sachen im Zimmer zurückgelassen, doch als er deren Wert mit dem Geld verglich, das er im Hotel für das Zimmer zahlen müsste, schob er den Gedanken, noch einmal zurückzugehen und seine wenigen Habseligkeiten zu holen, weit weg.

Es dauerte auch nicht lange, dann kehrte Ballenbrock zurück. Er nickte zufrieden, als er Jander sah, und winkte ihm, mitzukommen.

»Ich sorge dafür, dass du einen Bordausweis bekommst und dir eine Kabine zugewiesen wird«, versprach er und führte Jander zu seinem Vorgesetzten.

»Das hier ist ein alter Freund von mir. Er würde gerne als Kellner bei uns anfangen.«

»Sind Sie schon einmal auf einem Kreuzfahrtschiff gefahren?«, fragte dieser. »Jemanden, der schon bei leichtem Seegang grün im Gesicht wird und kotzt, können wir nicht gebrauchen.«

»Ich war mit Herrn Ballenbrock zusammen auf der *Lady of Chester*«, antwortete Jander.

»Da hat er auf jeden Fall nicht gekotzt«, setzte Ballenbrock grinsend hinzu.

»Haben Sie ein Gesundheitszeugnis?«, fragte der Quartiermeister.

Jander schüttelte den Kopf. Lieber Gott, lass es daran nicht scheitern, flehte er in Gedanken.

»Dann lassen Sie sich heute noch vom Bordarzt untersuchen! Herr Ballenbrock soll Ihnen zeigen, wo Sie unterkommen, und vor allem, wo Sie eingesetzt werden.«

»Ich freue mich darauf!«, antwortete Jander und meinte es ehrlich. Er war wieder in seiner Welt angekommen.

Das Urteil des Bordarztes war positiv. Kurz darauf erhielt er die Kleidung eines Bordkellners, seinen Bordausweis und die Einweisung in seinen Job. Danach durfte er sein Quartier beziehen. Er hatte noch drei Stunden Pause, bis er das erste Mal servieren musste, und ging daher in den Aufenthaltsraum. Dort stand ein Getränkeautomat, der jedoch seine Münzen nicht akzeptierte.

Ein Kollege half ihm aus und stellte neugierige Fragen. Jander antwortete ausweichend, weil er nicht wollte, dass die anderen von seinem Gefängnisaufenthalt erfuhren. Bei Ballenbrock war es etwas anderes gewesen. Er hatte sein Mitleid gebraucht und wusste, dass er sich auf dessen Verschwiegenheit verlassen konnte.

Als sein neuer Kollege angesichts seiner Wortkargheit den Aufenthaltsraum verließ, zog Jander eine der deutschen Illustrierten zu sich, die hier herumlagen, und blätterte sie ohne Interesse durch. Doch plötzlich weiteten sich seine Augen.

»Der Startenor Peer Varenthin und seine Ehefrau Antonella singen den Mario Cavaradossi und die Tosca in der gleichnamigen Oper in Den Haag«, las er die Überschrift und schüttelte verwirrt den Kopf. Varenthins Ehefrau war doch Michaela! Die Frau auf dem Bild sah zwar hübsch aus, war aber brünett und mit Sicherheit nicht Michaela.

»Was ist mit Michaela?«, fragte er sich.

Während seines Gefängnisaufenthalts hatte er beinahe jeden Tag an sie gedacht und sich vorgestellt, wie sie ihn einmal für diese bittere Zeit entschädigen würde. War sie jedoch in der Zwischenzeit verstorben, so hatte sein Leben keinen Sinn mehr.

3.

Im Gegensatz zu Ferdinand Janders Befürchtungen ging es Michaela ausgezeichnet. Selma und sie waren inzwischen nach Manfredsthal umgesiedelt und hatten sich rasch eingewöhnt. Sophia war nun sieben Monate alt und nahm es gelassen hin, am Morgen in die Firma gebracht und in ein rollbares Laufgitter neben dem Schreibtisch der Mutter gelegt zu werden. Gabi Haug hatte es in Alexanders Auftrag besorgt, weil er nicht wollte, dass die Kleine die Stunden im Büro in dem engen Kinderwagen verbringen musste, zumal sie schon versuchte, sich hochzuziehen.

Auch Selma kam nach wie vor öfter in die Firma, um wie einige Rentnerinnen dort auszuhelfen. Durch ihr Wissen und ihre Erfahrung bei der Führung ihrer Kneipe machte sie sich bald unentbehrlich und stieg schließlich zur Chefin des Kantinenpersonals auf.

Die Belegschaft war damit zufrieden, denn das Essen schmeckte unter ihrer Aufsicht noch besser. Außerdem bereitete sie für mehrere langjährige Firmenangehörige deren Betriebsjubiläen zur vollsten Zufriedenheit vor und wurde dafür von Alexander in den höchsten Tönen gelobt. Dieser hatte zu Beginn ein enormes

Tempo vorgelegt und seine Untergebenen damit fast überfordert. Inzwischen hatte sich alles eingeschliffen und lief relativ glatt. Es fiel allerdings mehr Arbeit an als früher, und so hatten Michaela und Gabi Haug eine gemeinsame Hilfskraft erhalten, die ihnen zuarbeitete.

Alexander war längst bewusst, dass Michaela als Gabi Haugs Assistentin unterfordert war. Sie anstelle Gabis zu seiner Sekretärin zu machen, konnte und wollte er der altgedienten Kraft allerdings nicht antun. Immerhin erledigte Gabi ihre Arbeit rasch und präzise, und er konnte sich im Grunde keine bessere Sekretärin wünschen. Sein Problem war, dass es ihn zu Michaela hinzog, und ein weiteres, dass diese es nicht einmal bemerkte. Michaela war so auf ihre Tochter fixiert, dass Alexander regelrecht verzweifelte. Die ihr aufgetragenen Aufgaben erledigte sie jedoch zu aller Zufriedenheit, sodass sich nur noch Lästermäuler darüber erregten, dass es ihr gestattet wurde, ihre Tochter mit in die Firma zu bringen.

An diesem Tag las Alexander den aktuellen Monatsbericht durch und sah erfreut, dass die Marquart-Werke erneut ihre Produktion wie auch ihren Gewinn erhöht hatten. Es war das sechste Mal hintereinander, seit er die Firma übernommen hatte, dabei war es schon vorher gut gelaufen.

Mit einem letzten Blick auf die Zahlen nahm er den Telefonhörer zur Hand und betätigte die Schaltung zu seiner Sekretärin. »Frau Haug, richten Sie Frau Müller aus, dass ich sie sprechen möchte!«

Er hätte Michaela auch selbst anrufen können, wollte aber seine Sekretärin nicht übergehen.

»Frau Müller ist eben in die Pause gegangen. Ich sage es ihr, sobald sie zurückkommt«, antwortete Gabi und schüttelte den Kopf. Mein Gott, wie kann ein so erfolgreicher Geschäftsmann wie er bei Frauen nur so ängstlich sein?, dachte sie. Dabei ist Michaela wie geschaffen für ihn. Ich glaube, ich muss doch einmal ein längeres Gespräch mit Selma führen. Sie lachte leise, sperrte ihren Computer und stand auf. Auch ich habe das Recht auf eine Tasse Kaffee, sagte sie sich, als sie zum Aufzug ging und in die Kantine fuhr. Um die Zeit war diese relativ leer, und sie entdeckte Michaela auf Anhieb. Diese saß, Sophia auf dem Schoß, neben Selma, die ihr eben ein Stück Kuchen zuschob.

»Das isst du jetzt! Du wirst mir sonst zu dünn«, erklärte Selma.

»Ich habe mein altes Gewicht wieder«, antwortete Michaela. Da kam Gabi auf sie zu. »Der Chef will dich sprechen!«

»Dann solltest du Sophia mir überlassen und rasch deinen Kuchen essen. Ehemänner kann man warten lassen, aber niemals den Chef!«, meinte Selma lachend.

»Dabei warst du doch niemals verheiratet«, spottete Michaela und reichte ihr Sophia zu. »Hoffentlich dauert es bei Herrn Marquart nicht zu lange. Ich will dir Sophia nicht stundenlang aufhalsen.«

»Ich bringe sie nach oben und wechsle die Windel, wenn du zu lange brauchst«, versprach Selma und fragte Gabi, was sie gerne hätte.

»Eine Tasse Kaffee und auch so ein Stück Kuchen«, antwortete diese und reichte ihr den Firmenausweis, damit die Bestellung abgebucht werden konnte.

Kurz darauf brachte Selma Kaffee und Kuchen und wollte wieder gehen. Da wies Gabi auf den Stuhl neben sich. »Setzen Sie sich doch, Frau Endreß! Ich wollte mich schon lange mit Ihnen unterhalten.«

»Dann will ich hoffen, dass es keine Beschwerden wegen des Essens gegeben hat«, antwortete Selma spitz.

Gabi lächelte. »Das würde sich niemand hier trauen! Außerdem gibt es keinen Grund, sich zu beschweren. Eher ist das Gegenteil der Fall. Ihre Vorgängerin war schon nicht schlecht, aber

Sie toppen sie noch. Es hat noch nie so gut geschmeckt wie zurzeit.«

»Das bilden Sie sich ein. Wir haben immer noch denselben Lieferanten«, wehrte Selma etwas kokett ab.

»Dem Sie aber mal die Hammelbeine langgezogen haben«, wandte Gabi ein und beugte sich zu ihr hin. »Ich will nicht übers Essen mit Ihnen reden, sondern über Frau Müller.«

Sofort schaltete Selma auf Abwehr. Hier in der Kantine redeten die Leute gerne, und so hatte sie die Gerüchte gehört, die besagten, Michaela würde Gabriele Haug eher über kurz als lang den Posten der Chefsekretärin streitig machen. »Was soll es da viel zu reden geben?«

»Ich habe den Eindruck, dass sie Herrn Marquart sehr gefällt.«

»Das bilden Sie sich nur ein«, brummte Selma, obwohl auch ihr die Blicke, mit denen Alexander ihre Freundin musterte, nicht entgangen waren.

»Ich finde Frau Müller auch sehr nett und würde gerne mehr über sie erfahren!«

»Um sie dann in die Pfanne hauen zu können?«, fuhr Selma sie an.

»In dem Fall würde ich wohl kaum ihre beste Freundin fragen. Ich habe Frau Müller wirklich gern, und wie es aussieht, geht es Alexander Marquart nicht anders.«

»Auch nicht mehr als die meisten anderen Mitglieder der Belegschaft«, antwortete Selma gegen ihr eigenes Gefühl.

»Ich habe das Gefühl, dass Frau Müller es nicht bemerkt oder nicht darauf anspricht! Gibt es etwas, das ihr eine Abneigung gegen Männer eingeimpft haben könnte?«

Jetzt wurde Selma hellhörig. »Sie meinen, Herr Marquart wäre an Michaela nicht nur als Mitarbeiterin interessiert?«

Zwar hatte sie bereits diesen Verdacht, wollte ihn aber von Gabi bestätigt wissen.

»Genau das meine ich!«, erwiderte Gabi eifrig. »Es ist ja auch kein Wunder, denn Michaela ist ebenso schön wie intelligent. Sie würde sich an seiner Seite ausgezeichnet machen.«

»Ich dachte, auf die Stelle wäre Mona Gernitz scharf?«, wandte Selma ein.

Die junge Frau war in den letzten Wochen mehrfach im Werk gewesen, um Alexander zu irgendwelchen Events abzuholen, und hatte hier ihren Cappuccino getrunken. Wie Alexander zu ihr stand, wusste Selma nicht. Offensichtlich aber war, dass Mona Gernitz ihn bereits als ihren Besitz ansah. Außerdem war sie die Tochter eines steinreichen Mannes, während Michaela als geschiedene Frau dieses Sängerknaben außer ihrem Gehalt nur eine gewisse Summe als Unterhalt bekam, die im Falle einer Wiederverheiratung versiegen würde. Andererseits besaß der Gedanke, ihren Schützling mit Libusas Sohn zu verheiraten, einen gewissen Reiz. Mittlerweile hatte Selma Alexander etliche Monate lang beobachten können und ihn schätzen gelernt. Libusa wäre stolz auf ihn, dachte sie, und auch auf Michaela. Doch war diese zu einer zweiten Ehe bereit? Diese Frage zu erforschen, würde Fingerspitzengefühl erfordern.

»Wenn man an den Teufel denkt, kommt er auch schon«, sagte Gabi Haug mürrisch.

»Was ist los?«, fragte Selma und sah dann selbst, dass Mona Gernitz' grellroter Sportflitzer auf den Parkplatz einbog.

4.

Unterdessen klopfte Michaela an Alexanders Bürotür und trat ein, als sie dazu aufgefordert wurde.

»Sie wollten mich sprechen, Herr Marquart?«

Alexander nickte und wünschte sich, sie würde nicht ganz so kühl und geschäftsmäßig wirken. »Ich wollte mich bei Ihnen für Ihre Idee bedanken, verschiedenen Lebensmittelketten eine Probe unseres Warenangebots zu schicken. Es hat sich als sehr erfolgreich erwiesen.«

»Das freut mich! Ich möchte Sie aber darauf hinweisen, dass wir dies nicht unaufgefordert tun sollten, sondern vorher mit der jeweiligen Firma Kontakt aufnehmen müssen«, erklärte Michaela. »Dies ist zum einen höflicher, und zum anderen kann man dabei das Interesse an unseren Produkten wecken. Bekämen die Firmen die Waren unaufgefordert, könnten sie sich gestört fühlen und sich ablehnend verhalten.«

Alexander nickte beeindruckt. »Sie sind eine ausgezeichnete Menschenkennerin, Frau Müller. Auch aus diesem Grund bin ich froh, dass Sie den Weg zu uns gefunden haben. Wegen des Erfolgs Ihrer Probeaktion werde ich Ihnen zusammen mit der nächsten Gehaltsabrechnung eine Prämie von zweitausend Euro auszahlen lassen.« Er hatte gehofft, Freude oder wenigstens Überraschung auf ihrem Gesicht zu sehen, doch sie beherrschte sich meisterhaft.

»Das ist nicht nötig, Herr Marquart.«

»Was nötig ist, bestimme hier immer noch ich!« Alexander wurde für einen Augenblick laut und schämte sich sofort dafür. »Entschuldigen Sie bitte! Ich hätte Sie nicht anschreien dürfen.«

»Sie sind der Chef und haben hier das Sagen. Aber wenn Sie es wünschen, akzeptiere ich Ihre Entschuldigung«, antwortete Michaela.

»Danke! Sie werden aber auch die Prämie akzeptieren, ebenso den Urlaub, den Sie zu einer Zeit Ihrer Wahl auf Firmenkosten antreten werden. Sie können Frau Endreß selbstverständlich mitnehmen.«

»Aber das ist doch vollkommen unnötig!«, wehrte Michaela ab.

»Ich halte es für sehr nötig«, erklärte Alexander mit Nachdruck. »Es soll die Belohnung dafür sein, dass Sie trotz Ihres Babys in die Firma gekommen sind. Es hat damals ein arges Chaos geherrscht, und Sie haben uns nicht nur geholfen, es zu beseitigen, sondern auch ausgezeichnete Vorschläge gemacht. Aus diesem Grund möchte ich Sie auch nicht mehr als Assistentin meiner Sekretärin beschäftigen, sondern …«

»Wenn Sie glauben, ich würde Frau Haugs Stellung übernehmen, haben Sie sich getäuscht. Sie ist eine sehr fähige Frau, und ich könnte sie niemals ersetzen.«

Es klang wie eine Kampfansage. Alexander fragte sich, weshalb sie ihn so missverstehen konnte, und hob beschwichtigend die Hand. »Daran habe ich wirklich nicht gedacht! Ihre Vorschläge haben gezeigt, dass wir aktiver auf Kundensuche gehen müssen, wenn die Firma nicht stagnieren soll. Sonst besteht die Gefahr, dass uns irgendwann einer der großen Konzerne schluckt. Ich habe wenig Lust, in meiner Villa zu sitzen und auf das Werk zu schauen, das mir einmal gehört hat, und froh sein zu müssen, genug dafür erhalten zu haben, um nicht am Hungertuch zu nagen.«

»Das ist verständlich«, gab Michaela zu.

»Aus diesem Grund will ich eine Marketingabteilung aufbauen und Sie mit deren Leitung betrauen.«

»Ich weiß nicht, ob ich das kann«, wandte Michaela ein.

»Ich glaube schon! Sie müssen zunächst allein zurechtkommen, erhalten aber später eine oder zwei Hilfskräfte. Jetzt sollten wir über Ihr Gehalt sprechen.«

Bevor Michaela etwas darauf antworten konnte, erklang die Erkennungsmelodie des Telefons.

»Entschuldigen Sie mich einen Moment«, bat Alexander. »Es ist Frau Haug«, sagte er nach einem Blick auf das Display und hob ab. »Frau Haug, was gibt es?«

»Frau Gernitz ist eben eingetroffen. Sie sagt, Sie hätten ihr versprochen, bereit zu sein, wenn sie Sie abholt.«

Alexander verzog das Gesicht, denn er hatte ganz vergessen, dass er Gernitz und dessen Tochter zugesagt hatte, sie zu einer Ausstellung zu begleiten. Oder, besser gesagt, die beiden hatten ihn so lange geknetet, bis er zugesagt hatte. Angesichts der Tatsache, dass Mona auf ihn wartete, machte es keinen Sinn mehr, mit Michaela über deren Gehalt zu sprechen.

»Danke, Frau Haug!«, sagte er innerlich stöhnend und legte auf. »Ich muss leider weg! Wir werden morgen weitersprechen, Frau Müller.«

Michaela war froh, in Ruhe über Alexanders Vorschlag nachdenken zu können. »Auf Wiedersehen, Herr Marquart«, sagte sie lächelnd und verließ das Zimmer.

»Auf Wiedersehen.«

Alexander wusste nicht, ob sie es noch gehört hatte. Er hätte gerne noch länger mit Michaela gesprochen. Sie zog ihn an wie ein Magnet, wirkte aber selbst so kalt wie Eis. Nein, korrigierte er sich, das war sie nicht. Sie umhegte ihre Tochter mit fürsorglicher Liebe.

»Was würde ich dafür geben, wenn sie mich nur einmal so ansehen würde, wie sie es bei Sophia tut!« Erst der Klang der eigenen Stimme brachte ihn darauf, dass er seine geheimsten Gedanken laut ausgesprochen hatte. Er schüttelte über sich selbst den Kopf, holte sein Sakko aus dem Schrank und machte sich auf den Weg.

Er fand Mona in der Kantine, wo sie gerade einen Cappuccino schlürfte.

»Ah, da bist du ja schon! Ich will nur noch schnell austrinken«, rief sie, als Alexander hereinkam, und drehte sich so, dass er ihren Ausschnitt bewundern konnte.

Selma, die sie von der Ausgabetheke aus beobachtete, verzog das Gesicht. Wenn Michaela sich jemals so billig machen würde, bekäme sie von ihr einen nassen Putzlappen übergezogen, sagte sie sich und stellte unwillkürlich Vergleiche zwischen den beiden jungen Frauen an. Mona war landläufig hübsch, kam aber selbst geschminkt nicht gegen Michaela an. Was die Intelligenz betraf, so hatte sie Selmas Meinung nach auch nicht zweimal »hier« geschrien. Letztlich war sie die verwöhnte Tochter eines erfolgreichen Vaters, der dumm genug gewesen war, ihr ein sorgenfreies Leben ohne Pflichten zu ermöglichen, anstatt sie in seinen Mühlenbetrieb mit einzubeziehen. So verstand sie sich nur aufs Geldausgeben und darauf, mit dem Po zu wackeln und ihre Oberweite zu präsentieren.

Selmas Urteil war sicher zu hart, denn Mona war weder so verwöhnt noch so dumm, wie Selma es ihr nachsagte. Vor allem aber wusste sie, was sie wollte, und das war, binnen Jahresfrist als Frau Marquart in die große Villa am Rand von Manfredsthal einzuziehen. Da ihr klar war, dass Geschäftsleute wie ihr Vater oder auch Alexander Unpünktlichkeit hassten, ließ sie die noch halb volle Tasse auf dem Tisch stehen und ging zu Alexander. Dabei sah sie, wie Selma die Tasse abräumte, wischte sich leicht über die Stirn und lachte leise.

»Was ist los?«, fragte Alexander verwundert.

»Draußen!«, beschied ihn Mona und ging so schnell, dass sie ganz ihr dekoratives Hüftschwingen vergaß.

Am Parkplatz setzte sie sich ans Steuer ihres roten Sportwagens und wartete, bis Alexander Platz genommen hatte.

»Ich habe mich schon gewundert, warum der Cappuccino bei euch um so viel besser schmeckt als zu Zeiten deines Vaters, hätte mir aber niemals träumen lassen, dass du die Endreß dafür engagiert hast!«

»Die Endreß?«

»Selma Endreß! Die hat mit ihrer Lebensgefährtin noch bis vor einem guten Jahr ein angesagtes Lesbenlokal in Frankfurt geführt. Eine Freundin von mir war öfters dort und hat davon geschwärmt.

Es gab einen großen Artikel in einer Zeitschrift. Einmal bin ich mitgegangen. Endreß' Betthupferl war eine ausgezeichnete Köchin und eine hübsche, wenn auch recht schweigsame Frau.«

Während Mona vor sich hin plapperte, überschlugen sich Alexanders Gedanken. Sollte mit der ausgezeichneten Köchin etwa Michaela gemeint sein? War diese etwa auf Frauen fixiert und machte sich deshalb nichts aus ihm?

Doch Mona wechselte bereits das Thema. »Vater lässt sich entschuldigen! Er hat einen dringenden Geschäftstermin und kann daher nicht mitkommen.«

Es dauerte einige Augenblicke, bis Alexander ihre Worte begriff, und prompt ärgerte er sich erneut über Gernitz und seine Tochter. Auch er hätte den Rest des Nachmittags genug zu tun gehabt. Vor allem aber hätte er das Gespräch mit Michaela weiterführen können. Auch wenn sie vielleicht nicht auf Männer stand, so war sie doch eine hochintelligente Mitarbeiterin, die in der Firma einiges bewegen konnte.

In dem Moment verglich er Michaela wieder mit Mona. Er kam zwar zu keinem so vernichtenden Urteil über seine Begleiterin wie Selma, sagte sich aber, dass Mona Michaela niemals würde das Wasser reichen können.

»Du bist arg schweigsam heute«, beschwerte sich Mona, weil er nur in die Landschaft starrte.

»Ich muss über ein paar Angelegenheiten nachdenken. Du weißt doch, ein Geschäftsmann streift seinen Job nicht wie einen Mantel an der Firmentür ab, sondern ist vierundzwanzig Stunden im Dienst.«

Mona flüchtete sich in ein gekünsteltes Lachen. »Du bist ja noch schlimmer als mein Vater!«

»Der steht auch schon weitaus länger an der Spitze seines Unternehmens als ich und kann das Ganze entspannter angehen«, sagte Alexander.

»Er will übrigens in nächster Zeit mit dir sprechen. Es soll wichtig sein, hat er mir gesagt.« Mona lachte erneut und überholte kurz darauf in so halsbrecherischer Weise mehrere Autos, dass Alexander sie strafend ansah.

»Wenn mein Chauffeur das gemacht hätte, würde ich ihn entlassen.«

»Ich weiß, was ich meinem Wagen zumuten kann«, antwortete Mona beleidigt. Dann fiel ihr ein, dass sie Alexander nicht verärgern durfte, und rettete sich in ein Lachen. »Beim nächsten Mal fahre ich vorsichtiger. Versprochen!«

»Die Straßen sind so verdammt eng und kurvig«, fand Alexander, »wenigstens im Vergleich zu jenen in den USA.«

»Bist du dort viel gefahren?«, wollte Mona wissen.

Alexander schüttelte den Kopf. »Nein! Die Entfernungen zu meinen Kunden waren zu groß, um sie mit einem Auto zurücklegen zu können. Ich bin geflogen und wurde entweder abgeholt oder habe ein Taxi genommen.«

»Hast du überhaupt einen Führerschein?« Für Mona war dies eine Selbstverständlichkeit. Alexander war jedoch in den USA aufgewachsen und da sah die Sache vielleicht anders aus.

»Natürlich. Und er ist auch schon auf Deutschland umgeschrieben«, erklärte Alexander und sagte sich, dass er weitaus lieber mit Michaela durch die Gegend fahren würde als mit Mona, die ihr Versprechen bereits wieder vergessen hatte und erneut halsbrecherisch überholte.

5.

Während Alexander mit Mona nach Frankfurt fuhr, kontrollierte Michaela die Arbeit ihrer Aushilfe. »Sehr gut, Frau Walter! Damit kann Herr Marquart zufrieden sein.«

Die besorgte Miene der jungen Frau machte Erleichterung Platz. »Es freut mich, dass es Ihnen gefällt, Frau Müller! Ich habe mich bemüht, alles so zu tun, wie Sie es mir gezeigt haben.«

»Morgen gehen wir die Liste der Neukunden durch und überlegen, welche Weihnachtsgeschenke wir für diese aussuchen sollen.«

Es waren nur noch ein paar Wochen bis Weihnachten, und die Geschenke für die Geschäftspartner mussten dringend bestellt werden. Michaela ärgerte sich, weil sie Alexander nicht schon früher darauf hingewiesen hatte. Der Herbst war jedoch so schön gewesen, dass es einen Blick auf den Kalender gebraucht hatte, um sich an die Jahreszeit zu erinnern.

»Ich werde morgen mit Herrn Marquart darüber sprechen, in welchem Rahmen wir einkaufen dürfen«, setzte sie hinzu und schaltete den Computer ab. »Feierabend! Den haben wir uns auch verdient. Auf Wiedersehen, Frau Walter.«

»Auf Wiedersehen, Frau Müller. Bis bald, Sophia!«

Sarah Walter winkte dem Mädchen zu, als es von der Mutter aus dem Bettchen geholt und in den Kinderwagen gelegt wurde, und verließ das Büro.

Michaela fuhr mit dem Aufzug nach unten, sah, dass Selma noch mit Gabi Haug zusammen in der Kantine saß, und schob den Kinderwagen hinein. »Willst du nicht mit nach Hause gehen?«

»Doch, doch!«, antwortete Selma und drehte sich noch einmal zur Chefsekretärin um. »Also bis morgen, Gabi.«

»Bis morgen, Selma«, antwortete Gabriele Haug.

Michaela sah ihre Freundin verwundert an. »Du duzt dich mit Frau Haug! Seit wann denn?«

»Seit vorhin. Wir sind ins Gespräch gekommen und haben uns gut verstanden. Da waren wir beide der Meinung, dass das steife

Sie eigentlich nicht mehr passt. Wenn du willst, kannst du Gabi auch duzen. Sie traut sich nur nicht, es dir selbst vorzuschlagen.«

»Bin ich so bissig?«, fragte Michaela und brachte Selma zum Lachen.

»Das nicht, aber du hast dir als Peer Varenthins Ehefrau im Umgang mit künstlerischen, wirtschaftlichen und politischen Größen eine Sicherheit angewöhnt, die auf Normalsterbliche oftmals einschüchternd wirkt.« Selma kicherte bei diesen Worten, als meinte sie es nicht ganz ernst, doch Michaela zog leicht die Augenbrauen zusammen.

»Du willst doch nicht etwa sagen, dass ich arrogant bin?«

»Das nicht, aber du triffst immer den richtigen Ton und bist gleichzeitig ein wenig distanziert. Ich glaube, damit schüchterst du sogar Alexander Marquart ein.«

»Herr Marquart hat mir heute angeboten, eine Marketingabteilung aufzubauen«, antwortete Michaela.

»Siehst du! Das hätte er nicht getan, wenn er nicht genau wüsste, dass du für diese Aufgabe einhundertzehnprozentig geeignet bist.« Selma versetzte Michaela einen leichten Klaps auf die Schulter und wies mit dem Kinn auf Sophia. »Unsere Kleine freut sich auf zu Hause.«

»Ich auch. Aber ich muss unterwegs noch zum Zeitschriftenkiosk.«

»Ich warte mit Sophia im Auto auf dich.« Selma sah sich noch einmal um. In der Kantine war alles sauber und aufgeräumt, und so konnte sie guten Gewissens gehen.

Selma fuhr immer noch ihr Puckelchen und war damit zufrieden, auch wenn es etwas Mühe machte, das Gestell des Kinderwagens im Kofferraum zu verstauen.

»Willst du fahren?«, fragte sie, damit Michaela Übung bekam. Diese besann sich einen Augenblick und nahm dann den Autoschlüssel entgegen.

»Ich hoffe nur, dass ich einen Parkplatz finde, in den ich ebenso leicht hineinkomme wie auch heraus«, erwiderte sie seufzend und startete den Wagen.

Ein paar Minuten später hielt sie vor dem Zeitungsladen an, stieg aus dem Wagen und betrat das Geschäft. Es dauerte ein paar Minuten, dann kam sie mit mehreren Illustrierten unter dem Arm wieder heraus.

»Ich wusste gar nicht, dass du mit deinem eigentlichen Vornamen Lieschen heißt«, spottete Selma.

»Wie kommst du denn darauf?«

»Es heißt doch, dass die gelben Blätter für Lieschen Müller gedruckt werden. Müller stimmt bei dir, also muss dein zweiter Vorname Lieschen sein.«

Selma kicherte ein wenig, schüttelte aber insgeheim den Kopf über ihre Freundin. So wie es aussah, schien Michaela der Welt, die sie mit ihrer Trennung von Peer Varenthin verlassen hatte, doch ein wenig nachzutrauern, sonst würde sie nicht diese Zeitschriften kaufen.

Michaela stoppte den Wagen vor ihrer Einfahrt. »In die Garage solltest besser du hineinfahren. Ich habe Angst, mit deinem Puckelchen irgendwo anzuschrammen.«

Selma verdrehte die Augen. »Es ist ein so kleines Auto und eine so große Garage. Das wirst du doch noch schaffen!«

»Also gut!«, seufzte Michaela und fuhr langsam in die Garage hinein.

Als sie ausstieg, sah Selma sie kopfschüttelnd an.

»Sag du noch einmal, dass du nicht Auto fahren kannst! Dabei tust du es aus reiner Bequemlichkeit nicht. Du bist aus deiner Ehe noch gewohnt, chauffiert zu werden.«

»In den ersten drei, vier Jahren bin ich viel gefahren«, erklärte Michaela. »Damals sind wir noch mit einer recht betagten Limousine durch die Lande gereist.«

»Dein Mann hätte sich mehr an diese Zeit erinnern sollen, anstatt unbedingt ein zweiter Pavarotti werden zu wollen«, sagte Selma abwinkend und zog Michaela kurz an sich. »Es ist schade, dass es so enden musste.«

»Ich weiß nicht …«, antwortete Michaela unsicher. »Im Nachhinein kommt mir diese Zeit fast irreal vor. So als hätten wir an einem Tag noch in kleinen Pensionen gewohnt und am nächsten im Hotel Excelsior!«

»Das Excelsior merkt man dir an. In allem, was du tust, bist du voll die Dame. Das ist vielleicht auch ganz gut so.« Selma dachte an Alexander, dem eine Frau wie Michaela ausgezeichnet zu Gesicht stehen würde. Als engagierter Geschäftsmann brauchte er keine Frau, die ständig Aufmerksamkeit einforderte, wie das Mona Gernitz gewiss tun würde. Selma wusste jedoch nicht, wie sie Michaelas Aufmerksamkeit auf ihren Chef lenken konnte. Auf keinen Fall durfte sie mit der Tür ins Haus fallen. Die gescheiterte Ehe mit dem Startenor hatte ihre Freundin verletzt, und sie war vermutlich noch nicht bereit für eine neue Partnerschaft. Da dies nichts war, was sie hier und jetzt ändern konnte, wandte Selma sich wieder dem Hier und Jetzt zu.

»So, und jetzt holen wir unseren Schatz aus dem Auto, und dann koche ich uns ein Abendessen, zu dem du Sie sagen wirst«, erklärte sie burschikos und half Michaela, die Babyschale mit der Kleinen vom Rücksitz zu nehmen.

»Langsam wird das Ding für die junge Dame zu eng. Wir sollten ihr bald einen neuen Kindersitz besorgen!«, sagte sie, als sie zur Haustür gingen.

»Wenn du willst, können wir das morgen erledigen. Sie braucht jetzt wirklich mehr Platz«, antwortete Michaela und zwinkerte Sophia fröhlich zu.

Sie gingen ins Haus, und während Selma das Abendessen zubereitete, zog Michaela sich mit Sophia in ihr Zimmer zurück.

Nachdem sie die Kleine gestillt und die Windeln gewechselt hatte, legte sie sie ins Kinderbett und nahm die gekauften Zeitschriften zur Hand. In den nächsten Minuten trennte sie mehrere Seiten heraus und scannte sie ein. Sie war damit so beschäftigt, dass sie Selmas Ruf zum Abendessen überhörte.

Schließlich kam diese in ihr Zimmer. »Hast du denn keinen Hunger?«, fragte sie und sah auf das oberste der ausgeschnittenen Blätter. Es war ein Bericht mit Fotos von Peer Varenthins Auftritt in Paris.

»Du hast es anscheinend noch immer nicht überwunden«, meinte sie mitfühlend.

Michaela zuckte mit den Schultern. »Wenn du Peer meinst – dem gönne ich seine zweite Frau und auch die Karriere, die sie zusammen machen. Ich sammle die Artikel nicht für mich, sondern für Sophia. Wenn sie größer wird, soll sie etwas über das Leben ihres Vaters erfahren.«

»Das verstehe ich. Aber was ist, wenn du noch einmal heiratest und dein Mann für die Kleine der Vater wird, der dieser Sängerknabe niemals war?«

»Sophia soll trotzdem wissen, woher sie kommt.«

Während Michaela es aussprach, spürte sie, dass die Enttäuschung über ihren Ex-Mann am Schwinden war. Peer Varenthin führte sein Leben und sie das ihre. Auch wenn der Glanz großer Feste und die Aufmerksamkeit der Presse und der Opernszene für sie vorbei waren, empfand sie keinen Verlust.

»Ich hoffe, Sophia nimmt es mir später nicht übel, dass sie als Tochter von Peer Varenthin nicht im Blitzlichtgewitter der Fotografen stehen kann«, setzte sie nachdenklich hinzu.

»Daher wäre ich dafür, es ihr zu verschweigen und das Zeug hier wegzuwerfen«, erwiderte Selma.

»Wenn sie später einmal auf ihre Geburtsurkunde schaut, wird sie es entdecken und wäre dann zu Recht böse auf mich, weil ich es ihr vorenthalten habe.« Michaela blickte lächelnd zu ihrer Tochter hinüber und sagte sich, dass sie sie niemals über ihre Herkunft belügen würde. Immerhin war Peer Varenthin niemand, dessen die Kleine sich schämen musste. Um weitere Diskussionen zu beenden, nahm sie das Kind aus dem Bettchen und trug es in die Essecke.

Selma folgte ihr, den Kopf voller Gedanken. Peer Varenthin war ein schöner Mann, während Alexander zwar auch recht gut aussah, aber nicht landläufig attraktiv war. War er vielleicht deswegen nicht Michaelas Typ? Auf jeden Fall musste sie sich etwas einfallen lassen, damit ihre Freundin ihren Chef nicht nur als Arbeitgeber ansah, sondern ihn auch als Mann bemerkte. Alexander selbst stand Michaela mit Sicherheit nicht gleichgültig gegenüber. Sie hatte ihn lange genug beobachtet, um sagen zu können, dass er zwar ein ebenso ausgezeichneter Geschäftsmann wie sein Vater war, in allem anderen aber der Mutter glich. Plötzlich musste Selma kichern. Wenn es ihr gelang, die beiden miteinander zu verkuppeln, würde sie Alexander die Briefe seiner Mutter als Hochzeitsgeschenk überreichen.

6.

Während Michaela und Selma beim Abendessen saßen, langweilte Alexander sich auf dem Empfang, mit dem die Eröffnung der Ausstellung gefeiert wurde. Außer Mona kannte er keinen Menschen, am wenigsten die, die Monas Bemerkungen nach zu den Größen der hiesigen Kunstszene zählten. Er begriff auch nicht, worüber die Leute redeten. Es war, als würde sich deren Erlebnishorizont so stark von dem seinen unterschieden, dass sie genauso gut eine fremde Sprache hätten sprechen können.

Mona hingegen fühlte sich hier so wohl wie ein Fisch im Wasser. Ein Glas Sekt in der Hand und gelegentlich eines der kleinen Häppchen naschend, die von Kellnern im Frack und adrett gekleideten Servierdamen angeboten wurden, sprach sie mal mit dem einen Gast ein paar Worte, mal mit einem anderen. Sie ging so darin auf, dass sie teilweise sogar ihren Begleiter vergaß. Alexander hielt sich in ihrer Nähe, nickte Besuchern zu, die ihm zunickten, und beschloss, dass das hier nicht seine Welt war.

»Mona, Liebling, wie schön, dich zu sehen!« Ein schlaksiger Mann kam auf sie zu und strahlte die junge Frau an.

»Hi, Thommy!«, rief sie erfreut und umarmte ihn.

Obwohl Alexander kein Interesse an ihr hatte, fand er, dass die beiden sich etwas zu lange und zu innig in den Armen lagen. So, als begreife Mona das ebenfalls, löste sie sich und wandte sich Alexander zu.

»Darf ich dir Thommy oder, besser gesagt, Thomas Haunold vorstellen? Thommy ist ein begnadeter Maler und hat vor zwei Jahren auch ein Bild von mir gemalt. Wenn du willst, zeige ich dir es heute.« Im nächsten Moment kniff sie die Lippen zusammen. »Vielleicht ein andermal! Ich glaube, ich habe es verräumt.«

»Aber du hast es doch nicht etwa aus deinem Schlafzimmer entfernt?«, rief Haunold protestierend. »Es hat dort so wundervoll hineingepasst!«

»Kannst du mir ein Glas Sekt besorgen?«, bat Mona Alexander.

»Es ist schon dein viertes! Du wirst nicht mehr fahren können«, wandte Alexander ein.

Mona lag auf der Zunge, dass sie sehr wohl noch in der Lage wäre, Auto zu fahren, schluckte es aber hinunter. »Dann fährst eben du. Ich fahre dir eh zu flott!«

»Hat Mona Sie auch einmal mitgenommen? Mir ist damals der Angstschweiß aus allen Poren gekrochen«, warf Haunold ein.

»Bitte, ich habe Durst!«, drängte Mona.

Alexander stieß nach wenigen Schritten auf eine der Serviererinnen und winkte ihr zu. Unaufgefordert reichte sie ihm ein volles Glas.

»Herzlichen Dank!«, sagte er und kehrte zu Mona zurück. Diese redete eifrig auf Haunold ein und übersah ganz, dass Alexander wieder neben sie trat.

»Erwähne bitte das Bild nicht mehr, Thommy. Alexander muss nicht wissen, dass du mich nackt gemalt hast«, hörte er sie sagen.

Er war nicht so prüde, daran Anstoß zu nehmen. Ihn ärgerte allerdings, dass Mona unaufrichtig war und es vor ihm verheimlichen wollte.

»Ist er dein neuestes Opfer?«, fragte Haunold spöttisch.

»Wir werden heiraten!«, antwortete Mona heftig.

»Dann wird er das Bild ganz sicher sehen.«

Alexander hielt es für geraten, ein paar Schritte Abstand zwischen die beiden und sich zu legen, schlenderte wie suchend herum und trat dann erneut auf sie zu.

»Mona, dein Sekt!« Seine Stimme klang freundlich, obwohl er sich an fast jeden anderen Ort der Welt wünschte als in den großen Saal eines bedeutenden Hotels in Frankfurts Innenstadt, wo sich die Crème de la Crème der Künstlerszene versammelt hatte.

»Oh, da bist du ja wieder, Alexander. Danke!« Ein seelenvoller Blick folgte, der einen Eisberg hätte schmelzen können.

Alexander setzte ein freundliches Lächeln auf und blickte auf seine Armbanduhr. »Es wird Zeit, heimzufahren.«

»Bitte nicht! Jetzt geht es hier doch erst so richtig los. Darf ich dir den Kulturreferenten der Stadt Frankfurt vorstellen?«

Ohne auf eine Antwort zu warten, fasste Mona Alexander am Ärmel und zog ihn hinter sich her. Ihn länger in Haunolds Gesellschaft zu lassen, wagte sie nicht, da dieser als gekränkter Künstler bestimmt wieder auf jenes Bild zu sprechen käme.

7.

Da Mona auf der Party sehr viel Ausdauer bewiesen hatte, war Alexander sehr spät oder vielmehr erst früh am Morgen nach Hause gekommen. Zwar hatte er auch in früheren Zeiten oft nur wenige Stunden geschlafen, doch diesmal war seine Stimmung so schlecht wie lange nicht mehr. Er hatte sich bei diesem Kunstevent fürchterlich gelangweilt und sich mehrfach über Mona geärgert. Zu allem Überfluss bedrückte es ihn, dass Michaela Müller die Freundin einer bekennenden Lesbierin und damit für ihn unerreichbar war.

Als er die Villa verließ, war er kurz davor, sowohl Michaela als auch Selma zu kündigen. Augenblicke später erschrak er über diesen Gedanken. Die beiden konnten nichts dafür, dass sie so waren, wie sie waren. Zudem brauchten sie den Verdienst, um leben zu können. Er dachte an die kleine Sophia, die ihre Mutter in der Zeit, in der diese nur für sie hätte da sein sollen, mit seiner Firma hatte teilen müssen.

»Du bist so etwas von unsensibel und ein Volltrottel dazu«, schalt er sich. Außerdem wollte er Michaela auch dann nicht verlieren, wenn sie kein Interesse für ihn als Mann aufbrachte.

Als er sein Büro betrat, hatte sich Alexanders Laune etwas gebessert. Er ging die Post durch, die Gabi Haug für ihn bereitgelegt hatte, und nickte zufrieden. Bei einem Test durch eine große Zeitschrift hatte eines seiner Erzeugnisse Platz eins belegt – und das gegen namhafte Konkurrenz. In weiteren Artikeln wurde seine Firma als vorbildlich gepriesen, und zwei mittlere Lebensmittelketten, die durch Michaelas Einsatz auf seine Produkte aufmerksam geworden waren, hatten erfreuliche Mengen geordert.

Noch während Alexander las, klopfte es an die Tür.

»Ja, herein!«

Die Tür wurde geöffnet, und Michaela trat einen Schritt auf ihn zu. »Entschuldigen Sie, Herr Marquart, doch Sie sagten gestern, dass wir unser Gespräch heute fortsetzen sollten. Ich habe mir gestern Abend ein paar Gedanken über Kundenpflege gemacht und diese Mappe erstellt. Wenn Sie sich diese bitte einmal ansehen würden.«

»Danke.« Alexander streckte die Hand nach der Mappe aus und schlug sie auf. Es war eine von Michaelas typischen Präsentationen, klar, verständlich und überzeugend.

»Sie schlagen vor, die Zahl der Weihnachtsgeschenke für unsere Geschäftspartner zu erhöhen?«

»In erster Linie will ich die Zahl der Bezieher erhöhen, indem wir auch die Einkäufer kleinerer Einzelhandelsketten und größerer Biomärkte in den Kreis einbeziehen«, erklärte Michaela. »Die Geschenke selbst will ich nur um ein Teil ergänzen, und zwar um ein extra dafür angefertigtes Gebäck mit einer persönlichen Note. Ich weiß, es ist ein gewisser Aufwand damit verbunden, doch halte ich diesen für vertretbar.«

In den nächsten Minuten machte Michaela noch einige Vorschläge, beantwortete Alexanders Fragen und räumte seine Einwände aus dem Weg.

Sie identifiziert sich stark mit der Firma, und es wäre ein großer Verlust, würde sie sie verlassen, dachte er. Dabei musterte er sie unauffällig. Sie war ein Gegenbeispiel zu Mona, die von geschäftlichen Dingen nichts wissen wollte und in einer Welt lebte, die nicht die seine war. Er stellte sich vor, wie sich Michaela gestern an seiner Seite verhalten hätte. Mit Sicherheit hätte sie nicht so viel Sekt getrunken, dass sie danach seinen Arm benötigte, um nicht über ihre High Heels zu stolpern. Michaela erschien ihm ruhig, gelassen und auf eine angenehme Weise damenhaft zu sein, ohne überspannt zu wirken. Dagegen war Mona sehr überspannt, aber nicht damenhaft.

Bei dem Gedanken bogen sich seine Lippen zu einem spöttischen Lächeln, das rasch einer bitteren Miene Platz machte. Michaela war eine Frau, wie ein Geschäftsmann wie er sie sich nur wünschen konnte, aber sie lebte mit einer Lesbe zusammen.

»Was halten Sie von meinen Ideen?«

Michaelas Frage beendete Alexanders Gedankengang, und er richtete seine Aufmerksamkeit wieder auf ihre Mappe. »Wir sollten Ihren Vorschlägen folgen, Frau Müller. Ich werde die nötigen Schritte in die Wege leiten. Wie viele Leute, glauben Sie, müssen wir bescheren?«

»Wir haben einunddreißig Geschäftspartner mit dem Umsatzwert, ab dem Ihr Vater Geschenke ausgelobt hat. Ich würde diesen Kreis auf fünfundsechzig Personen erweitern. Bis zu Platz fünfzig sind die Umsatzunterschiede so gering, dass die anderen sich ausgeschlossen fühlen könnten. Die restlichen fünfzehn gehören zu Unternehmen, mit denen wir heuer Geschäftsbeziehungen aufgenommen haben.«

Alexander nickte. Es gab nichts Schlimmeres als jemanden, der sich darüber ärgerte, dass sein Nachbar etwas bekommen hatte und er nicht. Angesichts dessen war der finanzielle Aufwand zu vertreten.

»Wir machen es so, Frau Müller. Jeder dieser fünfundsechzig Geschäftspartner erhält die üblichen Geschenke und dazu eine Großpackung unserer Kekse in einem personalisierten Karton«, sagte er zu Michaela.

»Ich würde bei den üblichen Geschenken auch eine gewisse Änderung vornehmen«, antwortete diese. »Als mehrfach ausgezeichneter Anbieter von Biolebensmitteln sollten wir darauf verzichten, Dinge zu verschenken, die kein Biosiegel aufweisen.«

Alexander sah sie erstaunt an. »Das sollte doch selbstverständlich sein.«

»War es bislang aber nicht! Zwar hat Ihr Vater geschickterweise auf die Vorlieben einzelner Geschäftspartner Rücksicht genommen und dem einen feinen schottischen Whisky und einem anderen kubanische Zigarren geschenkt, aber die übrigen Sachen waren Standard. Das möchte ich ändern.«

»Also keinen Whisky und keine Zigarren mehr«, meinte Alexander mit einem gewissen Spott.

Michaela schüttelte den Kopf. »So habe ich das nicht gemeint. Ein Generaldirektor, der jedes Jahr seine spezielle Flasche Whisky oder Cognac beziehungsweise seine Havanna-Zigarren erhalten hat, würde sich wundern und womöglich sogar ärgern, wenn er sie nicht mehr bekommt.«

»Sie denken aber auch an alles.«

»Wer nicht mit des Menschen Eitelkeit rechnet, kann sich sehr leicht verrechnen«, antwortete Michaela. »Deswegen habe ich diese Mappe erstellt, damit Sie sehen, wie ich mir das Ganze vorstelle.«

»Ihre Mappe ist wie immer ausgezeichnet.« Alexander lächelte entsagungsvoll. Wie es aussah, gab es drei Themen, die Michaela Müllers Leben bestimmten: Das war zum einen ihre Tochter, dann ihre Freundin Selma Endreß und zum Dritten die Firma. Dabei wünschte er sich, zumindest den vierten Platz einzunehmen.

Soll ich wirklich von vornherein aufgeben?, fragte er sich. Bei dem großen Steuerprogramm, für das er knapp zwei Jahre gebraucht hatte, hatten alle anderen zuerst auch erklärt, es wäre unmöglich zu schaffen.

»Sie sind ein Gewinn für die Firma, Frau Müller. Das muss sich auch in Ihrem Gehalt niederschlagen«, sagte er lächelnd und nannte die Summe, die er sich vorstellte.

Michaela starrte ihn mit großen Augen an. »Aber das ist doch viel zu viel! Das kann ich niemals rechtfertigen.«

»Das überlassen Sie mir. Stellen Sie ein paar Aushilfskräfte ein, die Ihnen bei der Weihnachtsaktion helfen sollen, und machen Sie sich über die Kosten keine Gedanken. Immerhin gilt es, unseren Kunden zu beweisen, dass es zwar einen Generationenwechsel in der Geschäftsführung gegeben hat, die Qualität unserer Produkte jedoch gleich geblieben ist.«

»Ich werde alles tun, damit es zu Ihrer Zufriedenheit abläuft, Herr Marquart«, sagte Michaela ernst.

»Vernachlässigen Sie dabei Ihre Tochter nicht. Sonst muss ich deren Bettchen zu mir hereinstellen lassen und selbst die Windeln wechseln.« Alexander zwinkerte Michaela zu, damit sie seine Bemerkung nicht falsch auffasste, und reichte ihr die Hand.

»Danke.«

»Wofür?«

»Dafür, dass es Sie gibt.«

Der Blick, mit dem Alexander sie bedachte, verwunderte Michaela. Sie sagte sich, dass sie sich wahrscheinlich getäuscht hatte, und verabschiedete sich, um wieder an ihre Arbeit zu gehen.

8.

Etliche hundert Kilometer von den Marquart-Werken entfernt stand Peer Varenthin als Don José in der Oper *Carmen* auf der Bühne und begeisterte das Publikum. Sein Beispiel spornte die junge rumänische Sopranistin, die die Rolle der Carmen sang, zu Höchstleistungen an und zog auch die anderen Akteure mit.

Der Applaus am Ende der Oper wollte nicht enden, und die Sängerinnen und Sänger mussten ein ums andere Mal vortreten, um sich zu zeigen. Blumen regneten auf die Bühne herab, und das Blitzlichtgewitter der Fotografen blendete so sehr, dass Peer fast nichts mehr sehen konnte. Doch er war selig. Endlich hatte er der

Opernwelt gezeigt, dass er nicht nur einzelne Arien mit höchster Kunst singen konnte, sondern auch eine ganze Oper.

Seine Lehrerin Dietlind Fabian klatschte ebenfalls begeistert, und Rainer Pahnke dachte zufrieden daran, dass Peer nach dieser Aufführung auf allen Opernbühnen der Welt würde singen können. Anders als diese beiden verging Antonella beinahe vor Wut. Zwar hatte sie die Rolle der Carmen auch einmal singen dürfen, war dabei jedoch weit hinter der jungen Rumänin zurückgeblieben und würde daher auch weiterhin nur ein Engagement als Zweitbesetzung bekommen.

»Peer muss in Zukunft darauf dringen, dass ich die weibliche Hauptrolle neben ihm singe«, murmelte sie. »Ich habe ihn nicht geheiratet, um ihm wie die dumme Kuh Michaela den Tee zu kochen und den Hintern abzuwischen!«

»Was sagst du?«, fragte Pahnke.

»Beim nächsten Engagement will ich die Hauptrolle haben!«

Pahnke seufzte innerlich. Antonella begriff einfach nicht, dass sie für die großen Bühnen nicht gut genug war. Andererseits konnte er es sich nicht leisten, sie zu verärgern. In ihrer impulsiven Art würde sie sonst Peer unter Druck setzen und diesen möglicherweise dazu bringen, wichtige und vor allem lukrative Angebote abzulehnen. Einen Augenblick lang wünschte er sich, Peer wäre noch mit Michaela verheiratet. Diese hatte ihm zwar auf die Finger geschaut, war aber berechenbar gewesen. Antonella hingegen wurde zum Taifun, wenn ihr etwas nicht passte.

»Lass uns hinter die Bühne gehen und auf Peer warten«, schlug er vor.

Antonella dachte daran, dass sie dort auch die rumänische Sängerin treffen würde, und die wollte sie nicht zu ihrem Auftritt beglückwünschen müssen.

»Ich möchte zurück ins Hotel! Es ist mir zu kalt hier«, sagte sie und hängte sich bei Pahnke ein.

Dieser überlegte kurz und nickte. »Es wird aber noch mindestens eine Stunde dauern, bis Peer uns folgen kann.«

»Die werden wir schon irgendwie hinter uns bringen«, antwortete Antonella und nahm sich vor, die Zeit zu nutzen, um Pahnke klarzumachen, dass er sich gefälligst stärker für sie einsetzen musste.

Dietlind Fabian blieb im Opernhaus und wartete darauf, dass Peer in seiner Garderobe erschien, um abgeschminkt zu werden.

»Sie haben phänomenal gesungen!«, sagte sie begeistert. »Ich habe den Don José selten so herrlich erlebt.«

»Danke.« Peer sah sich suchend um.

»Ihrer Frau war kalt, daher hat Herr Pahnke sie ins Hotel gebracht«, klärte Dietlind ihn auf. »Wenn Sie erlauben, werde ich jetzt auch gehen und Ihren Tee aufbrühen, damit er die richtige Temperatur hat, wenn Sie kommen.«

»Danke! Es tut mir leid, dass Sie das übernehmen müssen, Frau Fabian. Bei Michaela hätte es das nicht gegeben.«

Längst hatte Peer Varenthin den Verdacht, dass seine neue Ehe nicht der Gewinn war, den er sich von ihr erhofft hatte. Die wilde Leidenschaft war abgekühlt, und daran waren nicht zuletzt Antonellas ewige Klagen schuld, ihr werde nicht die Achtung entgegengebracht, die ihr als seine Frau und als große Sopranistin zustand. Auch kümmerte sie sich nicht um sein Wohlergehen und überließ es Dietlind Fabian, seine Mahlzeiten zusammenzustellen und seine Tees zu kochen. Ihm fehlten auch die wunderschönen Mappen mit den Zeitungsausschnitten und den Berichten über seine Auftritte, die Michaela zusammengestellt hatte.

Gelegentlich blätterte er darin und verspürte eine gewisse Wehmut. Dabei konnte er über seinen Erfolg nicht klagen. Das nächste Engagement war bereits für Zürich vereinbart, und für die Salzburger Festspiele hatte man ihm die Rolle des Idomeneo angeboten.

Und doch blieb ein Stachel. Dieser hieß Antonella und war seine Frau. Sie wollte einfach nicht einsehen, dass ihre Stimme nicht für eine Primadonna ausreichte. Doch anstatt sich mit den Rollen zufriedenzugeben, für die sie gut genug war, wollte sie unbedingt seine Partnerin in den Hauptrollen werden. Auf kleineren Provinzbühnen hätte er dies durchsetzen können, doch er wollte endlich in den großen Häusern spielen. Um Antonella ein wenig zufriedenzustellen, hatte er bereits mehrere CDs mit ihr aufgenommen, die sich gut verkauften.

Da irritierte ihn ein Schatten, und er blickte auf. »Oh, Frau Floreanu! Ich freue mich, Sie zu sehen!«

»Entschuldigen Sie, wenn ich Sie störe. Aber ich wollte Ihnen unbedingt meine Bewunderung kundtun. Ich bin heute angekommen und habe, als ich Sie singen hörte, vor Freude geweint. Auch will ich Ihnen danken, weil Sie meinen Schützling Nadja Iljescu durch Ihr Beispiel so motiviert haben, dass sie den größten Auftritt ihrer bisherigen Karriere hingelegt hat. Sie ist voll des Lobes über Sie!«

Peer hatte mit seiner Partnerin auf der Bühne nur bei den Proben gesprochen und auf den einen oder anderen kleinen Fehler hingewiesen. Im Nachhinein musste er sich sagen, dass sie im Gegensatz zu Antonella auf ihn gehört hatte.

»Nadja Iljescu ist Ihr Schützling, Frau Floreanu? Dann sind Sie zu beglückwünschen. Frau Iljescu verfügt sowohl über eine ausgezeichnete Stimme wie auch über eine große Ausstrahlung. Ich bin mir sicher, dass man sie einmal zu den ganz großen Sopranistinnen zählen wird.«

»Das werde ich ihr nicht sagen, sonst fühlt sie sich unter Druck gesetzt. Ich möchte sie und meine weiteren Schützlinge in aller Ruhe aufbauen«, antwortete Aurica und lächelte auf eine Weise, die Peer gefiel.

»Das ist ein guter Vorsatz! Meine Frau … ich meine, meine Ex-Frau hat mir das immer gepredigt. Langsam aufbauen, aber niemals auf einer Stufe stehen bleiben.«

»Das ist auch meine Devise, Herr Varenthin. Zwar kann ich nur ein paar Tage bleiben, um mich Nadja zu widmen, aber ich habe dabei sicher das Vergnügen, Sie beide noch einmal zu hören.«

»Ich würde mich freuen«, antwortete Peer und bedauerte es, als Aurica Floreanu sich verabschiedete.

9.

Alexander war es in den letzten Monaten gelungen, den Marquart-Werken einen entscheidenden Schub nach vorne zu versetzen. Bei der Suche nach seiner Mutter hingegen war er keinen Schritt weitergekommen.

Als er an diesem Tag nach Hause kam, empfing ihn seine Hausdame bereits an der Haustür.

»Herr Ginter hat eben angerufen, dass er heute Abend noch vorbeikommen will. Er hatte gehofft, Sie noch in der Firma zu erreichen, doch Sie hatten diese bereits verlassen, und Ihr Handy war abgeschaltet«, erklärte sie.

»Abgeschaltet?« Verwundert zog Alexander sein Handy aus der Tasche und schüttelte ärgerlich den Kopf. »Der Akku hat den Geist aufgegeben. Herr Becker soll sich darum kümmern, dass ein neuer Akku eingesetzt wird.« Mit diesen Worten reichte Alexander Irene Bouvain das Gerät und ging in sein Büro. Kurz darauf hatte er den Anwalt am Telefon.

»Guten Tag, Herr Ginter! Wie ich hörte, haben Sie mich nicht erreichen können.«

»Nicht so schlimm, jetzt habe ich Sie ja in der Leitung. Haben Sie heute Abend einen Augenblick Zeit für mich?«, fragte der Anwalt.

»Auch zwei oder drei Augenblicke«, antwortete Alexander von neuer Hoffnung beseelt. Er hatte Ginter vor geraumer Zeit beauftragt, nach seiner Mutter suchen zu lassen, und hoffte endlich auf einen Erfolg.

»Ist es Ihnen gegen zwanzig Uhr recht?«

»Sehr gerne! Haben Sie Ergebnisse?«

»Teils, teils«, antwortete Ginter mit einer Stimme, die zu düster klang, um Gutes zu versprechen.

»Also bis acht Uhr«, sagte Alexander und legte auf. Mit einem Mal empfand er Angst vor dem, was ihm sein Anwalt mitteilen würde.

Als die Uhr auf die genannte Stunde zuging, hielt er es in der Villa nicht mehr aus und trat ins Freie. Pünktlich vernahm er das Geräusch eines sich nähernden Autos. Augenblicke später bog der Wagen des Anwalts auf den Parkplatz vor der Villa ein. Der Motor erstarb, und Ginter stieg aus.

»Guten Tag, Herr Marquart«, grüßte er, als er Alexander im Lichtschein vor dem Haus entdeckte.

»Guten Abend, Herr Ginter! Kommen Sie herein. Was wünschen Sie zu trinken, Wein oder Cognac?«, fragte Alexander.

»Weder noch, ich muss ja noch fahren. Für eine Tasse Tee wäre ich Ihnen jedoch dankbar.«

»Daran soll es nicht scheitern.« Alexander ließ Ginter ein und bat die herbeieilende Hausdame, für Tee zu sorgen. Er führte Ginter in sein privates Wohnzimmer und setzte sich auf die Couch.

»Ich habe meine ganze Hoffnung in Sie gesetzt, Herr Ginter, nachdem ich hier im Haus nicht den geringsten Anhaltspunkt hinsichtlich meiner Mutter gefunden habe«, begann er das Gespräch.

Ginter nickte nachdenklich. »Es tut mir leid, dass es so lange gedauert hat. Zwar habe ich eine ausgezeichnete Auskunftei mit der Suche beauftragt, doch auch diese tat sich schwer, den weiteren Lebensweg Ihrer Mutter zu verfolgen.«

»Aber Sie haben es geschafft«, schloss Alexander aus diesen Worten.

»Ja. Das Ergebnis wird Ihnen jedoch nicht gefallen.«

»Ist meine Mutter tot?«, fragte Alexander erschrocken.

»Bedauerlicherweise ja. Sie ist vor etwas mehr als einem Jahr einem Krebsleiden erlegen.«

»Mein Gott!« Alexander schlug sich die Hände vors Gesicht und verfluchte sich, weil er unbedingt diesen einen Auftrag hatte fertigbringen wollen. Wenn er gleich nach dem Tod seines Vaters nach Hause gekommen wäre, hätte er seine Mutter vielleicht noch lebend angetroffen.

Da Ginter seine Gedanken ahnte, ergriff er Alexanders Hand. »Sie dürfen sich keine Vorwürfe machen, Herr Marquart. Ich sagte Ihnen ja, dass die Detektei große Probleme hatte, die Spuren Ihrer Mutter nachzuvollziehen. Sie wären auf jeden Fall zu spät gekommen.«

»Das mag sein, aber es ist trotzdem schwer, dies zu akzeptieren. Ich bin nicht nach Deutschland zurückgekehrt, um die Firma meines Vaters zu übernehmen, sondern um meine Mutter zu finden. Ich fühle mich wie ein halber Mensch, weil mir jede Erinnerung an sie fehlt.« Alexander kämpfte mit den Tränen, und für den Augenblick erschien ihm alles sinnlos, was er je getan hatte.

»Sie werden doch hoffentlich nicht wieder in die USA zurückkehren wollen?«, fragte Ginter besorgt.

Alexander überlegte kurz und schüttelte dann den Kopf. »Nein, ich habe hier eine Aufgabe übernommen und werde mich ihr nicht entziehen. Doch teilen Sie mir doch bitte mit, was Sie über meine Mutter herausgefunden haben.«

»Ihre Mutter hat nach der Scheidung wie von Ihrem Vater gefordert wieder ihren Mädchennamen angenommen. Allerdings hat sich ihre Spur danach erst einmal verloren. Die Detektei konnte nicht herausfinden, ob sie eine Zeit lang im Ausland gelebt oder sich bei Bekannten aufgehalten hat, ohne angemeldet zu sein. Fast zwei Jahre nach der Scheidung meldete sich Ihre Mutter als Libusa Kranzler in der Wohnung einer Bekannten in Frankfurt an. Es handelte sich dabei um die Betreiberin eines Treffpunkts lesbischer Frauen. Dem Anschein nach hat Ihre Mutter dort als Köchin gearbeitet.«

Alexander senkte den Kopf. Als Tochter reicher Eltern geboren und mit einem ebenso reichen Mann verheiratet, hatte seine Mutter vor ihrer Ehe nur die Sonnenseiten des Lebens kennengelernt. Der Gedanke, dass sie sich nach der Scheidung als Köchin in einer Lesbenkneipe hatte durchschlagen müssen, tat weh.

»Als die Gesetze es erlaubten, ist Ihre Mutter eine Lebenspartnerschaft mit der Betreiberin dieses Treffpunkts eingegangen.« Ginter klang etwas besorgt, denn in gewissen Kreisen besaß eine gleichgeschlechtliche Beziehung immer noch einen schlechten Ruf.

»Sie hat diese Frau geheiratet?«, fragte Alexander überrascht.

»Die beiden haben schon lange Zeit zusammengelebt, bevor sie diese Partnerschaft eingegangen sind. Es sieht so aus, als hätte Ihre Mutter bei dieser Frau die Wärme und das Verständnis gefunden, welches sie bei Ihrem Vater vermissen musste.«

Alexander atmete tief durch. »Was wissen Sie von dieser Frau? Vielleicht kann sie mir etwas über meine Mutter erzählen?«

»Die Frau heißt Selma Endreß und zählte in den Achtzigerjahren zu den bekanntesten Aktivistinnen der Lesbenszene.«

Alexander riss es förmlich. Selma Endreß, deren jetzige Freundin Michaela war, sollte die Lebensgefährtin seiner Mutter gewesen sein? Nun fragte er sich, ob es Zufall war, dass sowohl Michaela wie auch Selma in den Marquart-Werken arbeiteten. Nein, das gewiss nicht, sagte ihm sein Verstand. Doch warum hatten sie ihm nicht offen gesagt, dass sie seine Mutter gekannt hatten? Warum hatten sie ihn in dem Glauben gelassen, sie könnte noch am Leben sein und er sie finden? Erneut meldete sich sein Verstand. Sie dachten anscheinend, dass ich wie mein Vater bin und nichts von meiner Mutter wissen will. Mittlerweile aber hatten sie doch erkannt, dass er anders war. Alexander überlegte, ob er es beiden auf den Kopf zusagen sollte. Aber dann bestand die Gefahr, dass sie sich von ihm zurückzogen und er niemals etwas über das weitere Leben seiner Mutter erfahren würde. Ihm blieb daher nichts anderes übrig, als zu warten, bis sie von selbst auf ihn zukamen.

Er atmete tief durch und reichte Ginter die Hand. »Ich danke Ihnen! Sie haben mir sehr geholfen. Jetzt habe ich einen weiteren Auftrag für Sie und die Detektei. Beschaffen Sie mir alles, was Sie über Michaela Müller herausfinden können. Die genauen Daten und ein Handyfoto der jungen Dame erhalten Sie morgen.«

Alexander lächelte verbissen. Wenn Michaela und Selma sich das Recht herausnahmen, ihn zu beobachten, so war es nur billig, wenn er im Gegenzug versuchte, mehr über die beiden zu erfahren.

Ginter amtete tief durch. »Dafür brauche ich genauere Informationen. Es war schon schwierig, die Spur Ihrer Mutter aufzunehmen, und das trotz des ungewöhnlichen Vornamens. Aber aus gefühlten dreitausend Michaela Müllers in Deutschland genau die herauszufinden, die Sie meinen, dürfte fast unmöglich sein!«

»Da sie in meiner Firma arbeitet, dürften die Informationen ausreichend sein«, antwortete Alexander mit einer gewissen Schärfe. »Und selbst wenn nicht, müsste eine Detektei wie die Ihre in der Lage sein, alles über Michaela Müller herauszufinden!«

»Selbst der beste Detektiv hat gelegentlich Pech!«, erklärte Ginter. »Aber bis jetzt konnte ich noch alle Nüsse knacken, die man mir vorgelegt hat.«

»Dann wollen wir hoffen, dass es in diesem Fall ebenso ist!« Alexander wusste nicht, ob er nun auf Michaela und Selma ärgerlich sein oder deren Verhalten auf das Konto seines Vaters schreiben sollte. Im Augenblick tendierte er zu Letzterem, denn nach dem, was er bis jetzt wusste, hatte dieser seine Mutter scheußlich behandelt.

Achter Teil
Ein gemeiner Tritt

1.

Armin Schrader trat mit einem verlegenen Lächeln auf Alexander zu. »Entschuldigen Sie, Herr Marquart, wenn ich Sie zu so später Stunde noch störe. Die Versammlung des Gemeinderats hat bis eben gedauert, und ich wollte Ihnen das Ergebnis persönlich mitteilen.«

»Keine Ursache, Herr Schrader! Sie wissen ja selbst: Ein Unternehmer ist immer im Dienst. Ich nehme an, dass der Beschluss zu unseren Gunsten ausgefallen ist«, antwortete Alexander und bat den Bauunternehmer, Platz zu nehmen.

»Danke.« Schrader setzte sich und legte ein paar Notizblätter auf den Couchtisch.

»Ich habe mir die wichtigsten Dinge aufgeschrieben. Als Erstes brachte die Opposition im Gemeinderat den Einwand, dass eine sofortige Bebauung des gesamten Geländes eine kontinuierliche Entwicklung des Ortes verhindern könnte. Sie setzte daher durch, dass das Gelände in vier Bauabschnitte aufgeteilt wird, die im Abstand von drei bis vier Jahren in Angriff genommen werden können.«

Schrader atmete auf, als er Alexander nicken sah. Ihm selbst war dieser Beschluss nicht unlieb, da seine Baufirma nicht die Finanzkraft besaß, das gesamte Grundstück auf einmal zu bebauen.

»Es ist verständlich, dass die Gemeinde die Entwicklung des Ortes auf diese Weise steuern will«, erklärte Alexander. Zwar hatte er das gesamte Gelände gekauft, doch auch ihm war eine schrittweise Bebauung lieber, da die Kosten dadurch gestaffelt werden konnten. Vor allem aber war es so möglich, für die weiteren Abschnitte das Geld einzusetzen, das man mit den bereits fertiggestellten Teilen verdient hatte.

»Es gibt noch eine Änderung«, fuhr Schrader fort. »Die Gemeinde hat die Anzahl der Wohneinheiten um zehn Prozent zusammengestrichen und will dafür in der Mitte des Geländes einen Park einrichten. Es ist Ihnen hoffentlich recht, wenn er Marquart-Park genannt wird?«

Inzwischen identifizierte sich Alexander weit genug mit den Marquart-Werken, um auch an dieser Stelle zustimmen zu können.

»Eine Bedingung habe ich allerdings!«, sagte er. »Das Kunstwerk, das in diesem Park stehen soll, wähle ich aus. Ich bin auch bereit, es zu bezahlen, denn ich will nicht, dass irgendeine Abscheulichkeit, die ich nicht mag, mit mir und meiner Firma in Verbindung gebracht wird.«

Bei diesen Worten musste Schrader schallend lachen. »Das verstehe ich voll und ganz! Bei dem ersten Park, den die Gemeinde geschaffen hat, gab es um das geplante Kunstwerk ein Hauen und Stechen. Die einen wollten es traditionell, doch das nannten die anderen verstaubt und wollten etwas ganz Hochfliegendes, das für die Gegenseite blanker Unsinn war, mit dem keiner was anfangen kann.«

»Und was wurde schließlich errichtet?«

»Keines davon! Sie waren im Endeffekt beide zu teuer. Anders wäre es gewesen, wenn Ihr Vater das Kunstwerk bezahlt hätte, doch der war gegen beide. Das traditionelle sollte das Standbild eines Mannes sein, der hier im neunzehnten Jahrhundert gelebt hat, und das moderne nannte er eine Zahnbürste ohne Borsten. Ihr Vater konnte sehr direkt sein. Nicht, dass er sich selbst als Statue hätte sehen wollen, er favorisierte Ihren Großvater, aber dagegen sträubte sich der Gemeinderat.«

»Das sieht ihm ähnlich«, antwortete Alexander lachend. »Auf jeden Fall kann ich Ihnen und auch dem Gemeinderat versprechen, dass ich weder mich noch meinen Vater in Stein gemeißelt oder in Bronze gegossen aufstellen will.«

»Heutzutage könnten Sie beides durchsetzen! Damals aber war Ihr Vater erst zwei Jahre der Chef der Firma und besaß noch nicht den Einfluss auf die Gemeinde wie ein paar Jahre später.«

Schrader reichte Alexander einen mehrseitigen Ausdruck. »Da das erste der vier Baugebiete sofort in Angriff genommen werden kann, sollten wir umgehend Prospekte drucken lassen. Ich habe hier ein Beispiel mit der kleinen Siedlung, die ich vor zwei Jahren am anderen Ortsende errichtet habe.«

Alexander fand den Prospekt viel zu bunt und wenig aussagekräftig. Für die paar Häuser, die Schrader damals gebaut hatte, mochte das angehen, doch für ein Projekt wie das nun geplante mussten die Veröffentlichungen weitaus gediegener gestaltet werden.

»Ich werde mich darum kümmern«, sagte er. Ihm kamen Michaelas Präsentationsmappen in den Sinn. So sollte auch dieser Prospekt gestaltet werden.

»Ich werde meine Marketingleiterin damit beauftragen«, präzisierte er die Aussage, die er eben gemacht hatte.

»Ich habe nichts dagegen!«, erwiderte Schrader. Die Marquart-Werke hatten im ersten Vierteljahr des neuen Jahres erneut zugelegt, und das wurde von Branchenkennern nicht zuletzt der geschickten Werbung zugeschrieben.

Mit einem Nicken stand Schrader auf. »Ich will Sie nicht länger stören, Herr Marquart. Gute Nacht! Und auf unseren gemeinsamen Erfolg!«

»Darauf sollten wir bald anstoßen«, antwortete Alexander gut gelaunt.

Schrader nickte eifrig. »Sehr gerne! Vielleicht ja auf einem Frühlingsfest, wie Ihr Vater es immer veranstaltet hat. In den beiden letzten Jahren sind diese Feiern leider ausgefallen. Beim ersten war er bereits verstorben, und im letzten Jahr mussten Sie sich noch einarbeiten.«

Alexander nickte. Zwar hatte Irene Bouvain ihn damals darauf angesprochen, doch er hatte die Veranstaltung abgelehnt, weil in der Firma noch zu viel zu erledigen gewesen war. In diesem Jahr aber sah es anders aus.

»Dann machen wir es so, Herr Schrader! Herzlichen Dank, dass Sie trotz der späten Stunde noch gekommen sind, um mich zu informieren.«

Alexander reichte Schrader die Hand und begleitete ihn zur Tür. Als er in sein Wohnzimmer zurückkehrte, fiel ihm ein, dass sich Mona Gernitz bei einem solchen Fest sicher gerne als Gastgeberin gerieren würde. Um das zu verhindern, überlegte er, seine Hausdame damit zu betrauen.

Nein, nicht Irene Bouvain. Diese hatte bei einer solchen Festlichkeit genug zu tun. Er würde Michaela bitten, ihm beizustehen. Obwohl er sie nun nahezu ein Jahr kannte, war er ihr um keinen Deut nähergekommen. Dabei konnte sie keine eingefleischte Lesbe sein, denn sie war immerhin zehn Jahre lange verheiratet gewesen.

Alexander lachte leise, als er an die Bedenken seines Anwalts dachte, dass einer Michaela Müller unmöglich nachzuforschen wäre. Die Detektei hatte genau vierundzwanzig Stunden gebraucht, um herauszufinden, dass es sich bei Michaela um die geschiedene erste Ehefrau des Startenors Peer Varenthin handelte. Es hatte dazu nicht einmal des Einsatzes eines Detektivs bedurft, denn die Schreibkraft der Detektei hatte Michaelas Namen eingegeben und das Foto, das er heimlich mit seiner Handykamera gemacht hatte, mit denen möglicher Michaela Müllers abgeglichen. Dabei war sie auf Anhieb fündig geworden.

»Michaela muss mir helfen«, sagte er leise, »und zwar sowohl bei dem Fest als auch bei dem Prospekt für den Wohnungsbau.«

Er würde zudem Selma bitten, ihn zu unterstützen. Vielleicht brachte er sie dazu, mehr aus sich herauszugehen und sich endlich als die Frau erkennen zu geben, mit der seine Mutter ihr halbes Leben verbracht hatte.

2.

Am nächsten Morgen erklärte Alexander seiner Hausdame, dass er die Tradition des Frühlingsfestes wiederaufleben lassen wolle, und rief in der Firma Michaela, Selma und Gabi Haug zu sich.

»Guten Morgen, meine Damen!«, grüßte er munter. »Ich hoffe, Sie können mir aus einer großen Verlegenheit helfen.«

»Wenn es in unserer Macht steht, gerne«, antwortete Gabi.

Alexander sah die beiden anderen Frauen an. »Und wie ist es mit Ihnen?«

»Wir tun, was wir können. Nicht wahr, Michaela?« Selma sah ihre junge Freundin auffordernd an. Diese hatte offenbar immer noch nicht begriffen, dass ihr Chef sich nicht nur für sie als Mitarbeiterin, sondern auch und womöglich noch mehr als Frau interessierte.

Nun nickte auch Michaela. »Wenn wir können, helfen wir.«

»Es geht um das traditionelle Frühlingsfest, das mein Vater immer gefeiert hat und das ich wieder aufleben lassen will«, erklärte Alexander. »Ich brauche jemanden, der sich um die Dekoration kümmert, die Einladungskarten drucken lässt und losschickt und die Oberaufsicht führt.« Er blickte Michaela an, die jedoch eine abwehrende Miene zog.

»Ich weiß nicht, ob ich dafür geeignet bin.«

»Doch, natürlich bist du das«, rief Selma resolut. »Außerdem werde ich dich überall unterstützen, wo es nötig sein sollte.«

»Sie, Frau Endreß, bitte ich, die Sache mit dem Cateringservice in die Hand zu nehmen und die Servierkräfte zu überwachen.«

»Sollte das nicht besser Ihre Hausdame übernehmen?«, wandte Selma ein.

»Frau Bouvain wird eng mit Ihnen und Frau Müller zusammenarbeiten. Sie hat aber sicher genug damit zu tun, die Räumlichkeiten herzurichten und dafür zu sorgen, dass alles reibungslos abläuft.« Um Michaela und Selma endlich in seinem Haus zu sehen, war Alexander sogar bereit, es auf einen Streit mit seiner Hausdame ankommen zu lassen.

»Frau Haug wird Sie beide unterstützen«, fuhr er fort und lächelte seiner Sekretärin zu.

Diese kannte Irene Bouvain gut genug, um zu wissen, dass diese beleidigt sein würde, wenn jemand anderes als sie das Fest organisieren sollte. Trotzdem war sie zufrieden, denn der sehnsuchtsvolle Blick, mit dem Alexander Michaela ansah, verriet ihr genug.

»Wir treffen uns morgen Abend in der Villa und besprechen alles mit Frau Bouvain«, erklärte Alexander und wandte sich erneut Michaela zu. »Frau Müller, darf ich Sie noch um einen Gefallen bitten?«

Selma und Gabi sahen einander kurz an und verabschiedeten sich, während Alexander Michaela die Ausdrucke reichte, die er am Vorabend von Schrader erhalten hatte.

»Es geht um das neue Baugebiet. Herr Schrader hat mir dieses

Beispiel für einen Prospekt gegeben. Es wäre mir lieb, wenn Sie ihn sich ansehen würden.«

»Gerne.« Michaela blätterte die Unterlagen durch. Nach einer Weile schüttelte sie leicht den Kopf.

»Ich weiß nicht, Herr Marquart. Mir sind einige der Farben zu grell, und sie passen auch nicht richtig zusammen. Außerdem finde ich die Baubeschreibung unübersichtlich.«

»Das ist auch mein Eindruck. Könnten Sie trotz der vielen Arbeit, die ich Ihnen aufhalse, vielleicht den Prospekt für das neue Viertel gestalten? Ich weiß, es ist keine Arbeit für die Marquart-Werke, aber …«

»Sie sind der Chef der Marquart-Werke, und wenn Sie sagen, ich soll es tun, dann mache ich es.«

»Jetzt stellen Sie mich bitte nicht als alten Sklaventreiber hin! Mein Vater mag einer gewesen sein, aber ich bin auch der Sohn meiner Mutter.«

Es war ein Versuch, Michaela aus der Reserve zu locken. Bei Selma wäre es ihm womöglich gelungen. Michaela hingegen wusste nicht, wer seine Mutter gewesen war, und lächelte daher nur freundlich.

»Ich hatte nicht das Vergnügen, Ihren Vater oder Ihre Mutter kennenzulernen, Herr Marquart. Ich gebe Ihnen aber mein Wort, dass ich Sie nicht als Sklaventreiber ansehe.«

»Dafür bin ich Ihnen äußerst dankbar. Wie geht es übrigens unserer kleinen Sophia? Liegt sie immer noch in dem Bettchen in Ihrem Büro?«

Michaelas Miene wurde bei dem Gedanken an ihre Tochter weich, und sie lächelte. »Dafür ist die Kleine zu unternehmungslustig geworden. Sie macht ihre ersten Schritte, und sie kann auch schon Mama sagen. Selma – ich meine Frau Endreß – behauptet, sie hätte es genau gehört.«

»Wer kümmert sich um sie?«, fragte Alexander.

»Wir haben eine Nachbarin als Babysitterin engagiert. Sie ist eine Marquart-Rentnerin und tut es gerne.«

»Dann laden wir diese Frau auch zum Frühlingsfest ein, denn sie tut etwas sehr Wichtiges für die Firma. Sie sorgt dafür, dass Sie mit ganzer Kraft für uns arbeiten können.« Kaum hatte er es gesagt, fand Alexander, dass es ein absolut dummer Ausspruch war.

»Entschuldigen Sie bitte, ich wollte damit nicht andeuten, dass Sie, wenn Sie die Kleine mit in die Firma brächten, für uns weniger wertvoll wären.«

Er sah so geknickt aus, dass Michaela den leichten Unmut, der in ihr aufkommen wollte, rasch wieder vertrieb. »Wenn Sie erlauben, mache ich mich jetzt an die Arbeit«, sagte sie und verließ das Büro.

Sie hatte das ihre kaum erreicht, da kam auch schon Selma herein. »Na, was wollte er noch von dir?«

Michaela wies auf die Mappe. »Ich soll den Prospekt für die Neubauten entwerfen.«

»Sonst nichts?«

»Was sollte sonst noch sein? Das Treffen wegen des Festes ist ja erst morgen«, sagte Michaela, während ihre Gedanken sich darum drehten, wie sie Schraders Prospektvorschlag kundenfreundlicher und vor allem interessanter gestalten konnte.

»Ist es nicht eigenartig, dass ein Mann, der in Amerika innerhalb weniger Jahre Millionen gemacht und die Firma hier in einem Jahr nach vorne katapultiert hat, so ein Feigling ist, wenn es um Frauen geht?«

»Du meinst wegen Mona Gernitz? Der würde ich, wenn ich ein Mann wäre, auch aus dem Weg gehen«, meinte Michaela leichthin.

Wie Eifersucht hörte sich das nicht an, dachte Selma und machte den nächsten Versuch, Michaelas Gedanken auf Alexander zu lenken.

»Ich freue mich, morgen die Villa von innen kennenzulernen. Man hört ja die reinsten Wunderdinge über den Bau.«

»Peer war von ihr begeistert! Als wir noch in Niederrad lebten, sind wir öfter hierhergekommen, um sie von außen zu bewundern. So, meinte Peer, wolle er auch einmal wohnen. Vielleicht wird sogar etwas daraus. Er hat in Paris Triumphe gefeiert und soll heuer in Verona den Manrico im *Troubadour* singen.«

»Und seine Sopranette?«, fragte Selma gehässig.

»Wahrscheinlich Zweitbesetzung für eine Nebenrolle!«, antwortete Michaela und scannte Schraders Vorschläge ein, um diese zu bearbeiten. Um das Frühlingsfest und die Dekoration wollte sie sich erst kümmern, wenn sie in der Villa gewesen war und mit Alexanders Hausdame gesprochen hatte.

3.

»Wir nehmen die Kleine mit. Das wird Marquarts Villa wohl noch aushalten«, erklärte Selma resolut.

Sie hatte einen Hintergedanken, denn Michaela sah nie schöner aus, als wenn sie ihre Tochter auf dem Arm hielt.

»Also gut! Und wenn es nur ist, damit du Ruhe gibst!« Ihren Worten zum Trotz war Michaela froh, Sophia bei sich zu haben. Die Kleine war es gewohnt, die Abende mit ihr zu verbringen.

»Müssen wir uns besonders kleiden, oder reicht das aus, was wir anhaben?«

Selma überlegte kurz und schüttelte dann den Kopf. »Das sollte reichen. Schließlich weist deine Jeans keine Löcher auf.« Sie mochte die Mode nicht, die Kleidungsstücke so aussehen ließ, als hätte der Träger oder die Trägerin sie aus dem Müll gezogen.

»Sophia zieht das Jeanskleidchen an. Außerdem sind wir zum Abendessen eingeladen. Du musst daher jetzt nicht essen«, rief Selma, als Michaela auf den Kühlschrank zuging.

»Ich will nicht essen, sondern nur das Fläschchen für Sophia warm machen. Für sie wird es bei Marquart sicher nichts geben«, antwortete Michaela lächelnd.

»Da hast du wahrscheinlich recht. Aber beeile dich! Wir haben nicht mehr viel Zeit.«

Ganz so schlimm, wie Selma es behauptete, war es nicht, doch es drängte sie, das Haus von innen kennenzulernen, in dem ihre Freundin Libusa so unglücklich gewesen war.

Michaela wärmte das Glas mit dem Gemüsebrei auf und nahm Sophia aus ihrem Laufgitter. Die Kleine gluckste und ließ sich anstandslos füttern.

»Braves Mädchen!«, lobte Michaela sie.

Selma strich dem Kind mit dem Zeigefinger über die Wange. »Na, schmeckt es dir?«

Sophias Antwort war nicht ganz verständlich, doch das leere Glas bewies kurz darauf, dass es der Fall gewesen sein musste.

»Und was sagst du jetzt?«, fragte Michaela ihre Freundin. »Jetzt könntest sogar du Sophia mit diesem Brei füttern, ohne dass sie dich anspuckt.«

»Das will ich hoffen! Immerhin ist sie ganz schön groß geworden und kann fast schon laufen«, erklärte Selma und wischte Sophias Mund mit einem feuchten Tuch ab. »Wir wollen doch proper bei Marquart erscheinen.« Sie funkelte Michaela auffordernd an. »Sophia und ich wären so weit!«

»Ich hole nur noch die Notizen, die ich mir gemacht habe, dann können wir aufbrechen.« Michaela verließ kurz die Küche und kehrte mit einer Mappe zurück. Als sie die Kleine aufheben wollte, entzog Selma sie ihr.

»Du hast schon was in der Hand! Daher ist es besser, wenn ich Sophia trage.«

»Du bist schlimmer als eine besorgte Großmutter«, meinte Michaela in gutmütigem Spott.

»Ich bin ja auch so etwas wie die Großmutter«, antwortete Selma lachend und verließ mit der Kleinen zusammen die Wohnung.

Michaela folgte ihnen und musste sich hinter das Steuer des Puckelchens setzen, da Selma auf dem Beifahrersitz Platz nahm. Der Weg zur Marquart-Villa war nur einen guten Kilometer weit, und bei einer ausreichenden Straßenbeleuchtung wären die beiden zu Fuß gegangen. Sie wussten jedoch nicht, wie lange es dauern würde, und wollten auf dem Rückweg nicht mit dem Kind auf dem Arm durch die Dunkelheit stolpern.

»Hier sind die Parkplätze, die wir im Ortsinnern so dringend bräuchten«, kommentierte Selma, als sie vor der Villa anhielten.

»Es ist wirklich Raum für viele Autos«, meinte Michaela. »Allerdings wird er auch benötigt, wenn Herr Marquart Gäste empfängt.«

»Wir sollten zu dem Fest besser zu Fuß kommen und Herrn Marquart fragen, ob sein Chauffeur uns zurückbringen kann«, schlug Selma vor.

Michaela winkte kurz ab. »Wir nehmen einfach eine Taschenlampe mit, dann müssen wir bei niemandem betteln.«

Die letzten Worte vernahm Alexander, der am offenen Fenster eines Zimmers stand, und schüttelte in komischer Verzweiflung den Kopf. Schon in der Firma hatte er bemerkt, dass Michaela lieber eine Stunde länger arbeitete, als jemanden bitten zu müssen, etwas für sie zu übernehmen. Ob sich das noch legen wird?, fragte er sich, als er zum Eingang ging, um die beiden zu begrüßen.

Irene Bouvain kam ebenfalls zur Tür, zog aber ein Gesicht, als hätte sie schon den ganzen Tag Zahnschmerzen gehabt. Jahrelang hatte sie für Alexanders Vater das Frühlingsfest organisiert und musste jetzt erleben, dass zwei andere Frauen das Sagen haben würden. Entsprechend kühl begrüßte sie Michaela und Selma, kapitulierte jedoch vor dem Charme der kleinen Sophia. »Ist die süß!«

»Ich hoffe, Sie haben nichts dagegen, dass ich meine Tochter mitgebracht habe, doch ich wollte sie ihrer Babysitterin nicht auch noch am Abend aufhalsen«, sagte Michaela freundlich.

»Ich freue mich.« Die Hausdame lächelte zum ersten Mal an diesem Abend und führte die Gäste ins Haus.

Michaela und Selma sahen sich staunend um. Es gab zahllose Zimmer, und etliche davon glichen Tanzsälen. Wände und Decken waren mit heller Eiche getäfelt, und das Parkett bestand aus diesem Holz wie auch die dunkel gebeizten Möbel. Die Deckenleuchten hingegen wirkten beinahe filigran, und die Bilder an den Wänden bewiesen einen ausgezeichneten Kunstgeschmack. Selma verabschiedete sich von dem Gedanken, dass Titus Vitalis Marquart ein hemmungsloser Machtmensch gewesen sein musste. Wie es aussah, hatte er auch weichere Seiten besessen, allerdings womöglich nicht dort, wo sie nötig gewesen wären.

»Das hier ist ein Porträt meines Vaters, das er vor einigen Jahren hat malen lassen. Bisher hing es im Büro, doch ich habe es hier aufhängen lassen, in der Hoffnung, dass irgendwann einmal das Bild meiner Mutter daneben hängen wird.«

Selma drehte sich um und betrachtete das Bild. Zu ihrer Verwunderung gefiel es ihr. Allerdings war es etwas geschönt, dachte sie, auf den Fotos in dem Album, das Libusa besessen hatte, hatte Titus Vitalis Marquart schroffer gewirkt.

»Sie wollen also ein Bild Ihrer Mutter daneben hängen?«, fragte sie Alexander nachdenklich.

»Sobald ich eines finde!«, antwortete er. »Meine Eltern haben sich scheiden lassen, als ich fünf Jahre alt war. Seitdem habe ich meine Mutter nicht mehr gesehen und auch nichts von ihr gehört.«

Es klang so traurig, dass Selma Alexander am liebsten an sich gezogen und getröstet hätte. Sie wollte jedoch vor anderen Leuten nicht mit ihm über Libusa reden und lächelte ihn daher nur freundlich an.

»Ich wünsche Ihnen von ganzen Herzen, dass sich Ihr Wunsch bald erfüllt.« Im Stillen fragte sie sich, was Libusa davon gehalten hätte, dass ihr Bild einmal einträchtig neben dem ihres Ehemanns an der Wand hängen sollte.

Irene Bouvain hatte für ein ausgezeichnetes Abendessen gesorgt. Ihr Ärger kam wieder hoch, als Alexander alle in sein Wohnzimmer bat und Michaela ihre Mappe auf den Tisch legte.

»Herr Marquart hat mich aufgefordert, mehrere Vorschläge für die Dekoration des Frühlingsfestes zu erstellen«, begann Michaela und sah Irene Bouvain an. »Ich habe im Firmenarchiv nach Bildern und Berichten der früheren Feste gesucht und bin dank Frau Haugs Unterstützung fündig geworden. Nach diesen Vorbildern habe ich ein paar Zeichnungen gemacht und würde gerne Ihr Urteil dazu hören. Immerhin kennen Sie dieses Haus am besten und werden auch heuer wieder die Hauptverantwortung tragen.«

Hatte Irene Bouvain zu Beginn noch gedacht, sie würde Michaela Müller und deren Vorschläge unmöglich finden, ertappte sie sich bald dabei, wie sie die Zeichnungen voller Begeisterung betrachtete und eifrig mit Michaela diskutierte, wie sie sich verwirklichen ließen.

Selma hielt Sophia auf dem Schoß und lehnte sich auf der Couch zurück. »Mein Job kommt erst, wenn es ums Essen geht«, meinte sie zu Gabi Haug und sah dann Alexander an.

»Wollen Sie Sophia auch einmal halten?« Noch ehe er etwas darauf antworten konnte, reichte sie ihm das Kind.

Alexander nahm die Kleine vorsichtig entgegen und traute sich nicht so recht, sie festzuhalten.

»Keine Sorge, die ist nicht zerbrechlich!« Selma lächelte und sah zufrieden zu, wie er das Kind auf den Schoß nahm und mit liebevollem Blick betrachtete. Sophia benahm sich so, wie man es niemals hätte planen können. Sie gluckste leise, lächelte den Mann an und streckte die Hände nach ihm aus.

Alexander schmolz bei dem Charme der Kleinen förmlich dahin, und angesichts des Blickes, mit dem er Michaela bedachte, zwinkerten Gabi Haug und Selma einander zu. Es bedurfte nur noch eines Anstoßes, dachten sie, damit er Michaela endlich zeigt, wie es um ihn steht.

Da hob Irene Bouvain den Kopf, bemerkte Alexanders Blick ebenfalls und blinzelte überrascht. Dann begriff sie, weshalb die junge Frau ihm so viel galt, und beugte sich wieder über deren Zeichnungen und Ausdrucke. Als sie jetzt mit Michaela diskutierte, klang ihre Stimme direkt so, als hätte sie wie der Wolf in *Rotkäppchen* Kreide gefressen.

4.

Es war nur der erste von etlichen Besuchen in der Villa. Auch wenn Alexander meist als stiller Zuhörer dabeisaß, wenn Michaela mit seiner Hausdame und Selma diskutierte, fand er es angenehm, ihren Gesprächen zu folgen und mit Sophia zu spielen. Nicht immer war die Kleine ruhig. Wenn sie sich nicht wohlfühlte, bewies sie mit ihrer kräftigen Stimme, dass sie die Tochter eines großen Tenors war. Michaela nahm sie dann sofort an sich, wiegte sie in den Armen, und wenn es zu schlimm wurde, ging sie mit ihr für ein paar Minuten nach draußen. Dann hatte das Kind sich wieder beruhigt und wollte zu Alexander zurück.

Schon bald zeigte es sich, dass die Zahl der Gäste, die eingeladen werden mussten, die früherer Frühlingsfeste weit übertraf. Als Michaela Alexander die Liste vorlegte, starrte dieser mit einem gewissen Schaudern darauf.

»Ist das unbedingt nötig?«, fragte er.

»Es ist wie bei den Geschenken zu Weihnachten. Man sollte jeden unserer Geschäftspartner ab einem gewissen Umsatz bedenken. Den Bürgermeister oder Herrn Schrader nicht einzuladen, wäre ein Affront, und der Rest sollte eingeladen werden, damit ein gewisses Gleichgewicht zwischen Business, Politik und Kultur gewahrt bleibt. Für die Unterhaltung hatte ich an ein wenig Musik gedacht. Den Klavierspieler kenne ich persönlich. Er ist sehr gut, und die Sängerin wurde mir von ihm empfohlen. Sie steht noch am Anfang ihrer Karriere und kostet daher nicht viel. Aber wenn Sie nicht wollen, können wir auch darauf verzichten.«

Michaela klang etwas bedrückt. Eine gewisse Verbindung zur Musik und zur Opernwelt war noch da, und sie hätte diese gerne genutzt, um Alexanders Gästen etwas Besonderes zu bieten.

»Wer sagt, dass ich es nicht will?«, antwortete Alexander rasch. »Ich habe Ihnen bei der Planung freie Hand gegeben und freue mich auf das, was Sie auf die Beine stellen werden.«

»Ich habe inzwischen einen Vorschlag für den Prospekt Ihres Bauvorhabens erstellt«, sagte Michaela schnell, weil ihr das Thema mit einem Mal zu brenzlig erschien. »Wenn ich es Ihnen zeigen darf?«

»Sie dürfen mir jederzeit alles zeigen«, antwortete Alexander. Seine Stimme verriet jedoch, dass er enttäuscht war, weil sie sich ihm wie ein glatter Aal entzog.

Michaela schlug die vorbereitete Mappe auf. Als Alexander darin blätterte, schüttelte er ungläubig den Kopf. »Sagen Sie bloß, das haben Sie neben der normalen Arbeit in der Firma und der Vorbereitung für das Frühlingsfest noch gemacht?«

»Ich habe mich am Abend für eine Stunde an den Laptop gesetzt. Es ging ganz leicht«, antwortete Michaela.

»Ganz leicht? Frau Müller, wenn ich das Schrader zeige, flippt der aus. Und Sie haben wirklich nicht Grafikdesign studiert?«

»Ich habe während meiner Ehe mehrere Fernkurse zu verschiedenen Themen belegt.«

Michaela verschwieg, dass sie alle davon mit Auszeichnung abgeschlossen hatte. Wären ihre Eltern nicht verunglückt, hätte sie studieren können. So aber hatte sie vom Gymnasium weg geheiratet und auf ein Studium verzichtet. Im Nachhinein war sie nicht traurig darüber. Auch wenn Peer zuletzt unausstehlich geworden war, hatte sie doch einige schöne Jahre mit ihm verbracht und mit Sophia das schönste Geschenk erhalten, das sie sich denken konnte.

»Auf jeden Fall ist dieser Prospekt ebenso gelungen wie Ihre übrigen Präsentationen. Da fällt mir ein … könnten Sie nicht eine ähnliche Präsentation für die Produkte unserer Firma erstellen, die wir an unsere Geschäftspartner weitergeben können? Auch unsere Homepage müsste einmal überarbeitet werden und …« Alexander brach ab, denn um das alles zu erledigen, brauchte es ein ganzes Team und nicht eine Frau, die zu Hause noch ein kleines Kind zu versorgen hatte.

»Das alles hat Zeit«, versuchte er die Sache kleinzureden, doch Michaela überlegte bereits, wie sich seine Forderungen am besten erfüllen ließen.

»Wenn Sie bis nach dem Frühlingsempfang warten können, mache ich mich ans Werk. Jetzt sind noch ein paar Dinge zu erledigen. Frau Bouvain will zusammen mit Frau Endreß und mir zum Cateringservice, um die Speisen auszusuchen. Außerdem stellt der Cateringservice uns die Servierkräfte. Die müssen dem Anlass entsprechend gekleidet werden.«

»Aber bitte nicht als Pinguin und Zofe!« Alexander erinnerte sich mit Schrecken an den Empfang, zu dem Mona ihn geschleppt hatte, und wollte das im eigenen Haus nicht erleben.

»Was schwebt Ihnen denn vor?«, fragte Michaela interessiert.

»Lassen Sie sich etwas einfallen! Übrigens, wenn Sie zum Cateringservice fahren, nehmen Sie meinen Wagen. Oder wollen Sie etwa zu dritt und womöglich noch mit dem Kind in dem Kleinwagen Ihrer Lebensgefährtin fahren?«

»Ihre Limousine? Das möchte ich nicht, denn so sicher fühlte ich mich hinter dem Steuer nicht, vor allem bei einem so großen Wagen.«

»Mein Chauffeur wird Sie selbstverständlich fahren«, erwiderte Alexander.

»Mit noch einer Person mehr im Wagen ist es auch nicht bequemer als im Puckelchen. Daher nehmen wir dieses!« Michaela lächelte auf eine Weise, die Alexander wünschen ließ, sie einmal richtig schütteln zu können, damit die Eishaut, in die sie sich gehüllt hatte, endlich zerbrach.

»Wie Sie wünschen!« Dabei wirkte er so gekränkt, dass Michaela umschwenkte.

»Also gut! Da Sie es so wollen, nehme ich Ihr Angebot an. Wir benötigen Ihren Fahrer samt Auto um sechzehn Uhr hier vor der Tür.«

Michaela hatte nachgegeben, doch war es kein Sieg, über den Alexander sich freuen konnte. Für ihn hatte es so geklungen, als wolle sie nur ihren Chef nicht verärgern.

5.

Der Wagen stand Punkt sechzehn Uhr vor der Firma. Alexander lehnte am Fenster und sah zu, wie Michaela und Selma einstiegen und losfuhren. Die Kleine hatten sie wohl bei ihrer Babysitterin gelassen. Unwillkürlich fühlte Alexander sich schuldig, denn in Selmas Kleinwagen hätten sie Sophia sicher mitgenommen.

Es ist schwer, vom Chef auf einen Mann umzuschalten, der eine junge Frau umwerben will, vor allem, wenn sie ihre Gefühle so gut verbirgt wie Michaela, dachte Alexander in einem Anfall von Mutlosigkeit. Dann aber straffte er die Schultern. Bislang hatte er noch jedes Ziel erreicht, das er sich gesetzt hatte. Also würde er auch dieses erreichen. Dafür aber musste er mehr über Michaela erfahren, als in dem dürftigen Protokoll der Auskunftei zu lesen war. Kurz entschlossen drückte er den Knopf, dessen Signal Gabi Haug zu ihm rufen sollte, und wies, als sie eintrat, auf einen Stuhl.

»Setzen Sie sich, Frau Haug, und dann erzählen Sie mir, was Sie über Michaela Müller wissen.«

Ohne zu ahnen, dass ihre Freundin und Kollegin von Alexander einem intensiven Verhör unterzogen wurde, saß Michaela auf dem Beifahrersitz des großen Wagens, während Selma und Irene Bouvain sich die Rückbank mit dem Kindersitz teilten, in dem nun Sophia saß. Der Chauffeur war einen Umweg gefahren, um sie bei Selmas Haus abzuholen.

Im Puckelchen wäre es doch leichter gewesen, dachte Michaela, denn dort hätte sich nur eine der beiden Frauen nach hinten setzen müssen. Aber irgendwie hatte Alexander eine gewisse Herrschsucht von seinem Vater geerbt.

»Ich setze Sie bei dem Cateringservice ab und suche danach einen Parkplatz. Wann soll ich Sie abholen?«, fragte Chauffeur Becker.

»Am besten geben Sie mir Ihre Handynummer. Ich rufe an, sobald wir fertig sind«, antwortete Michaela und nahm, als der Wagen stand, einen Zettel mit der Nummer entgegen.

Als sie auf den Eingang des Cateringservice zuging, übersah sie einen Mann, der sich bei ihrem Anblick in einen anderen Hauseingang drückte und ihr mit weit aufgerissenen Augen hinterherschaute.

Ferdinand Jander war nach Deutschland zurückgekehrt, hatte dort abgemustert und war als Kellner in einer schmierigen Kneipe untergekommen. Sein Ziel, etwas über Michaela zu erfahren, hatte er vom ersten Tag an verfolgt und dabei mit allen Fasern gehofft, dass sie nicht tot war. Zu seiner Erleichterung war er sehr bald auf eine Nachricht von ihrer Scheidung gestoßen. Michaela war frei, frei für ihn! Damit hatte sein Leben wieder einen Sinn. Er würde herausfinden, wo sie lebte, und sie von seiner übergroßen Liebe überzeugen. Dem Kind, das Selma auf dem Arm trug, schenkte er keine Beachtung.

Als die Gruppe mit Michaela auf das Haus zuging, das auch sein Ziel war, erschien es ihm wie ein Zeichen des Himmels. Nachdem Michaela und ihre Begleiterinnen die Räume des Cateringservice betreten hatten, folgte er ihnen und kämpfte dabei gegen den Wunsch an, sich Michaela sofort zu offenbaren. Wenn sie jedoch ähnlich abweisend reagierte, wie damals auf dem Kreuzfahrtschiff, saß er in der Klemme. Er brauchte Zeit, um ihr seine Liebe zu erklären und sie dazu zu bringen, auch ihn zu lieben.

Daher mied er das Zimmer, aus dem ihre Stimme erklang, und tat so, als studiere er den Prospekt mit den angebotenen Speisen. Er spitzte jedoch die Ohren, um möglichst viel von dem mitzubekommen, was in dem Zimmer gesprochen wurde. Auch wenn er nicht alles verstand, begriff er, dass Michaela eine Festlichkeit bei jemandem namens Marquart plante, die von hier aus mit Essen versorgt werden sollte.

»... brauchen auch mehrere Servierkräfte«, hörte er Michaela sagen und grinste. Er war gekommen, um hier nach einem Job zu fragen. Nahm man ihn, würde man ihn vielleicht zu ihr schicken!

Noch während Jander darüber nachdachte, hatten Michaela, Selma und Irene Bouvain ihre Bestellung abgeschlossen und verließen das Zimmer, in dem sie mit einer leitenden Angestellten des Cateringservice verhandelt hatten. Auch diesmal schenkte Michaela dem Mann, der mit dem Rücken zu ihr stand, keinen zweiten Blick.

Jander wartete gerade so lange, bis die Tür sich hinter den dreien geschlossen hatte, dann ging er auf die Frau vom Cateringservice zu.

»Entschuldigen Sie, mein Name ist Jander. Ich hatte gestern telefonisch wegen einer Stelle bei Ihnen angefragt«, stellte er sich vor.

Die Frau wollte gerade in ihr Büro zurückkehren, blieb aber stehen und musterte den Mann. Jander sah noch immer mager aus, und sein Gesicht wirkte verspannt. Eigentlich war er niemand, den sie so ohne Weiteres eingestellt hätte. Sie benötigte jedoch mehr Servierkräfte für das Frühlingsfest bei Marquart, als sie zur Verfügung hatte, und antwortete daher verbindlicher, als sie es sonst getan hätte.

»Was haben Sie für Referenzen?«

»Ich war im letzten halben Jahr auf dem Kreuzfahrtschiff *Belle Île* und davor anderthalb Jahre in einem Ferienresort auf den Philippinen«, antwortete Jander.

Die Zeit bei der Hamburger Reederei wollte er aus gewissen Gründen nicht nennen – und auch nicht seinen Aufenthalt im Gefängnis. Stattdessen hatte er Papiere über eine angebliche Beschäftigung in Südostasien gefälscht, die er nun zusammen mit den Unterlagen von der *Belle Île* vorlegte.

Die Cateringfrau sah sich die Papiere an und musterte dann Jander erneut. »Einen festen Job kann ich Ihnen nicht versprechen. Sie könnten aber aushilfsweise für uns arbeiten. Vielleicht ergibt sich später eine Vollanstellung.«

Da Jander von ganzem Herzen hoffte, bei der Festivität von Michaela eingesetzt zu werden, nickte er. »Damit bin ich einverstanden!«

»Sie müssten am Freitag in einer Woche anfangen«, erklärte die Frau. »An diesem Abend beschicken wir ein Fest des Bio-Fabrikanten Marquart. Sie werden allerdings nicht bedienen, sondern im Hintergrund dafür sorgen, dass die Gläser stets gefüllt sind, wenn unsere Servierkräfte sie holen.«

»Klar, das übernehme ich gerne.« Allein der Gedanke, unter demselben Dach weilen zu können wie Michaela, gab Jander ein euphorisches Gefühl. Diesmal muss ich vorsichtiger vorgehen als auf der *Alsterqueen*, mahnte er sich, während er der Cateringfrau folgte, um seinen Aushilfsvertrag zu unterschreiben.

6.

»Du wirst eines deiner eleganten Kleider tragen! Sie müssten dir jetzt wieder passen.« Selma klang scharf, da Michaela nur ein Sommerkleid anziehen und bei dem Fest im Hintergrund bleiben wollte.

»Ich bin eine Angestellte von Herrn Marquart und kann nicht so herumlaufen wie seine Gäste«, wandte Michaela ein.

»Du bist aber auch eine Repräsentantin der Firma und als Marketingleiterin verpflichtet, deinen Arbeitgeber nicht durch deine Garderobe zu blamieren. Es kommen einige Geschäftspartner, die du zu den Marquart-Werken gebracht hast. Wie sähe es aus, wenn ausgerechnet die Frau, mit der sie Kontakt hatten, wie Lieschen Müller herumläuft?«

»Ich bin zwar nicht Lieschen, aber wenigstens Michaela Müller.«

Trotz dieser Bemerkung kapitulierte Michaela. »Kümmere dich für einen Augenblick um Sophia«, bat sie Selma und verschwand in ihrem Schlafzimmer.

Ihre Freundin sah ihr lächelnd nach und zwinkerte dem kleinen Mädchen zu. »Das hätten wir geschafft! Jetzt ziehen wir auch dir etwas anderes an als dieses Jeanszeug, in das dich deine Mama gesteckt hat.«

Sie holte ein elegantes Kleidchen, das sie heimlich gekauft hatte, und zog das Mädchen um.

Als Michaela zurückkam, sah sie ihre Tochter kopfschüttelnd an. »Du bist verrückt, Selma! Das Kleid war doch viel zu teuer für die paar Wochen, die Sophia es tragen kann.«

»Du kannst es ja aufheben für den Fall, dass du noch mal eine Tochter bekommst«, konterte Selma gelassen und betrachtete zufrieden ihre Freundin.

Michaela trug eines der drei guten Kleider, die sie bei ihrer Trennung von ihrem Mann mitgenommen hatte. Trotz des einfachen Schnitts war es elegant und von der weichen Farbe besten Champagners. Die Schuhe waren elegant und passten ausgezeichnet zu dem Kleid.

»Jetzt musst du nur noch deine Haare ein wenig aufstecken, dann bist du präsentabel«, sagte Selma und holte Bürste und Haarnadeln.

Michaelas Gedanken drehten sich um die Bemerkung ihrer Freundin, sie könne das Kleid ja für eine weitere Tochter aufheben. Es wird keine weitere Tochter geben, dachte sie im ersten Impuls. Dann aber wurde sie unsicher. In wenigen Tagen wurde sie dreißig, und damit lag der größte Teil des Lebens noch vor ihr. Sollte sie es damit verbringen, in den nächsten zwanzig Jahren Mutter und beste Freundin ihrer Tochter zu sein, um dann, wenn diese einen Freund fand, allein zu bleiben? Vielleicht sollte sie doch an eine weitere Partnerschaft denken. Doch wie würde Selma darauf reagieren?, fragte sie sich. Immerhin hatte diese schon einmal mehrere Jahrzehnte mit einer anderen Frau zusammengelebt.

Michaela kam zu keiner Entscheidung, denn draußen fuhr Klaus Becker vor, um sie und Selma abzuholen.

»Haben wir alles?«, fragte sie.

»Ich würde sagen, ja!« Selma strahlte, denn Michaela sah in ihrem schulterfreien Kleid so anziehend aus, dass sie Mona Gernitz auf jeden Fall in den Schatten stellen würde. Nun kam es nur noch darauf an, ob Alexander in der Lage war, von Chef auf Verehrer umzuschalten.

Dem Chauffeur war die Verblüffung anzusehen, als Michaela auf ihn zutrat. Er sagte nichts, öffnete ihr jedoch so schwungvoll die Beifahrertür, dass Selma sich ein Grinsen nicht verkneifen konnte.

Kaum waren sie bei der Villa angekommen, trat Alexander aus dem Haus, um sie zu begrüßen. Obwohl er Bilder von der elegant gekleideten Michaela in Zeitschriften gesehen hatte, wirkte sie im Original schlicht überwältigend.

»Guten Tag! Sie sind einfach wunderschön«, sagte er mit leuchtenden Augen.

Michaela kniff kurz die Augenlider zusammen. Dabei gefiel ihr sein bewundernder Blick. Ich bin eben doch eitel, dachte sie mit einer gewissen Selbstverspottung und nahm von Selma ihre Tochter entgegen.

»Wir sind alle drei da«, sagte sie lächelnd. »Ich hoffe nur, dass unsere Babysitterin auch wirklich kommt. Sonst müsste ich mich selbst um meine Tochter kümmern.«

»Frau Nerlich wird kommen! Oder glaubst du, sie lässt sich die Gelegenheit entgehen, die Villa Marquart von innen zu betrachten?«, erwiderte Selma schnoddrig. »Auf jeden Fall sollten wir jetzt an die Arbeit gehen. Sind die Leute vom Cateringservice schon da?«

Irene Bouvain war Alexander gefolgt und schüttelte nun den Kopf. »Noch nicht! Sie sollten in den nächsten Minuten eintreffen.«

»Da kommt unsere Frau Nerlich!«, rief Selma und wies auf ihre Nachbarin, die extra für diesen Abend ihr bestes Sonntagskleid angezogen hatte.

»Guten Tag, Frau Nerlich! Ich danke Ihnen, dass Sie heute Abend Zeit für uns haben«, begrüßte Michaela die Frau.

»Mich freut das auch«, sagte Alexander. »Kommen Sie doch herein. Was meinen Sie, Frau Bouvain, ist noch Zeit für eine Tasse Kaffee und ein Stück Kuchen?«

»Selbstverständlich, Herr Marquart«, antwortete die Hausdame und führte die Frau in die Villa.

Michaela, Selma und Alexander folgten ihnen und bewunderten die Dekoration, die Michaela entworfen hatte. Der große Saal erinnerte durch Seidenbahnen in fünf Farben und die großen chinesischen Vasen an die Oper *Turandot*, während die Dekoration der Salons von Mozarts *Zauberflöte* beeinflusst worden war.

»Ich hoffe, Sie sind damit zufrieden, Herr Marquart?«, fragte Michaela mit einer gewissen Anspannung.

»Nur zufrieden?« Alexander lachte kurz auf. »Frau Müller, es ist überwältigend. Ich danke Ihnen von Herzen!« Er ergriff Michaelas Hand und hielt sie fest. »Ich kann gar nicht sagen, was ich in diesem Augenblick fühle.«

Selma klatschte ihm insgeheim Beifall. Anscheinend hatte Alexander in seinen Jahren in den USA doch nicht verlernt, romantisch zu sein. Bisher hatten Frauen in seinem Leben offenbar noch keine besondere Rolle gespielt, doch das wollte sie ändern.

Nun begrüßte sie Gabi Haug, die ihren Wagen im Ort geparkt und die restliche Strecke zu Fuß zurückgelegt hatte.

Auch Gabi war von der Dekoration begeistert. »Das ist einfach herrlich, liebe Michaela. Du bist einmalig!«

»Das sage ich auch«, setzte Alexander hinzu.

Er musterte Michaela auf eine Weise, die sie unsicher machte. Bis jetzt hatte sie ihn nur als Chef gesehen, der genauso gut dreißig Jahre älter sein oder einen Glatzkopf hätte haben können. Nun erinnerte sie sich daran, dass er nur drei Jahre mehr zählte als sie. Er war kein so schöner Mann wie Peer, doch sie fand, dass er gut aussah. Vor allem wirkte er im Gegensatz zu ihrem Geschiedenen zuverlässig.

Jetzt verrenne dich nicht!, rief sie sich zur Ordnung. Alexander Marquart ist der millionenschwere Besitzer eines mittelständischen Unternehmens und ich die vermögenslose Ex-Frau eines Opernsängers mit einem Kind. Wahrscheinlich wird Mona Gernitz das Rennen machen. Sie bringt immerhin die Firma ihres Vaters mit in die Ehe, und die passt zu den Marquart-Werken wie der Deckel auf den Topf.

7.

Kurz darauf bogen die Wagen des Cateringservice auf den Parkplatz ein, und die Angestellten schleppten Kartons und Tabletts in die Küche. Ferdinand Jander, der zu ihnen gehörte, zitterte innerlich vor Anspannung. Da er neu war, hatte man ihn nicht zum Servierpersonal eingeteilt, sondern ließ ihn zuarbeiten. Das kam ihm zupass, denn andernfalls wäre er Michaela mit Sicherheit vor die Füße gelaufen. Hier in der Küche war diese Gefahr geringer. Zwar schaute sie einmal zur Tür herein, doch da konnte er sich rasch umdrehen und so tun, als überprüfe er den Inhalt eines Kartons.

Ohne Janders Anwesenheit zu ahnen, kontrollierte Michaela noch einmal die gesamte Dekoration und änderte die Platzordnung an einer Stelle, an der zwei Frauen nebeneinandergesessen hätten. Dann schaute sie nach Frau Nerlich und Sophia. Die Babysitterin aß mit Begeisterung die Kekse, die Irene Bouvain ihr gebracht hatte, und die Kleine schlief.

»Ich hoffe, Ihnen ist nicht langweilig?«, fragte sie die Babysitterin.

Diese schüttelte den Kopf. »Gewiss nicht! Ich habe hier eine Chronik der Marquart-Werke entdeckt, und in der gibt es ein Foto, auf dem mein Vater zu sehen ist.«

Es blieb Michaela nichts anderes übrig, als sich das Foto anzusehen. Es musste vor mehr als fünfzig Jahren aufgenommen worden sein und zeigte Alexanders Großvater mit seinen damaligen Beschäftigten. Der Junge neben dem Chef musste Alexanders Vater gewesen sein, dachte Michaela. Die Familienähnlichkeit bei allen dreien war verblüffend. Wahrscheinlich würde Alexanders Sohn auch so aussehen, dachte sie, als sie sich von Frau Nerlich verabschiedete.

Mittlerweile waren die ersten Gäste eingetroffen. Es handelte sich um Ludger Gernitz und dessen Tochter. Mona trug ein hochmodernes Kostüm und so extreme High Heels, dass sie auf die meisten Männer herabschauen konnte. Als wolle sie zeigen, dass sie es sich leisten konnte, hatte sie sich mit einer protzigen Halskette behängt, die Michaelas Gefühl nach besser zu einer älteren Dame gepasst hätte. Mona war stark geschminkt und erinnerte Michaela an die Zeit, in der Peer eine ähnliche Maske von ihr verlangt hatte.

Jetzt sieht sie aus wie eine Puppe, dachte Michaela, während Alexander Vater und Tochter begrüßte.

Gernitz erinnerte Michaela an einen Nussknacker, als er Alexanders Hand ergriff und fest drückte. »Mit dir habe ich ein Hühnchen zu rupfen!«, sagte er grollend.

»Weshalb?«

»Zu Zeiten deines Vaters haben immer meine Mühlen das Mehl, Graupen, Kleie und was ihr sonst noch gebraucht habt, an die Marquart-Werke geliefert«, begann Gernitz, wurde aber von Alexander unterbrochen.

»Das tun sie doch immer noch!«

»Aber du beziehst jetzt auch Mehle von anderen Mühlen!« Gernitz klang beleidigt.

»Wir haben unsere Produktion ausgeweitet und brauchen dafür zusätzliche Lieferanten«, antwortete Alexander noch immer freundlich, obwohl er sich ärgerte, von Gernitz ausgerechnet während des Festes auf diese Weise angegangen zu werden. Das war ein Thema, das sie besser im Büro besprochen hätten.

»So viel hätte ich dir auch liefern können! Ich wollte sowieso ein neues Mahlwerk einrichten«, giftete Gernitz. Zornig, wie er war, fuhr er ohne jeden Anflug von Diplomatie fort: »Ich war der beste Freund deines Vaters, und wir haben abgemacht, dass du Mona heiraten wirst. Du solltest dich daher ein bisschen ins Zeug legen!«

Das war Alexander doch ein wenig zu plump. »Welche Pläne mein Vater auch gehabt haben mag, interessiert mich nicht. Es ist mein Leben, und die Frau, die ich einmal heiraten werde, suche ich mir selbst aus!«

Es traf Gernitz wie ein Schlag. Er öffnete den Mund, brachte aber keinen Ton heraus. Schließlich packte er Alexander bei der Hemdbrust und zog ihn zu sich heran.

»Du solltest mir nicht auf die Zehen treten. Wie ich schon sagte, war ich der beste Freund deines Vaters und weiß von einigen Dingen, die besser nicht in der Öffentlichkeit bekannt werden sollten!«

Alexander machte sich mit einer energischen Bewegung frei. »Sollten Sie zufällig eine gewisse Dame meinen, die in Wirklichkeit keine ist? Es stört mich nicht im Geringsten, wenn sie behauptet, die Geliebte meines Vaters gewesen zu sein.«

»Annette Eckhoff hat Fotos von deinem Vater in Aktion!«, trumpfte Gernitz auf.

Bislang hatte Alexander sich bemüht, freundlich zu bleiben, doch nun wurde es ihm zu viel. »Um Frau Eckhoff kümmert sich mein Anwalt! Sie sollten daher besser nicht den Fehler begehen, sie gegen mich ausspielen zu wollen.«

Gernitz war für den warnenden Unterton in seiner Stimme taub, aher fasste er ihn mit einem festen Griff am Arm. »Tu nicht so überlegen, Junge! Gegen deinen Vater bist du noch ein Nichts! Ich habe Verträge mit den Marquart-Werken.«

»Ich weiß.« Alexander hatte seine Ruhe wiedergefunden und brachte sogar ein Lächeln zustande. »Ich habe diese Verträge genau studiert, Herr Gernitz. Sie beinhalten sowohl den Mindestumfang Ihrer Lieferungen wie auch den Vermerk, dass Sie nur beste Ware liefern sollen. In den letzten Monaten waren meine Werksmeister mit der Qualität Ihrer Mehle nicht immer zufrieden.«

Obwohl im Plauderton gehalten, enthielten diese Worte die Warnung, es nicht auf die Spitze zu treiben. Bei einem seiner letzten Gespräche mit Gernitz hatte dieser scheinbar im Scherz erklärt, er könnte die Marquart-Werke durch einen Lieferstopp in den Ruin treiben. Alexander hatte jedoch den Sinn erkannt und als Drohung angesehen, die ihn zu einer Heirat mit Mona bewegen sollte.

Nun betrachtete er die junge Frau und fand, dass sie mit ihrem ausgeschnittenen Kleid und der Masse an Schmuck, mit dem sie sich behängt hatte, voll und ganz dem Zerrbild einer Tochter aus neureicher Familie entsprach, bei der Protz den guten Geschmack ersetzen musste.

Das Eintreffen weiterer Gäste beendete den Disput. Während Gernitz sich grollend zu einem Kellner gesellte, um seinen Ärger mit einem Glas Champagner hinunterzuspülen, entdeckte Mona Michaela, die eben mit einem der neu eingetroffenen Gäste sprach.

Obwohl sie Michaela bei ihren Besuchen in den Marquart-Werken mehrmals begegnet war, erkannte Mona sie nicht und betrachtete neiderfüllt deren elegante Erscheinung. Plötzlich schüttelte sie irritiert den Kopf.

»Die habe ich doch schon einmal gesehen!« Mona versuchte sich zu erinnern, doch es gelang ihr nicht. Da kam ihr Künstlerfreund Thomas Haunold herein. Sie hatte ihn eigenmächtig eingeladen, um Alexander eifersüchtig zu machen. Jetzt aber war ihr die schöne Fremde wichtiger. Sie eilte Haunold entgegen und zupfte ihn am Ärmel.

»Kannst du mir sagen, wer die dort ist?«, fragte sie und wies mit der freien Hand auf Michaela.

»Die ist mir schon einmal über den Weg gelaufen«, antwortete Haunold nachdenklich. »Sie hat irgendetwas mit Gesang zu tun. Das ist es! Sie war vor zwei Jahren bei Peer Varenthins Konzert dabei und sah dabei so perfekt aus, dass ich sie am liebsten gebeten hätte, mir Modell zu sitzen.«

Mona fauchte leise, denn sie mochte es gar nicht, wenn einer ihrer Verehrer eine andere Frau attraktiver fand als sie. Doch selbst sie musste zugeben, dass Michaela ausnehmend gut aussah.

Das stellten auch andere fest, und so fand sich Michaela bald dicht umlagert. Als Alexander das bemerkte, gefiel es ihm gar nicht. Kurz entschlossen ging er zu ihr hin, legte seine Hand auf ihren Arm und sah sie lächelnd an.

»Wir sollten Platz nehmen, denn es wird gleich der Aperitif serviert!« Michaela wunderte sich, da sie diesen erst in einer Viertelstunde eingeplant hatte. Da las sie in seinen Augen Eifersucht und die Angst, sie zu verlieren. Sollte Alexander Marquart wirklich in sie verliebt sein?, fragte sie sich. Ein Teil ihrer selbst fand, dass dies gar keine so schlechte Sache wäre. Bei Alexander würde sie die Sicherheit finden, die sie und ihre Tochter brauchten und die sie während ihrer Ehe mit Peer zuletzt so sehr vermisst hatte. Doch konnte sie mit einem Mann zusammenleben, den sie zwar achtete, für den sie aber nicht die große Liebe empfand? Sie wurde unsicher, beherrschte sich jedoch und wies mit der freien Hand zum Speisesaal.

»Da Sie den Aperitif wünschen, sollten wir gehen!«

Alexander nickte und führte sie an den großen Tisch. Eigentlich hatte Michaela sich weiter hinten eingeordnet, doch er nahm einfach ihr Tischkärtchen mit und wies einen der Kellner an, das Kärtchen der Dame, die sonst neben ihm hätte sitzen sollen, zu Michaelas Platz zu tragen. Es handelte sich um Mona, und die fauchte jetzt so wütend, dass etliche Gäste es vernahmen.

Auch Selma bekam es mit und meinte lächelnd zu einer ihr völlig unbekannten Frau: »Finden Sie nicht auch, dass Herr Marquart und seine Partnerin ein schönes Paar abgeben?«

Mona hätte sie dafür erwürgen können und ebenso die Angesprochene, die auf diese Frage hin eifrig nickte.

8.

Der Abend wurde ein grandioser Erfolg. Die zauberhafte Dekoration sowie eine begeisternde Sängerin und ein virtuoser Klavierspieler sorgten für eine unnachahmliche Stimmung, die nur Mona Gernitz und deren Vater nicht erfasste. Mona begriff, dass sie ihre Hoffnungen auf Alexander begraben musste, und flirtete daher heftig mit Thomas Haunold, während ihr Vater seinen Grimm in Wein und Cognac ersäufte. Er hatte das Spiel bis zur

Grenze ausgereizt und verloren. Wenn er jetzt die Lieferungen einstellte, vermochte er Alexander nicht mehr zu schaden, da dieser auf andere Lieferanten zurückgreifen konnte.

Michaela, Selma, Gabi Haug und Irene Bouvain lernten ihren Chef von einer Seite kennen, die sie überraschte. Alexander war gelöst und witzig, und jeder konnte sehen, wie sehr er für die schöne Frau an seiner Seite brannte.

Dies beobachtete auch Ferdinand Jander, den es nicht in der Küche gehalten hatte. Immer wieder trat er an die Tür des Saales und spähte hinein. Der Neid auf Alexander packte ihn, da dieser neben Michaela sitzen und sie immer wieder am Arm berühren konnte.

»He, was soll das? Du bist nicht zum Glotzen, sondern zum Arbeiten da!«, fuhr der Teamleiter ihn an, als er wieder einmal die Küche verlassen hatte.

»Ja, ja! Ich geh ja schon!«, brummte Jander, tat es aber nicht.

Schließlich versetzte ihm der andere einen Stoß. »Sieh zu, dass du die Weinkartons aufmachst! Es sind nicht mehr viele Flaschen ausgepackt.«

Der Teamchef eilte weiter. Spätestens in diesem Augenblick hätte Jander der Anweisung folgen müssen. Da hörte er, wie einer der Gäste Michaela ansprach.

»Wie geht es Ihrem Töchterchen, Frau Müller? Sie muss doch jetzt schon ganz schön groß sein.«

»Sie ist bald ein Jahr alt«, erklärte Selma so stolz, als wäre sie Sophias Großmutter.

»Haben Sie die Kleine zu Hause gelassen?«, fragte der Gast weiter.

Michaela schüttelte den Kopf. »Sophia ist mit ihrer Babysitterin zusammen hier im Haus und wartet darauf, dass ich sie wieder mit nach Hause nehme.«

»Wir würden sie gerne sehen!«, rief eine Frau.

Michaela zögerte, doch da stupste Alexander sie an. »Machen Sie unseren Gästen doch die Freude!«

»Das finde ich auch«, erklärte Selma, die sehr zufrieden damit war, dass Alexander die Kleine ins Herz geschlossen hatte. »Pass aber auf, dass sie nicht aufwacht«, setzte sie hinzu.

Michaela stand auf und verließ den Raum durch die Tür, hinter der sich Jander versteckt hatte. Dieser verschwand im letzten Augenblick in einem Nebenraum und wagte sich erst wieder heraus, als er hörte, dass Michaela mit dem Kind zurückgekehrt war.

Einen viel zu kurzen Augenblick lang erhaschte er einen Blick auf die junge Mutter, die das schlafende Kind kurz in den Raum trug, um es zu zeigen, und es dann wieder in ihr Bettchen zurückbrachte.

Als Michaela erneut im Festsaal erschien, griff der Klavierspieler auf ihr Zeichen hin wieder in die Tasten, und die rumänische Sopranistin stimmte ein Volkslied aus ihrer Heimat an.

Während die Gäste entspannt lauschten, kehrte Jander in die Küche zurück. Dort war sein Teamleiter gerade dabei, einen neuen Weinkarton zu öffnen. Als er Jander sah, wurde er wütend. »Entweder packst du jetzt endlich mit an, oder du kannst gleich verschwinden!«

Ohne zu antworten, zog Jander seinen Kittel aus und warf ihn auf den Tisch. Er hatte jetzt an anderes zu denken als daran, dass Alexanders Gäste nicht auf ihren Wein warten sollten.

Im Saal ging es unterdessen hoch her. Lächelnd beugte Alexander sich zu Michaela hin. »Ich danke Ihnen, Frau Müller! Das Fest ist ein voller Erfolg.«

»Nicht für alle«, schränkte Michaela mit einer gewissen Schadenfreude ein und deutete verstohlen auf Ludger Gernitz und dessen Tochter. Mona sah aus, als würde sie sie am liebsten erwürgen, und ihr Vater saß wie eine Gewitterwolke auf seinem Stuhl.

»Ich weiß nicht, was er hat«, sagte Alexander leise. »Gernitz steht nicht schlechter da als vor meiner Rückkehr. Wir nehmen ihm sogar um fünf Prozent mehr Ware ab als mein Vater.«

Michaela musterte den Mühlenbesitzer. »Ich glaube, ihm sind seit Ihrer Rückkehr etliche Illusionen geplatzt. Für mein Gefühl wollte er Sie mit seiner Tochter verheiraten, um dadurch die Herrschaft über die beiden vereinigten Firmen zu erhalten. Für Sie hatte er gewiss nur den Platz des Juniorchefs vorgesehen.«

Alexander brach in ein fröhliches Lachen aus. »Dasselbe habe ich mir auch gedacht! Ich eigne mich jedoch nicht zum Hampelmann, weder für Gernitz noch für dessen Tochter. Wenn ich einmal heirate, muss es eine Frau wie Sie sein!«

»Wie ich?«

»Sie sind wunderschön, haben Stil und Intelligenz! Und wie viel Liebe Sie geben können, sieht man an den Blicken, mit denen Sie Ihre Tochter anschauen.«

Selma saß nahe genug bei den beiden, um es hören zu können, und zwinkerte Gabi Haug zu. Die Sache läuft gut, besagte ihr Blick. Trotzdem war sie der Meinung, dass sie ruhig nachhelfen konnte.

»Der Abend ist noch so jung! Wollen wir nicht ein wenig tanzen? Unser hervorragender Pianist wird uns hier sicher unterstützen.«

»Aber selbstverständlich!«, antwortete der Klavierspieler und stimmte einen Walzer an.

Alexander sah Michaela auffordernd an. »Es wäre mir eine große Freude!«

»Die Michaela Ihnen sicher nicht verwehren wird«, rief Selma, da ihre Freundin ein wenig zögerte.

Schließlich stand Michaela auf und ließ sich von Alexander nach vorne führen. Zuerst tanzten die beiden ganz allein. Für

Alexander war es die Erfüllung eines Traums, während Michaela zunächst noch unsicher war. Sie mochte ihren Chef, bewunderte ihn sogar, aber wie würde er als Mann sein? Während ihre Füße wie von selbst dem Takt folgten, betrachtete sie Alexanders Gesicht. Sie spürte, dass es in ihrem Herzen trotz ihrer Liebe zu Sophia noch Platz gab, der ausgefüllt zu werden wünschte. Ihr Puls ging schneller, und sie lächelte Alexander auf eine Weise an, bei der sowohl Selma wie auch Gabi Haug die Daumen reckten.

Weitere Paare wollten tanzen, und so füllte sich die freie Fläche. Da keiner der Herren auf Mona zukam, stieß diese Thomas Haunold an. »Ich will ebenfalls tanzen!«

»Gerne, Liebste!«, antwortete der junge Mann und führte sie nach vorne.

Inzwischen drehte sich fast ein Dutzend Paare auf der Tanzfläche. Doch während alle anderen sich bemühten, einander nicht in die Quere zu kommen, lenkte Mona ihren Partner so, dass sie neben Michaela und Alexander kamen, und versetzte Michaela einen heftigen Tritt mit dem spitzen Absatz eines ihrer High Heels.

Michaela knickte mit einem leisen Aufschrei um und wurde nur durch Alexanders Griff davor bewahrt, zu Boden zu stürzen.

»Was ist geschehen?«, fragte er besorgt.

»Mein rechtes Bein! Ich …« Michaela biss vor Schmerz die Zähne zusammen. »Bitte, ich kann nicht mehr weitertanzen. Ich …«

Selma stürmte weiß vor Zorn heran und zeigte auf Mona. »Dieses Biest hat dich getreten! Ich habe es genau gesehen!«

»Ist nicht wahr!«, fauchte Mona zurück.

Jetzt blieben alle stehen und schauten auf Michaela. Auf der halben Höhe ihres Unterschenkels war der Strumpf zerrissen, und darunter klaffte eine blutende Wunde.

»Wir brauchen einen Arzt!«, rief Alexander mit einem so finsteren Blick auf Mona, dass diese sich hinter anderen Gästen versteckte. Er hob Michaela auf und trug sie in den privaten Teil der Villa.

»Jetzt legen Sie sich erst einmal auf die Couch. Frau Bouvain wird sich um Sie kümmern. Ich sorge dafür, dass ein Arzt kommt.«

»Ich habe ihn schon informiert. Er wird in zehn Minuten hier sein«, berichtete die Hausdame.

»Sie sollten zurück zu Ihren Gästen gehen, Herr Marquart«, forderte Michaela Alexander auf.

»Das sollten Sie wirklich!«, stimmte ihr Selma zu, die mit ihnen gekommen war.

»Aber …«

»Kein Aber!«, erklärte Michaela resolut. »Sie sind Geschäftsmann und haben Ihre Verpflichtungen.«

»Also gut. Sorgen Sie gut für sie«, sagte Alexander. An der Tür blieb er noch einmal stehen und drehte sich um. »Sie müssen mir allerdings etwas versprechen, Frau Müller!«

»Was?«

»Dass wir ab jetzt Du zueinander sagen und ich Ihnen beziehungsweise dir den Hof machen kann, wie es so schön altmodisch heißt.«

»Angenommen!«, rief Selma, bevor Michaela antworten konnte. Dann beugte sie sich über ihre Freundin. »Sage ja nicht das Gegenteil, sonst geraten wir beide ernsthaft aneinander.«

»Ich dachte, du magst keine Männer?«, fauchte Michaela leise.

»Dass ich lesbisch bin, bedeutet nicht, dass ich nicht den einen oder anderen mag oder als guten Freund bezeichne«, konterte Selma gelassen und versetzte Alexander einen leichten Schubs.

»Los jetzt, bevor Ihnen alle Gäste abhandenkommen! Da fahren schon welche ab«, sagte sie, denn sie hatte gerade gehört, wie zwei Autos die Motoren aufheulen ließen. »Schätze, das sind

Gernitz und Tochter. Das ist gut, denn jetzt hat der Arzt einen Parkplatz, wenn er kommt«, setzte sie grinsend hinzu und streichelte Michaelas Wange. »So ein Miststück! Der Charakter einer Kanalratte ist noch Gold gegen den ihren!«

Sie brachte es so trocken vor, dass Michaela trotz ihrer Schmerzen lachen musste.

9.

Der Arzt kam, sah sich die Wunde an und erkundigte sich nach Michaelas Impfstatus. »Es ist wegen Tetanus.«

»Ich habe den vollen Schutz vor drei Jahren machen lassen«, erklärte Michaela.

»Sehr gut!«, lobte der Arzt, während Selma im Hintergrund murmelte, dass Michaela eher einen Impfschutz gegen Schlangengift benötigen würde.

»Was meinen Sie?«, fragte der Arzt irritiert.

»Ich? Nichts!«, redete sich die alte Dame heraus.

»Jetzt müsste Sie jemand ins Krankenhaus fahren, damit die Wunde genäht werden kann. Keine Sorge, es wird keine sichtbare Narbe bleiben«, sagte er beruhigend und begann, die Verletzung zu verbinden.

Alexander hatte sich bei seinen Gästen entschuldigt, um zu erfahren, wie schlimm Michaelas Verletzung war. Nun stand er mit bleicher Miene an der Wand und bewegte die Finger, als wolle er jemand erwürgen.

Selma gesellte sich zu ihm und wies mit dem Kinn auf Michaela. »Keine Sorge, so wie ich sie kenne, ist sie am Montag wieder in der Firma.«

»Michaela soll sich auskurieren!«, antwortete Alexander und fand trotz seiner Wut auf Mona Gernitz, dass es sich gut anhörte, die Frau, die er liebte, bei ihrem Vornamen nennen zu können.

»Ich kann dich ins Krankenhaus fahren, muss dann aber wieder zurück, da ich Sophia nicht die ganze Nacht Frau Nerlich überlassen will. Morgen früh kommen wir beide dich besuchen«, sagte Selma zu Michaela.

Da hob der Arzt lächelnd die Hand. »Die Verletzung ist nicht so schlimm, dass Frau Müller die Nacht über in der Klinik bleiben müsste. Sie kann auf jeden Fall wieder nach Hause.«

»Dann fahre ich sie!«, erklärte Alexander mit Nachdruck.

»Und Ihre Gäste?«, wandte Michaela ein.

»Es heißt ›deine Gäste‹! Um die soll Schrader sich kümmern. Er ist immerhin mein Geschäftspartner bei dem Wohnbauprojekt.«

Michaela wollte etwas sagen, doch da wurde ihr mit einem Mal speiübel.

Dafür nickte Selma und erklärte, sie würde die Gäste davon informieren, dass Alexander Michaela ins Krankenhaus bringen würde.

»Sie werden gewiss Verständnis dafür haben!«, setzte sie energisch hinzu und ging.

Alexander trug Michaela hinaus und setzte sie in den Wagen. »Keine Sorge, es wird alles gut!«, sagte er.

»Danke!« Michaela schloss die Augen, und während sie gegen den Schmerz ankämpfte, fragte sie sich, weshalb ein Mensch so gemein sein konnte wie Mona Gernitz.

Auch Alexander fragte sich das und beschloss, den persönlichen Kontakt zu Ludger Gernitz und dessen Tochter zu beenden. Außerdem würde er den Vertrag, den sein Vater mit Gernitz geschlossen hatte, nach seinem Ablauf nicht mehr verlängern.

10.

Die Fahrt ins Krankenhaus verlief ohne Probleme. Dort wurde die Verletzung gereinigt, genäht und verbunden. Michaela erhielt zwei Spritzen. Eine davon wirkte einschläfernd, und so dämmerte sie weg, während Alexander den großen Wagen Richtung ihres Zuhauses lenkte. Er hatte darauf verzichtet, sich von Klaus Becker fahren zu lassen, sondern sich selbst ans Steuer gesetzt. Nun wurde ihm klar, dass ihm das tägliche Training am Steuer fehlte, und er atmete auf, als er die Limousine vor Michaelas und Selmas Haus anhielt.

Er musste nicht einmal klingeln, denn Selma machte bereits auf, als er noch auf das Haus zuging.

»Ist alles gut gegangen?«, fragte sie besorgt.

Alexander nickte. »Allerdings hat Michaela eine Spritze gegen die Schmerzen bekommen und ist eingeschlafen. Ich werde sie ins Haus tragen.«

»Ich könnte dieser Mona das Gesicht zerkratzen«, fauchte Selma. »Doch kommen Sie herein!«

Die beiden waren wirklich füreinander bestimmt, dachte sie, als sie sah, wie vorsichtig Alexander Michaela trug. Ihre Freundin musste das nur noch einsehen.

»Hier ist ihr Zimmer. Ich habe die Kleine zu mir umquartiert, damit Michaela ungestört schlafen kann. Legen Sie sie aufs Bett, und ziehen Sie ihr die Schuhe aus. Um den Rest kümmere ich mich später«, erklärte sie. Alexander zog Michaela die Schuhe aus und hielt sie dann in der Hand.

»Ich komme mir fast so vor wie der Prinz aus dem Märchen vom Aschenbrödel.«

»Nur hat der dem Mädchen den Schuh an- und nicht ausgezogen«, antwortete Selma in freundlichem Spott, wurde dann aber ernst. »Kommen Sie mit!«

»Wie war es eigentlich noch in der Villa? Sind die Gäste bald aufgebrochen?«, wollte Alexander wissen, als er hinter ihr herging.

»Ganz im Gegenteil! Die haben tapfer weitergefeiert. Schrader und der Bürgermeister haben das Bauvorhaben vorgestellt, und es scheint einige Interessenten zu geben, die für Angestellte oder Verwandte bezahlbaren Wohnraum suchen«, berichtete Selma. »Ich soll Ihnen von allen Gästen liebe Grüße ausrichten und Michaela die besten Genesungswünsche. Wäre Mona Gernitz nicht abgehauen, hätte man sie wahrscheinlich gesteinigt.«

»Es tut mir sehr leid, dass Michaela ausgerechnet bei der ersten Feier in meinem Haus so etwas erleben musste«, antwortete Alexander geknickt.

»Ihnen fällt sicher etwas ein, um ihr eine Freude zu bereiten, die sie den Schmerz vergessen lässt.« Selma sah ihn nachdenklich an. »Aber nun zu etwas anderem. Vielleicht werden Sie sich wundern, aber ich habe Ihre Mutter sehr gut gekannt. Sie hat es nie verwunden, dass sie ihren Sohn nie mehr sehen durfte, und ihre letzten Gedanken galten Ihnen. Sie hat Briefe an Sie geschrieben, die sie, solange ihr Vater lebte, nicht abschicken durfte. Sie hat sie mir gegeben, damit ich sie Ihnen irgendwann einmal übergeben kann. Ich hatte es mir eigentlich für einen bestimmen Anlass vorgenommen, will nun aber doch nicht so lange damit warten.

Was Ihren Vater betrifft: Dieser hasste es, zu verlieren, und für ihn war es eine Niederlage, als ihm seine Frau erklärte, sie könne ihn nicht mehr ertragen. Er machte sich nicht einmal die Mühe, darüber nachzudenken, ob er etwas falsch gemacht hat, sondern schüttete, wie man so schön sagt, das Kind mit dem Bade aus. Sie musste innerhalb einer Stunde ihre Sachen packen und gehen. Er drohte, sie sonst als psychisch Kranke in eine teure, gut abgeriegelte Privatklinik einweisen zu lassen«, erklärte Selma. »Das ist eine entsetzliche Vorstellung, denn ich habe nie einen anständigeren und fürsorglicheren Menschen kennengelernt als sie.«

»So wie ich meinen Vater kenne, hätte er es wahrscheinlich auch geschafft!«, antwortete Alexander bitter.

Selma nickte und verließ ihn kurz, um die Briefe zu holen. Als sie zurückkam, hielt sie außerdem ein Foto in der Hand. »Sie sagten einmal, Sie würden sich ein Bild Ihrer Mutter wünschen, um es neben dem Ihres Vaters aufhängen zu können. Wäre das eine geeignete Vorlage dafür?« Mit diesen Worten reichte Selma Alexander ein gerahmtes Foto.

Dieser nahm es vorsichtig und spürte, wie Tränen in ihm aufstiegen. Er wischte das Gesicht mit dem Ärmel der linken Hand trocken und sah dann auf das Bild einer schönen Frau Mitte dreißig, deren Lippen lächelten, während der Ausdruck ihrer Augen von verborgenem Leid erzählte.

»Ich habe sie so sehr vermisst!«, sagte Alexander erschüttert. »Daher kann ich es meinem Vater bis heute nicht verzeihen, dass er mich weggeschickt hat und mir keine Möglichkeit ließ, ihr wenigstens zu schreiben. Am liebsten würde ich sein Bild herunterreißen und nur das meiner Mutter aufhängen!«

Selma legte Alexander die Hand auf die Schulter. »Warum? Gönnen Sie Libusa doch den Triumph, neben ihm zu hängen, ohne dass er sie daran hindern kann. Ihn abzuhängen wäre eine kleinliche Rache. Sie dürfen auch nicht die Leute vergessen, für die er ein bedeutender Mann war. Diese würden sich wundern, wenn sie Ihr Haus betreten und sein Bild verschwunden ist. Er hat Ihnen als Lebender genug Schwierigkeiten bereitet. Lassen Sie nicht zu, dass er es auch noch als Toter tut!«

Es dauerte einige Augenblicke, bis Alexander seine aufgewühlten Gefühle beherrschen konnte. Dann nickte er. »Sie haben recht, Frau Endreß! Bitte erzählen Sie mir von meiner Mutter. Ich würde so gerne wissen, wie sie gelebt hat.«

»Das tue ich gerne«, erwiderte Selma und begann zu erzählen. Schließlich sah sie ihn durchdringend an. »Es wird Ihnen vielleicht nicht passen, dass Ihre Mutter und ich über fünfundzwanzig Jahre zusammengelebt haben. Ich habe sie geliebt, wie ich keinen anderen Menschen lieben kann. All die Jahre hatte Libusa die Hoffnung, Sie könnten nach Deutschland zurückkehren, und sie könnte Sie in die Arme schließen. Ich habe ihr geraten, gegen Ihren Vater vorzugehen, doch sie hatte zu viel Angst, er könnte es an Ihnen auslassen. Einmal hat sie versucht, Sie durch einen Privatdetektiv ausfindig machen zu lassen. Es war jedoch erfolglos.«

»Vater hat mich streng in England und später in den USA festgehalten. Als ich endlich auf eigenen Beinen stand, blieb ich drüben, weil ich nur so meine Unabhängigkeit bewahren konnte«, berichtete Alexander und schämte sich, weil er über den Streit mit seinem Vater die Mutter vergessen hatte. Er schüttelte mit einer verzweifelten Geste den Kopf. »Wenn ich daran denke, dass meine Mutter wegen meines Vaters Schuld in einer Kneipe kochen musste …«

»… würden Sie am liebsten das Bild Ihres Vaters herabreißen und ins Feuer werfen. Ich sagte Ihnen schon, das bringt nichts. Außerdem hat Ihre Mutter gerne gekocht. Sie besaß ein Talent dafür, wunderbare Kreationen zu zaubern. Was würde ich dafür geben, noch einmal eines ihrer Gerichte essen zu können.« Jetzt konnte Selma die Tränen nicht mehr zurückhalten und presste ein Taschentuch auf die Augen, um die Flut aufzufangen.

Alexander stand neben ihr und fühlte sich so hilflos wie nie zuvor in seinem Leben. Schließlich nahm er Selma in die Arme und streichelte ihr übers Haar. »Ich danke Ihnen, dass Sie sich meiner Mutter so liebevoll angenommen haben.«

»Sie nahm den ersten Platz in meinem Herzen ein und ich in ihrem den zweiten nach Ihnen!« Selma lächelte unter Tränen und löste sich vorsichtig aus seinen Armen. »Ich bin so froh, in Ihnen nicht nur den Sohn des Vaters zu sehen, sondern auch Libusas Kind. Sie wird dort, wo sie jetzt ist, glücklich darüber sein!«

Neunter Teil

Betrogen

1.

Peer Varenthin hätte glücklich sein können. Seine Karriere ging steil bergauf, und die besten Opernhäuser der Welt rissen sich darum, ihn als Radamès in *Aida*, als Rodolfo in *La Bohème* oder Tamino in der *Zauberflöte* zu engagieren. Sogar Bayreuth hatte bereits angefragt, ob er bei den Festspielen nicht den Lohengrin singen wolle.

Doch gerade dieser Erfolg war sein Problem, oder, besser gesagt, es war Antonella. Deren Stimme war bestenfalls Mittelmaß. Daher boten ihr die Intendanten der großen Häuser höchstens eine kleine Nebenrolle an. Eine Hauptrolle war weit jenseits dessen, das sie erhoffen konnte. Selbst für die Zweitbesetzung wählten die Opernhäuser bessere Sängerinnen aus.

Dietlind Fabians mahnendes Räuspern erinnerte Peer daran, dass er beim Proben jeden Gedanken an häusliche Probleme beiseiteschieben musste. Er konzentrierte sich wieder auf seine Partitur und sah Dietlind hinterher zufrieden nicken.

»Ausgezeichnet, Herr Varenthin. Sie haben in der letzten Zeit große Fortschritte gemacht. Allerdings müssen wir jetzt die Probe leider abbrechen!«

Peer sah überrascht auf seine Armbanduhr. »Aber wir haben doch noch über eine Stunde dafür eingeplant?«

Seine Ausbilderin senkte schuldbewusst den Kopf. »Es ist so: Ich muss dringend zum Zahnarzt. Ich hatte um einen Termin am Nachmittag gebeten, aber es war nicht anders zu machen.«

»Sie müssen sich nicht entschuldigen, Frau Fabian! Eine Sitzung beim Zahnarzt ist immer unangenehm, und Sie sollten sie so schnell wie möglich hinter sich bringen. Außerdem können wir die Übung am Nachmittag fortsetzen.« Peer lächelte der alten Dame dankbar zu. Mit ihrer Ruhe und ihrer Konzentration auf seine künstlerische Arbeit war sie derzeit sein einziger Halt. Antonella hingegen mutierte immer mehr zur Megäre und drängte ihn, sich dafür einzusetzen, dass sie endlich die ersehnte weibliche Hauptrolle erhielt.

Peer hätte sich diesbezüglich mehr Unterstützung von seinem Agenten gewünscht. Rainer Pahnke reiste mit ihnen, belegte im Hotel das Zimmer neben ihnen und sortierte die Angebote, die ihn erreichten. Außerdem verwaltete er das Geld. Was Antonella betraf, überließ Pahnke es jedoch ganz ihm, sich mit ihr auseinanderzusetzen.

»Der Teufel soll beide holen!«, murmelte Peer, als er das Opernhaus verließ und die wenigen Hundert Meter zum Hotel zu Fuß zurücklegte. Unwillkürlich dachte er an Michaela. Diese war immer für ihn da gewesen und hatte ihn in seiner künstlerischen Entwicklung unterstützt. Wenn sie noch bei ihm wäre, würde sie ihm, sowie er ins Hotel kam, seinen Tee kochen und ihm stolz das Album mit den Pressemeldungen über seinen letzten Auftritt zeigen. Doch seit sie ihn verlassen hatte, gab es kein Album mehr. Antonella hatte sich nicht nur geweigert, ein neues anzulegen, sondern die alten Alben in einem Wutanfall zerrissen.

»Selbst das Kind hätte mich in dem guten Jahr, in dem es auf der Welt ist, nicht so nerven können wie diese Frau!«, setzte er sein Selbstgespräch fort.

Im Hotel grüßte er freundlich den Concierge und fuhr mit dem Aufzug zu ihrer Etage hoch. Zu seiner Überraschung hing an der Tür das Schild »Bitte nicht stören – brauche noch Zeit für mich«. Er öffnete die Tür und trat vorsichtig ein, um Antonella nicht zu wecken, falls sie noch schlief. Da vernahm er aus dem abgetrennten Schlafteil Stimmen. Sie gehörten Antonella und seinem Agenten.

»Peer muss darauf bestehen, dass ich die weibliche Hauptrolle in Wien erhalte. Wenn sie nicht dazu bereit sind, muss er ein anderes Engagement annehmen, bei dem ich sie bekomme«, erklärte Antonella gerade.

»Ich tue mein Möglichstes, aber du weißt, dass sich Peer, seit Michaela fort ist, nicht mehr so leicht lenken lässt. Er ist in Bezug auf seine Karriere äußerst starrsinnig geworden. Vor zwei Jahren konnte ich ihm noch das eine oder andere ausreden, aber jetzt ist das fast nicht mehr möglich. Aber komm jetzt, lassen wir diesen Trottel. Wir können die Zeit weitaus besser nutzen!«

Augenblicke später hörte Peer erregtes Keuchen und die leisen, spitzen Schreie, die ihn früher, wenn er mit Antonella intim geworden war, so richtig in Fahrt gebracht hatten. Mittlerweile war seine Leidenschaft für sie abgekühlt, dennoch traf es ihn bis ins Mark. Antonella war seine Frau und Rainer Pahnke sein Agent. Beide lebten von seinem Geld, und da hätte er zwar nicht unbedingt innige Liebe und Freundschaft, aber wenigstens Loyalität erwartet. Wütend riss er die Tür auf und sah beide nackt auf dem Bett. Sie waren so miteinander beschäftigt, dass sie ihn zunächst nicht bemerkten.

Peer wollte schreien oder beide durchprügeln, blieb aber stumm an der Tür stehen. Ohne nachzudenken, zog er sein Smartphone und filmte die beiden.

Nach einer Weile drehte Antonella den Kopf in seine Richtung. Peer fand es direkt interessant, wie ihre Gesichtszüge entgleisten.

»Peer, du?«, keuchte sie.

»Ja, ich!«, antwortete er bitter und steckte sein Handy wieder ein. »Und jetzt wäre ich euch dankbar, wenn ihr beide mein Zimmer räumen würdet, und zwar ein bisschen avanti!«

Nun bemerkte auch Pahnke, dass der gehörnte Ehemann gekommen war, und sprang aus dem Bett. »Peer, es ist nicht so, wie du denkst!«

»Ach nein? Ihr beide habt wahrscheinlich eben die Partitur für die nächste Hauptrolle einstudiert, die Antonella spielen wird.«

»Du bist so was von gemein!«, fauchte sie ihn an.

Peer wies zur Tür der Suite. »Raus! Das Zimmermädchen wird deine Sachen in Herrn Pahnkes Zimmer bringen. Hier in meiner Suite habt ihr beide nichts mehr verloren!«

»Peer, jetzt hör doch erst mal zu!«, begann Pahnke.

»Ich habe genug gehört! Auch wenn ich für dich ein Trottel bin, lasse ich mich von euch nicht für blöd verkaufen.«

»Verdammt, Peer, jetzt drehe nicht durch, nur weil ich einmal deine Frau gebumst habe. Wir sind doch Freunde.«

»Du warst noch nie ein Freund, sondern nur mein Agent!« Ohne ein weiteres Wort packte Peer Pahnkes Hose und Hemd und warf beides auf den Hotelflur.

»Verdammt, du bist wirklich ein Idiot!«, fuhr Pahnke auf.

»Mag sein, aber wenn es zu einem Skandal kommt, wird er mir am wenigsten schaden.« Peer lächelte, denn sollte es dazu kommen, würde Pahnke in der Opernszene so schnell kein Bein mehr auf die Erde bringen – und Antonella ebenso wenig.

Das war auch Pahnke bewusst. Außerdem fürchtete er eine körperliche Auseinandersetzung mit dem jüngeren Mann. Er packte daher seine Unterwäsche, sah kurz auf den Flur, ob jemand vorbeikam, und lief, unterwegs Hose und Hemd an sich raffend, zu seiner Tür.

»Du solltest ihm folgen!«, rief Peer Antonella zu.

»Ich werde dich verklagen«, fauchte sie.

»Tu, was du nicht lassen kannst, aber verschwinde!«

Antonella zögerte noch einen Moment, doch als Peer Anstalten machte, ihren Schrank zu öffnen und ihre Kleidung ebenfalls auf den Flur zu werfen, huschte sie nackt zu Tür hinaus.

»Das letzte Wort ist noch nicht gesprochen!«, zischte sie.

Peer schloss die Tür hinter sich, sah dann auf dem Schreibtisch Antonellas Zimmerkarte liegen und nahm sie an sich. Da er ihr sinnlose Racheakte zutraute, rief er in der Rezeption an und verlange von dem Concierge, dafür zu sorgen, dass Antonella der weitere Zugang zu seiner Suite untersagt blieb.

2.

Michaela fühlte sich beklommen, als sie am Montag in die Firma kam, denn ihr Leben hatte sich auf einen Schlag verändert. An den letzten beiden Tagen war Alexander jeweils mehrere Stunden in ihr Haus gekommen, hatte mit Selma und ihr geredet und mit Sophia gespielt. Michaela wusste nun, dass er der Sohn von Selmas verstorbener Lebensgefährtin war. So, wie ihre Freundin sich benahm, schien sie in ihm so etwas wie einen Stiefsohn zu sehen, dessen Wohlergehen ihr am Herzen lag. Auf jeden Fall hatte ihre Freundin ihr ziemlich zugesetzt, Alexander nicht zu enttäuschen.

Das werde ich auch nicht, dachte sie. Zwar empfand sie für ihn nicht die schwärmerische Verehrung, die sie einst Peer Varenthin entgegengebracht hatte, aber sie war auch keine achtzehn mehr. Ihr Herz schlug jedoch schneller, wenn sie an Alexander dachte, und sie erinnerte sich, wie er sie in jener Nacht zuerst zu seinem Auto getragen hatte. Sie hatte sich nie sicherer gefühlt als in seinen Armen. War das Liebe?, fragte sie sich. Eines war für sie klar:

Sie würde alles tun, damit Alexander glücklich wurde und seine Entscheidung niemals bereute.

»Guten Morgen, Frau Müller!« Der Portier grüßte wie immer, und das beruhigte ihre Nerven ein wenig. Allerdings ärgerte sie sich über die Krücken, die sie nun benötigte. Noch durfte sie den Fuß nicht belasten.

»Warten Sie, ich hole Ihnen den Aufzug! So ist es doch ein wenig umständlich für Sie. Ich hoffe, es nicht nichts Schlimmes.« Der Portier hatte jetzt erst ihre Krücken entdeckt und schoss hinter seiner Theke hervor.

»Der Arzt sagt, ich muss diese Dinger zwei Wochen lang benutzen.« Michaela Miene verriet, dass sich ihre Begeisterung darüber in Grenzen hielt.

Als sich die Aufzugtür öffnete, humpelte sie hinein und drückte den fünften Stock. Oben wurde sie bereits von Gabi Haug und Alexander erwartet.

»Wie geht es dir?«, fragte die Chefsekretärin mitfühlend.

»So gut, dass ich Mona Gernitz, wenn sie hier wäre, die Krücken um die Ohren schlagen würde«, antwortete Michaela mit einem aufgebrachten Zischen.

»Ich habe zwar nie viel von ihr gehalten, doch dass sie so ein ausgemachtes Biest sein würde, habe ich mir wirklich nicht vorgestellt. Gib mir jetzt die Krücken! Herr Marquart wird dich in dein Büro tragen. Wir haben einen Schemel besorgt, damit du das Bein hochlegen kannst«, fuhr Gabi fort.

»Du musst mich nicht tragen«, wandte Michaela an Alexander gewandt ein.

»Aber ich mache das doch gerne«, antwortete er lächelnd und hob sie auf.

Wenig später saß sie auf einem bequemen Bürostuhl, hatte den verletzten Fuß auf ein weiches Kissen gebettet und fuhr ihren Computer hoch.

»Wenn du etwas brauchst, meldest du dich!«, forderte Alexander sie auf.

»Ich hätte gerne einen Tee.«

»Mach ich gleich!«, versprach Gabi und verschwand.

Alexander strich Michaela liebevoll über das Gesicht. »Du bist eine tapfere Frau, weißt du das? Etwas Besseres hätte ich mir nicht wünschen können.«

»Ich mir auch nicht.« Michaela lachte leise, bevor sie weitersprach. »Selma nannte es einen Tritt ins Glück! Mir wäre lieber gewesen, wir hätten unsere Gefühle füreinander auf eine etwas weniger schmerzhafte Weise entdeckt.«

»Das ist verständlich«, meinte Alexander und lachte ebenfalls. »Die Hauptsache ist jedoch, dass wir sie entdeckt haben.«

Michaela nickte und berührte seine Wange. »Das sollte uns nicht daran hindern, das zu tun, was notwendig ist«, sagte sie und rief ihre E-Mails auf. Als sie die Zahl der ungelesenen sah, stöhnte sie auf. »Oh Gott, dafür brauche ich eine ganze Woche!«

»Ist eine von Gernitz oder dessen Tochter dabei?«, fragte Alexander. »Es wäre angebracht, dass sie sich wenigstens entschuldigen!«

Michaela scrollte die E-Mails durch und schüttelte den Kopf. »Nichts! Ist auch nicht so wichtig.« Sie rief die erste Mail auf. »Sie kommt von einem deiner Gäste. Er wünscht mir baldige Genesung und bittet für einen Bekannten um die Infomappe für die geplanten Doppelhaushälften.«

»So kann man Anteilnahme und Geschäft miteinander verbinden!«

»Wenn das so weitergeht, hast du die Häuser und die Wohnungen im Neubaugebiet schneller verkauft, als du sie bauen kannst«, spöttelte Michaela und nahm sich die nächste Mail vor. Auch sie kam von einem Gast und enthielt die besten Wünsche für sie und die Frage, ob er mehrere Probesendungen von Marquart-Produkten für gute Endkunden erhalten könnte.

»Ich glaube, ich lasse dich lieber allein, bis du deine E-Mails alle gelesen hast! Sag mir aber, wer dir alles geschrieben hat, damit wir ein kleines Dankeschön für den jeweiligen Absender aussuchen können«, meinte Alexander lächelnd.

»Bei der zu erwartenden Zahl an Mails ginge das ganz schön ins Geld«, spottete Michaela und rief eine weitere Nachricht auf. »Genesungswünsche, diesmal ohne Bestellungen«, kommentierte sie und ging zur nächsten über.

»Am Mittag bringe ich dich nach unten«, erklärte Alexander.

»Bitte nicht! Was würden die Leute denken?«

»Sie werden mich für einen echten Kavalier halten.« Mit den Worten verließ Alexander den Raum und stieß dabei fast mit Gabi zusammen, die eben mit einer vollen Tasse herankam.

»Vorsicht, Herr Marquart! Heiß und fettig!«, warnte sie ihn und glitt an ihm vorbei in Michaelas Büro.

»Hier ist eine schöne Tasse Ingwertee. Der hilft am besten bei Entzündungen«, erklärte sie, als sie die Tasse auf den Tisch stellte.

»Entzünden sollte sich die Verletzung nicht«, gab Michaela zurück.

Gabi ließ sich nicht beirren. »Deshalb gibt es auch Ingwertee. Der verhindert das.«

»Danke! Aber beim nächsten Mal hätte ich lieber Salbeitee.«

»Kriegst du als Nächstes!«, versprach Gabi und ließ sie allein.

Mit einem leisen Seufzer wandte Michaela sich erneut ihren E-Mails zu. Die Genesungswünsche nahmen kein Ende, und mehr als ein Mal kam die Frage nach Produktproben oder Prospekten für das Wohnbaugebiet. Schraders Vortrag hatte offenbar Eindruck gemacht.

Mit einem Mal stutzte Michaela. Die E-Mail stammte von einer Aurica Floreanu, und das war ein Name, der eine entfernte Erinnerung in ihr anstieß.

Liebe Frau Müller-Varenthin,

las sie.

mir ist klar, dass ich Ihnen viel zumute, indem ich mich an Sie wende. Aber ich weiß mir keinen anderen Rat mehr. Sie werden keine guten Erinnerungen an die Trennung von Ihrem Mann haben, dennoch bitte ich Sie, ihm zu helfen. Peer ist ein begnadeter Künstler, als Mensch jedoch bedauerlicherweise recht unbedarft. Ich weiß, er hat Ihnen großen Schmerz zugefügt. Als ich von ihm hörte, dass er Sie, obwohl Sie mit seinem Kind schwanger gingen, wegen Antonella Sebaldi im Stich gelassen hat, war ich kurz davor, ihm dasselbe anzutun.
Ich will jedoch nicht, dass unrecht Gut gedeiht. Sein ehemaliger Agent hat ihn nach Strich und Faden betrogen. Leider hatte Peer seine kompletten Honorare und sein gesamtes Vermögen Rainer Pahnke anvertraut. Das Geld ist in ein undurchsichtiges Geflecht geflossen, welches für einen Außenstehenden nicht zu durchschauen ist. Belege gibt es kaum, und so besteht die Gefahr, dass Peer den größten Teil seines verdienten Geldes an Pahnke verliert. Peer berichtete mir, dass Sie in früheren Zeiten seine Finanzen verwaltet haben. Sollten Sie die alten Daten noch besitzen und uns zur Verfügung stellen, wäre es zumindest ein Anfang, um Pahnkes Konstruktion zu entwirren. Ich bitte Sie, helfen Sie uns!
Ihre Aurica Floreanu.
PS: Vielleicht interessiert es Sie, dass Peer die Scheidung von seiner zweiten Frau eingereicht hat.

Michaela saß da und wusste nicht, was sie denken sollte. Zwar hatte sie weiterhin die Informationen über seine Auftritte für Sophia gesammelt, doch sie selbst hatten die Artikel kaum mehr berührt. Schließlich sagte sie sich, dass dies keine Sache war, die sie allein entscheiden sollte, und bat Alexander per Haustelefon, zu ihr zu kommen.

»Nimm dir den anderen Stuhl und lies bitte diese Mail durch«, bat sie ihn, als er in ihr Büro kam.

Alexander setzte sich und begann zu lesen. Danach sah er Michaela angstvoll an.

»Diese Frau schreibt, dass dein Mann …«

»Ex-Mann!«, unterbrach Michaela ihn mit einer gewissen Schärfe.

»… dass dein Ex-Mann sich von Antonella Sebaldi scheiden lassen will. Was wirst du jetzt tun?«

»Deshalb habe ich dich hergebeten! Wenn es nur nach Lust und Laune ginge, würde ich Aurica Floreanu schreiben, dass sie mich mit dieser Angelegenheit in Ruhe lassen soll.«

Michaela klang so grollend, dass Alexanders Angst verflog, sie könnte noch dem Leben nachtrauern, das sie mit ihrem Ex-Mann geführt hatte.

»Wenn du das tust, wird ein Betrüger für seinen Betrug belohnt«, wandte er ein.

»Genau das ist der Grund, weshalb ich mir überlege, doch Kontakt mit dieser Frau aufzunehmen.«

»Hast du noch die finanziellen Daten deines Mannes?«

Michaela nickte mit verbissener Miene. »Die sind auf meinem Laptop!«

»Dann solltest du sie deinem Ex-Mann zur Verfügung stellen. Auch wenn er nicht fair zu dir war, ist das kein Grund, selbst unfair zu sein.«

»Also gut! Ich beantworte diese Mail.« Michaela atmete tief durch. »Ich hoffe, dass es für Peer eine Lehre ist. Er darf nicht immer den falschen Leuten vertrauen, und Aurica Floreanu könnte ihm dabei helfen. Wenn ich mich recht erinnere, ist sie die Witwe eines Operntenors und selbst als Agentin tätig. Ich glaube, die Sängerin, die wir für das Frühlingsfest engagiert hatten, wird von ihr vertreten. Ich müsste mir den Vertrag noch einmal ansehen. Da sie mir von meinem Lieblingspianisten empfohlen wurde, habe ich nicht darauf geachtet.«

»Das Beste wäre, wenn ihr miteinander reden würdet. Die Frau sollte hierherkommen«, schlug Alexander vor.

»Aber ohne Peer! Ich will ihn vorerst nicht wiedersehen.«

Da ihr Mann Sophia so vehement abgelehnt hatte, war Michaela zu verletzt, um konziliant sein zu können. Daher setzte sie ein vorsichtiges Antwortschreiben an Aurica Floreanu auf, in dem sie ihre Bereitschaft zu einem Gespräch mit ihr erklärte, aber auch darauf bestand, dass Peer Varenthin sich im Hintergrund zu halten habe.

Sie zeigte Alexander die Mail, bevor sie diese verschickte, und ärgerte sich, weil zu der Arbeit, die sie bereits zu leisten hatte, auch noch das auf sie zukam.

3.

Die nächsten Tage verliefen ruhiger. Michaelas Fuß heilte gut, und sie hoffte, bald auf die lästigen Krücken verzichten zu können. Alexander, Selma und Gabi Haug achteten jedoch streng darauf, dass sie die Dinger auch benutzte. Umso schöner war es, wenn Alexander sie in ihr Büro oder zu Hause von ihrem Zimmer in die Küche und zurück trug. Dazu holte er sie jeden zweiten Tag in die Villa und sorgte dafür, dass sie von Irene Bouvain verwöhnt wurde.

Als sie wieder einmal in seinen Privaträumen saßen, seufzte Alexander leise.

»Was ist denn los?«, fragte Michaela.

»Ich würde dich so gerne küssen.«

»Was hindert dich daran?« Michaela streckte die Arme aus und fand sich von ihm umschlungen.

Sie küssten sich und genossen das Glück, einander zu haben. Später saßen sie eng aneinandergeschmiegt und sprachen über das Leben, das sie bisher geführt hatten.

»Als ich hierhergekommen bin, habe ich Frau Bouvain schockiert, weil ich zum Abendessen einen Hamburger wollte. Das war dem Leben geschuldet, das ich in den Vereinigten Staaten geführt habe. Ich wollte unbedingt viel Geld scheffeln, um es meinem Vater zu zeigen. Daher habe ich die kniffligsten Programmieraufträge angenommen. Es waren etliche harte Nüsse dabei. Auch wenn ich immer auf Programmierer in den entsprechenden Firmen zurückgreifen konnte, die einen Teilbereich bearbeiteten, musste ich das Herzstück, nämlich die Steuerung des Komplexes, selbst entwickeln und gleichzeitig die anderen überwachen. Ich habe häufig fünfzehn, sechzehn Stunden am Tag gearbeitet. Da blieb für das Essen oft gerade nur Zeit, einen Hotdog oder einen Hamburger hinunterzuschlingen.«

»Du hast es deinem Vater gezeigt!«, erwiderte Michaela mit gewissem Stolz. »Bereits jetzt verfügst du in dieser Gegend über mehr Einfluss und Ansehen, als er je besessen hat.«

»Jetzt hebe mich nicht in den Himmel! Außerdem habe ich sehr viel davon dir zu verdanken. Du hast Dinge angestoßen, an die weder mein Vater noch ich gedacht hätten.« Alexander küsste sie und lächelte sie auf eine Weise an, die Michaelas Herz schmelzen ließ.

»Morgen muss ich wieder zum Arzt. Vielleicht werde ich dann die elenden Krücken los«, sagte Michaela nach einer Weile.

»Hat sich Mona Gernitz oder ihr Vater endlich mal bei dir gemeldet?«, fragte Alexander.

Michaela schüttelte den Kopf. »Nein! Hast du es erwartet?«

»Gernitz sollte sich im Klaren darüber sein, dass er auf mich angewiesen ist und nicht ich auf ihn!«, erklärte Alexander. »Ich habe mir den Vertrag angesehen, den er mit meinem Vater geschlossen hat. Wie es aussieht, hat Gernitz eine Klausel übersehen.«

»Und die wäre?«, fragte Michaela interessiert.

»Der Liefervertrag verlängert sich zwar automatisch um ein Jahr, aber nur, wenn er nicht ein halbes Jahr vorher schriftlich gekündigt wird. Da weder er noch Mona sich bei dir entschuldigt haben, werde ich das vor dem dreißigsten Juni tun. Gernitz hat dann ein halbes Jahr Zeit, jemanden zu suchen, der ihm ab dem ersten Januar des kommenden Jahres seine Produkte abkauft.«

Alexander klang so hart, dass Michaela Gernitz gegen ihren Willen bedauerte. So ganz war der Apfel doch nicht vom Stamm gefallen. Wie sein Vater war auch Alexander bereit und in der Lage, sich durchzusetzen, wenn es darauf ankam.

»Reden wir von etwas anderem!«, sagte sie. »Wenn ich an Mona Gernitz denke, tut mir direkt das Bein weh.«

Noch während sie es sagte, rückte Alexander ihr einen Schemel zurecht, auf den sie den Fuß betten konnte.

4.

In den Marquart-Werken wussten inzwischen alle, woher der Wind wehte. Michaela war es ein wenig peinlich, als ihr eine junge Frau beim Mittagessen den Löffel brachte, den sie vergessen hatte. Die beiden Geschäftsführer behandelten sie mit einer Hochachtung, als hätten sie Angst, ein schiefer Blick könne Alexander dazu bringen, ihnen den Stuhl vor die Tür zu stellen, und Gabi Haug sprach schließlich die Frage aus, die die meisten bewegte.

»Du bleibst doch in der Firma, wenn ihr verheiratet seid?«

Um den Tisch herum, an dem Michaela und Alexander saßen, wurde es auf einmal still, und alle schauten zu ihnen her.

»Wir haben noch nicht darüber gesprochen«, sagte Michaela und fand, dass ihr etwas fehlen würde, wenn sie nur noch die Hausherrin der Villa spielen sollte.

Alexander kannte die Stimmung seiner Belegschaft und grinste etwas verlegen. »Ich hoffe, Michaela dazu überreden zu können, wenigstens vier Tage in der Woche in die Firma zu kommen. In den letzten Monaten habe ich gelernt, wie sehr ich sie auch hier brauche.«

Jemand am Nachbartisch klatschte Beifall, und umgehend fielen die Arbeiter und Angestellten der Firma darin ein.

»Sie müssen einfach kommen!«, erklärte Reimers und ergriff Michaelas Hand.

»Das finde ich auch!«, stimmte Holsten ihm zu.

Reimers und er waren ausgezeichnete Fachleute, aber Alexanders Vater hatte sie am kurzen Zügel gehalten. Die Aufgabe, die Marquart-Werke nach dessen Tod bis zu Alexanders Rückkehr zu führen, hatten sie bravourös gemeistert, obwohl sie befürchtet hatten, danach wieder als bessere Abteilungsleiter eingesetzt zu werden. Alexander zog sie jedoch bei jeder Entscheidung hinzu, und was Michaela betraf, so kam sie in ihrer ruhigen Art bei den Geschäftspartnern gut an. Nicht zuletzt ihrem Einsatz war es zu verdanken, dass sich die Umsätze im letzten Jahr um mehr als ein Drittel erhöht hatten.

»Ich werde es mir überlegen«, antwortete Michaela und zwinkerte Alexander zu. Danach konnte sie endlich mit ihrer Suppe beginnen.

Als sie und Alexander wieder in ihre Büros zurückkehrten, sahen sie den Anwalt Ginter im Vorzimmer sitzen. Dieser trat auf die beiden zu und wirkte trotz seines Lächelns angespannt.

»Ich würde gerne mit Ihnen sprechen, Herr Marquart.«

»Gerne, worum geht es?«, fragte Alexander.

Ginter warf Michaela einen Blick zu. »Ich glaube, unter vier Augen wäre es besser!«

»Michaela ist meine Verlobte, und wir werden bald heiraten. Daher können Sie offen reden.«

»Es geht um Ihren Vater und um diese … äh, Nichtdame!«

»Bring mich in mein Büro und geh dann mit Herrn Ginter in das deine«, meinte Michaela freundlich.

»Es wird das Beste sein«, sagte Ginter erleichtert und öffnete die Tür zu Michaelas Zimmer, damit Alexander sie hineintragen konnte. Danach folgte er ihm in dessen Büro.

»Ich habe wieder einen Brief dieser Frau Eckhoff erhalten«, berichtete er. »Sie schreibt, sie hätte sich jetzt lange genug hinhalten lassen. Ihr Vater hätte ihr Geld versprochen, und das möchte sie endlich haben!«

»So etwas nennt man Erpressung«, rief Alexander empört. »Wir sollten die Frau verklagen!«

»Das habe ich auch schon überlegt«, antwortete der Anwalt mit verkniffener Miene. »Nur wird dann alles breitgetreten und aufgebauscht. Ihr Vater würde sehr schlecht dastehen, und das würde auch Ihnen schaden. Es gibt Leute, die Ihnen gerne eins auswischen würden.«

»Meinen Sie Ludger Gernitz?«, fragte Alexander scharf.

Ginter nickte. »Er und seine Tochter geben sich zumindest Mühe.«

»Ich fürchte Gernitz nicht. Er sollte eher mich fürchten!«

»Er würde die Geschichte mit Ihrem Vater und dieser Prostituierten mit Begeisterung aufgreifen, um Ihnen ans Zeug flicken zu können!«, antwortete Ginter besorgt.

»Wäre das so ein Skandal?«, wollte Alexander wissen.

»Zumindest wäre es unangenehm, die Firma Marquart mit einer solchen Sache verquickt zu sehen. Es würden sich einige Zeitungen darauf stürzen, und Sie könnten in der Folge einige Kunden verlieren!«

»Schlagen Sie etwa vor, der Frau Geld in den Rachen zu stopfen?«, fragte Alexander bissig, erinnerte sich dann aber an einige Notizen seines Vaters und winkte ab. »In einem hat diese Dame allerdings recht! Mein Vater hat ihr etwas versprochen, ist aber gestorben, bevor sie es bekommen konnte. Diese Summe kann sie haben. Allerdings keinen Cent mehr. Dafür müssen sämtliche Speichermedien mit den Aufnahmen meines Vaters gelöscht werden, und sie soll Ihnen alle ausgedruckten Fotos aushändigen!«

»Ich werde mich darum kümmern«, versprach Ginter erleichtert, weil Alexander eingelenkt hatte. »Wissen Sie«, meinte er, »hätte Annette Eckhoff Sie erpressen wollen, hätte sie eine entsprechende Summe gefordert und wäre nach Ihrer Ablehnung zur Presse gegangen. So aber hat sie ziemlich lange gewartet.«

»Ich glaube nicht, dass sie bei ihrem Beruf gerne mit einer Erpressung in Verbindung gebracht werden möchte.«

Ginter lachte leise. »Da haben Sie recht! Sie wäre in gewissen Kreisen sofort durch das Raster gefallen. Als Escort-Dame kann sie sich das nicht leisten. Ich glaube, das kriegen wir hin! Wenn Sie erlauben, fahre ich in meine Kanzlei zurück und rufe Frau Eckhoff an.«

»Ich danke Ihnen, Herr Ginter, dass Sie mir helfen, nicht nur meine Fehler, sondern auch die meines Vaters zu bereinigen. Ich habe auch noch einen zweiten Auftrag für Sie.«

»Und der wäre?«

»Nehmen Sie sich des Vertrags an, den mein Vater mit den Gernitz-Mühlen geschlossen hat, und sorgen Sie dafür, dass er zum erstmöglichen Zeitpunkt gekündigt wird!«

Ginter nickte zufrieden. »Genau das habe ich Ihnen vorschlagen wollen, Herr Marquart. Ludger Gernitz benimmt sich nicht so, wie er sich als loyaler Geschäftspartner verhalten sollte. Daher ist eine Trennung für Ihre Firma das Beste.«

»Ich danke Ihnen.« Alexander reichte Ginter die Hand und brachte ihn bis zum Parkplatz.

»Ich wünsche Ihnen viel Erfolg!«, sagte er und verabschiedete sich.

»Ich melde mich, sobald ich mehr weiß«, antwortete Ginter und stieg in seinen Wagen.

Auf dem Rückweg in sein Büro bog Alexander ab und klopfte bei Michaela.

»Herein!«, kam es etwas nachdenklich zurück.

»Ich bin es nur.« Alexander trat ein und strich ihr sanft über das Haar. »Du solltest dich nicht überarbeiten!«

»Das tue ich auch nicht. Selma sorgt schon dafür, dass ich mich ausruhe«, antwortete Michaela lächelnd.

»Sie ist eine treue Seele und die beste Freundin, die meine Mutter haben konnte.«

»Sie hat mir einiges über ihre Lebensgefährtin erzählt. Deine Mutter muss eine wunderbare Frau gewesen sein!«

»Auf jeden Fall hat Selma mich als ihren Quasistiefsohn ins Herz geschlossen und dich wie eine Tochter! Es ist schön, dass es Menschen wie sie gibt.«

»Obwohl es genug Leute geben dürfte, die über sie und die Art, wie sie gelebt hat, die Nase rümpfen würden.« Michaela hatte selbst erlebt, wie Dünkel und Bosheit einen Menschen treffen konnten. Bei dem Gedanken erinnerte sie sich wieder an die Mail, die eben eingetroffen war.

»Frau Floreanu fragt an, wann sie mich besuchen dürfte. Es ist ihr gelungen, einige Belege von den Opernhäusern und Konzerthallen sowie von den Hotels zu bekommen, in denen mein Ex-Mann logiert hat. Er ist derzeit arg in der Bredouille, weil seine zweite Frau Unterhalt verlangt, er aber gleichzeitig keinen Zugriff mehr auf sein Geld hat, weil es auf Pahnkes Konto deponiert ist. Frau Floreanu schreibt, dass sie ihm bereits aushelfen musste.«

Alexander blickte über ihre Schulter und las die Nachricht. Sie klang sowohl verzweifelt wie auch hoffnungsvoll. Es war, als könne die Schreiberin nicht einschätzen, ob Michaela bereit sei, ihr zu helfen oder nicht. Obwohl er gewisse Bedenken hatte, zwang die Fairness ihn, für Peer Varenthin Partei zu ergreifen.

»Wir haben nie richtig über deinen Ex-Mann gesprochen«, sagte er nachdenklich. »Von Selma weiß ich, dass er dich schäbig behandelt hat, aber …«

»Er ist ein begnadeter Sänger, doch in vielen Dingen sehr egoistisch. Als ich ihn kennengelernt habe, war es noch nicht so ausgeprägt wie in den letzten Jahren. Irgendwann wurde es mir zu viel, und das hat zu unserer Trennung geführt«, berichtete Michaela und schüttelte dann mit einem leisen Schnauben den Kopf. »Ein Teil von mir freut sich darüber, dass er so auf die Nase gefallen ist. Andererseits habe ich auch Mitleid mit ihm. Es muss für ihn ein Schock gewesen sein zu erkennen, wie sehr man ihn betrogen hat.«

»Er ist immerhin Sophias Vater! Sie soll dir und mir später nicht den Vorwurf machen können, dass wir ihn im Stich gelassen haben. Daher solltest du Frau Floreanu in die Villa einladen. Dort habt ihr Platz genug, um in Ruhe miteinander zu reden. Selma ist sicher gerne bereit, sich um Sophia zu kümmern. Allerdings sollen beide ebenfalls in der Villa sein.« Alexander machte den Vorschlag nicht ganz uneigennützig, denn die neue Agentin von Michaelas Ex-Mann sollte sehen, dass die junge Frau zu ihm gehörte – und ebenso das Kind.

Zwar besaß Selma in ihrem Haus ein Gästezimmer, doch Michaela hielt es für angenehmer, Aurica Floreanu in Alexanders Heim zu empfangen. Daher nickte sie und sandte dieser anschließend die Einladung.

»Du hast recht!«, sagte sie nachher zu Alexander. »Sophia soll niemals das Gefühl bekommen, wir hätten ihrem Vater aus gekränkter Eitelkeit unsere Hilfe verweigert.«

5.

Aurica Floreanu fiel ein Stein vom Herzen, als sie Michaelas Antwort erhielt. Bislang war es ihr unmöglich gewesen, sich in dem undurchdringlichen Geflecht von Einnahmen und Ausgaben, das Rainer Pahnke entworfen hatte, zurechtzufinden. So wie es im Augenblick aussah, musste Peer Varenthin froh sein, wenn er plus/minus null aus der Sache herauskam, und das war angesichts der Gagen, die er erhalten hatte, ein Ding der Unmöglichkeit. Pahnke log und betrog jedoch, dass sich die Balken bogen. Er stellte Peer sogar Hotelaufenthalte in Rechnung, die laut Aussage der entsprechenden Hotels von Sponsoren getragen worden waren.

»Ich bete, dass Michaela uns helfen kann«, sagte sie zu Dietlind Fabian, die als Lehrerin bei Peer geblieben war.

»Das hoffe ich von ganzem Herzen«, antwortete die alte Dame. »Ich habe nämlich den Verdacht, dass Pahnke auch bei meinen Honoraren geschwindelt hat, kann es aber nicht belegen. Wenn Michaela noch die alten Unterlagen besitzt, können wir diese nachprüfen und Pahnke am Wickel kriegen!«

»Und wenn sie uns nicht hilft?« Peer Varenthin klang so verzagt, dass Aurica ihn am liebsten gepackt und gesagt hätte, er solle endlich ein Mann werden.

»Sie wird es tun«, erklärte Dietlind Fabian mit Nachdruck, »und wenn es nicht Ihretwegen ist, Herr Varenthin, so tut sie es sicher Pahnkes wegen. Michaela hat gewiss nicht vergessen, wie dieser gehetzt hat, um Sie beide auseinanderzubringen. Michaela hat ihm nämlich auf die Finger geschaut und erkannt, was für ein übler Kerl er wirklich ist!«

»Ich habe in meinem Leben alles falsch gemacht!«, fuhr Peer in seiner Selbstzerfleischung fort.

»Alles nicht!«, fuhr Dietlind ihn an. »Sie sind ein ausgezeichneter Sänger. Das können Ihnen auch Rainer Pahnke und Antonia Sebald nicht nehmen.«

»Pahnke verlangt die Provisionen für meine nächsten beiden Engagements von mir. Dabei hat er mein gesamtes Geld kassiert, und ich kann mir nicht einmal eine Tasse heißen Tees leisten!« Um nicht zu egoistisch zu klingen, sah er die beiden Frauen an. »Ich würde Sie gerne einmal in ein besseres Restaurant einladen. Aber ich habe nicht das Geld dafür!«

»Ich werde Sie an die Einladung erinnern, sobald Frau Floreanu Pahnke mit Michaelas Hilfe die Geldscheine aus den Rippen geschnitten hat!«, erklärte Dietlind und sah ihre Mitstreiterin an. »Wann werden Sie zu Michaela fahren?«

»So schnell wie möglich. Aber ich muss mich auch um meine anderen Schützlinge kümmern«, sagte Aurica.

»Das verstehe ich«, warf Peer mit einer Leidensmiene ein, die das Gegenteil besagte.

»Jetzt setzen Sie Frau Floreanu bitte nicht unter Druck!«, schalt Dietlind ihn zornig. »Ohne sie müssten Sie noch Jahre für Pahnke singen, um Ihre angeblichen Schulden bei ihm zu begleichen.«

Unter den harschen Worten wurde Peer immer kleiner. »Ich will doch nur singen!«

»Das sollen Sie auch, aber zu Ihren Gunsten und nicht, damit sich dieses saubere Pärchen die Taschen füllen kann. Im Augenblick haben Sie nicht einmal das Geld, um die Scheidung von Antonia Sebald zu beantragen.«

Dietlind nahm kein Blatt mehr vor den Mund. Einst hatte sie viel von Peer gehalten. Mittlerweile wusste sie jedoch, dass er zwar ein großer Sänger war, dem Leben selbst aber hilflos gegenüberstand. Er brauchte eine Frau an seiner Seite, die ihn liebevoll am Zügel führte. Michaela hätte im Lauf der Zeit diese Frau werden können, war jedoch an Peers bedingungsloser Anhänglichkeit zu Rainer Pahnke gescheitert. Ob sie zu einer Versöhnung bereit war, bezweifelte Dietlind. Dafür hatte Peer, von Antonella und Pahnke angestiftet, zu sehr nachgetreten. Trotzdem hoffte sie im Kampf gegen Pahnke auf Michaelas Unterstützung. Doch was kam danach?

Dietlinds Blick suchte Aurica Floreanu. Diese war weitaus stärker als Michaela mit der Welt der Oper verwachsen und kannte als Witwe eines Tenors die Stimmungsschwankungen, die Künstlern oft zu eigen waren. Auch hatte sie durch ihre Bereitschaft, Peer finanziell zu unterstützen, gezeigt, dass ihr etwas an ihm lag.

»Wenn diese unappetitliche Sache erledigt ist, sollten Sie Frau Floreanu zu Ihrer Agentin machen«, unterbrach Dietlind das kurzeitig aufgetretene Schweigen.

»Deswegen bin ich nicht gekommen!«, rief Aurica aus. »Ich will Herrn Varenthin wirklich nur helfen.«

»Das ist lieb von Ihnen! Trotzdem sollten Sie für Ihre Selbstlosigkeit nicht auch noch einen Fußtritt bekommen«, erwiderte Dietlind.

»Gott bewahre! Ich …« Peer brach ab und sah Aurica wie ein junger Hund an, der die Pantoffeln seines Herrchens zerbissen hatte. »Ich würde mich freuen, wenn Sie mich den Opernhäusern gegenüber vertreten könnten.«

»Dann aber mit ehrlichen Abrechnungen, die auch kontrolliert werden!«, erwiderte Aurica Floreanu.

Sie war Peers Hilferuf ohne Hintergedanken gefolgt. Nun jedoch gefiel ihr der Gedanke, seine Agentin zu werden. Es war weniger des Geldes wegen, sondern um der Freude willen, ihn jederzeit singen hören zu können. Auch, so sagte sie sich, war sie dann in der Lage, den drei Sängerinnen, die sie vertrat, größere Rollen an seiner Seite zu verschaffen.

»Ich bin dazu bereit!«, rief sie kämpferisch. »Als Erstes werde ich Frau Müller mitteilen, dass ich am Freitag nach Manfredsthal kommen werde.«

6.

Ein Vergleichsportal im Internet verriet Aurica Floreanu, dass sie billiger und schneller nach Frankfurt käme, wenn sie das Flugzeug nahm, anstatt mit der Bahn zu fahren. Sie buchte ihren Flug und machte sich am Samstagmorgen auf den Weg. Auch wenn Michaela ihr gemailt hatte, dass sie abgeholt werden würde, war Aurica doch überrascht, als in der Empfangshalle des Flughafens ein Mann in einem dunkelblauen Anzug stand und ein Schild mit ihrem Namen in die Höhe hielt.

»Entschuldigen Sie! Hat Frau Müller Sie geschickt?«, fragte sie ihn.

Klaus Becker nickte. »Sie sind sicher Frau Floreanu. Geben Sie mir Ihren Koffer! Wir haben ein Stück zu gehen, bis wir zum Wagen kommen.«

Der Wagen entpuppte sich als respektable Limousine. Aurica begann sich zu fragen, welchen Lebensstil Michaela Müller pflegte. Von Peer bekam sie auf keinen Fall genug Geld, um sich einen solchen Wagen leisten zu können. In diesem Monat war er wegen Pahnkes Tricksereien nicht einmal in der Lage gewesen, den Unterhalt für das Kind zu zahlen.

Klaus Becker fuhr um Frankfurt herum auf die Taunushänge zu, und nun staunte Aurica aufs Neue, denn sie hielten vor einer prachtvollen Villa. Eine Frau in einem hellgrauen Kleid kam auf sie zu und begrüßte sie.

»Guten Tag, Frau Floreanu. Ich bin Irene Bouvain, die Hausdame. Wenn Sie mir bitte folgen wollen. Ich bringe Sie zu Ihrem Zimmer.«

»Bin ich hier richtig?«, fragte Aurica nervös. »Ich wollte zu Frau Michaela Müller!«

»Ich habe Frau Müller bereits Bescheid gegeben, dass Sie eingetroffen sind. Sie wird in wenigen Minuten hier sein. Sie können dann gemeinsam zu Mittag essen. Ich hoffe, Sie sind keine strenge Veganerin, sonst müsste die Köchin noch rasch etwas anderes auf den Herd stellen.«

»Nein, danke! Ich esse alles.« Aurica Verwunderung wurde noch größer, als die Hausdame sie in das Zimmer führte, in dem sie schlafen sollte. Es hätte jedem Fünfsternehotel zur Ehre gereicht.

»Was wünschen Sie zu trinken?«, fragte Irene Bouvain.

»Tee bitte! Wenn es geht, Darjeeling«, antwortete Aurica und räumte ihren Koffer aus. Viel hatte sie nicht mitgenommen. Danach machte sie sich frisch und wartete, bis sie abgeholt wurde.

Als es an der Tür klopfte, stand jedoch nicht die Hausdame davor, sondern Michaela. Aurica hatte diese als sehr schöne Frau, aber auch ein wenig puppenhaft in Erinnerung. Schön war Michaela noch immer, wirkte jedoch weitaus natürlicher und schien mit ihrem Leben zufrieden zu sein.

»Guten Tag!«, begann Aurica. »Sie werden sich wahrscheinlich nicht mehr an mich erinnern, aber wir haben uns vor vier Jahren in Hildesheim kennengelernt.«

»Ich glaube doch!«, antwortete Michaela und musterte ihr Gegenüber.

Aurica Floreanu war eine hübsche Brünette, etwas kleiner als sie und um mehrere Jahre älter, wirkte aber leicht verstört.

»Kommen Sie! Mittagessen wartet, und wir wollen die Köchin nicht verärgern, indem wir es kalt werden lassen.«

Diese Bemerkung löste die Beklemmung, die Aurica gefangen gehalten hatte, und sie lächelte. »Danke, dass Sie sich Zeit für mich nehmen.«

»Um Rainer Pahnke zu Fall zu bringen, würde ich noch viel mehr tun«, antwortete Michaela mit kalter Stimme.

Sie hatte sich während ihrer Ehe immer wieder über diesen Mann geärgert und schon damals seine Abrechnungen korrigieren müssen – sofern sie ihm seine Fehler hatte nachweisen können.

Während des Essens unterhielten sich die beiden Frauen nur über allgemeine Dinge, um sich näher kennenzulernen. Nachdem das Dessert verzehrt war, bat Michaela die Hausdame, Tee in ein separates Zimmer zu bringen, und führte ihren Gast dorthin.

»Ich habe die alten Unterlagen noch einmal durchgerechnet und werde nun die neuen Daten eintragen«, erklärte sie und wies Aurica an, die Quittungen und Auszüge zu sortieren.

»Der einfachste Posten ist vermutlich das Honorar, das Frau Fabian von Pahnke als Peers Gesangslehrerin bezogen hat. Sie hat mir ihre gesamten Unterlagen mitgegeben«, erklärte Aurica und reichte Michaela die Mappe.

Diese blätterte sie durch und stieß bereits nach wenigen Seiten einen wütenden Ruf aus. »Ich dachte es mir doch! Dieser Schurke hat in einem Jahr mindestens dreimal Zahlungen an Frau Fabian gefordert, die diese nicht erhalten hat. Außerdem hat er bei den Geldern, die sie angeblich bekommen hat, die Hälfte für sich behalten.«

Während Aurica weiter sortierte, trug Michaela ihre Listen nach und schüttelte immer wieder den Kopf. »Allein in der Zeit, in der ich bei Peer war, hat Pahnke diesen bei den angeblichen Honoraren für Frau Fabian um fast einhunderttausend Euro betrogen!«

»So viel?«, rief Aurica entsetzt.

»Das dürfte nur die Spitze des Eisbergs gewesen sein«, antwortete Michaela und zeigte Pahnke in Gedanken die Zähne.

In den nächsten Stunden verfestigte sich ihr Eindruck. Rainer Pahnke hatte sich nicht nur bei jeder Zahlung zu seinen Gunsten verrechnet, sondern auch immer wieder völlig zu Unrecht Zahlungen gefordert.

Schließlich nahm Michaela ihre Tasse zur Hand und trank einen Schluck von dem längst kalt gewordenen Tee. »Pahnke ist ein Idiot! Er hätte damit rechnen müssen, dass seine Betrügereien irgendwann einmal auffliegen.«

»Sie meinen, Peer bekommt genug Geld zurück, um davon leben zu können?«, fragte Aurica hoffnungsvoll.

»Wenn man es Pahnke aus den Rippen schneiden kann, ja! Ich an seiner Stelle hätte das ergaunerte Geld auf den Cayman Islands oder einem anderen Land jenseits des Zugriffs der deutschen Justiz geparkt.«

Diese Sorge konnte Michaela ihrer Besucherin nicht nehmen. Auf jeden Fall aber galt es zu verhindern, dass noch mehr Geld auf geheimen Pfaden verloren ging.

»Sie werden einen ausgezeichneten Anwalt brauchen, um Pahnke fassen zu können«, sagte sie zu Aurica, als sie die letzte Summe berechnet hatte.

»Das wird nicht leicht, da Peer im Augenblick mittellos ist. Vielleicht, wenn ich für ihn bürge …«

»Machen Sie sich deswegen keine Sorgen! Ich werde den Anwalt, der unsere Firma vertritt, bitten, sich des Falls anzunehmen«, antwortete Michaela und streckte die Hand nach dem Handy aus.

Augenblicke später war sie mit Ralf Ginter verbunden und erklärte ihm, was sie von ihm wollte. In der Erwartung, dass gegen Pahnke gerichtlich vorgegangen werden musste, hatte Alexander den Anwalt bereits in Kenntnis gesetzt. Michaela brauchte daher nur wenige Sätze, um ihm zu erklären, was sie mit Auricas Hilfe herausgefunden hatte.

»Das ist eine hübsche Summe!«, fand Ginter. »Die zu hinterziehen setzt einiges an krimineller Energie voraus. Ich benötige nur noch die Vollmacht Ihres früheren Ehemanns, um vor Gericht gehen zu können.«

Als Michaela das hörte, sah sie Aurica an. »Wir brauchen Peers Vollmacht, damit Herr Ginter den Fall übernehmen kann.«

»Die besorge ich Ihnen, sobald ich wieder bei ihm bin«, versprach Aurica.

7.

Kurz danach kam Alexander nach Hause. Er war gespannt auf das, was Michaela herausgefunden hatte, und platzte daher ohne anzuklopfen in das Zimmer.

»Guten Abend! Wie sieht es aus?«, fragte er direkt.

»Darf ich dir Frau Floreanu vorstellen? Sie ist die Witwe von Simeon Floreanu, der bedauerlicherweise vor mehreren Jahren verstorben ist. Er galt noch vor Peer als der kommende Tenor«, antwortete Michaela.

Alexander schloss aus dieser freundlichen Vorstellung, dass Michaela die Frau sympathisch fand, und wandte sich lächelnd dieser zu. »Ich freue mich, Sie kennenzulernen, Frau Floreanu! Ich hoffe, Frau Bouvain hat Ihnen Ihr Zimmer bereits gezeigt.«

»Danke, Herr …«

»Marquart«, half Alexander ihr aus.

»Danke, Herr Marquart. Ich bin von dieser Gastfreundschaft überwältigt. Ich hätte nicht gedacht …«

Aurica sah kurz zu Michaela hin, bemerkte den Blick, den diese mit Alexander tauschte, und begriff, dass die beiden zusammengefunden hatten. Auf eine seltsame Weise erleichterte sie dies. Als Frau eines reichen Mannes hatte Michaela es nicht mehr nötig, ihrem früheren Leben nachzutrauen, sagte sie sich. Daher konnte sie ihr und Peer ohne große Emotionen helfen, sich gegen den betrügerischen Agenten durchzusetzen.

Noch ein Gefühl stieg in ihr auf. Auch wenn es gelang, Peer Varenthin aus Rainer Pahnkes Fängen zu befreien, so war er nicht der Mann, der sich allein im Leben behaupten konnte. Als seine neue Agentin würde sie ihm sicher helfen, doch was er brauchte, war jemand, der für ihn da war und dafür sorgte, dass er sich voll und ganz auf seine Karriere konzentrieren konnte. Zwar war ihr bisher nie der Gedanke gekommen, eine neue Ehe einzugehen. Sie mochte Peer jedoch trotz seiner Unarten und glaubte, ihn lieben zu können.

»Ich hoffe, Sie fühlen sich hier wohl?«

Alexanders Frage riss Aurica aus ihren Gedanken, und sie nickte heftig. »Oh, danke! So viel Aufwand wäre nicht nötig gewesen.«

»Wenn Michaela oder ich etwas anfangen, machen wir es richtig.«

Obwohl Alexander es im freundlichen Ton gesagt hatte, begriff Aurica, dass man sich einen Mann wie ihn besser nicht zum Feind machen sollte.

Unterdessen wandte Alexander sich Michaela zu. »Hast du etwas herausgefunden?«

Michaela nickte. »Wie es aussieht, ist Pahnke ein noch größerer Schurke, als ich gedacht habe. Wir werden die Sache dem Anwalt übergeben müssen.«

»Das ist doch sicher sehr teuer?«, wandte Aurica ein.

»Das überlassen Sie ruhig uns. Pahnke hat mir in der Vergangenheit zu oft auf die Zehen getreten, als dass ich mich auf einen faulen Kompromiss einlassen werde«, antwortete Michaela.

»So ist es!«, stimmte Alexander ihr zu und küsste sie auf die Wange.

Nun schöpfte Aurica doch Hoffnung und sah Michaela bittend an. »Dürfte ich Ihre Tochter sehen?«

»Sehr gerne.« Michaela griff zum Haustelefon und bat Frau Bouvain, Selma und Sophia zu holen.

»Es dauert nur ein paar Minuten«, sagte sie.

»Ich ziehe mich inzwischen um. Es wird bald Abendessen geben. Bis gleich!« Alexander verließ den Raum, während Michaela die gesammelten Daten als Mail-Anhang zu Rechtsanwalt Ginter schickte.

»Auch wenn er Peers Vollmacht noch nicht hat, kann er bereits die ersten Schritte vorbereiten. Ich bin mir sicher, dass es für Pahnke ein Schlag sein wird«, sagte sie zufrieden und deutete auf die Unterlagen, die Aurica ihr mitgebracht hatte. »Wenn Sie erlauben, würde ich sie kopieren und die Originale dem Anwalt geben.«

»Sehr gerne«, erklärte Aurica und fasste nach Michaelas Hand. »Sie wissen noch nicht alles! Peers zweite Frau Antonia Sebald hat ihn mit seinem Agenten betrogen.«

»Das dürfte ein herber Schlag für sein Selbstwertgefühl gewesen sein.« Michaela lächelte zwar mitleidig, doch Aurica hatte nicht den Eindruck, als würde sie das interessieren.

»Er ist ein großartiger Künstler und sehr sensibel«, erwiderte sie in dem Versuch, Peer zu verteidigen.

Bevor Michaela darauf reagieren konnte, kam Selma mit Sophia auf dem Arm herein. Aurica sah das Kind an und fragte sich, wie Peer ein so süßes Geschöpf hatte missachten können.

»Er hat Ihnen sehr wehgetan«, sagte sie leise.

Michaela zuckte mit den Achseln. »Es war nicht gerade eine Freude, auf eine solche Weise abserviert zu werden. Doch vor die Wahl gestellt, mich zwischen meinem Mann und meiner Tochter zu entscheiden, konnte ich nur so handeln, wie ich es getan habe.«

Aurica hob Sophia auf und streichelte ihr über das beinahe schneeweiße Haar. Die Kleine schaute sie interessiert an und gluckste fröhlich. Als Aurica sie wieder abgesetzt hatte, blickte sie Michaela direkt an. »Peer wird, sobald er dazu in der Lage ist, sich von Antonia Sebald scheiden lassen.«

»Der Sopranette!«, warf Selma bissig ein.

Sie irritierte Aurica mit dieser Bemerkung, aber diese sammelte schnell wieder ihre Gedanken. »Hätten Sie etwas dagegen, wenn Peer danach noch einmal heiratet?«

»Meinetwegen kann er so oft heiraten und sich scheiden lassen, wie er will!«

»Ich würde …«, begann Aurica, aber Michaela unterbrach sie sofort.

»Sie wollen ihn heiraten? Meinen Segen haben Sie. Vielleicht schaffen Sie es, ihm seine Flausen auszutreiben.«

»Nach dem, was du mir alles über diesen Sängerknaben erzählt hast, ist das eine Lebensaufgabe«, warf Selma bissig ein, löste damit aber die Anspannung, die sowohl Michaela wie auch Aurica gepackt hatte.

»Gehen wir zum Essen! Danach wollte Herr Ginter kommen, um noch einmal persönlich mit Ihnen zu sprechen«, erklärte Michaela und stand auf.

»Wir zwei essen auch mit!« Selma fing Sophia ein, die gerade einen Ausflug durch das Zimmer machen wollte, und trug sie ins Esszimmer, um sie dort in ihr Stühlchen zu setzen.

8.

Auch wenn die Konfrontation mit ihrer Vergangenheit für Michaela aufwühlend gewesen war, so blieb Aurica Floreanus Besuch nur eine weitere Episode in ihrem Leben. Sie setzte ihre Energie erfolgreich für die Marquart-Werke ein. Darüber hinaus sprach sie mit Alexander über ihre Heirat und fühlte, dass sie damit nicht allzu lange warten wollte. Alexander wollte es auch nicht, und so beschlossen sie, möglichst bald standesamtlich zu heiraten. Als Geschäftsmann kam er jedoch nicht an einer größeren Feier vorbei. Daher wollten Michaela und er sich ein paar Wochen danach protestantisch trauen lassen und dazu alle Freunde, Geschäftspartner und Honoratioren einladen.

Schon bald kam von Ginter die Nachricht, dass dieser den Prozess gegen Rainer Pahnke und Antonia Sebald in Gang gesetzt hatte. Um zu verhindern, dass die Sängerin von ihrer Scheidung profitieren konnte, beschuldigte er sie, sie habe gemeinsam mit Pahnke ihren Mann um dessen Vermögen betrügen wollen.

In diesen Tagen konnte Ginter Alexander zu dessen Erleichterung mitteilen, dass die Angelegenheit, die Annette Eckhoff betraf, zu beider Zufriedenheit gelöst worden war.

»Die Frau war verärgert, weil Ihr Vater ihr zwar Geld und Schmuck versprochen, die Erfüllung aber hinausgezögert hat. Sie sah es als Lohn für geleistete Dienste an und wollte keinen Präzedenzfall für andere Kunden schaffen, ihr etwas zu versprechen und es dann nicht zu halten«, erklärte er Alexander.

»Im Grunde hat sie mich nichts gekostet, denn das Geld und das Schmuckstück hatte mein Vater bereits für sie vorgesehen«, meinte Alexander mit einer wegwerfenden Handbewegung. »Die Hauptsache ist, Sie haben dafür gesorgt, dass keine Kopien der Fotos mehr existieren.«

»Das habe ich! Die Bilddatei auf ihrem Laptop durfte ich eigenhändig löschen.« Ginter klang zufrieden und hatte nichts dagegen, als Alexander ihm ein Glas Cognac anbot.

»Auf Ihr Wohl!« Ginter stieß mit Alexander an und lächelte. »Erinnern Sie sich noch an unser erstes Zusammentreffen in Amerika? Damals dachte ich wirklich, Sie würden mir das Erbe Ihres Vaters vor die Füße werfen.«

»Ich war kurz davor!«, gab Alexander zu. »Schließlich hatte ich mir einen guten Ruf als Softwareentwickler erworben und arbeitete an einem Programm, das Millionen wert ist. Wäre nicht der Wunsch gewesen, etwas über meine Mutter zu erfahren, wäre ich wahrscheinlich jenseits des großen Teichs geblieben.«

»Das wäre schade gewesen, denn Sie haben die Marquart-Werke entscheidend vorangebracht. Ihr Vater wäre stolz auf Sie!«, lobte Ginter.

Alexander lachte leise auf. »Oder auch nicht! Immerhin habe ich sehr viel Michaela zu verdanken. Sie hat mir etliche Kunden gebracht und neue Wege geschaffen. Ohne sie wäre die Firma wahrscheinlich nicht viel ertragreicher als zu Zeiten meines Vaters.«

»Auch wenn Ihre zukünftige Frau viel erreicht hat, sollten Sie Ihr Licht nicht unter den Scheffel stellen«, wandte Ginter ein.

»Das tue ich auch nicht! Doch ebenso wenig will ich, dass Michaelas Verdienste unter den Tisch gekehrt werden.«

»Das ehrt Sie!«

»Haben Sie eine Reaktion von Gernitz erhalten?«, fragte Alexander, da ihn dies mehr interessierte als das Lob, mit dem der Anwalt ihn bedachte.

»Er hat jedenfalls nicht geschrieben. Von anderen habe ich gehört, dass er nicht glaubt, dass Sie oder Michaela seine Tochter wegen Körperverletzung anzeigen. Es würde sich schlecht für den Ruf Ihrer Firma machen, meint er.«

Ginter machte keinen Hehl daraus, dass er Gernitz gerne das Gegenteil bewiesen hätte. Ein Prozess war jedoch schwierig, da Mona Gernitz sich darauf hinausreden würde, dass ihr Tritt keine Absicht gewesen wäre.

»Wir hätten auf jeden Fall eine negative Publicity«, erwiderte Alexander, der sich ärgerte, weil Michaelas Verletzung ungesühnt bleiben sollte.

»Was Gernitz betrifft, so hat dessen Tochter sich mit dem Maler Haunold verlobt. Gernitz soll darüber so wütend sein, dass er plant, seinen Mühlenbetrieb zu verkaufen. Erste Angebote soll es bereits geben. Es ist schade, dass Sie Ihr ganzes in Amerika verdientes Geld in dieses Wohnbauprojekt gesteckt haben«, fuhr Ginter fort.

Alexander hob interessiert den Kopf. »Ich bin zwar keiner, der gerne Kredite aufnimmt, doch bei den heutigen Zinsen könnte man es ins Auge fassen. Wollen Sie die Verhandlungen für mich führen?«

»Mit dem größten Vergnügen! Wir können sogar den Vertrag, den Ihr Vater mit Gernitz geschlossen hat, zu unserem Vorteil einsetzen. Die Marquart-Werke übernehmen mehr als neunzig Prozent der Produktion der Gernitz-Mühlen, und Preis und Qualität sind festgeschrieben. Gernitz wollte sich mit diesem Vertrag auf Jahre absichern, doch für jemanden, der seine Mühlen übernehmen will, stellen diese Verträge eine Belastung dar, die den Kauf unrentabel machen könnten. Um den Kaufpreis zu amortisieren, braucht er Kunden, von denen er höhere Preise verlangen kann als jene, die Ihnen vertraglich zugesichert sind.«

Ginter erklärte Alexander, wie er die ganze Angelegenheit sah, und wollte sich verabschieden, als Michaela hereinkam.

»Guten Tag, Herr Ginter!«, grüßte sie.

»Guten Tag, Frau Müller! Sie sehen auch heute wieder hinreißend aus. Was macht das Töchterchen?«

»Selma ist mit Sophia unterwegs. Sie sagt, die Kleine muss jeden Tag an die frische Luft.«

»Da hat sie recht!«, warf Alexander ein.

»Ich freue mich, dass sie sich so liebevoll um Sophia kümmert. So habe ich Zeit für die Firma.« Michaela lächelte und wollte weitergehen.

»Kannst du einen Augenblick warten?«, fragte da Alexander. »Du hast mit doch von dem Mann erzählt, der auf jenem Kreuzfahrtschiff zudringlich geworden ist.«

Michaelas Miene verdüsterte sich. »Du meinst Ferdinand Jander!Ich habe von dieser Sache nichts mehr gehört. Allerdings muss ich gestehen, dass ich wegen allem, was danach passiert ist, auch nicht daran gedacht habe, selbst nachzuforschen.«

»Dafür habe ich Herrn Ginter gebeten, es für uns zu tun. Können Sie uns sagen, wir weit Sie damit gekommen sind?« Der letzte Satz galt Ginter, der bedauernd die Hände hob.

»Es tut mir leid, aber ich habe keine Gerichtsakten gefunden, die von einem Prozess gegen diesen Mann zeugen.«

»Das kann nicht sein! Der Kapitän des Kreuzfahrtschiffes hat fest zugesagt, er würde ihn den Behörden überstellen«, rief Michaela verwirrt.

»Vielleicht haben sie ihn laufen lassen, um schlechte Presse zu vermeiden.« Alexander hielt das durchaus für möglich.

Als Michaela das hörte, schüttelte es sie. »Wenn ich daran denke, dass dieser Mensch noch frei herumlaufen kann, wird mir ganz anders!«

9.

Ferdinand Jander war weitaus näher, als Michaela ahnte. Seit er ihre Adresse kannte, hatte er sich in einem Nachbarort von Manfredsthal in einer billigen Pension einquartiert, von der aus er die Villa mit einem Feldstecher überwachen konnte.

Die ersten Tage hatte er es vor allem auf Michaela abgesehen. Sie erschien ihm noch schöner als früher. Allerdings wirkte sie entschlossen und sehr selbstbewusst. Jander fragte sich daher, ob sie jemals bereit sein würde, seine Liebe zu ihr überhaupt zu erkennen und vor allem, sie zu erwidern. Sie hatte sich schon einmal mit aller Kraft gegen ihn gewehrt und ihn damit für ein Jahr in ein grauenhaftes Gefängnis gebracht.

In den Tagen und Wochen danach verwandelte sich seine Verehrung für sie in Ärger, Wut und zuletzt sogar in Hass. Sie sollte leiden, weil sie sich ihm so vehement verweigert hatte. Zunächst dachte er daran, sie zu entführen und in einem Versteck zu vergewaltigen und zu quälen. Dann aber sagte er sich, dass ihre Strafe weitaus schlimmer sein musste.

Mittlerweile hatte er herausgefunden, dass die alte Hexe, wie er Selma nannte, jeden Tag, an dem es nicht heftig regnete, mit dem Kind spazieren ging. Immer wieder richtete er seinen Feldstecher auf die Kleine. Obwohl diese nicht viel älter als ein Jahr sein konnte, war bereits zu erahnen, dass sie einmal die Schönheit ihrer Mutter erben würde.

Bei diesen Gedanken packte ihn eine Idee, die ihn daraufhin bis in den Schlaf verfolgte. Um sie zu verwirklichen, waren jedoch einige Vorarbeiten nötig. Aus diesem Grund setzte er sich in seinem Pensionszimmer vor den alten Laptop, den er sich geleistet hatte, und durchforstete das Internet nach Kreuzfahrtschiffen, die ihm helfen konnten. Schnell fand er heraus, dass die *Belle Île*, mit der er die Philippinen hatte verlassen können, in wenigen Tagen in Hamburg anlegen würde. Von dort ging es weiter in die Ostsee, zurück nach Hamburg und anschließend auf eine Reise rund um die Welt.

»Ballenbrock und sein Chef waren zufrieden mit mir. Also werden sie mich wieder an Bord nehmen«, sagte er erfreut und suchte für den Tag, an dem die *Belle Île* in Hamburg anlegte, einen Billigflug dorthin heraus.

10.

Janders Seemannsausweis half ihm mit einem Hinweis auf die *Belle Île*, in das Hafengelände zu gelangen. Das Schiff selbst konnte er nicht betreten, doch als er auf den Securitymitarbeiter neben der Gangway zutrat, atmete er auf. Er kannte diesen bereits von seinem ersten Engagement auf der *Belle Île*.

»Hallo, Ricardo! Wie geht's?«, sprach er ihn an.

»Ah, Ferdinando, hast wieder Sehnsucht nach uns?«

»Und wie! Wer einmal die Planken eines Schiffes unter den Füßen gespürt hat, der wird an Land nicht mehr froh.« Jander grinste und wies auf das Schiff. »Ist der alte Nils Ballenbrock immer noch an Bord?«

»Klar! Willst du mit ihm reden? Warte, ich rufe ihn an.« Ricardo nahm sein Diensthandy und tippte eine Nummer ein.

Jander wartete geduldig, bis sich Ricardo ihm wieder zuwandte. »Nils hat noch zu tun. Aber er will sich um zwölf in der Kneipe dort drüben mit dir treffen. Um vierzehn Uhr muss er allerdings zurück sein, weil dann das Einchecken der Passagiere beginnt.«

»So lange dauert es nicht«, rief Jander erleichtert. »Sag Nils, dass ich dort auf ihn warte. *Hasta la vista!*«

»*Hasta luego!*« Ricardos winkte noch kurz, dann wurde seine Aufmerksamkeit von mehreren Besatzungsmitgliedern abgelenkt, die von Bord gehen wollten.

Jander ging strammen Schrittes zu der Kneipe, trat ein und bestellte sich ein Bier. Da er früh aufgebrochen war und am Flughafen nur ein belegtes Brötchen gegessen hatte, genehmigte er sich eine Currywurst.

Es wurde zwölf, doch Ballenbrock kam nicht. Bis zwölf Uhr dreißig wuchs Janders Angst, Ballenbrock würde ihn versetzen. Endlich sah er durch das Fenster jemanden in weißer Uniform auf die Kneipe zueilen. Augenblicke später öffnete sich die Tür, und Ballenbrock trat ein.

»Es hat ein wenig gedauert, bis ich von Bord gehen konnte«, sagte er, als er sich zu Jander setzte. Er bestellte sich ein Mineralwasser und grinste. »Habe von Ricardo gehört, dass es dir an Land nicht so taugt.«

Jander nickte eifrig. »Das kannst du laut sagen! Man muss zwar auch an Bord eines Kreuzfahrtschiffes hart arbeiten, aber in dem Restaurant, in dem ich nach meiner Zeit auf der *Belle Île* geschuftet habe, war es die Hölle. Dort wurde schlecht bezahlt, und es gab Arbeitszeiten, bei denen du dich ans Hirn fasst.«

»Daraus schließe ich, dass du wieder auf See willst. Da hast du diesmal aber Pech, denn für die Ostseefahrt sind wir voll besetzt. Du könntest höchstens anheuern, wenn wir zurückkommen. Dann treten ein paar Leute ihren Urlaub an, und wir brauchen Ersatz. Wenn du willst, setze ich dich auf die Liste.«

»Und ob ich will!«, rief Jander und fügte etwas leiser hinzu: »Es gibt allerdings ein Problem, das dabei gelöst werden muss.«

»Und das wäre?« Nun klang Ballenbrock nicht mehr so freundlich.

»Ich bin nicht allein!«, sagte Jander angespannt.

»Hast du dir eine Freundin angelacht und willst sie mitnehmen? Die Regeln der Reederei sind dagegen! Aber wir könnten noch jemanden für die Bar brauchen.«

»Ich glaube kaum, dass meine Begleiterin das übernehmen kann! Es ist nämlich so …« Jander zog Ballenbrock zu sich her und redete leise auf ihn ein.

Ballenbrock verzog ein paarmal das Gesicht, doch er wusste selbst, dass es nicht einfach war, fachkundiges Personal für den Bordbetrieb zu finden. Dafür wurden zu viele neue Kreuzfahrtschiffe in Dienst gestellt, und die brauchten alle Leute.

Schließlich nickte er. »Also gut! Du kannst sie mitbringen. Aber wenn sie den Bordbetrieb stört, wirst du mit ihr von Bord gehen, und wenn es am anderen Ende der Welt sein sollte!«

»Keine Sorge! Ich mache meinen Job.« Jander lächelte erleichtert. Er hatte auch nichts gegen das andere Ende der Welt, denn er wollte in den nächsten Jahren sowieso nicht nach Deutschland zurückkehren.

Nach einem Blick auf die Zeitanzeige seines Handys verabschiedete Ballenbrock sich mit dem Hinweis, wieder an Bord gehen zu müssen. Jander blieb in der Kneipe zurück, bestellte sich noch ein Bier und überlegte, was er in den nächsten Tagen besorgen musste. Es war wahrscheinlich am besten, wenn er sich ein Buch kaufte, in dem alles aufgelistet stand, was für sein Vorhaben nötig war.

Zehnter Teil

Sophia

1.

Michaela genoss Alexanders Nähe und spürte, wie ihr Körper Bedürfnisse anmeldete, die sie viele Monate lang unterdrückt hatte. Auch Alexanders Erregung stieg, und er zupfte Michaela am Ohrläppchen. »Findest du es nicht auch schön, dass Selma sich so lieb um Sophia kümmert? So haben wir endlich einmal Zeit für uns!«

»In der es diesmal nicht nur um Geschäftliches geht«, antwortete Michaela zufrieden und kuschelte sich enger an Alexander.

»Du sagst es!«, antwortete Alexander und knabberte an ihrem Ohrläppchen. Mit der rechten Hand berührte er Michaelas T-Shirt an einer gewissen Stelle. Der Reiz wurde so stark, dass sie scharf einatmete.

»Wenn Sie so weitermachen, Herr Marquart, müssen Sie weitermachen!«, flüsterte sie und begann, sich für sein Ohrläppchen zu interessieren.

»Ich habe nichts dagegen«, erwiderte Alexander leise und schob die Hand unter ihr T-Shirt.

»Ich auch nicht«, flüsterte Michaela und ließ es zu, dass er ihr das Kleidungsstück über den Kopf zog und ihren BH öffnete.

Als er ihre Brustwarzen küsste, schien es diesen zu gefallen, denn sie wurden sofort groß und hart.

Michaela zerfloss förmlich vor Verlangen nach ihm. Rasch entledigte sie sich ihrer Jeans und des Höschens und sah Alexander auffordernd an. »Du solltest dich auch ausziehen! Oder muss ich dir helfen?«

»Ein wenig Hilfe wäre nicht schlecht …« Alexander schlang die Arme um sie und zog sie an sich. Sie küssten sich erneut, und Michaela spürte, wie in seiner Hose etwas wuchs, das sich danach sehnte, ans Tageslicht zu kommen. Sie half ihm aus seinem T-Shirt, öffnete den Gürtel seiner Jeans und griff hinein.

»Gefangen!«, rief sie, als sich ihre Finger um sein Glied schlossen.

Bis jetzt hatte Alexander sich beherrschen können, doch nun schlug die Leidenschaft wie eine Woge über ihm zusammen. Er zog die Jeans blitzschnell aus und warf sie achtlos beiseite. Die Unterhose flog ebenfalls quer durch den Raum. Dann hob er Michaela auf und trug sie zum Bett. Sein Blick streifte ihren Unterschenkel, den Monas Absatz getroffen hatte. Die Verletzung war mittlerweile abgeheilt, und Michaela trug nur noch ein Pflaster zum Schutz der noch empfindlichen Haut. Dies tat ihrer Schönheit jedoch keinen Abbruch. Michaela war einfach perfekt, fand er, und er wollte ihr beweisen, dass er der richtige Mann für sie war.

Er küsste sie noch einmal, glitt zwischen ihre Schenkel und spürte, wie sie ihr Becken bewegte, um ihm das Eindringen zu erleichtern. Danach herrschte nur noch pure Leidenschaft.

Einige Zeit später lagen sie leicht verschwitzt und noch außer Atem nebeneinander und verspürten eine tiefe Harmonie. In ihrer Ehe hatte Michaela es durchaus gefallen, von Peer geliebt zu werden, und sie hatte ihn auch für einen guten Liebhaber gehalten. Die Gefühle, die sie eben mit Alexander erlebt hatte, hatte er jedoch nie in ihr geweckt. Sie schloss die Augen und presste sich fest gegen Alexander. Am liebsten hätte sie wie eine zufriedene Katze geschnurrt.

Da fiel ihr etwas ein. »Ich habe schon lange auf die Anti-Baby-Pille verzichtet!«

»Wäre es schlimm?«, fragte Alexander.

Michaela wusste, was er meinte, und schüttelte den Kopf. »Nein, wäre es nicht.«

»Das ist schön.« Alexander lächelte versonnen. Obwohl er Sophia liebte, hätte er ihr ein Brüderchen oder ein Schwesterchen gewünscht.

Sie hörten Schritte, und Michaela schoss hoch. »Das wird Selma mit Sophia sein. Wir sollten uns anziehen. Außerdem bekomme ich Hunger!«

»Ich auch«, meinte Alexander lächelnd. »Wir haben uns doch ein wenig verausgabt.«

»Es war wunderschön.«

»Allerdings!«, stimmte Alexander ihr zu und stand auf.

Er brauchte ihre Hilfe, um seine Unterhose zu finden. Sie entdeckten sie unter dem Bett. Seine Jeans hing halb über einer Stehlampe, und das T-Shirt war so zerknüllt, dass er es nicht mehr tragen wollte.

»Sie sind eitel, Herr Marquart«, spottete Michaela, holte ihm aber, als sie fertig angezogen war, ein frisches T-Shirt.

Als sie sich zu Selma und Sophia gesellten, gaben sich beide so, als wäre nichts geschehen. Selma erkannte jedoch an ihren leuchtenden Augen, dass ihre Beziehung sehr intensiv geworden war, und lächelte.

»Wann wollt ihr eigentlich heiraten?«, fragte sie.

»Ich würde sagen, so bald wie möglich«, entfuhr es Alexander.

»Ich hätte nichts dagegen«, stimmte Michaela ihm zu.

»Dann solltet ihr zum Standesamt gehen und die Sache in Angriff nehmen!« Selma zwinkerte den beiden zu und wies auf Sophia. »Die Kleine ist hungrig!«

»Wir auch«, antworteten Michaela und Alexander gleichzeitig und mussten lachen.

2.

Einige Tage vergingen, in denen Selma das Wetter zu schlecht war, um mit Sophia spazieren zu gehen. Daher begeisterte sie die Kleine für Babygymnastik, die sie im Zimmer durchführen konnten. Das Wetter hinderte Michaela und Alexandra jedoch nicht, im Rathaus wegen ihrer Heirat vorzufühlen. Ursprünglich hatten sie zumindest die standesamtliche Hochzeit sehr privat halten wollen, doch der Bürgermeister drang darauf, sie in eigener Person im großen Saal des Rathauses zu trauen.

Auch Selma, Irene Bouvain und Gabi Haug machten den beiden klar, dass ein Marquart von Manfredsthal nicht einfach unter Ausschluss der Öffentlichkeit heiraten konnte.

»Das muss eine Feier werden, bei der es nur so kracht!«, erklärte Selma mit Nachdruck.

»Das sehe ich auch so!«, rief die Hausdame. »Ihr könnt die Leute im Ort doch nicht enttäuschen. Die Vereine planen bereits, mit ihren Abordnungen zu gratulieren und sich dafür zu bedanken, dass die Marquart-Werke sie seit Jahren sponsern.«

»Also gut!«, stöhnte Alexander. »Plant und macht, was ihr wollt, aber lasst mich damit zufrieden!«

»Typisch Mann! Ergebnisse sehen wollen, doch kaum etwas dafür tun«, spottete Selma und blickte aus dem Fenster. »Endlich scheint die Sonne! Das heißt, Sophia und ich können wieder ins Freie. Es tut den Lungen der Kleinen gut, frische Luft zu atmen.«

»Ist es nicht noch ein wenig kühl?«, fragte Irene Bouvain besorgt.

Selma schüttelte den Kopf. »Bei der Temperatur ist die Luft am besten. Wir müssen nur auf den festen Wegen bleiben. Die anderen werden nach dem Regen noch matschig sein.«

»Nimmst du den Kinderwagen?«, fragte Michaela.

»So schwer, dass ich sie nicht mehr tragen kann, ist Sophia wirklich nicht. Außerdem läuft sie streckenweise selbst«, wehrte Selma ab und stand auf. Sie nahm die Kleine auf den Arm, zog sie und sich selbst warm an und verließ die Villa.

Michaela sah ihr durch das Fenster nach, wie sie einen der geteerten Wege einschlug, die vom Dorf wegführten, und wandte sich dann Alexander zu, um mit ihm einige Firmenbelange zu besprechen.

Selma ging strammen Schrittes ihre Runde. Sie wollte bis zu dem kleinen Wäldchen gehen, das etwa anderthalb Kilometer entfernt war, sich dort eine Zeit lang auf eine Bank setzen und die gleiche Strecke wieder zurückkehren.

»Du hast ganz schön zugenommen«, sagte sie unterwegs zu Sophia, da ihr die Kleine doch ein wenig schwer wurde. Sie wechselte sie auf den anderen Arm und atmete auf, als sie sich dem kleinen Wald näherte. Die Bank war nicht mehr weit, doch ehe sie sie erreichte, vernahm sie ein Geräusch. Selma drehte sich um, sah einen Mann vor sich, der ihr bekannt vorkam. Sie versuchte sich zu erinnern, wo sie ihn bereits gesehen hatte.

Jander war mit drei Schritten bei ihr, hob die Rechte, in der er einen gut tennisballgroßen Stein hielt, und schlug zu. Die alte Dame kippte um wie ein gefällter Baum. Rasch griff Jander nach dem Kind, um zu verhindern, dass es zu Boden fiel.

Sein Auftauchen erschreckte jedoch die Kleine, und sie begann zu schreien. Jander wiegte sie, um sie zu beruhigen, jedoch ohne Erfolg. Schließlich steckte er ihr sein Taschentuch als Knebel in den Mund.

Dabei fiel sein Blick auf die am Boden liegende Selma. Er wusste nicht, ob sie tot war, nahm es aber in Kauf. Doch so oder so durfte sie nicht gleich gefunden werden, damit er einen gewissen Vorsprung hatte. Er legte Sophia in eine große Tragetasche mit Luftlöchern, wie man sie für kleine Hunde oder Katzen benutzte, packte Selma bei den Achseln und schleifte sie in das Wäldchen hinein. Dort ließ er sie hinter einem Gebüsch liegen.

Zufrieden kehrte er zu der Kleinen zurück, hob sie auf und eilte los. Ein paar Minuten später erreichte er seinen Leihwagen. Dort nahm er ein Trinkfläschchen, zog dem Kind den Knebel aus dem Mund und zwang es, den Mund aufzumachen. Dann presste er die Flasche so zusammen, dass vorne ein Strahl herauskam und zwischen den Lippen des Kindes verschwand. Obwohl Sophia einen Teil wieder ausspuckte, musste sie doch das meiste schlucken und wurde ruhiger.

Jander beglückwünschte sich für seine Idee, Schlaftabletten in Milch aufgelöst zu haben. Mit denen im Bauch würde das Kind jetzt mehrere Stunden ruhig sein. Bevor sie an Bord gingen, würde er ihr noch etwas davon einflößen. Er musste nur aufpassen, dass die Dosis nicht zu stark wurde und die Kleine nicht mehr aufwachte.

Mit diesem Gedanken fuhr er los. Das Schiff würde um neunzehn Uhr im Hamburger Hafen ablegen, und wenn es erst unterwegs war, gehörte Michaelas Tochter endgültig ihm. In ein paar Jahren würde sie ihm die Liebe schenken, die ihm ihre Mutter so schnöde verweigert hatte.

3.

Alexander war nach der Mittagspause ins Werk vorausgefahren. Michaela wollte mit Selma nachkommen, sobald diese mit Sophia von ihrem Spaziergang zurückgekehrt war. Der Zeiger der

Uhr schritt jedoch vorwärts, ohne dass die beiden auftauchten. Nach einer Weile wurde Michaela unruhig und suchte Irene Bouvain auf. »Haben Sie Selma zurückkommen sehen?«

»Nein! Vielleicht ist sie zu sich nach Hause gegangen, um noch etwas zu holen.«

Michaela griff nach dem Handy und rief sie an. Selma meldete sich jedoch nicht, und Michaelas Unruhe wuchs. Schließlich hielt sie es in der Villa nicht mehr aus und fuhr mit dem Puckelchen in den Ort, um zu schauen, ob sie Selma unterwegs entdeckte. Doch diese war weder auf der Straße noch im Haus zu finden.

»Ihr wird doch nichts passiert sein?« Immerhin hatte Selma die sechzig bereits seit ein paar Jahren überschritten. Daher kehrte Michaela nicht zur Villa zurück, sondern fuhr den Weg entlang, den Selma genommen hatte.

Nach wenigen Minuten erreichte sie das Wäldchen, wo Selmas Lieblingsbänkchen stand. Doch auch dort war nicht die geringste Spur von ihr oder dem Kind zu sehen. Michaelas Gedanken rasten, sie hatte keine Idee, wo sie noch suchen konnte. Da bemerkte sie etwas im Gras, das ihr bekannt vorkam. Sie stieg aus und zuckte zusammen. Vor ihr lag das Schmusehäschen, das ihre Tochter so heiß und innig liebte. Niemals hätte Selma das Stofftier so achtlos auf der Erde liegen lassen.

Besorgt blickte Michaela sich um, sah aber niemanden. Da hörte sie aus dem Wald heraus ein leises Geräusch. Sie folgte dem Laut und erschrak fürchterlich, als sie Selma mit blutüberströmtem Gesicht zwischen den Bäumen liegen sah. Rasch beugte sie sich nieder und berührte ihre Wange. Selma öffnete zwar nicht die Augen, murmelte aber etwas, das Michaela nicht verstand.

»Was ist geschehen?«, fragte sie. »Wo ist Sophia?«

Sie sah sich um, doch da war nichts. Voller Sorge um ihre Tochter versuchte sie Selma wach zu bekommen. Als es ihr nicht gelang, bettete sie ihre Freundin in eine stabile Seitenlage und rief mit ihrem Smartphone den Krankenwagen. Anschließend durchsuchte sie die Umgebung nach Sophia. Erst nach einer Weile gab sie auf und wählte mit zitternden Fingern Alexanders Nummer.

»Hallo, mein Schatz! Ich habe dich schon vermisst«, sagte er.

»Alexander, es ist etwas Schreckliches passiert!«, unterbrach Michaela ihn. »Ich habe Selma bewusstlos im Wald gefunden – und Sophia ist verschwunden!«

»Was sagst du da?« Alexanders Entsetzen war durch das Telefon zu vernehmen.

»Selma ist niedergeschlagen worden und Sophia ist weg. Ich kann sie nirgends finden!«

»Wo bist du? Bei dem Wäldchen? Ich bin gleich bei dir!«, antwortete er und eilte los. Unterwegs rief er die Polizei an und informierte sie über das, was er von Michaela erfahren hatte.

In Rekordzeit erreichte er das Wäldchen und hielt neben Michaela an.

»Wie geht es ihr?«, fragte er mit einem Blick auf Selma.

»Sie ist immer noch bewusstlos, aber ich habe das Gefühl, als wollte sie uns unbedingt etwas sagen!« Michaela beugte sich über Selma, schüttelte dann aber den Kopf.

»Sie murmelt andauernd etwas wie ›anders‹, aber ich begreife nicht, was sie mir sagen will.«

»Hast du den Krankenwagen gerufen?«, fragte er und sah Michaela nicken.

»Dann bleib du hier und warte auf ihn. Ich sehe mich inzwischen um. Sophia kann ja nicht weit sein!«

Alexander eilte los und drehte auf mehreren Hundert Metern jeden Halm und jedes Moospolster um, ohne die Kleine zu finden.

Als er Sirenengeheul hörte, kehrte er zu Michaela zurück.

Es war die Polizei. Noch während Michaela den Beamten erklärte, was geschehen war, erwachte Selma aus ihrer Bewusstlosigkeit und richtete sich so jäh auf, dass buchstäbliche Blitze durch ihren Schädel schossen.

»Autsch! Tut das weh!«, keuchte sie und tastete mit der rechten Hand nach ihrem Kopf.

»Nicht, Selma!«, rief Michaela. »Du hast einen heftigen Schlag abbekommen!«

Einer der Polizisten wandte sich an Selma. »Können Sie uns berichten, was passiert ist?«

Selma versuchte, ihrem schmerzenden Kopf einen klaren Gedanken abzuringen. »Da war auf einmal ein Mann! Er kam mir bekannt vor und hat sofort zugeschlagen. Danach weiß ich nichts mehr.«

»Wir werden die Umgebung durchsuchen, müssen uns aber mit dem Gedanken vertraut machen, dass Ihre Tochter entführt worden ist, Frau Müller«, sagte einer der Polizisten, während der andere per Funk einen Bericht weitergab.

Kurz darauf kam auch der Notarzt mit zwei Sanitätern herein und wollte Selma nach einer kurzen Untersuchung mit in die Klinik nehmen.

»Ich bleibe hier, bis ich weiß, was mit unserer Kleinen geschehen ist!«, wehrte sie für ihren Zustand erstaunlich resolut ab.

»Können Sie den Mann beschreiben?«, fragte wieder der Polizist.

Selma versuchte es, schaffte es aber nicht. »Die verdammten Kopfschmerzen!«, stöhnte sie.

»Kommen Sie mit uns! In der Klinik können wir ihre Verletzung richtig behandeln«, drängte der Arzt.

»Versuche, dich zu erinnern«, flehte Michaela ihre Freundin an. »Wir müssen herausfinden, was mit Sophia geschehen ist!«

»Ich schaffe es nicht«, stöhnte Selma. »Immer, wenn ich … aua, jetzt wird mir auch noch übel.«

»Kommen Sie. Sie müssen in die Klinik!« Der Arzt wies die Sanitäter an, Selma auf die Trage zu legen, und wandte sich dann Michaela zu. »Die Polizei wird Ihre Tochter finden.«

»Ich hoffe es«, antwortete Michaela, die aus Sorge um Sophia fast verging.

Während Selma ins Krankenhaus geschafft wurde, legte Alexander den Arm um Michaelas Schulter. »Du hast gesucht und ich ebenfalls, und wir haben nichts gefunden. Ich befürchte, den Polizisten wird es nicht anders ergehen!«

»Ich habe Suchhunde angefordert«, erklärte einer der Beamten. »Wir müssen damit rechnen, dass Sophia entführt worden ist! Könnte dein Ex-Mann dahinterstecken?«, fragte er Michaela.

Diese schüttelte den Kopf. »Peer hat sich bis jetzt nicht um Sophia gekümmert. Wieso sollte er über Nacht väterliche Gefühle entwickelt haben? Außerdem traue ich ihm ein solches Verbrechen nicht zu.«

»Dann geht es dem Schurken wahrscheinlich um ein Lösegeld!«, stieß Alexander erregt hervor.

»Sophia ist doch noch so klein! Wer kann so etwas tun?«, fragte Michaela unter Tränen.

»Auf jeden Fall ist der Kerl bereit, über Leichen zu gehen. Hätte er Frau Endreß nicht seitlich am Kopf erwischt, sondern an der Schläfe, wäre sie vermutlich tot.«

Der Einwand des Polizisten war nicht geeignet, Michaelas Besorgnis zu verringern. Am liebsten wäre sie losgelaufen, um erneut nach ihrer Tochter zu suchen. Sie wusste jedoch selbst, dass dies absolut sinnlos war.

Unterdessen kamen weitere Beamte mit Suchhunden. Als sie um einen Gegenstand baten, damit die Hunde Sophias Spur aufnehmen konnten, reichte sie ihnen den Schmusehasen. Es half jedoch wenig, denn bis zum Wald hatte Selma das Mädchen getragen und von dort aus der Entführer.

Als die Beamten erfolglos zurückkamen, meinte einer bedauernd, dass man wahrscheinlich warten müsste, bis der Entführer sich melden und Forderungen stellen würde. Da brach Michaela fast zusammen.

Irgendwann schellte das Telefon. Alexander stürzte darauf zu und meldete sich. »Hier Marquart!« Er schaltete die Tonaufzeichnung und den Lautsprecher ein.

»Ich bin es, Selma!«, klang es gepresst zurück. »Die Knilche hier wollten mich schlafen legen, aber ich sagte ihnen, dass es auf keinen Fall geht. Ich weiß jetzt, wer Sophia entführt hat!«

»Wer?«, schrie Alexander in den Hörer.

»Ferdinand Jander, der Kerl, mit dem Michaela und ich uns damals auf diesem Kreuzfahrtschiff herumschlagen mussten!«

»Jander!« Michaela zuckte zusammen.

»Und das ist noch nicht alles!«, setzte Selma ihren Bericht fort. »Der Kerl war bei unserem Frühlingsfest. Er gehörte zum Cateringteam! Damals habe ich ihn nicht erkannt, denn er war weitaus dünner als auf dem Schiff, und er hatte andere Kleidung an und auch eine andere Frisur. Heute aber weiß ich, dass er es war.«

»Jander!«, wiederholte Michaela entsetzensstarr.

»Wer ist dieser Jander?«, wollte einer der Polizisten wissen.

»Ferdinand Jander! Er war zwei Klassen über mir auf dem Gymnasium und hat mich seit meinem sechzehnten Lebensjahr gestalkt. Nach meiner Heirat war dann für eine gewisse Zeit Ruhe, bis ich ihn auf dem Kreuzfahrtschiff *Alsterqueen* wiedergetroffen habe. Er wollte mich vergewaltigen, wurde aber von der Schiffssecurity daran gehindert und eingesperrt. Eigentlich hieß es, man wollte ihn wegen dieser Sache anzeigen, aber ich habe nie wieder etwas davon gehört.«

In Michaelas Stimme schwang ein Vorwurf gegen die deutschen Strafverfolgungsbehörden mit, die Jander offensichtlich hatten laufen lassen.

»Ich kläre das!«, sagte der Kriminalkommissar, der sich als Stefan Ott vorgestellt hatte, und erteilte einem Beamten den Befehl, sich darum zu kümmern.

Unterdessen rasten Michaelas Gedanken. »Wenn Selmas Vermutung stimmt und Jander zum Cateringteam gehörte, müssten diese doch wissen, wo er zu finden ist!« Sie griff nach ihrem Handy, doch da legte ihr der Polizist die Hand auf den Arm.

»Das übernehme ich! Was ist das für ein Cateringservice?«

Irene Bouvain verließ kurz den Raum und kehrte mit einer Visitenkarte zurück.

»Hier!« Sie reichte die Karte dem Beamten.

Dieser tippte die Nummer ein und fragte nach Jander. Das Telefonat dauerte nicht lange, dann drehte er sich zu Michaela um.

»Ferdinand Jander war nur dieses eine Mal beim Cateringteam. Sie haben ihn sogleich hinausgeworfen, weil er nicht ordentlich gearbeitet hat. Das Einzige, was sie von ihm wissen, ist, dass er mehrere Monate auf einem Kreuzfahrtschiff gearbeitet hat.«

»Der *Alsterqueen?*«, fragte Michaela.

Der Polizist schüttelte den Kopf. »Nein, das Schiff heißt *Belle Île.*«

»Das kenne ich nicht«, erklärte Michaela enttäuscht.

Alexander zog seinen Laptop näher zu sich her und begann zu suchen. Nach einer Weile blickte er überrascht auf. »Die *Belle Île* liegt derzeit in Hamburg und wird in Kürze auslaufen!«

Wie elektrisiert sprang Michaela auf. »Du glaubst, Jander könnte wieder auf diesem Schiff sein?«

»Glauben ist nicht wissen!«, antwortete Alexander mit dem Gefühl, eine mögliche Spur entdeckt zu haben. »Aber in Deutschland kann Jander mit der Kleinen nicht bleiben, ohne bald aufzufliegen.«

»Aber warum sollte er von hier weg, wenn er Lösegeld verlangen will?«, fragte Ott. »Das passt doch nicht zusammen!«

Unterdessen suchte Alexander im Internet nach der Nummer des Hafenamts Hamburg und nahm dann den Telefonhörer in die Hand. Es dauerte eine Weile, bis er jemanden in die Leitung bekam, der ihm Auskunft geben konnte.

»Die *Belle Île* hat soeben den Hamburger Hafen verlassen«, erklärte er den anderen kurz und stellte dann die Frage, wie er mit dem Schiff Kontakt aufnehmen könne. Er erhielt die Nummer und hörte, wie der Mitarbeiter des Hafenamts nach einem kurzen Gruß auflegte.

»Es ist nur ein Strohhalm«, sagte er zu Michaela, während er die Nummer der *Belle Île* eintippte. Als er jedoch die Wahltaste gedrückt hatte, streckte er das Handy dem Kriminalkommissar hin.

»Übernehmen Sie das! Als Amtsperson richten Sie wahrscheinlich mehr aus als ich.«

»Reden Sie ruhig! Wenn Sie mich brauchen, können Sie mir das Handy immer noch geben.«

Alexander nickte und konzentrierte sich auf das Freizeichen. Kurz darauf hob jemand ab.

»Hier Kreuzfahrtschiff *Belle Île*, was kann ich für Sie tun?«, fragte eine Frauenstimme.

»Mein Name ist Alexander. Ich wollte fragen, ob sich mein alter Freund Ferdinand Jander unter Ihrer Besatzung befindet. Er sagte so etwas, wollte mich aber vorher noch treffen. Doch dazu ist es nicht gekommen.«

»Es tut mir leid, aber wir können Ihnen aus Datenschutzgründen keine Auskunft erteilen«, antwortete die Frau.

»Befindet er sich nun an Bord oder nicht?« Alexanders Stimme wurde zwingender.

»Ich sagte doch, ich darf Ihnen keine Auskunft geben«, antwortete sie und legte auf.

»Dumme Kuh!«, knurrte Alexander.

»Der Ausspruch würde für eine Beleidigungsklage reichen«, sagte Kommissar Ott und gab seinem Untergebenen einen Wink. »Versuchen Sie über die Reederei herauszufinden, ob Jander an Bord der *Belle Île* ist!« Er wandte sich wieder Alexander zu. »Ihre Kriegslist, sich als Freund des Mannes auszugeben, in allen Ehren. Aber hier sind fachmännische Recherchen gefragt!«

4.

Die nächsten Minuten wurden zur Qual. Der Kripobeamte telefonierte und tippte auf seinem Laptop herum. Nach einer Weile drehte er sich zu seinem Vorgesetzten um.

»Es sind in Hamburg neue Besatzungsmitglieder an Bord gegangen. Die meisten davon sind der Reederei bekannt. Gelegentlich bewerben sich Interessenten aber auch bei Bekannten an Bord. Deren Daten werden beim nächsten Abgleich an die Reederei übermittelt. Auf diese Weise hat Jander es übrigens auf den Philippinen an Bord geschafft. Ein Restaurationsoffizier namens Nils Ballenbrock hat damals für ihn gebürgt.«

»Was tun wir jetzt?«, fragte Alexander. »Warten wir, bis die Reederei die Daten bekommt …«

»Bis dorthin ist das Schiff längst außerhalb der Reichweite der deutschen Behörden«, unterbrach ihn Michaela heftig.

»Dann können ihn immer noch die Sicherheitsleute des Schiffes festsetzen«, wandte Kommissar Ott ein.

»Und wer kümmert sich um meine Kleine? Wer weiß, was der Kerl ihr antut«!« Michaela war so zornig über das sinnlose Gerede, dass sie am liebsten losgesaust und der *Belle Île* gefolgt wäre, selbst auf die Gefahr hin, dass Jander nicht an Bord war.

Da hob Alexander beschwichtigend die Hand. »Das machen wir anders. Wir kennen den Mann, der Jander auf den Philippinen an Bord genommen hat. Vielleicht ist er mitteilungsfreudiger als die Dame an der Schiffsrezeption. Aber diesmal rufen Sie an!« Er hielt Kommissar Ott das Handy hin. Dieser nahm es zögernd, rief das Schiff an und verlangte kurz darauf Nils Ballenbrock zu sprechen.

»Einen Moment!« Das Knacken ertönte, mit dem weitergeschaltet wurde, dann Musik. Es dauerte eine ganze Weile, bis Ballenbrock den Anruf entgegennahm.

»Ballenbrock, was gibt es?« Es klang ziemlich genervt, denn am ersten Abend einer Weltreise von über hundertvierzig Tagen war eine Menge zu tun.

»Hier spricht Kriminalkommissar Ott von der Kripo Frankfurt. Befindet sich Ferdinand Jander an Bord Ihres Schiffes?«

»Kriminalpolizei?«, klang es zögernd zurück.

»Ihr Schiff erhält in diesen Minuten eine offizielle E-Mail mit dieser Anfrage. Ich will die Sache klären, um erkennen zu können, ob irgendwelche Maßnahmen ergriffen werden müssen.«

Kommissar Ott klingt wie ein Bulle aus dem Fernsehen, dachte Alexander und spitzte ebenso wie Michaela die Ohren, als Ballenbrocks Antwort kam.

»Ferdinand Jander befindet sich als Kellner auf unserem Schiff. Hat er etwas ausgefressen?«

»Ist er allein an Bord oder ist jemand bei ihm?«, fragte Ott weiter im Fernsehinspektor-Tonfall.

»Nun, ich …«, begann Ballenbrock, brach dann aber ab.

»Ist jemand bei ihm?« Der Polizeiinspektor klang noch schärfer.

»Er hat seine kleine Tochter bei sich«, antwortete Ballenbrock zögernd.

»Etwas mehr als ein Jahr alt?«, bohrte Ott weiter.

»Ja, so in etwa. Warum, was ist mit dem Kind?«, fragte Ballenbrock.

»Es besteht der Verdacht, dass Jander dieses Kind entführt hat!«

Ebenso wie Alexander wunderte Kriminalbeamte Ott sich, dass Jander die kleine Sophia mit auf eine so lange Reise nehmen wollte. Als normaler Kidnapper hätte er eigentlich möglichst bald Kontakt zu den Eltern des Kindes aufnehmen müssen.

»Entführt?«

Ballenbrock wollte es nicht glauben. Jander hatte ihm überzeugend berichtet, die Kindsmutter hätte ihm die Kleine in die Hand gedrückt und erklärt, er solle sich gefälligst selbst um das Kleine kümmern. Bereute sie dies jetzt etwa und wollte das Baby zurück?, fragte er sich.

»Ist es bei Ihnen an Bord üblich, dass Besatzungsmitglieder ihre Kinder mitnehmen?«, wollte Ott wissen.

»Eigentlich nicht!«, gab Ballenbrock zu. »Gelegentlich wird erlaubt, dass Arbeiter, die länger an Bord bleiben, jemanden für ein paar Tage mitnehmen können, aber das ist die Ausnahme.«

»Mich interessieren nicht die Kinder der anderen, sondern mein eigenes!«, rief Michaela zornerfüllt dazwischen. »Sie müssen etwas tun!«

»Das Schiff muss sofort nach Hamburg zurückkehren!«, forderte Alexander. »Michaela und ich werden den nächsten Flieger dorthin nehmen und die Kleine abholen.«

Michaela nahm Ott das Handy ab. »Meine Tochter muss Jander sofort abgenommen und einer zuverlässigen Person übergeben werden. Ich will nicht, dass Sophia sich noch länger in den Händen dieses skrupellosen Schurken befindet!«

»Ohne richterliche Anordnung können wir nichts machen«, antwortete Ballenbrock, der nicht glauben wollte, dass Jander tatsächlich das vermisste Kind entführt hatte.

»Bis wir die haben, ist das Schiff längst in internationalen Gewässern«, sagte Kommissar Ott ärgerlich.

»Aber irgendetwas muss geschehen! Es geht um mein Kind!«, rief Michaela verzweifelt.

Da meldete sich Otts Assistent zu Wort. »Wie wäre es mit der Wasserschutzpolizei Cuxhaven? Die könnte doch ein Boot zur *Belle Île* schicken!«

»Dafür braucht sie einen Durchsuchungsbefehl.« Ott kratzte sich am Kopf und stieß dann ein Wort aus. »Helgoland!«

»Wie meinen Sie das?«, fragte Alexander.

»In Helgoland gibt es auch eine Wasserschutzpolizei, und die *Belle Île* muss daran vorbei. Damit haben wir eine gute Stunde gewonnen. In der Zeit besorge ich die nötigen Papiere und faxe sie nach Helgoland. Auf die Weise kriegen wir Jander und das Baby!«

»Ich will zu meiner Tochter! Sophia wird fürchterliche Angst haben, so ganz allein unter fremden Leuten!«, stieß Michaela aus und wirkte so, als wolle sie sofort losrennen.

»Wenn wir heute noch nach Hamburg fliegen, sind wir morgen auf Helgoland«, sagte Alexander, um sie zu beruhigen.

»Das dauert zu lange!«

»Hat Helgoland nicht einen Flughafen für kleine Propellermaschinen auf der Düne?«, mischte sich erneut Otts Untergebener in das Gespräch ein.

Sofort flitzten Alexanders Finger über die Tasten seines Laptops. »Das stimmt!«, rief er Augenblicke später. »Wenn wir eine Maschine finden, die uns hinbringt, könnten wir sogar mit auf die *Belle Île* gehen!«

»Davon würde ich abraten!«, erwiderte Ott, doch Michaela kümmerte sich nicht darum. »Kennst du jemanden, der uns hinfliegen kann?«, fragte sie Alexander.

»Jetzt noch nicht, aber gleich!« Alexander nahm das Handy und rief Ginter an. Wenn jemand so etwas wusste, so war es sein Anwalt. Kaum hatte dieser gehört, worum es ging, versprach er, ein Flugzeug zu besorgen.

»Es darf aber nicht zu langsam sein«, rief Michaela dazwischen.

»Keine Sorge!«, gab Ginter zurück. »In einer guten Stunde sind Sie auf der Insel. Ich sorge dafür, dass Sie gleich abgeholt werden!« Er hatte es kaum gesagt, da beendete er auch schon das Gespräch.

»Sehr gut!«, sagte Alexander. »Wir sollten jetzt schnell unsere Zahnbürsten einpacken, damit wir fertig sind, wenn der Wagen kommt!«

Michaela verließ sofort den Raum, während Kommissar Ott Alexander kopfschüttelnd ansah. »Sie wollen es also tun?«

»Würden Sie zu Hause bleiben, wenn es Ihr Kind wäre?«, antwortete Alexander mit einer Gegenfrage.

Ott schüttelte den Kopf. »Wahrscheinlich nicht!« Er überlegte kurz und wandte sich seinem Assistenten zu.

»Sorgen Sie dafür, dass die nötigen Papiere schnellstens nach Helgoland geschickt werden! Ich fliege mit Herrn Marquart, um den Kollegen vor Ort den Sachverhalt zu erklären.«

5.

Ginter hatte nicht zu viel versprochen. Nur eine gute Viertelstunde später hielt ein Auto vor der Villa. Michaela, Alexander und Kommissar Ott warteten bereits vor der Tür und stiegen sofort ein.

»Wir fahren etwa zwanzig Kilometer zu einem Segelflugplatz. Mein Vater ist mit dem Flugzeug bereits dorthin unterwegs«, erklärte der junge Mann, der am Steuer saß.

»Dauert das nicht zu lange?«, fragte Michaela besorgt.

»Keine Sorge«, meinte der Fahrer. »Wir haben Glück, denn es bleibt lange hell. Daher werden wir Helgoland noch bei Tageslicht erreichen. Wir fliegen eine Dassault Typhoon, und die ist kaum langsamer als einer der großen Jets!«

Noch während seine Passagiere die Sicherheitsgurte anlegten, fuhr der junge Mann los. »Könnte der Herr von der Polizei vielleicht beide Augen zudrücken, wenn ich etwas zu schnell werde?«, meinte er grinsend.

»Ich bin Kriminalbeamter und kein Streifenpolizist. Mit Verkehrssündern habe ich im Allgemeinen wenig zu tun«, antwortete Ott.

»Dann ist es ja gut!« Der Fahrer konzentrierte sich nun auf die Straße.

Zum Glück gab es auf der Strecke keine Geschwindigkeitsbegrenzungen, und die drei Orte, die sie passierten, waren rasch durchfahren. Nicht ganz eine Viertelstunde später bog der Fahrer auf einen geteerten Feldweg ab und blieb schließlich stehen.

»Mein alter Herr landet bereits«, sagte er und deutete auf ein mit zwei Düsentriebwerken ausgestattetes Flugzeug.

»Die Maschine ist groß genug für uns alle«, setzte er hinzu, stieg aus und eilte auf das Flugzeug zu.

Michaela und die Männer rannten hinter ihm her und stiegen in fliegender Eile ein.

»Wir müssen die *Belle Île* erreichen, bevor sie Helgoland hinter sich gelassen hat«, drängte Michaela.

Der Pilot, ein Mann um die fünfzig, drehte sich zu ihr um. »Machen Sie sich da mal keine Sorgen! Wir sind schneller auf Helgoland, als Sie denken.«

»Das Boot der Wasserschutzpolizei wartet dort bereits auf uns. Außerdem hat mein Assistent Kontakt mit dem Kapitän aufgenommen. Dieser hat zugesagt, das Tempo der *Belle Île* zu drosseln, sodass wir sie auf jeden Fall erreichen werden«, erklärte Ott, nachdem er mehrere Meldungen auf seinem Smartphone gelesen hatte.

Der Pilot startete das Flugzeug und steuerte nach Norden. Für einige Zeit war nur das Geräusch der Triebwerke zu hören und das Rauschen, mit dem die Maschine durch die Luft pflügte. Michaela achtete nicht darauf, denn ihre Gedanken galten ihrer Tochter, und sie verfluchte Jander, der nicht einmal vor einem Kind haltmachte.

Im Osten zog langsam die Dämmerung auf, und der Blick verlor sich in einer Art Nebel, der die Konturen unter ihnen immer mehr verbarg. Der Pilot steuerte jetzt nach seinen Instrumenten und erklärte schließlich zufrieden, dass sie die Nordseeküste hinter sich gelassen hätten.

»Noch ein paar Minuten, dann liegt Helgoland vor uns«, setzte er hinzu.

Michaela starrte durch das kleine Fenster in die Tiefe. Es war kaum etwas zu erkennen, denn das Wasser der Nordsee wirkte von hier aus schwarz. Da entdeckte sie das Licht des Leuchtturms von Helgoland.

»Da ist die Insel!«, rief sie aufgeregt.

»Wir werden auf der Düne landen. Die liegt von uns aus gesehen seitlich der Hauptinsel«, erklärte ihr der Pilot und begann den Landeanflug.

Michaela sah den Sandsteinstock der Hauptinsel links an ihnen vorbeiziehen und dann die Scheinwerfer, mit denen die Landebahn ausgeleuchtet wurde.

»Die haben an alles gedacht! Festhalten! Es kann ein wenig rumpeln!« Noch während der Pilot es sagte, setzte die Maschine auf. Als das Flugzeug bremste und schließlich stehen blieb, eilten mehrere Polizisten auf sie zu.

»Guten Tag!«, grüßte einer, als Michaela die ausgeklappte Trittleiter hinabstieg. »Sie kommen gerade richtig! Die *Belle Île* wird in wenigen Minuten in die Hoheitsgewässer um Helgoland einfahren. Unser Kutter ist bereit, uns zu dem Kreuzfahrtschiff zu bringen.«

»Danke! Ich bete zu Gott, dass wir meine Kleine wohlbehalten wiederfinden«, antwortete Michaela und folgte dem Mann zu dem in der Nähe vertäuten Boot.

Alexander und Kommissar Ott kamen mit ihr, während der Pilot und dessen Sohn beim Flugzeug blieben und es in die Parkposition brachten.

Die Besatzung des Polizeiboots holte die Leinen ein, kaum dass Michaela und ihre Begleiter an Bord gestiegen waren. In den nächsten Minuten fuhr das Boot mit voller Fahrt nach Ostnordost. Schon bald entdeckte Michaela einen hellen Fleck vor sich, der sich im Näherkommen als voll beleuchtetes Kreuzfahrtschiff entpuppte. Die Polizisten standen bereits in Funkkontakt mit dem Kapitän, und so erfuhren Michaela und Alexander, dass Jander zum Dienst in einer der Bars eingeteilt worden war, um zu verhindern, dass er die Kleine irgendwo an Bord versteckte.

»Was ist mit meiner Tochter? Ist sie in Sicherheit?«, fragte Michaela aufgeregt.

»Eine der Schwester des medizinischen Personals kümmert sich um sie. Die Kleine schläft. Es wird vermutet, dass Jander sie mit Schlaftabletten betäubt hat!«, kam die Nachricht vom Schiff.

Alexander tätschelte ihr die Schulter. »Gleich haben wir Sophia wieder!«

Michaela nickte und starrte angespannt auf das näher kommende Schiff. Der Polizeikutter drehte jetzt und ging auf Parallelkurs zur *Belle Île*. Dabei glich er seine Geschwindigkeit immer mehr dem Schiff an und gelangte zu der Luke, durch die die Lotsen das Schiff betraten und verließen. Diese wurde geöffnet, und ein Mann winkte ihnen. Ein Zweiter hielt eine Leine in der Hand, um sie herüberzuwerfen.

»Sie sollten erst nach uns an Bord gehen«, erklärte Kommissar Ott Michaela, während einer der Helgoländer Polizisten die Leine auffing und an Bord befestigte. Eine Hand wurde ihnen entgegengestreckt, und der erste Polizist enterte die *Belle Île*. Drei Kollegen folgten ihm, und hinter ihnen schwang sich Ott durch die Luke. Als Michaela und Alexander ebenfalls an Bord des Kreuzfahrtschiffes kletterten, starrte der Schiffsoffizier, der sich zum Empfang der Exekutivbeamten eingefunden hatte, sie verwirrt an.

»Wir sind die Eltern des entführten Kindes!«, erklärte Alexander.

»Wo ist meine Tochter?« Das war für Michaela das Wichtigste.

»Die Krankenschwester wollte sie in die medizinische Abteilung bringen, damit sie untersucht werden kann«, erklärte der Schiffsoffizier und stellte sich vor. »Mein Name ist Ballenbrock!«

»Führen Sie uns in die medizinische Abteilung!«, forderte Michaela.

Ballenbrock zögerte einen Augenblick, nickte dann aber. »Ich hoffe, Sie haben alle Papiere mit, die Sie brauchen. Sonst kommen wir in Teufels Küche. Es wird schon nicht einfach sein, der Reederei zu erklären, weshalb wir bis jetzt nur halbe Fahrt gemacht haben. Wir dürfen Southampton nicht zu spät erreichen, sonst gibt es gewaltigen Ärger.«

»Ich will nur meine Tochter! Danach können Sie so schnell fahren, wie Sie wollen«, erklärte Michaela und funkelte ihn auffordernd an.

6.

Ferdinand Jander hatte lange genug auf Kreuzfahrtschiffen gearbeitet, um zu erkennen, dass die *Belle Île* schon seit einiger Zeit langsamer fuhr, als sie eigentlich sollte. Während er in der Bar bediente, sah er immer wieder auf den Bildschirm in der Ecke, auf dem die Fahrstrecke, die Windrichtung und die Geschwindigkeit angezeigt wurden. Schon seit über einer Stunde lief das Schiff mit weniger als zehn Knoten, und das, obwohl sie für eine Reisegeschwindigkeit von achtzehn Knoten ausgelegt war und bis zu zweiundzwanzig Knoten erreichen konnte.

»Weißt du, was da los ist?«, fragte er einen Kollegen. Der schüttelte den Kopf.

»Keine Ahnung! Aber was Schlimmes kann es nicht sein, sonst hätte der Kapitän es durchgegeben. Da hinten sind übrigens neue Gäste. Kümmere dich mal um sie!«

Arschloch!, dachte Jander und ärgerte sich, dass er dem Kerl untergeordnet war. Dabei hätte er, wenn alles seine Ordnung gehabt hätte, bereits mit zwei Streifen auf den Achselstücken herumlaufen müssen. Zum Restaurationsoffizier mit einem Streifen konnte er jedoch erst nach Ende dieser Reise aufrücken, und das auch nur, wenn Ballenbrock und dessen Vorgesetzter es befürworteten und die Reederei ihn behalten wollte.

Hätte er nicht Michaelas Kleine bei sich gehabt, hätte er es versucht. So aber wollte er sich so weit wie möglich von Deutschland fernhalten, und das hieß, auf einem anderen Schiff anzumustern und dort erneut die Ochsentour zu machen. Vielleicht würde er erst nach Monaten oder Jahren zum Restaurationsoffizier aufsteigen können. Bis es so weit war, galt er als schlichter Kellner und musste laufen, wenn so ein Idiot wie eben es ihm befahl.

Jander trat auf die neu hinzugekommenen Gäste zu und fragte höflich nach deren Wünschen. Der Mann, der nicht allzu groß gewachsen war und einen ziemlichen Bauch aufwies, deutete auf die Getränkekarte. »Meine Frau will einen Darjeelingtee und ich einen Mai Tai!«

»Keinen Zucker!«, warf die Frau ein, die ebenso wie ihr Mann in dunkle Trekkinghosen, ein T-Shirt mit einem Tigermotiv und eine schwarze Lederweste gekleidet war. Der einzige Unterschied im Outfit der beiden bestand aus der Mütze, die der Mann auf dem Kopf trug.

»Einen Darjeeling ohne Zucker und einen Mai Tai«, wiederholte Jander und tippte die Bestellung ein. Da sah er zufällig durch das Fenster und erstarrte. Ein Schiff, das nur wenig größer war als ein Lotsenboot, näherte sich der *Belle Île*.

Jander hatte genug Häfen gesehen, um zu wissen, dass Schiffe dieser Art in der Regel von Zoll- und Polizeibehörden benutzt wurden. Kamen sie etwa seinetwegen? Jander trat instinktiv einen Schritt zurück. Dann aber packte ihn die Wut. Er hatte Michaelas Tochter in seiner Gewalt, und niemand würde sie ihm wieder wegnehmen.

Ohne sich um die aufgegebene Bestellung zu kümmern, verließ er die Bar. Sein Kollege füllte gerade Heißwasser in die Teekanne ein und kehrte ihm daher den Rücken zu. Als der Mann sich umdrehte, war von Jander weit und breit nichts mehr zu sehen.

»So ein Idiot!«, schimpfte er, mixte den Mai Tai und brachte beides zu dem Gästepaar.

Unterdessen fuhr Jander mit dem Besatzungslift nach unten und eilte zu seiner Kabine. Als er sie öffnete und das Licht einschaltete, sah er auf den ersten Blick, dass die Kleine fort war. Dieses Biest Michaela hatte an alles gedacht, fuhr es ihm durch den Kopf.

Er überlegte, wo man das Kind hingebracht hatte, und sprach den Ort, an dem sie sich am wahrscheinlichsten befand, wie einen Jubelruf aus. »Die medizinische Abteilung!«

Da die Kleine am Morgen lautstark geschrien hatte, hatte er sie erneut betäubt. Man hatte sie daher gewiss in den Sanitätsraum gebracht, um sie dort zu untersuchen.

Jander verließ seine Kabine wieder, stieg ein Deck höher und eilte zu der mit einem roten Kreuz gekennzeichneten Tür.

Als er eintrat und vorsichtig um die Ecke schaute, entdeckte er die Kleine. Eine der Krankenschwestern beugte sich gerade über sie. Mit zwei Schritten war er bei ihr, umfasste ihren Hals und würgte sie, bis sie in seinen Händen erschlaffte. Danach ließ er sie fallen und riss das Kind an sich.

Als er die Medizinstation wieder verließ, hörte er weiter vorne im Flur Stimmen. Es traf ihn wie ein Schlag, als er Michaela erkannte. Nils Ballenbrock, mehrere Polizisten und der Biofabrikant, für den Michaela arbeitete, begleiteten sie.

»Denkt nicht, dass ihr gewonnen habt«, stieß er wütend hervor und rannte los.

»Dort ist er! Er hat mein Kind!«, hörte er Michaela schreien und wurde noch schneller.

Er hastete eine Treppe empor und erreichte den für die Passagiere vorgesehenen Teil des Schiffes. Ein Lift hielt an, und ein Passagier im Morgenrock stieg aus. Jander hetzte hinein, drückte den obersten Knopf und sah erleichtert, dass sich die Aufzugtür schloss, bevor der erste seiner Verfolger den Flur erreichte.

»Wo ist er hin?«, rief Alexander, der mit Kommissar Ott und den Polizisten hatte mithalten können.

Der Kommissar deutete auf die Liftanzeige. »Er will nach oben!«

»Es kann aber auch ein Trick sein, uns dorthin zu locken, während er selbst wieder nach unten fährt. Wenn er sich dann irgendwo versteckt, wird das eine verdammte Sucherei!«

Ballenbrock hatte sie eingeholt und sprach in sein Funkgerät. »Janders Karte sofort sperren, damit er keine Tür öffnen kann!«

»Einen Moment … Erledigt!«, klang es aus dem Funkgerät zurück.

Es war der Augenblick, in dem Ferdinand Jander erkannte, dass er mit seiner Karte keine der nur für die Crew bestimmten Türen mehr öffnen konnte.

»Verdammte Scheiße!«, brüllte er und schockierte damit zwei alte Damen, die eben aus ihrer Kabine kamen. Ohne sich um die Frauen zu kümmern, rannte er weiter und stand schließlich auf dem oberen Sonnendeck. Von hier gab es nur zwei Treppen auf das nächsttiefere Deck, und bei beiden tauchten jetzt Männer der Bordsicherheit auf. Er saß wie eine Ratte in der Falle!

Jander lief kochend vor Wut auf dem Sonnendeck hin und her und suchte verzweifelt nach einem Ausweg. Nun kamen auch noch die Polizisten aus dem Schiffsinneren nach oben. Ihnen folgte Michaela. Sie wirkte zornig und gleichzeitig sehr besorgt. Dennoch erschien sie ihm schöner denn je.

»Mir hätte sie gehören müssen! Nicht diesem Heldentenor«, murmelte Jander und krallte seine Finger in die Decke, in die er Sophia gewickelt hatte.

Unterdessen hatte der Kapitän der *Belle Île* die Polizeibeamten gebeten, möglichst unauffällig vorzugehen. »Ich will nicht, dass die anderen Passagiere erschreckt werden«, hatte er erklärt und stieg nun selbst hinter Alexander und Michaela die Treppe zum oberen Sonnendeck hinauf. Ott und einer seiner Helgoländer Kollegen waren ihnen vorausgeeilt.

»Kommen Sie! Geben Sie uns das Kind!«, forderte der Kapitän Jander auf.

Dieser starrte ihn an, warf Michaela einen hasserfüllten Blick zu und schüttelte den Kopf. »Gehen Sie zum Teufel!«

»Jander, Sie haben keine Chance! Kommen Sie. Es ist besser für uns alle!« Der Kapitän sprach ruhig und mit großer Überzeugungskraft.

Alle hofften, Jander würde darauf eingehen. Dieser sah das Kind an, das wach geworden war und leise weinte, und dann Michaela.

»Glaube nicht, dass du gewonnen hast! Du hast meine Liebe nicht gewollt, und jetzt werde ich dich dafür bestrafen!« Mit zwei

Schritten war er an der Reling, stieg darüber und sprang mit dem Kind ins Meer.

Michaelas Entsetzensschrei gellte über das Deck, während Alexander kurz entschlossen an die Reling eilte, sich darüber schwang und hinter den beiden hersprang.

Die *Belle Île* war hell erleuchtet und tauchte ihre Umgebung in ein schimmerndes Licht. Daher konnte Alexander noch im Fallen sehen, dass Jander beim Aufprall auf das Wasser die Kleine hatte loslassen müssen.

Einen Augenblick später klatschte er hart in die Fluten und tauchte mehrere Meter tief ein. Obwohl er leicht benommen war, kam er wieder an die Oberfläche und kraulte in die Richtung, in der er Sophia zuletzt gesehen hatte. Noch hatten sich die Kleidung und die Windel der Kleinen nicht mit Wasser vollgesogen, und so schwamm sie wie ein Korken auf den flachen Wellen.

Alexander erreichte sie und zog sie an sich. Erst dann hielt er nach der *Belle Île* Ausschau. Sie war schon ein ganzes Stück entfernt. Obwohl er das Gefühl hatte, dass das Schiff langsamer wurde, würde es noch einige Zeit dauern, bis es wenden und zurückkommen konnte. Hoffentlich finden sie uns dann auch, dachte er besorgt, da die Nacht inzwischen voll hereingebrochen war und er außer seiner Stimme keine Möglichkeiten hatte, sich bemerkbar zu machen. Von Jander war nichts zu sehen.

Da hörte er jemanden rufen. »Herr Marquart, wo sind Sie?«

»Hier!« Alexander hielt mit einer Hand Sophia über Wasser und schwamm auf den anderen zu. Ein kleines, blinkendes Licht wies ihm den Weg.

Es war Ballenbrock. Er hatte sich einen Rettungsring geschnappt und war hinter ihm hergesprungen. Jetzt zog er ihn zu sich und fragte: »Haben Sie das Kind?«

»Ja!«, antwortete Alexander.

»Gott sei Dank! Ich hätte mir ewig Vorwürfe gemacht, wenn der Kleinen etwas passiert wäre. Dieser verdammte Schweinehund! Wenn wir Jander aus dem Wasser fischen, sollen die Bullen ihn bei uns an Bord lassen. Wir versprechen, ihn im Pazifik über Bord zu werfen, und zwar tausend Meilen von jeder Insel entfernt.«

Ballenbrock war außer sich vor Wut, weil Jander seine Gutmütigkeit für ein Verbrechen ausgenutzt hatte, und fluchte noch eine ganze Weile. Dann deutete er nach vorne zum Schiff.

»Wie es aussieht, haben sie ein Beiboot ausgesetzt!«

Jetzt sah Alexander das herankommende Boot ebenfalls. Es war keines der Rettungsboote der *Belle Île*, sondern der Polizeikutter.

»Hier sind wir!«, rief er, während Ballenbrock sein Signallicht schwenkte, um dem Boot anzuzeigen, wo sie waren.

Kurz darauf wurden sie an Bord geholt. Alexander sah als Erstes Michaela vor sich, die ihn schreckenserfüllt anstarrte. Mit einem sanften Lächeln reichte er ihr das Kind.

»Ich hatte solche Angst, euch beide zu verlieren«, sagte Michaela unter Tränen und drückte Sophia an sich. Die Kleine sah, spürte und roch die Mama und stieß ein zufriedenes Glucksen aus. Dann aber beschwerte sie sich über ihre nass gewordene Kleidung und die feuchte Windel und bewies dabei sehr überzeugend, dass sie die Stimmkraft ihres Vaters geerbt hatte.

7.

Eine halbe Stunde später saßen Michaela und Alexander erleichtert in der Kabine, die ihnen der Kapitän zur Verfügung gestellt hatte, und waren einfach glücklich, weil alles gut ausgegangen war. Michaela hatte Sophias Windeln gewechselt und sie frisch eingekleidet. Nun setzte sie sich die Kleine auf den Schoß und schaukelte sie beruhigend.

Alexander sah ihr zu. Er steckte in einem Morgenmantel und trug Latschen, wie sie den Gästen des Schiffes zur Verfügung gestellt wurden. Nach einer Weile schaltete er sein Smartphone ein, das den Sturz ins Meerwasser dank seiner Hülle überstanden hatte, und ging die SMS durch, die in den letzten Stunden eingetroffen waren.

»Das wird dich freuen«, sagte er zu Michaela. »Selma ist aus dem Krankenhaus entlassen worden. Becker hat sie abgeholt und unter Frau Bouvains Obhut in der Villa einquartiert, damit sie sich dort erholen soll. Alle drei plus unserer Köchin drücken uns die Daumen, dass wir unsere Kleine finden.«

»Dann schreibe ihnen, dass wir sie gesund wiederbekommen haben«, bat Michaela und widmete sich wieder ihrer Tochter.

»Bin schon dabei!«, antwortete Alexander und ließ die Finger über die Tasten flitzen.

»Ginter hat sich übrigens auch gemeldet, ebenso Sophias Babysitterin Frau Nerlich. Wenn ich das alles beantworten muss, wird es morgen früh!« Alexander lächelte und beantwortete die Nachrichten mit ein paar kurzen Sätzen, um alle zu beruhigen.

Unterdessen legte Michaela Sophia schlafen und kam dann zu ihm. »Danke!« Sie sagte nur dieses eine Wort, doch er begriff, dass es mehr bedeutete als ein ganzes Buch.

»Sophia gehört zu uns, und ich hätte es nicht ertragen, sie zu verlieren!«, sagte er leise und küsste Michaela. »Was meinst du? Sollen wir das Angebot des Kapitäns, ein Stück mitzufahren, annehmen? In der Firma läuft derzeit alles rund. Was zu tun ist, können Reimers und Frau Haug auch ohne uns erledigen.«

Michaela überlegte kurz, sah ihn mit schräg gehaltenem Kopf an und musste lachen.

»Was ist los?«, fragte Alexander und fürchtete bereits, sie würde wegen des durchlebten Schreckens hysterisch werden.

»Du vergisst ganz, dass wir übermorgen zu Hause sein müssen!«, rief Michaela, nachdem sie sich ein wenig beruhigt hatte.

»Wieso?«

»Weil an dem Tag unsere standesamtliche Trauung ist! Ich weiß ja, dass Männer gerne ihren Hochzeitstag vergessen. Aber du bist meines Wissens der Erste, der ihn noch vor der Hochzeit vergisst!«

Alexander sah sie verblüfft an, konnte sich dann auch nicht mehr halten und brach in schallendes Gelächter aus. Michaela fiel darin ein, und sie waren beide so laut, dass Sophia aufwachte und sich beschwerte.

Sofort nahm Michaela sie auf den Arm, und die Kleine beruhigte sich wieder. »Ich weiß, dir wäre es lieber, wenn wir mit der Hochzeit warten, bis du Blumen streuen kannst, aber daraus wird nichts, meine Liebe!«

»Und wie kommen wir von diesem Kahn rechtzeitig nach Hause?«, fragte Alexander augenzwinkernd.

»Die *Belle Île* legt morgen in Southampton an. Dort nehmen wir uns ein Taxi, das uns zum nächstgelegenen Flughafen bringt, und suchen eine Maschine nach Frankfurt.«

»Und wenn alle Flüge ausgebucht sind?«, fragte Alexander im Scherz.

»Dann chartern wir ein Flugzeug auf Kosten der Reederei. Das, finde ich, ist sie uns schuldig!«

»Jetzt weiß ich, warum ich dich heiraten will! Du weißt immer einen Ausweg«, rief Alexander lachend und küsste sie erneut. Danach blickte er Sophia an. »Du solltest jetzt schlafen, denn deine Mama und ich haben noch etwas zu tun.

8.

Seit jenem aufregenden Ereignis auf der *Belle Île* waren sechs Jahre vergangen. Selma saß auf einer Bank auf dem Oberland von Helgoland und bewachte den Kinderwagen mit der kleinen Libusa, während ein Stück weiter Sophia mit ihrem zweieinhalb Jahre jüngeren Bruder Maximilian spielte. Michaela und Alexander standen Arm in Arm neben der Bank und blickten hinaus auf die Nordsee, deren kräuselnde Wellen sich an den Schutzbauten der Insel brachen.

»Dort hätten wir unsere Kleine beinahe verloren«, sagte Michaela und wies nach draußen.

»Es ist zum Glück alles gut gegangen«, warf Selma ein und kitzelte Libusa am Kinn.

»Ja, das ist es«, stimmte Alexander ihr zu.

Auch Michaela nickte gedankenverloren. »Ich wollte schon lange einmal hierher zurück, aber bis jetzt hat es sich nicht einrichten lassen.«

»Diesmal haben wir eine ganze Woche Urlaub, mein Schatz!«, meinte Alexander mit einer gewissen Selbstverspottung.

»Wir hatten auch sonst immer einmal wieder einen oder zwei Tage für uns«, antwortete Michaela.

»Ja, angehängt an eine Geschäftsreise oder eine Branchenmesse! Diesmal konnten wir ohne allen Ballast losfahren und nehmen eine Auszeit, während Reimers und Gabi Haug sich um die Firma kümmern.«

Wie um ihn zu verspotten, klingelte das Handy. Als er auf das Display schaute, seufzte er.

»Schon wieder Gernitz! Als ich damals seine Mühlen kaufen wollte, hat er mein Angebot ausgeschlagen und weitergemacht. Jetzt will er sie unbedingt loswerden, aber wir brauchen sie nicht mehr.«

»Er hätte dein Angebot damals annehmen sollen! Seine Tochter hat ihn so aufgehetzt, dass er es nicht getan hat.«

In Michaelas Stimme schwang ein rachsüchtiger Tonfall. Auch wenn sie gelegentlich mit Mona Haunold zusammenkam und Höflichkeiten austauschte, hatte sie den bösartigen Tritt nicht vergessen.

Unterdessen nahm Alexander den Anruf entgegen. Er sagte nicht viel, sodass Michaela und Selma nicht wussten, worum es ging. Als er das Handy wieder wegsteckte, schüttelte er den Kopf.

»Gernitz ist mit dem Preis um eine halbe Million heruntergegangen.« Es klang zweifelnd.

»Das ist immer noch zu teuer! Außerdem brauchen wir sein Werk, wie du eben selbst sagtest, nicht mehr. Wir können den Mühlenbetrieb, den wir vor zwei Jahren gekauft haben, vergrößern, und das kommt uns immer noch billiger. Wir haben dann eine moderne Mühle, während wir in die von Gernitz ziemlich viel investieren müssten!«

Für Michaela war damit alles gesagt, und auch Alexander verabschiedete sich von der Idee, die Gernitz-Mühlen doch noch zu kaufen.

Selma blickte sinnend über die See und fauchte auf einmal.

»Was ist denn los?«, fragte Michaela verwundert.

»Ich habe gerade an Jander gedacht! Auch wenn ich diesen Kerl hasse wie niemand anderen, so war es doch gut, dass die Wasserschutzpolizei auch ihn aus dem Meer gefischt hat. Es wäre belastend gewesen, wenn er damals umgekommen wäre.«

Alexander schnaubte kurz und verzog dann das Gesicht zu einem schiefen Grinsen. »Die Polizei hätte den Vorschlag des Restaurationsoffiziers annehmen sollen, ihn irgendwo im Pazifischen Ozean über Bord zu werfen. In der Anstalt für geistig abnorme Verbrecher, in der er jetzt sitzt, verursacht er doch nur Kosten.«

»Mir ist es lieber, er ist nach Recht und Gesetz verurteilt, als wenn er auf eine solche Weise beseitigt worden wäre«, erklärte Michaela vehement.

Alexander nickte. »Mir ebenfalls! Was bei Selbstjustiz herauskommen kann, hat man an Jander gesehen. Er war bereits vorher geistig instabil, doch die Zeit im Gefängnis auf den Philippinen soll ihm laut dem Sachverständigen den Rest gegeben haben. Aber reden wir von angenehmeren Dingen.«

»Sophia, gib auf Maxi acht!«, rief Michaela, da ihre Älteste etwas zu selbstverliebt schaukelte und der Kleine sich in Richtung der Häuser davonmachen wollte. Er kam jedoch nicht weit, denn Sophia fing ihn ein und brachte ihn zu den Eltern zurück.

»Die Mama hat gesagt, dass du nicht weglaufen darfst!«, erklärte sie dabei großschwesterlich.

Michaela lachte amüsiert, während Sophia wieder zu ihrer Schaukel zurückkehrte. Da Maximilian sehnsüchtig hinter ihr herblickte, tippte Alexander ihn kurz an.

»Wenn du brav beim Spielplatz bleibst, darfst du hin!«

»Ich bleibe!«, versprach der kleine Mann und rannte los.

»Ich werde ihn im Auge behalten«, versprach Selma, sah aber dann Michaela neugierig an. »Alexander und du, ihr habt euch doch in Frankfurt mit deinem Ex-Mann und seiner neuen Frau getroffen. Du hast zwar gesagt, dass es nett war, aber sonst nichts Genaueres. Wie geht es dem Sängerknaben eigentlich?«

»Ganz gut! Er wird nach dem Engagement bei der Frankfurter Oper nach New York fliegen, um in der Carnegie Hall den Othello zu singen. Im Winter ist er an der Mailänder Scala als Macduff.«

»Er hat also den Gipfel als Tenor erreicht«, schloss Selma aus ihren Worten.

»Im letzten Jahr war er in Salzburg, und er hat das Angebot, nächstes Jahr in Bayreuth den Lohengrin zu singen. Er ist einer der wenigen Tenöre, die eine solche Bandbreite aufweisen. Aurica gibt aber auch gut acht, dass er sich nicht übernimmt«, berichtete Michaela. In ihrer Stimme schwang keinerlei Bedauern mit, weil sie dieser Welt nicht mehr angehörte.

»Wenigstens hat der Sängerknabe den größten Teil des Geldes zurückbekommen, um das dieser Pahnke ihn gebracht hat«, fuhr Selma fort. »Weiß man, was aus dem Kerl geworden ist?«

Michaela schüttelte den Kopf. »Ich weiß nur, dass er dem Gefängnis um Haaresbreite entkommen ist.«

»Und seine Sopranette?«

»Die hat ihn abserviert, sich einen neuen Agenten gesucht und das Fach gewechselt. Sie singt jetzt Schlager und soll recht erfolgreich damit sein.«

Selma verdrehte in komischer Verzweiflung die Augen. »Unrecht Gut gedeiht also doch!«

»Gelegentlich tut es das! Es sei ihr vergönnt«, antwortete Michaela und lachte.

Selma wechselte das Thema. »Weiß Sophia eigentlich, dass sie einen anderen Vater als Maxi und Libusa hat?«

»Wir haben es ihr erklärt«, antwortete Alexander lächelnd.

»Und wie hat sie es aufgenommen?«

Michaela lächelte verschmitzt. »Alexander ist noch immer ihr Paps, während sie Peer als Vater bezeichnet. Wir möchten, dass sie ihn nächstes Jahr kennenlernt.«

»Will er es auch?«

»Ich glaube, ja! Übrigens muss er sich an Kinder gewöhnen. Aurica ist nämlich schwanger. Sie ist selbst überrascht, weil sie dachte, sie wäre über das Alter hinaus. Aber mit einundvierzig kann so etwas immer noch passieren.« Michaela zwinkerte ihrer Freundin zu und umarmte dann Alexander. »Du hast also noch einige Jahre vor dir, in denen es dir passieren kann, noch einmal Vater zu werden!«

Alexander musterte sie und entdeckte ein verräterisches Funkeln in ihren Augen.

»Wird es ein Mädchen, nennen wir es Selma, einen Jungen aber Kevin.«

»Bloß nicht!«, rief Michaela und musste dann lachen. »Ich bestehe auf Titus nach deinem Vater!«, sagte sie, als sie sich wieder etwas beruhigt hatte.

»Niemals!«, entfuhr es Alexander.

»Dann überlassen wir Selma als neutraler Person die Entscheidung«, schlug Michaela vor.

Alexander nickte. »Meinetwegen!«

»Mir wird schon etwas einfallen. Schließlich habe ich noch ein paar Monate Zeit dafür«, erklärte Selma und zwinkerte den beiden lächelnd zu.

Personen

Nils Ballenbrock Schiffsoffizier auf der *Belle Île*
Klaus Becker Chauffeur
Irene Bouvain Hausdame der Marquart-Villa
Annette Eckhoff Edelprostituierte
Selma Endreß Lebensgefährtin von Alexanders Mutter
Dietlind Fabian Gesangstrainerin
Aurica Floreanu Simeon Floreanus Witwe
Simeon Floreanu Opernsänger (†)
Ludger Gernitz Besitzer der Gernitz-Mühlen
Mona Gernitz Ludger Gernitz' Tochter
Ralf Ginter Anwalt und Nachlassverwalter
Gabriele Haug Chefsekretärin in den Marquart-Werken
Thomas Haunold Künstler
Jens Holsten zweiter Geschäftsführer der Marquart-Werke
Ferdinand Jander Schiffsoffizier
Libusa Kranzler Alexanders Mutter
Alexander Marquart Besitzer der Marquart-Werke
Titus Vitalis Marquart Alexanders Vater
Frau Nerlich Babysitterin
Stefan Ott Kriminalpolizist
Martin Reimers erster Geschäftsführer der Marquart-Werke
Rainer Pahnke Peer Varenthins Agent
Armin Schrader Bauunternehmer
Katrin Schübel Hebamme
Antonella Sebaldi, eigentlich *Antonia Sebald* Sängerin (die »Sopranette«)
Peer Varenthin Michaelas Ehemann
Michaela Varenthin Peer Varenthins Ehefrau
Sarah Walter Aushilfe bei den Marquart-Werken